Gefährliche Junggesellen

Danielle STEEL

Gefährliche Junggesellen

ROMAN

Aus dem Amerikanischen
von Silvia Kinkel

Weltbild

Die amerikanische Originalausgabe erschien 2005 unter dem Titel
Toxic Bachelors bei Delacorte Press, New York.

Besuchen Sie uns im Internet:
www.weltbild.de

Genehmigte Lizenzausgabe für Verlagsgruppe Weltbild GmbH,
Steinerne Furt, 86167 Augsburg

Übersetzung: Silvia Kinkel
Umschlaggestaltung: Atelier Seidel – Verlagsgrafik, Teising
Umschlagmotiv: www.shutterstock.com
Gesamtherstellung: GGP Media GmbH, Pößneck
Printed in the EU
ISBN 978-3-8289-9282-5

2013 2012 2011 2010
Die letzte Jahreszahl gibt die aktuelle Lizenzausgabe an.

Für meine wunderbaren Kinder Beatrix, Trevor, Todd, Nick, Samantha, Victoria, Vanessa, Maxx und Zara, deren Liebe, Lachen und Freude mein Leben zum Strahlen bringt.
Für Sebastian, das schönste Weihnachtsgeschenk von allen.
Ihr seid Gottes größte Geschenke an mich, und ich danke ihm jeden Tag voller Ehrfurcht für das Wunder eurer Liebe.

Ich liebe euch von ganzem Herzen.
d.s.

Er sagte/Sie sagte

Er sagte, dass er mich immer schätzen würde.
Sie sagte, dass sie mich immer lieben würde.

Er sagte, dass er mein Partner sein würde.
Sie sagte, dass sie mein bester Freund sein würde.

Er sagte, dass er mir zuhören würde.
Sie sagte, dass sie über meine Witze lachen würde.

Er sagte, dass er immer auf mich hören würde.
Sie sagte, dass sie immer mit mir reden würde.

Er sagte, dass er mich immer in den Arm
nehmen würde.
Sie sagte, dass sie immer meine Hand halten würde.

Er sagte, dass er immer neben mir schlafen würde.
Sie sagte, dass sie mir immer einen Gutenachtkuss
geben würde.

Er sagte, dass er mich immer lieben würde.
Sie sagte, dass sie mich nie verlassen würde.

Donna Rosenthal
Künstlerin

I

Die Sonne brannte auf das Deck der *Blue Moon*. Die Yacht war mehr als siebzig Meter lang und bestach durch ihr elegantes Design. Pool, Hubschrauberlandeplatz, sechs luxuriöse Kabinen für Gäste, eine Mastersuite wie aus einem Film und eine perfekt geschulte 16-köpfige Crew. Die *Blue Moon* – und ihr Besitzer – war weltweit in jedem Yachtsport-Magazin vorgestellt worden. Charles Sumner Harrington hatte das Boot einige Zeit zuvor von einem saudischen Prinzen gekauft. Seine erste Yacht legte sich Charlie bereits im Alter von zweiundzwanzig Jahren zu. Über zwei Jahrzehnte später genoss er das Leben auf einem Boot noch genauso wie damals.

Mit Mitte vierzig war Charles Harrington nun ein glücklicher Mann. Das Leben schien es gut mit ihm zu meinen. Schon früh hatte er ein riesiges Vermögen geerbt und es in den folgenden Jahren verantwortungsvoll verwaltet und klug investiert. Außerdem leitete Charlie die von seiner Familie gegründete Stiftung. Er war sich darüber im Klaren, dass nur wenige Menschen auf dieser Erde so gesegnet waren wie er. Deshalb engagierte er sich über die Stiftung hinaus auch privat für die weniger Glücklichen unter ihnen. Leidenschaftlich setzte er sich für Jugendliche und Kinder ein. Er leistete beeindruckende Arbeit im Bildungsbereich, sicherte vor allem in Entwicklungsländern medizinische Unterstützung und hatte sich dem Kampf gegen Kindesmissbrauch verschrieben. Charles Harrington war eine Leitfigur der Gesellschaft, obwohl er seine wohltätige Arbeit möglichst unspektakulär verrichtete. Auch privat war Charlie ein fürsorglicher, gewissenhafter Mann. Er verheimlichte jedoch keineswegs, dass er verwöhnt war, und bat für die Art, wie er lebte, nicht um Entschuldigung. Charles Harrington konnte es sich nun einmal leisten, schließlich gab er jedes Jahr Millionen für das Wohlergehen anderer aus. Er hatte nie geheiratet, war kinderlos, genoss das gute Leben, und es bereitete ihm Spaß, seine Freunde daran teilhaben zu lassen.

Jedes Jahr verbrachten Charlie und seine beiden engsten Freunde, Adam Weiss und Gray Hawk, den August auf Charlies Yacht. Sie kreuzten im Mittelmeer und gingen vor Anker, wo es ihnen gerade gefiel. Seit zehn Jahren war dieser gemeinsame Urlaub zu einem festen Ritual geworden. Immer am ersten August flogen Adam und Gray nach Nizza und gingen dort an Bord der *Blue Moon*. Charlie war für gewöhnlich bereits den Juli über auf der Yacht und kehrte manchmal nicht vor Ende September zu seinem Wohnsitz nach New York zurück. Seine Investitionen und Entscheidungen bezüglich der Stiftung konnte er problemlos vom Boot aus tätigen.

Als Charlie an diesem Morgen auf dem Achterdeck frühstückte, lag das Boot im Hafen von St. Tropez vor Anker. Letzte Nacht war es spät geworden. Erst gegen vier Uhr am Morgen waren sie zurück aufs Schiff gekommen. Trotzdem stand Charlie früh auf. Seine Erinnerungen an letzte Nacht waren verschwommen – so wie immer, wenn Gray und Adam mit von der Partie waren. Die drei schuldeten niemandem Rechenschaft. Keiner von ihnen war verheiratet oder lebte momentan in einer Beziehung. Sie hatten schon vor langem vereinbart, dass sie den Monat auf dem Boot immer als »Junggesellenurlaub« verbringen wollten, auch wenn sich ihre persönliche Situation einmal ändern sollte. Die übrige Zeit des Jahres widmeten sie sich ihrer Arbeit. Adam war Anwalt und Gray Künstler.

Adam und Gray waren aus freien Stücken Junggesellen. Charlie hingegen behauptete stets, sein Singledasein sei einfach Pech. Er hätte gern geheiratet, aber bisher war ihm nicht die Richtige begegnet – obwohl er sein Leben lang nach ihr gesucht hatte. Und das tat er noch immer voller Entschlossenheit, obwohl er bereits viermal verlobt gewesen war. Seine erste Verlobte hatte drei Wochen vor der Hochzeit mit seinem ehemals besten Freund geschlafen. Es folgte ein gewaltiger Skandal, und Charlie war gar nichts anderes übriggeblieben, als die Verlobung zu lösen. Damals war er dreißig Jahre alt. Seine zweite Braut hatte kurz nach der Verlobung einen Job in London angenommen. Um sie dennoch regelmäßig zu sehen, hatte sich Charlie eine Wohnung in London gemietet und war gependelt. Allerdings ließ ihr die Arbeit bei der britischen *Vogue* kaum Zeit für ihn. Zwei Monate vor der Hochzeit gestand sie ihm, dass sie Karriere machen wolle und nicht bereit sei, ihren Job nach der Hochzeit aufzugeben. Da sich das jedoch nicht mit Charlies Vorstellungen der Rollenverteilung vertrug, entschieden sie, sich zu trennen – freundschaftlich natürlich. Für ihn war es eine große Enttäuschung. Trotzdem war er danach entschlossener denn je, seine Traumfrau zu finden. Ein Jahr später war er sicher, dass es ihm endlich gelungen war. Er und sie hatten vieles gemeinsam. Damals musste er häufig nach Südamerika, wo sich die Stiftung um Kinder in Entwicklungsländern kümmerte. Sie begleitete Charlie auf diesen Reisen und war sogar bereit, sich für ihn beruflich einzuschränken. Sechs Monate nach ihrer ersten Begegnung verlobten sie sich. Alles lief gut, bis es Charlie zunehmend störte, dass seine Verlobte und ihre Zwillingsschwester unzertrennlich waren. Seine zukünftige Frau bestand darauf, ihre Schwester überallhin mitzunehmen. Doch sie und Charlie hatten sich vom ersten Augenblick an nicht leiden können. Bei jedem Treffen gab es hitzige Auseinandersetzungen. Er war davon überzeugt, dass sich ihre gegenseitige Abneigung nicht legen würde. Deshalb lösten sie die Verlobung in gegenseitigem Einverständnis. Seiner Verlobten war ihre Zwillingsschwester zu wichtig, als dass sie jemanden heiraten konnte, der ihre Schwester nicht ausstehen konnte. Innerhalb eines Jahres heiratete sie einen anderen Mann, und ihre Schwester zog bei den beiden ein. Da wusste Charlie endgültig, dass er das Richtige getan hatte. Charlies vierte und letzte Verlobung hatte fünf Jahre zuvor ihr trauriges Ende gefunden. Seine Verlobte hatte ihn zwar geliebt, aber sie wollte keine Kinder. Daran änderte auch eine gemeinsame Paartherapie nichts. Anfangs hatte er gedacht, sie noch überzeugen zu können. Als er jedoch erkannte, dass ihm das nicht möglich war, trennten sie sich in aller Freundschaft.

Charlie schaffte es, mit allen Ex-Freundinnen befreundet zu bleiben. Zur Weihnachtszeit bekam er unzählige Karten von Frauen, mit denen er irgendwann einmal zusammen gewesen war – die jetzt aber mit einem anderen verheiratet waren. Wenn er sich Fotos von ihnen ansah, dann waren sie sich alle ähnlich: attraktive blonde Frauen aus gutem Hause, die auf renommierten Schulen gewesen waren und renommierte Männer geheiratet hatten. Sie lächelten ihn von ihren Weihnachtskarten an, den erfolgreichen Ehemann neben sich und die flachsköpfigen Kinder ringsum.

Seine Freunde Adam und Gray rieten ihm ständig, endlich die Finger von diesen »Debütantinnen« zu lassen und mit »richtigen« Frauen auszugehen, deren Definition sich entsprechend ihrer jeweiligen Laune unterschied. Aber Charlie wusste ganz genau, was er wollte. Eine intelligente, betuchte Frau, die seine Werte und Ideale teilte und aus einer angesehenen Familie kam. Das war ihm wichtig. Den Stammbaum seiner eigenen Familie konnte man bis ins fünfzehnte Jahrhundert nach England zurückverfolgen. Sein Vermögen war etliche Generationen alt, und wie schon sein Vater und Großvater war auch Charlie in Princeton gewesen. Seine Mutter hatte ebenso wie seine Schwester die private Mädchenschule Miss Porter's und anschließend mehrere Internate in Europa besucht. Eine solche Frau wollte Charlie heiraten. Seine Sichtweise war altmodisch und versnobt, aber Charlie wusste eben, was er wollte und was zu ihm passte. Er selbst war in vielen Dingen altmodisch und hing althergebrachten Werten an, wählte die Konservativen und führte ein solides Leben. Charlie war Eleganz und Würde in Person – ein vollkommener Gentleman. Er war aufmerksam, nett, großzügig, charmant, und seine Manieren waren tadellos. Für die New Yorker Frauen war er schon lange zu einer lohnenswerten Eroberung geworden.

Charles Harrington zu heiraten wäre für jede Frau das

große Los gewesen. Aber wie der schöne Prinz im Märchen, so suchte auch er auf der ganzen Welt nach der perfekten Frau. Stattdessen fand er Frauen, die zwar auf den ersten Blick reizend und attraktiv wirkten, die aber jedes Mal einen verhängnisvollen Schönheitsfehler aufwiesen, der ihn unweigerlich den Weg zum Altar abbrechen ließ. Aber wo auch immer sich die richtige Frau versteckte, er war nach wie vor fest entschlossen, sie zu finden. Und Charlie war sicher, dass ihm das eines Tages gelingen würde. Er wusste nur nicht, wann das sein würde. Sein einziger Trost bestand darin, dass er bisher zumindest nicht die Falsche geheiratet hatte.

Charlies Gesicht war der Sonne zugewandt, die Augen hielt er geschlossen. Eine Stewardess servierte ihm Frühstück und schenkte ihm eine zweite Tasse Kaffee ein. Letzte Nacht hatte er Champagner und etliche Martinis getrunken. Aber seit er vor dem Frühstück schwimmen gewesen war, ging es ihm besser. Er war ein ausdauernder Schwimmer. In Princeton hatte er das Schwimmteam angeführt. Trotz seines Alters war er sportlich und durchtrainiert. Mit Begeisterung fuhr er Ski, surfte, spielte im Winter regelmäßig Squash und im Sommer Tennis. Das tat nicht nur seiner Gesundheit gut, sondern erhielt ihm auch die Figur eines Dreiundzwanzigjährigen. Charlie war groß, schlank und hatte sandfarbenes Haar, in dem die wenigen grauen Haare nicht auffielen, die er im Laufe der Zeit bekommen hatte. Er hatte blaue Augen, und da er den letzten Monat auf dem Boot verbracht hatte, war er tief gebräunt.

Das gute Aussehen hatten er und seine Schwester von ihrer Mutter geerbt. Charlies Eltern waren während eines

Italienurlaubs bei einem Frontalzusammenstoß mit dem Auto ums Leben gekommen. Charlie war damals sechzehn Jahre alt gewesen und seine Schwester Ellen einundzwanzig. Damals verließ Ellen ihr College in Vassar während des dritten Studienjahrs, um nach Hause zu kommen und sich um Charlie und die Stiftung zu kümmern. Ihm stiegen noch immer Tränen in die Augen, wenn er an seine Schwester dachte. Ellen hatte gesagt, sie wolle ans College zurückkehren, sobald er mit dem Studium anfing. Sie wäre bereit, dieses Opfer für ihn zu bringen. Ellen war eine außergewöhnliche Frau gewesen, und Charlie hatte sie über alles geliebt. Als Charlie dann ans College kam, ahnte er nicht, dass seine Schwester sterbenskrank war. Es gelang ihr, die Krankheit fast drei Jahre lang vor ihm geheim zu halten. Sie sagte, sie habe zu viel mit der Stiftung um die Ohren, um weiter studieren zu können, und er hatte ihr geglaubt. In Wahrheit litt sie an einem Gehirntumor. Sie wusste seit Jahren, dass der Tumor wegen seiner Lage inoperabel war. Ellen starb mit sechsundzwanzig Jahren, nur wenige Monate bevor Charlie in Princeton seinen Abschluss machte. Er hatte niemandem, der diesen wichtigen Tag mit ihm teilte.

Kurz nach seinem Abschluss kaufte er sich sein erstes Boot und umsegelte zwei Jahre lang die Welt. Es verging kaum ein Tag, an dem er nicht an seine Schwester und seine Eltern dachte. Ihr Familienleben war absolut harmonisch und liebevoll gewesen. In dem Moment, als alle, die ihn liebten und die er liebte, starben und ihn allein ließen, baute er um sein Innerstes eine Mauer auf. Seine größte Angst war, wieder jemanden zu lieben und ihn erneut an den Tod zu verlieren.

Als er von seiner Weltumseglung zurückkehrte, war er vierundzwanzig Jahre alt. Er ging an die Columbia Business School und machte dort seinen MBA, lernte viel über Investitionen und wie man eine Stiftung leitet. Er war reich und fand ein paar gut gewählte Freunde. Aber ihm war klar, dass er im Grunde so lange allein sein würde, bis er die richtige Frau fand. Er würde sich nicht mit weniger zufriedengeben als dem, was er zu verdienen meinte, eine Frau wie Ellen oder seine Mutter. Dass gerade diese beiden ihn allein zurückgelassen hatten, gestand er sich nur ungern ein. Es war nicht ihre Schuld gewesen, sondern lediglich eine grausame Wendung des Schicksals. Das machte es nur umso wichtiger für ihn, eine Partnerin zu finden, auf die er zählen konnte, die eine gute Mutter für seine Kinder sein würde – jemand, der in jeder Hinsicht nahezu perfekt war. In Charlies Augen war diese Frau es wert, auf sie zu warten.

»O Gott«, stöhnte jemand hinter ihm auf dem Deck. Charlie lachte und öffnete die Augen. In weißen Shorts und blauem T-Shirt kam Adam an den Tisch geschlurft und ließ sich Charlie gegenüber in einen Sessel fallen. Die Stewardess schenkte Adam eine Tasse Kaffee ein. Bevor Adam ein weiteres Wort sagte, trank er einen tiefen Schluck. »Was zur Hölle habe ich letzte Nacht getankt?«, brummte er dann. »Jemand muss mir etwas in den Drink geschüttet haben.« Adam hatte dunkle, fast ebenholzschwarze Augen. Auf eine Rasur hatte er diesen Morgen verzichtet. Mittelgroß, mit breiten Schultern und markanten Gesichtszügen war Adam kein so auffallend gutaussehender Mann wie Charlie. Aber er besaß Intelligenz,

Humor und Charme. Was ihm an Aussehen mangelte, machte er mit Verstand, Witz und Geld wieder wett. Und von Letzterem hatte er in den vergangenen Jahren eine Menge verdient.

»Soweit ich mich erinnere, hast du vor allem Rum und Tequila getrunken, aber das war nach der Flasche Wein zum Abendessen.« Sie hatten an Bord gespeist und dazu Château Haut-Brion getrunken. Anschließend waren sie an Land gegangen und in St. Tropez durch die Bars und Diskotheken gezogen. Charlie wusste, dass er dort nicht die perfekte Frau finden würde, aber es gab hier eine Menge andere, für die er die Suche einige Zeit unterbrach.

»Das dachte ich mir. Der Rum muss mich umgehauen haben. Auf diesem Boot verwandle ich mich jedes Jahr in einen Alkoholiker. Wenn ich zu Hause so viel trinken würde, wäre ich schnell aus dem Geschäft.« Adam Weiss blinzelte in das grelle Sonnenlicht, setzte eine dunkle Sonnenbrille auf und grinste. »Du hast einen verdammt schlechten Einfluss auf mich, aber du bist ein hervorragender Gastgeber. Um wie viel Uhr bin ich zurück an Bord gekommen?«

»Ich glaube, gegen vier.« Charlie urteilte nicht über seine Freunde. Er wollte einfach nur, dass sie ihren Spaß hatten. Adam und Gray waren die besten Freunde, die er je gehabt hatte, und was die drei miteinander verband, ging über reine Freundschaft hinaus. Sie waren wie Brüder und hatten einander in den letzten zehn Jahren oft beigestanden.

Charlie war Adam kurz nach dessen Scheidung von Rachel begegnet. Adam und Rachel hatten sich im zweiten Studienjahr in Harvard kennengelernt, wo sie beide Jura studierten. Rachel hatte ihr Examen im ersten Anlauf summa cum laude bestanden, danach jedoch nie als Anwältin gearbeitet. Adam schaffte seinen Abschluss überhaupt erst beim zweiten Versuch. Dennoch wurde er ein brillanter und erfolgreicher Anwalt. Er stieg in eine Kanzlei ein, die sich auf Rockstars und Spitzensportler spezialisiert hatte – und er liebte seine Arbeit. Rachel und er heirateten einen Tag nach seinem Examen. Ihre Familien kannten sich aus Long Island und begrüßten diese Verbindung. Erstaunlicherweise waren er und Rachel sich während der Highschool-Zeit nie begegnet, obwohl ihre Eltern schon lange befreundet waren. Allerdings hatte er sich auch immer dagegen gesträubt, sich mit Töchtern aus dem Bekanntenkreis seiner Eltern zu treffen. Natürlich wusste er vom ersten Moment an, wer Rachel war. Trotzdem schien sie die perfekte Frau für ihn zu sein.

Nach der Hochzeit erhofften sich die beiden ein glückliches Leben. Rachel wurde bereits in den Flitterwochen schwanger und bekam innerhalb von kurzer Zeit zwei Kinder, Amanda und Jacob, die mittlerweile dreizehn und vierzehn Jahre alt waren. Doch die Ehe hielt nur fünf Jahre. Adam arbeitete hart an seiner Karriere. Nachts kam er oft erst um drei Uhr nach Hause, da er seine Klienten noch auf Konzerte oder zu Sportveranstaltungen begleiten musste. Aber allen Versuchungen zum Trotz blieb er Rachel treu. Sie dagegen wurde es leid, ständig allein zu sein, und verliebte sich in einen Kinderarzt, den sie bereits seit der Highschool kannte. Während Adam damit beschäftigt war, das Geld für die Familie zu verdienen, begann sie eine Affäre. Drei Monate nachdem er in der Kanzlei zum Partner ernannt worden war, verließ sie ihn.

Sie sagte Adam, er käme gut ohne sie zurecht, nahm die Kinder, die Hälfte seines Geldes und heiratete den Kinderarzt, sobald die Tinte auf dem Scheidungspapier trocken war.

Zehn Jahre später war Adam noch immer derart wütend auf sie, dass er es kaum fertigbrachte, höflich mit ihr zu reden. Er hatte sich geschworen, nie wieder zu heiraten, um so etwas nicht noch einmal zu erleben. Als sie ihn damals mit den Kindern verließ, hatte ihn das beinahe umgebracht. Seitdem vermied er jedes Risiko, eine ernsthafte Bindung einzugehen, indem er sich nur mit Frauen traf, die halb so alt waren wie er – die in dem Milieu, in dem er arbeitete, leicht zu finden waren. Im Alter von einundvierzig Jahren ging er mit Mädchen aus, die Anfang zwanzig waren, Models, Starlets, Groupies, eben die Art von Frauen, die sich um Rockstars und Spitzensportler scharen. Meistens konnte er sich nicht einmal ihre Namen merken. Er war ihnen gegenüber großzügig, aber auch ehrlich. Von Anfang an stellte er klar, dass es bei ihrer Beziehung einfach darum ging, sich miteinander zu vergnügen. Es hielt nie länger als einen Monat – wenn überhaupt. Er ging ein paarmal mit ihnen aus und anschließend ins Bett. Und dann zog er weiter. Rachel hatte ihm sein Herz herausgerissen und es unter ihrem Absatz zertreten. Mit ihr redete er nur, wenn es sich nicht vermeiden ließ, und das passierte immer seltener, je älter die Kinder wurden. Meistens schickte er ihr kurze E-Mails oder ließ seine Sekretärin anrufen. Adam liebte seine neue Freiheit, und nichts auf der Welt würde ihn dazu bringen, diese noch einmal aufs Spiel zu setzen. Soweit es ihn betraf, waren Frauen für Sex und zum Vergnügen da, ansonsten hielt man sie auf Abstand. Wichtig waren ihm nur seine Kinder, seine Arbeit und seine Freunde. Rachel war seine Todfeindin, seine Mutter das Kreuz, das er zu tragen hatte, seine Schwester eine Plage – und die Frauen, mit denen er ausging, kaum mehr als Fremde.

»Ich glaube, ich habe mich gestern gut amüsiert.« Adam grinste verlegen. »Ich erinnere mich noch daran, dass ich mit ein paar Brasilianerinnen getanzt habe, die kein Wort Englisch verstanden. Aber die konnten sich vielleicht bewegen … Ich habe bis zum Abwinken Samba getanzt und bestimmt zwei Dutzend Drinks gehabt. Diese Weiber waren unglaublich.«

Charlie lachte, und dann drehten beide Männer ihre Gesichter der Sonne zu. Adams Kopf dröhnte. Er amüsierte sich genauso exzessiv, wie er arbeitete. Adam war einer der Top-Anwälte in seinem Bereich, trug stets drei Handys und einen Pager bei sich und verbrachte den Großteil seines Lebens in Meetings oder in seiner Privatmaschine auf dem Weg zu Meetings. Er vertrat eine lange Liste bekannter Persönlichkeiten, die sich alle mit erschreckender Regelmäßigkeit in Schwierigkeiten brachten. Trotzdem liebte Adam seine Arbeit und hatte mit seinen Klienten mehr Geduld als mit irgendjemandem sonst – abgesehen von seinen Kindern. Sie waren ihm das Wichtigste in seinem Leben.

»Ich glaube, ich habe mich mit ihnen für heute Abend verabredet«, sagte Adam und lächelte beim Gedanken an die brasilianischen Schönheiten. »Aber da sie kein Wort verstanden haben, werden wir später hingehen müssen, um festzustellen, ob sie trotzdem kommen.« Nach der zweiten Tasse Kaffee erholten sich Adams Lebensgeister allmählich. In diesem Moment erschien Gray. Er trug ebenfalls eine dunkle Sonnenbrille, und seine ungekämmte Mähne weißer Haare stand in alle Richtungen ab. Stöhnend setzte er sich an den Tisch. Er hatte eine Badehose an und ein mit Farbflecken übersätes T-Shirt.

»Ich bin zu alt für so etwas«, sagte er und nahm dankbar eine Tasse Kaffee entgegen. Dann öffnete er eine Flasche Underberg. Der bittere Geschmack vertrieb die aufkommende Übelkeit. Im Vergleich zu Adam und Charlie sah er auffallend anders aus. Gray war groß und sehr dünn. Als Junge hatte er ausgesehen wie ein Strich in der Landschaft. Er war Künstler und lebte in West Village, wo er oft monatelang an einem Bild arbeitete. Wenn er pro Jahr zwei davon verkaufte, kam er damit gerade über die Runden. Wie Charlie hatte er nie geheiratet und war kinderlos. In der Kunstwelt war er anerkannt, er hatte es jedoch nie zu kommerziellem Erfolg gebracht. Aber das war ihm gleichgültig. Geld bedeutete ihm nichts. Für ihn zählte nur die Integrität seiner Arbeit. Er bot Adam und Charlie ebenfalls einen Underberg an, aber die verzogen beide das Gesicht.

»Wie kannst du nur dieses Zeug trinken?« Adam schüttelte sich allein bei dem Geruch. »Es mag ja helfen, aber eher ertrage ich meinen Kater, als dass ich dieses Gebräu runterkriege.«

»Es hilft wirklich. Wenn wir weiterhin so viel trinken, solltet ihr es mir allerdings intravenös verabreichen. Ich vergesse immer, wie heftig unser Urlaub wird. Bestimmt nähme man uns mittlerweile sofort bei den Anonymen Alkoholikern«, sagte Gray und kippte einen weiteren Underberg herunter, spülte dann mit Kaffee hinterher und stürzte sich anschließend auf einen Teller Rührei.

»Normalerweise greifst du erst in der zweiten und nicht schon in der ersten Woche zu diesem Hausmittelchen«, erwiderte Charlie gut gelaunt. Er liebte es, Zeit mit seinen beiden Freunden zu verbringen. Am Anfang schlugen sie immer etwas über die Stränge. Aber es war längst nicht so schlimm, wie sie jetzt taten. Letzte Nacht hatten sie zwar einiges getrunken, aber vor allem hatten sie sich einfach vergnügt, hatten getanzt, Leute beobachtet und es genossen, wieder zusammen zu sein. Charlie freute sich darauf, den ganzen Monat mit den beiden zu verbringen. Für ihn war es der Höhepunkt jedes Jahres, und den beiden anderen ging es ebenso. In den letzten zehn Jahren hatten sie viel gemeinsam erlebt und erzählten sich oft lachend Geschichten aus dieser Zeit.

»So heftig wie gestern war es sonst nie an den ersten Tagen. Meine Leber ist jetzt schon hinüber. Das spüre ich«, sagte Gray mit besorgter Miene, während er das Rührei aß und sich dann eine Scheibe Toast in den Mund schob. Kopfschüttelnd betrachtete Adam, was Gray alles verdrückte. Diese Magenbitter schienen wirklich zu helfen. »Immerhin bin ich älter als ihr beide«, fuhr Gray zwischen zwei Bissen fort. »Wenn ich nicht kürzertrete, werde ich den nächsten August nicht mehr erleben. Vermutlich bringt mich allein die Tanzerei schon um. Verdammt, bin ich schlecht in Form.« Gray war gerade erst fünfzig geworden, sah jedoch wegen seiner nicht zu bändigenden weißen Haare wesentlich älter aus als seine Freunde. Außerdem besaß Charlie noch immer ein jungenhaftes Aussehen, das ihn fünf bis zehn Jahre jünger wirken ließ. Adam war erst einundvierzig, und gleichgültig, wo auf der Welt er sich gerade aufhielt und wie beschäftigt er war,

es verging kein Tag, an dem er nicht im Fitnessstudio trainierte. Er sagte, nur so könne er den Stress aushalten.
Im Gegensatz zu Charlie und Adam suchte Gray nicht aktiv nach Frauen. Er bewegte sich unbeirrt in seiner Welt der Kunst und zog dabei wie ein Magnet Frauen an, die Adam als Psychopathinnen bezeichnete. Gray widersprach ihm nicht. Die Frauen, mit denen er ausging, hatten entweder gerade ihre Medikamente abgesetzt oder taten es, sobald sie mit ihm zusammenkamen. Die meisten waren von ihren Ex-Männern oder -Freunden ausgenutzt und dann auf die Straße gesetzt worden. Gray war ihr Retter in der Not. Selbst wenn er sie nicht einmal attraktiv fand, bot er ihnen an, bei ihm zu wohnen. »Nur für ein paar Wochen, bis sie wieder auf die Füße gekommen sind.« Er kochte für sie, suchte ihnen Ärzte und Therapeuten, brachte sie in einem Entzug unter oder nüchterte sie selbst aus. Er gab ihnen Geld und wurde dabei noch ärmer, als er es zuvor gewesen war. Gray tat für sie, was er konnte – solange sie keine Kinder hatten. Kinder waren das Einzige, womit Gray nicht umgehen konnte. Sie machten ihm Angst. Das war schon immer so gewesen. Sie erinnerten ihn zu sehr an seine eigene Kindheit.
Grays Beziehungen hielten zwischen einem Monat und einem Jahr. Er beschaffte den Frauen einen Job, machte sie gesellschaftsfähig und stellte sie Leuten vor, die ihnen nützlich waren. Und wenn sie nicht am Ende doch ins Krankenhaus oder eine Anstalt eingewiesen wurden, verließen sie ihn mit ziemlicher Sicherheit wegen eines anderen. Gray hatte nie den Wunsch verspürt, eine dieser Frauen zu heiraten. Aber obwohl er damit rechnete, war er enttäuscht, wenn sie ihn verließen. Er kümmerte sich

aufopferungsvoll um sie, aber so wie hingebungsvolle Eltern wusste er, dass seine Küken irgendwann flügge wurden. Zu seiner Verwunderung waren die Abschiede fast jedes Mal schwierig und dramatisch. So gut wie nie verschwanden die Frauen höflich aus Grays Leben. Sie bestahlen ihn, warfen seine Sachen durchs Fenster auf die Straße oder brachen einen lautstarken Streit vom Zaun, der die Polizei auf den Plan rief. Fast nie dankten sie ihm für die Zeit, Mühe, Zuneigung und das Geld, das er ihnen geschenkt hatte. Und am Ende war es für ihn eine Erleichterung, wenn sie gingen. Adam hatte ihm einmal vorgeschlagen, er solle doch für eine Wohltätigkeitsorganisation arbeiten oder ein Frauenhaus eröffnen. Dort könne er sich als Betreuer austoben, ohne dass sein Liebesleben eine Anlaufstelle für gestörte Persönlichkeiten wurde. »Ich kann einfach nicht anders«, hatte Gray verlegen geantwortet. »Jedes Mal denke ich, wenn ich ihnen nicht helfe, tut es niemand.« Gray litt unter dem unwiderstehlichen Drang, die Welt zu retten. Aber früher oder später brauchten diese Frauen einen anderen Typ Mann. Und sobald die eine weg war, erschien eine neue Unglückliche, die Grays Leben auf den Kopf stellte. Es war eine Achterbahnfahrt, an die er sich im Laufe der Jahre jedoch gewöhnt hatte.

Im Unterschied zu Charlie und Adam, die aus angesehenen, alteingesessenen Familien stammten – Adams Familie war auf Long Island ansässig und Charlies an der Fifth Avenue –, war Gray überall auf der Welt aufgewachsen. Seine Eltern gehörten zu einer der erfolgreichsten Rockbands aller Zeiten und hatten ihn als Säugling adoptiert. Er war inmitten von Rockstars aufgezogen worden, die ihm Joints reichten und ihr Bier mit ihm teilten, als er gerade einmal acht Jahre alt war. Seine Eltern hatten auch ein Mädchen adoptiert. Ihn nannten sie Gray – Grauschimmel – und sie Sparrow, also Spatz. Als Gray zehn Jahre alt war, glaubten seine Eltern, wiedergeboren zu sein, und zogen erst nach Indien, dann nach Nepal und blieben eine Weile in der Karibik. Anschließend lebten sie inmitten von Eingeborenen vier Jahre lang auf einem Boot am Amazonas. Seine Schwester wurde eine buddhistische Nonne. Sie kehrte nach Indien zurück und kümmerte sich in Kalkutta um hungernde Menschen. Gray verließ seine Famile mit achtzehn. Er ging nach New York, um zu malen. Seine Eltern verfügten damals noch über ein gewisses Vermögen, aber Gray hatte sich entschieden, es auf eigene Faust zu versuchen. Mit Anfang zwanzig studierte er einige Jahre in Paris, bevor er anschließend wieder nach New York zurückkehrte.

Seine Eltern waren zwischenzeitlich nach Santa Fe gezogen. Als Gray fünfundzwanzig war, adoptieren sie ein Navajo-Baby und nannten den Jungen Boy. Gray mochte den Kleinen, aber der Altersunterschied war zu groß, so dass Gray kaum etwas von Boy mitbekam. Als Boy achtzehn Jahre alt war, starben Grays Eltern, und Boy kehrte zu seinem Stamm zurück. Das war jetzt sieben Jahre her. Und obwohl Gray wusste, wo Boy zu finden war, hatten die beiden nie wieder Kontakt miteinander gehabt. Von Sparrow bekam er alle paar Jahre einen Brief aus Indien. Die beiden waren nie sonderlich gut miteinander ausgekommen. In ihrer Kindheit hatte jeder für sich versucht, mit den Launen und der Überspanntheit ihrer Adoptiveltern zu leben. Gray wusste, dass Sparrow jahrelang auf

der Suche nach ihren leiblichen Eltern gewesen war. Vielleicht, um etwas Normalität in ihr Leben zu bringen. Irgendwo in Kentucky wurde sie schließlich fündig. Sie stellte fest, dass sie nichts mit ihren Eltern gemein hatte, und sah sie nie wieder. Gray hatte bisher nicht den Wunsch verspürt, seine leiblichen Eltern zu finden – obwohl er ein bisschen neugierig war. Aber er verspürte keinerlei Bedürfnis, seiner illustren Familie noch mehr Verrückte hinzuzufügen. Stattdessen ging er mit Frauen aus, die Probleme hatten, die ihm vertraut waren, das gab ihm eine gewisse Sicherheit.
Eins wusste Gray ganz sicher: Er wollte nie Kinder haben. Eine Familie zu gründen überließ er anderen, Menschen wie Adam, die ihre Sprösslinge anständig aufziehen konnten. Gray fühlte sich dazu nicht in der Lage. Er hatte kein elterliches Vorbild und kein richtiges Zuhause, an dem er sich orientieren konnte. Er konnte Kindern nichts geben, davon war er überzeugt. Alles, was er wollte, war malen. Und das konnte er gut. Welcher genetischen Mischung er auch entstammte, Gray war sehr talentiert. Zwar brachte ihm seine Arbeit nicht viel Geld ein, aber als Künstler wurde er respektiert. Das bestätigten ihm sogar die Kritiker. Er war nur nicht geschäftstüchtig genug, um seine finanzielle Situation zu verbessern. Was seine Eltern als Rockmusiker verdient hatten, hatten sie mit Drogen und Reisen um die Welt verprasst. Gray war gewohnt, ohne einen Penny dazustehen, und es machte ihm nichts aus. Was er besaß, gab er anderen, die es seiner Meinung nach dringender brauchten. Und ob er auf Charlies Yacht im Luxus schwelgte oder in seinem Atelier im Meatpacking District fror, war ihm gleichgültig. Auch ob es eine Frau in seinem Leben gab

oder nicht, bedeutete ihm nichts. Für ihn zählten nur seine Arbeit und seine Freunde. Er war längst davon überzeugt, dass Frauen zwar manchmal verlockend sein konnten – und er wusste es zu schätzen, in kalten Nächten einen warmen Körper neben sich im Bett zu spüren –, aber allesamt verrückt waren. Zumindest diejenigen, die in seinem Bett landeten. Wenn eine Frau mit ihm zusammen war, dann musste sie einfach verrückt sein, das stand außer Frage. Es war ein Fluch, den er akzeptierte. Seiner Meinung nach konnte er diesen Bann, den ihm seine verrückten Eltern bei der Adoption auferlegt hatten, nur brechen, indem er sich weigerte, diesen neurotischen Lebensstil weiterzugeben. Sein Geschenk an die Welt, das sagte er oft, bestand in dem Versprechen, keine Kinder zu zeugen. Und bisher hatte er es gehalten.

»Was wollen wir heute unternehmen?«, fragte Charlie, als sich die drei Männer nach dem Frühstück auf Liegestühlen ausstreckten.

Es war schon fast Mittag, und die Sonne stand hoch am Himmel. Adam sagte, er wolle in St. Tropez etwas für seine Kinder kaufen. Amanda liebte die Geschenke, die er ihr mitbrachte, und Jacob war in dieser Hinsicht ohnehin unkompliziert. Die beiden vergötterten ihren Vater, aber sie verstanden sich auch gut mit ihrer Mutter und ihrem Stiefvater. Rachel und ihr Mann hatten noch zwei gemeinsame Kinder bekommen, deren Existenz Adam schlichtweg ignorierte. Er wusste jedoch, dass Amanda und Jacob ihre Halbgeschwister liebten und hervorragend mit ihnen auskamen. Aber davon wollte Adam nichts hören. Er hatte Rachel ihren Verrat nie verziehen und würde das auch nicht tun. Er war schon vor Jahren zu der Überzeugung gelangt, dass alle Frauen von Grund auf hinterhältig waren. Die einzige Methode, mit Frauen umzugehen, bestand nach Adams Meinung darin, sie auf Abstand zu halten und niemals lange bei einer zu verweilen. Dieses Misstrauen legte er nur ab, wenn er mit Charlie und Gray auf dem Boot oder mit seinen Kindern zusammen war.

»Um eins schließen die Geschäfte«, sagte Charlie zu Adam. »Wir können hier zu Mittag essen und am Nachmittag an Land gehen, wenn sie wieder geöffnet haben.« Sie hatten gerade erst gefrühstückt, wenn auch Adam nach dem vielen Alkohol letzte Nacht nur Kaffee und ein Brötchen hinunterbekommen hatte. Er litt an einem nervösen Magen, hatte vor Jahren ein Magengeschwür gehabt und aß selten viel. Das war der Preis, den er bereitwillig für seinen stressigen Job zahlte. Seit Jahren handelte er Verträge für Sportler und Popstars aus. Er liebte die damit verbundene Aufregung und konnte sich dabei voll entfalten. Er holte seine Klienten gegen Kaution aus dem Gefängnis, brachte sie in Teams unter, in die sie unbedingt wollten, verpflichtete sie zu Konzerttourneen, handelte ihre Scheidungen und den Unterhalt für die Geliebte sowie Alimente für uneheliche Kinder aus. Seine Klienten hielten ihn beschäftigt, gestresst und glücklich. Nur zweimal im Jahr nahm er sich frei. Den August natürlich, und dann kreuzte er noch einmal eine Woche im Winter mit Charlie in der Karibik. Gray war dabei nie mit von der Partie, er hatte zu schlechte Erinnerungen an die Karibik aus der Zeit, als er mit seinen Eltern dort gelebt hatte. Er sagte immer, dass ihn nichts dazu brächte, dorthin zurückzukehren. Ende August reiste Adam jedes Jahr außerdem eine Woche mit seinen Kindern durch Europa. Diesmal sollte sein Flugzeug die beiden in New York abholen, ihn anschließend in Nizza einsammeln und sie dann nach London fliegen.

»Was haltet ihr davon, wenn wir rausfahren und am Strand vor Anker gehen? Dann können wir zum Lunch mit dem Beiboot hinüberfahren und in den Club 55 gehen«, schlug Charlie vor, und die beiden nickten zustimmend. Es war das, was sie für gewöhnlich in St. Tropez taten.

Charlie hatte für seine Gäste alle erdenklichen Spielzeuge an Bord – Wasserskier, Jetskier, ein kleines Segelboot, Surfbretter sowie für jeden eine Tauchausrüstung. Aber die meiste Zeit genossen es die drei Männer, einfach nur zu faulenzen. Ihre gemeinsame Zeit verbrachten sie meist mit Essengehen, Frauen, Trinken, ein bisschen Schwimmen – und viel Schlafen. Vor allem Adam. Zu Beginn des Urlaubs war er immer völlig erschöpft und sagte, der einzige Ort, an dem er anständig schlafen könne, sei auf Charlies Boot. Der August war die einzige Zeit im Jahr, in der er keinen Stress hatte. Zwar bekam er auch hierher Faxe und E-Mails, seine Mitarbeiter wussten jedoch, dass sie ihn nur mit absolut wichtigen Angelegenheiten behelligen durften. Und wehe, wenn sie dagegen verstießen. Nur diesen einen Monat gab Adam das Steuer aus der Hand und versuchte, einmal nicht an den Job zu denken. Im September konnte man dann wesentlich angenehmer mit ihm arbeiten.

Kennengelernt hatten sich die drei über ihr wohltätiges Engagement. Charlies Stiftung hatte eine Benefizveranstaltung organisiert, um an der Upper West Side ein Frauenhaus zu finanzieren. Der Schirmherr suchte einen Rockstar, der bereit war, dort ohne Gage aufzutreten. Er nahm Kontakt zu Adam auf, der den betreffenden Künstler vertrat. Im Zuge der Verhandlungen trafen sich Adam und Charlie zum Mittagessen und stellten fest, dass sie viele Gemeinsamkeiten hatten. Als das Konzert schließlich stattfand, waren die Männer bereits gute Freunde geworden.

Bei diesem Event wurde auch ein von Gray gespendetes Gemälde versteigert, was für ihn ein großes Opfer war, denn es entsprach seinem Einkommen von sechs Monaten. Anschließend hatte er sich dazu bereit erklärt, ein Wandgemälde an dem Frauenhaus anzubringen. Dabei lernte er Charlie kennen und später auch Adam, als Charlie die beiden als Dankeschön zu einem Dinner in sein Apartment einlud. Die drei Männer hätten unterschiedlicher nicht sein können und entdeckten dennoch jede Menge Gemeinsamkeiten: Sie engagierten sich für die gleiche Sache und waren alle drei Single.

Charlie hatte gerade erst seine Verlobung hinter sich. Er lud Adam und Gray ein, ihm im August auf seinem Boot Gesellschaft zu leisten – ursprünglich hatte er zu dem Zeitpunkt dort seine Flitterwochen verbringen wollen. Die Reise mit den beiden Männern sah er deshalb als eine angenehme Ablenkung. Das Mädchen, mit dem Gray kurz zuvor zusammen gewesen war, hatte erst versucht, sich das Leben zu nehmen, und war dann mit einem Kunststudenten durchgebrannt. Gray war also froh, im August aus der Stadt herauszukommen, und nahm Charlies Einladung dankbar an. Adam hatte – neben seiner Scheidung – auch ein anstrengendes Frühjahr hinter sich, mit zwei verletzten Spitzensportlern und der abgesagten Konzerttour einer weltbekannten Band, was ein gutes Dutzend Klagen nach sich zog. Am Ende übertraf dieser Urlaub alle Erwartungen. Die drei verbrachten eine tolle Zeit zusammen, und der Aufenthalt auf Charlies Yacht wurde von da an zu ihrem jährlichen Ritual. Dieses Jahr versprach, sich nicht von den vorhergehenden zu unterscheiden. St. Tropez, Monte Carlo mit seinem Casino, Portofino, Sardinien, Capri und wo auch immer sie sonst noch einen Zwischenstopp einlegen wollten. Sie waren erst seit zwei Tagen auf dem Boot und hatten noch viel Zeit vor sich.

»Also, wie sieht's aus, Jungs? Zum Mittagessen in den Club 55 und vorher eine Runde schwimmen?«, fragte Charlie.

»Ja, wieso nicht?«, antwortete Adam und verdrehte die Augen, als sein teures Handy klingelte. Er ignorierte es. Die Mailbox konnte er abhören. In Europa trug er nur ein Handy bei sich – eine Wohltat gegenüber New York. »Klingt nach harter Arbeit, aber einer muss sie ja tun.« Er grinste.

»Möchte jemand eine Bloody Mary?«, fragte Charlie mit gespielter Unschuld, während er dem bereitstehenden Steward ein Zeichen gab, dass sie aufbrechen würden. Der Chefsteward, ein attraktiver junger Neuseeländer, nickte und ging fort, um dem Kapitän Bescheid zu geben und im Club einen Tisch für das Mittagessen zu reservieren. Mehr Informationen brauchte er nicht. Er wusste, dass Charlie um halb drei zum Mittagessen an Land gehen wollte. Meistens aßen die drei lieber an Bord, aber die Prominentenszene in St. Tropez war zu verführerisch. Und jeder,

der etwas auf sich hielt, ging zum Mittagessen in den Club 55 und zum Dinner ins Spoon.

»Machen Sie aus meiner eine jungfräuliche Bloody Mary«, sagte Gray lächelnd zu dem Steward. »Ich möchte meinen Aufenthalt im Entzug noch ein paar Tage aufschieben.«

»Meine bitte scharf und gut gewürzt, und wenn ich so darüber nachdenke, mit Tequila«, sagte Adam mit breitem Grinsen, und Charlie lachte.

»Ich nehme einen Bellini«, sagte Charlie. Diese Mischung aus Pfirsichsaft und Champagner erschien ihm als passender Einstieg in den Tag. Charlie hatte eine Vorliebe für kubanische Zigarren und guten Champagner. Von beidem hatten sie eine Menge an Bord.

Die drei Männer saßen an Deck und ließen es sich gut gehen. Währenddessen fuhren sie langsam aus dem Hafen, zwischen den Ausflugsbooten voller Schaulustiger hindurch, die Fotos von der Yacht schossen. Am Ende des Kais stand dicht gedrängt die übliche Meute Paparazzi und wartete darauf, dass berühmte Persönlichkeiten im Hafen anlegten, denen sie mit ihren Motorrollern auf Schritt und Tritt folgten. Charlie bot allerdings nur wenig Futter für die Klatschpresse. Abgesehen von der riesigen Yacht bemühte er sich, nicht allzu viel Aufsehen zu erregen. Er war einfach nur ein reicher Mann, der mit zwei Freunden unterwegs war, die niemand kannte, der Klatschzeitungen las. Obwohl Adam von vielen Stars umgeben war, hielt er sich selbst stets im Hintergrund. Und Gray Hawk war schließlich nur ein am Hungertuch nagender Künstler.

Vor dem Mittagessen gingen sie eine halbe Stunde schwimmen. Danach holte Adam einen Jetski heraus, um noch ein wenig von seiner überschüssigen Kraft loszuwerden. Gray schlief an Deck, und Charlie rauchte eine seiner kubanischen Zigarren. Ein perfektes Leben. Um halb drei nahmen sie das Beiboot und setzten zum Lunch in den Club 55 über. Alain Delon war da, Gérard Depardieu und Catherine Deneuve, über die sich die drei Freunde einig waren, dass sie noch immer eine Schönheit war. Im Grunde war sie genau Charlies Typ, wenn auch um einiges älter als die Frauen, mit denen er für gewöhnlich ausging. Ältere Frauen überließ er noch älteren Männern. Adam sah das genauso. Im Gegensatz zu den beiden sagte Gray, der sich nichts aus jüngeren Mädchen machte, er wäre in jedem Alter mit Catherine Deneuve glücklich. Mrs Deneuve kam jedoch für ihn aus einem anderen Grund nicht in Frage: Sie wirkte völlig normal und lebensfroh, als sie sich angeregt und lachend mit ihren Freunden unterhielt. Eine Frau, die Gray anzog, würde weinend in einer Ecke sitzen oder schluchzend telefonieren. Die Frau, nach der Adam suchte, wäre gerade einmal zehn Jahre älter als seine Teenager-Tochter, und er würde ihr eine Brustvergrößerung und eine Nasenkorrektur bezahlen müssen. Die Frau aus Charlies Träumen trüge einen Heiligenschein und gläserne Schuhe. Nur dass diese Frau nicht um Mitternacht davonlaufen, sondern versprechen würde, ihn nie zu verlassen und bis in alle Ewigkeit in seinen Armen zu tanzen. Vielleicht würde er diese Frau eines Tages finden.

2

Am Nachmittag legte der Kapitän mit der *Blue Moon* wieder am Ende des Kais in St. Tropez an. Es war eine Meisterleistung, denn in der Hochsaison war der Platz sehr begrenzt. Wegen ihrer Größe musste die *Blue Moon* an die äußerste Anlegestelle. Aber kaum hatten sie festgemacht, da bedauerte Charlie bereits, sich nicht wie geplant mit dem kleinen Beiboot an Land gebracht haben zu lassen. Die Paparazzi wurden von der großen Yacht sofort angezogen. Als die drei Männer in den wartenden Wagen stiegen, gab es ein Blitzlichtgewitter. Adam und Charlie ignorierten es, und Gray winkte.

»Die armen Kerle. Muss furchtbar sein, so seinen Lebensunterhalt zu verdienen«, sagte er teilnahmsvoll. Adam stöhnte nur. Er hasste die Presse.

»Schmarotzer. Allesamt Widerlinge«, sagte er. Die Presse verursachte ständig Probleme im Leben seiner Klienten. Gerade erst an diesem Nachmittag hatte er einen Anruf von seinem Büro erhalten. Einer seiner Klienten war dabei fotografiert worden, wie er in Begleitung einer Frau ein Hotel verließ, und schon gab es einen Skandal. Die wütende Ehefrau hatte bestimmt zehn Mal in Adams Büro angerufen und drohte mit Scheidung. Es sei nicht die erste Affäre ihres Mannes, und sie verlange entweder die Scheidung samt einer gewaltigen Abfindung oder fünf Millionen bar auf die Hand, um bei ihm zu bleiben. Adam überraschte so schnell nichts mehr. Aber gerade nahm er sich eine Auszeit, und ihm stand nicht der Sinn danach, sich mit den Seitensprüngen seiner Klienten herumzuschlagen. Sein größtes Interesse galt jetzt dem Wiedersehen mit den Brasilianerinnen.

Am Nachmittag gingen sie in den Ort, um einzukaufen. Danach legten sie sich ein wenig hin. Am Abend gingen sie zum Dinner ins Spoon, das Restaurant des Hotels Byblos. Gerade als sie sich hingesetzt hatten, kam ein russisches Supermodel herein. Ihre Kleidung bestand aus weißen Seidenhosen und einem winzigen weißen Lederbolero, der weit offen stand. Das gesamte Restaurant hatte freie Sicht auf ihre Brüste. Charlie wirkte amüsiert, während Adam lachte.

»Klasse Titten«, sagte Gray, während sie das Essen und eine gute Flasche Wein bestellten.

»Ja, aber leider nicht echt«, lautete Adams nüchterner Kommentar. Ihn beeindruckte so etwas nicht, es amüsierte ihn eher. Es brauchte zwar Mumm, sich fast oben ohne in ein feines Restaurant zu setzen, aber im Spoon erlebten die drei so etwas nicht zum ersten Mal. Im Jahr zuvor war ein deutsches Mädchen mit einer durchsichtigen Netzbluse hereingekommen, die so fein war, dass sie so gut wie unsichtbar war. Das Mädchen hatte den ganzen Abend von der Hüfte an aufwärts praktisch nackt dagesessen, geredet, gelacht, geraucht und offensichtlich das Aufsehen genossen, das sie erregte. Aber niemand hatte einen Herzinfarkt bekommen.

»Woher weißt du, dass sie nicht echt sind?«, fragte Gray neugierig. Ihre Brüste waren groß und fest, mit nach oben gereckten Nippeln. Er war bereits angetrunken. Bevor sie losfuhren, hatten sie auf dem Boot Margaritas getrunken. Eine weitere Nacht der Ausschweifungen und der Maßlosigkeit hatte begonnen.

»Darauf gebe ich dir mein Wort«, erklärte Adam kategorisch. »Ich habe schon an die hundert Paar bezahlt. Genau genommen hundert und ein halbes Paar. Einige Jahre zuvor war ich mit einem Mädchen zusammen, das nur eine korrigiert haben wollte. Sie sagte, die andere wäre gut, sie wolle nur die kleinere angepasst haben.«

»Klingt interessant«, sagte Charlie amüsiert. Dann probierte er den Wein und nickte dem Sommelier zu. Der Wein war ausgezeichnet, ein alter Jahrgang Lynch-Bages. »Statt mit ihnen essen oder ins Kino zu gehen, schickst du sie erst zur Brustkorrektur?«

»Nein, aber jedes Mal, wenn ich eine angehende Schauspielerin ausführe, haut sie mich früher oder später wegen neuer Brüste an. Zustimmen ist einfacher, als darüber zu streiten. Danach sind sie immer recht friedlich, vorausgesetzt, ihnen gefällt das Ergebnis.«

»Früher haben die Männer den Frauen zum Abschied Perlenketten oder Diamantringe gekauft. Heutzutage schenken sie ihnen Implantate«, kommentierte Charlie trocken. Die Frauen, mit denen er ausging, würden ihn nie darum bitten, dass er ihnen neue Brüste bezahlte. Wenn Charlies Verabredungen kosmetische Verbesserungen durchführen ließen, dann bezahlten sie diese mit Geld aus ihrem eigenen Vermögen, und es wurde kein Wort darüber verloren. Er konnte sich nicht an eine einzige Frau erinnern, mit der er ausgegangen war und die eine Schönheitsoperation gehabt hatte – zumindest nicht, dass er wüsste. Adams Mädchen, wie er und Gray sie nannten, waren zu großen Teilen künstlich verschönert. Grays Verabredungen brauchten eher eine Lobotomie oder starke Beruhigungsmittel. Er musste jede Menge Therapeuten, Entzugsaufenthalte und Psychiater bezahlen. Dazu kamen oft noch Anwaltskosten für gerichtliche Verfügungen, um Ex-Freunde auf Abstand zu halten, die damit drohten, sie – oder auch ihn – umzubringen. Vielleicht war es letztlich einfacher, für Implantate zu zahlen. Nach der Operation bedankten sich Adams Frauen immerhin bei ihm und verschwanden dann aus seinem Leben. Grays blieben stets noch eine Weile oder erschienen wieder, wenn der neue Mann anfing, sie schlecht zu behandeln. Charlies Frauen gingen stets als Freunde und luden ihn dann später zu ihrer Hochzeit mit einem anderen ein.

»Vielleicht sollte ich das mal ausprobieren«, sagte Charlie und lachte in sein Weinglas.

»Was ausprobieren?«, fragte Gray geistesabwesend. Diese Russin und ihre Brüste brachten ihn ganz durcheinander.

»Implantate. Das könnte doch ein nettes Weihnachts- oder Hochzeitsgeschenk sein.«

»Das ist krank.« Adam schüttelte den Kopf. »Schlimm genug, dass ich das mache. Die Frauen, mit denen du ausgehst, haben zu viel Klasse, als dass sie sich von dir neue Titten kaufen lassen.« An Klasse war Adam nicht interessiert. Sie war für ihn eher ein Handicap.

»Zumindest wäre es ein ausgefallenes Geschenk. Ich bin es so leid, immer Porzellan zu kaufen.« Charlie lächelte durch den Zigarrenrauch.

»Sei froh, dass du keine Alimente zahlen musst«, bemerkte Adam bissig. Er hatte zwar aufgehört, Rachel Unterhalt zu zahlen, als sie wieder heiratete, für seine Kinder überwies er ihr allerdings noch horrende Summen. Obwohl er ihnen diese nicht missgönnte, ärgerte er sich über die Höhe des Unterhalts, weil er meinte, von Rachel über den Tisch gezogen worden zu sein. Er war damals schon Partner in der Kanzlei gewesen, und Rachel hatte in seinen Augen mehr bekommen, als ihr zustand. Ihre Eltern hatten einen hervorragenden Anwalt engagiert. Selbst zehn Jahre danach nahm er ihr das übel.

»Ist doch schade, dass es so läuft«, sagte Gray bedauernd. »Ich würde einer Frau lieber etwas Persönliches schenken, und ihr nicht den Anwalt, Therapeuten oder eine Nasenkorrektur bezahlen müssen.« Wenn man bedachte, wie wenig er besaß, dann kosteten ihn die Frauen in Relation dazu jedes Mal ein Vermögen. Während Gray für seine Verabredungen also wie das Rote Kreuz war und Adam ein Geschäftemacher, der klare Grenzen setzte und einen Handel einging, sah sich Charlie leicht selbstironisch als romantischen Märchenprinzen. Gray behauptete stets, er sei auch romantisch. Lediglich die Frauen, mit denen er sich einließ, seien es nicht. Sie seien zu hilfsbedürftig und verzweifelt, um empfänglich für Romantik zu sein. Adam hingegen behauptete, auch nicht eine romantische Ader mehr im Leib zu haben – und stolz darauf zu sein.

»Was ist falsch daran, beides haben zu wollen?«, fragte Gray und starrte in ein drittes Glas des wunderbaren Weines. »Warum nicht Sex *und* Romantik? Obendrein mit jemandem, der dich liebt und den du auch liebst.«

»Klingt gut«, stimmte Charlie zu. Wobei er dieser Mischung natürlich blaues Blut hinzugefügt haben wollte. Er gab gern zu, dass er sehr wählerisch war, wenn es um Frauen ging. Adam zog ihn immer damit auf, dass er seinen Stammbaum nicht beflecken wollte. Charlie wehrte sich zwar gegen diese Darstellung, aber sie wussten beide, dass Adam recht hatte.

»Ich glaube, ihr lebt beide in einer hübschen bunten Märchenwelt«, sagte Adam zynisch. »Romantik vermasselt alles. Alle werden enttäuscht und sind sauer, und ab dann geht es nur noch bergab. Wenn beide wissen, dass es nur um Sex und das Vergnügen geht, wird auch niemand verletzt.«

»Und warum sind dann deine Freundinnen am Schluss alle sauer auf dich?«, fragte Gray.

»Weil Frauen nie glauben, was man ihnen sagt. Sobald du ihnen erzählst, dass du nicht heiraten willst, glauben sie, du meinst das Gegenteil, und fangen an, ein Hochzeitskleid auszusuchen. Aber wenigstens bin ich ehrlich. Wenn sie mir nicht glauben, ist das ihr Problem.« Einer der Vorteile, wenn man mit jungen Frauen ausging, war, dass Zweiundzwanzigjährige in der Regel noch nicht ans Heiraten dachten. Sie wollten sich ausleben. Erst wenn sie auf die dreißig zugingen, begannen sie, sich nach einem Mann fürs Leben umzusehen. Die Jüngeren wollten Bars und Diskotheken besuchen, sich schöne Kleider kaufen lassen und in teure Restaurants ausgeführt oder mit zu einem Konzert genommen werden. Wenn Adam mit ihnen übers Wochenende nach Las Vegas flog, weil er dort einen Termin mit einem Klienten hatte, ging für sie bereits ein Traum in Erfüllung.

Adams Familie sah das jedoch anders. Seine Mutter warf ihm vor, er würde mit Flittchen herumziehen, besonders, wenn sie ihn wieder einmal in der Klatschpresse gesehen hatte. Er korrigierte sie jedes Mal und sagte, es seien Schauspielerinnen oder Models, woraufhin sie entgegnete, dies sei dasselbe. Seine Schwester wirkte peinlich berührt, wenn das Thema bei Familienessen angeschnitten wurde. Sein Bruder fand es amüsant, sagte ihm jedoch seit einigen Jahren, dass es für Adam an der Zeit sei, sich wieder zu binden. Adam war es völlig gleichgültig, was sie dachten. Er fand das Leben seiner Familie furchtbar langweilig. Seines dagegen nicht. Und er sagte sich regelmäßig, dass sie einfach nur neidisch waren. Im Grunde wusste er jedoch, dass seine Eltern sein Verhalten vielmehr aus Prinzip missbilligten. Folglich hielt seine Mutter auch zu Rachel – und wenn es nur war, um ihn zu ärgern. Sie stand in regem Kontakt mit seiner Exfrau und deren neuem Ehemann. Und sie vergaß nie zu erwähnen, dass sie sich getroffen hatten und dass Rachel schließlich die Mutter ihrer Enkelkinder sei. Was Adam auch ansprach, seine Mutter vertrat grundsätzlich den entgegengesetzten Standpunkt. Sie fühlte sich offenbar gezwungen, ihn zu kritisieren und ihm das Leben schwerzumachen. Adam vermutete als Grund dafür, dass sie ihm die Scheidung noch immer übelnahm und ihm vorwarf, dass er etwas Fürchterliches angestellt hatte, um Rachel in die Arme eines anderen zu treiben. Sie zeigte nicht eine Sekunde lang Mitleid mit ihm, weil Rachel ihn betrogen hatte. In ihren Augen musste es seine Schuld sein. Und selbst wenn sie unter all ihrer Kritik und Ablehnung vielleicht sogar stolz auf das war, was er erreicht hatte, würde sie das nie zugeben.

Es war bereits nach elf, als die drei das Restaurant verließen und durch St. Tropez schlenderten. In den Straßen herrschte reger Betrieb. Die Menschen saßen in den Straßencafés, auf den Terrassen der Restaurants oder in Bars. Aus den Nachtclubs dröhnte Musik. Sie tranken etwas bei Chez Nano und wechselten um ein Uhr am Morgen ins Les Caves du Roy. Dort ging es gerade erst richtig los. Überall waren Frauen in rückenfreien Oberteilen, engen Jeans, durchsichtigen Kleidern oder knappen Röcken, kunstvoll zerzaustem Haar und sexy High-Heel-Sandaletten. Adam fühlte sich wie ein Kind im Süßwarengeschäft, und sogar Charlie und Gray genossen den Anblick. Gray war wesentlich schüchterner als seine beiden Freunde. Normalerweise sprachen die Frauen ihn an. Und Charlie war sehr wählerisch und beobachtete meistens nur.

Um halb zwei waren alle drei auf der Tanzfläche. Die Brasilianerinnen kamen zwar nicht, aber das kümmerte Adam kein bisschen. Er tanzte mit mehr als einem Dutzend Frauen, bis er bei einer kleinen Deutschen landete, die ihm erzählte, dass ihre Eltern ein Haus in Ramatuelle hatten, dem Nachbarort von St. Tropez. Sie sah aus wie achtzehn, aber als sie anfing, mit ihm zu tanzen, merkte Adam schnell, dass sie genau wusste, was sie tat und was sie wollte. Sie musste um einiges älter sein. Sie wollte ihn und verführte ihn gerade auf der Tanzfläche. Mittlerweile war es nach drei Uhr, und Charlie begann zu gähnen. Einige Minuten später brachen Gray und er zurück zum Boot auf. Adam sagte, er würde allein zurückfinden. Er nickte den Freunden zum Abschied zu und tanzte weiter mit dem deutschen Mädchen. Sie hatte rotes Haar und sagte, ihr Name sei Uschi. Adam zwinkerte Charlie zu, und der lächelte zurück. Adam amüsierte sich offenbar prächtig.

»Was sollen wir morgen unternehmen?«, fragte Gray, während sie zum Boot zurückgingen. Man konnte die

Musik noch einige Zeitlang hören. Sobald sie auf dem Boot waren und die Türen hinter sich geschlossen hatten, war es jedoch ruhig. Charlie bot Gray einen Brandy als Schlummertrunk an, aber der lehnte dankend ab. Er hatte für diesen Abend genug. Stattdessen gingen sie noch einmal an Deck, rauchten eine Zigarre und sahen den Menschen zu, die den Kai entlangspazierten oder plaudernd auf anderen Yachten saßen. St. Tropez war eine großartige Stadt, wenn man ausgelassen feiern wollte. Hier schienen die Menschen nie zu schlafen.

»Ich habe überlegt, nach Portofino zu fahren oder einen Zwischenstopp in Monaco einzulegen«, antwortete Charlie. Nach einigen Tagen wurde das ausgelassene Feiern in St. Tropez langweilig, wenn man dort keine Freunde hatte. Es war schön, zum Essen in die Restaurants zu gehen und hinterher in den Nachtclub, aber es gab jede Menge anderer Orte, zu denen sie in diesem Monat noch wollten. In einigen ging es genauso lebhaft zu wie in St. Tropez, andere waren beschaulicher. Monaco war eleganter und ruhiger, und sie gingen alle drei gern ins Casino in Monte Carlo.

»Vielleicht möchte Adam noch ein oder zwei Tage lang bleiben, um das deutsche Mädchen besser kennenzulernen«, gab Gray zu bedenken. Er wollte seinem Freund nicht den Spaß verderben oder eine beginnende Romanze zerstören. Aber Charlie kannte Adam besser. Wenn er an ihre bisherigen Urlaube dachte, dann wollte Adam nicht mehr als eine Nacht.

Es war fast vier Uhr am Morgen, als Charlie und Gray in ihre Kabinen gingen. Der Abend war amüsant, aber lang gewesen. Charlie schlief auf der Stelle ein, und keiner von

ihnen hörte Adam um fünf Uhr zurück an Bord kommen.
Als Charlie und Gray am späten Vormittag auf dem Achterdeck frühstückten, erschien Adam mit Uschi. Sie war nur flüchtig verlegen, als sie die beiden anderen Männer sah.
»Guten Morgen«, sagte sie höflich. Auch ungeschminkt sah sie grandios aus. Sie hatte eine Wahnsinnsfigur, die in knappen Jeans und dem hautengen T-Shirt von letzter Nacht voll zur Geltung kam. Ihr Haar war rot und lang. Adam hatte den Arm um ihre Taille gelegt.
Die Stewardess fragte, was die beiden zum Frühstück haben wollten. Uschi beschränkte sich auf Müsli und Kaffee. Adam bestellte Eier, Schinken und Pfannkuchen. Er schien in prächtiger Laune zu sein, während seine beiden Freunde bemühten waren, sich nicht anzugrinsen.
Die vier plauderten angeregt. Nachdem Uschi gefrühstückt hatte, rief der Chefsteward ihr ein Taxi. Bevor sie sich verabschiedete, zeigte Adam ihr noch das Boot. Als er sie anschließend zu dem wartenden Taxi begleitete, sah sie ihn hoffnungsvoll an.
»Ich rufe dich an«, sagte er vage und küsste sie. Vermutlich war es eine unvergessliche Nacht gewesen, aber seine Freunde wussten, dass Adam Uschi trotzdem schnell vergessen würde. Und in einem Jahr würden sie ihn schon an das Mädchen erinnern müssen.
»Wann? Bist du heute Abend wieder in der Diskothek?«, fragte Uschi, während sie neben dem Taxi standen.
»Wahrscheinlich laufen wir heute aus«, beantwortete er bewusst nur die zweite Frage. Sie hatte ihm ihre Telefonnummer genannt und gesagt, dass sie den ganzen August

hier sei. Danach würde sie mit ihren Eltern zurück nach München fahren. Sie schrieb ihm auch ihre Adresse in Deutschland auf, weil er gesagt hatte, dass er manchmal geschäftlich dort sei. »Falls wir bleiben, komme ich heute Abend in die Disco. Aber ich glaube eher nicht.« Er versuchte, so ehrlich wie möglich zu sein, um keine falschen Hoffnungen zu wecken. Aber sie musste selbst darauf kommen, dass sie sich keine großen Illusionen machen durfte. Sie hatte ihn in einer Diskothek aufgegabelt und die Nacht mit ihm verbracht. Vermutlich wusste sie ganz genau, dass sie ihn nie wiedersehen würde. Sie hatte alles bekommen, was sie wollte – zumindest für einige Stunden. Und Adam auch. Er hatte diese Nacht genossen, aber bei Tageslicht gab es keinen Zweifel daran, dass sie zwei völlig Fremde waren.

Adam küsste sie, und einen kurzen Moment lang klammerte sich Uschi an ihn. »Auf Wiedersehen ... und danke ...«, sagte sie verträumt. Er küsste sie noch einmal.

»Ich danke *dir,* Uschi«, flüsterte er und tätschelte ihr freundschaftlich den Rücken. Sie stieg ein, winkte und war verschwunden. Bekanntschaften für einen Abend – ein Vergnügen, das seine Ferien eindeutig verbesserte. Wie Adam vermutet hatte, sah sie nackt noch besser aus als angezogen.

»Was für eine nette kleine Überraschung«, bemerkte Charlie mit trockenem Lächeln, als sich Adam wieder zu ihnen an den Frühstückstisch gesellte. »Ich habe gern Gäste beim Essen, und noch dazu so hübsche. Sollen wir ablegen, bevor ihre Eltern mit dem Schrotgewehr Jagd auf dich machen?«

»Das werden sie nicht tun.« Adam grinste selbstzufrieden. »Sie ist zweiundzwanzig und studiert Medizin. Und

sie war keine Jungfrau mehr.« Adam musste jedoch zugeben, dass sie beträchtlich jünger aussah.
»So ein Pech aber auch«, witzelte Charlie und zündete sich eine Zigarre an. Im Sommer auf dem Boot rauchte er manchmal sogar schon nach dem Frühstück. Sie wussten alle drei zu schätzen, dass sie tun und lassen konnten, was sie wollten. Das war einer der großen Vorteile, als Single Urlaub zu machen. Dafür nahmen sie in Kauf, hin und wieder einsam zu sein. Sie konnten essen, wann sie wollten, anziehen, wozu sie Lust hatten, so viel trinken, wie es ihnen in den Kram passte, und ihre Zeit verbringen, mit wem sie mochten. Es gab niemanden, der herumnörgelte, sich beschwerte, vor dem sie sich rechtfertigen und mit dem sie Kompromisse eingehen mussten. Sie hatten einander, und mehr brauchten sie momentan nicht. »Vielleicht treiben wir bei unserer nächsten Station eine Jungfrau für dich auf. Hier in der Gegend werden wir allerdings schwerlich eine finden, immerhin bist du schon einige Tage hier.«
»Sehr lustig. Ihr seid doch nur neidisch.« Adam grinste. »Wo machen wir übrigens als nächstes halt?« Adam liebte es, dass sie von einem Ort zum anderen fahren konnten, ihre Bleibe einfach mitnahmen und die ganze Zeit von einer perfekt geschulten Crew betreut wurden. Für ihn war das der Himmel auf Erden.
»Wo möchtet ihr denn hin?«, fragte Charlie. »Ich dachte an Monaco oder Portofino.« Nach kurzer Diskussion entschieden sie, erst nach Monaco und einen Tag später nach Portofino zu fahren. Wie Charlie vermutet hatte, war es Gray gleichgültig, und Adam wollte in Monte Carlo ins Casino gehen.

Nach einem ausgezeichneten Meeresfrüchtebuffet zum Mittagessen gingen sie auf dem Rückweg zum Boot schwimmen und liefen dann gegen drei Uhr aus. Die drei Männer dösten an Deck, während sich die Yacht nach Monaco in Bewegung setzte. Bei ihrer Ankunft schliefen alle drei fest auf ihren Liegestühlen, während der Kapitän und seine Crew die *Blue Moon* fachmännisch am Kai festmachten. Wie immer war der Hafen von Monte Carlo mit Booten gefüllt, die genauso groß oder sogar noch größer waren als die *Blue Moon*.

Charlie wachte um sechs auf, sah, wo sie waren und dass seine Freunde noch schliefen, und ging in seine Kabine, um zu duschen und sich umzuziehen. Gray und Adam wachten eine Stunde später auf. Adam war nach der letzten Nacht verständlicherweise erschöpft, und Gray brauchte immer einige Tage, um sich an ihr ausschweifendes Nachtleben zu gewöhnen.

Der Chefsteward hatte einen Wagen für sie bestellt und einen Tisch im Louis XV reserviert. Dort nahmen sie ein opulentes Dinner in einer wesentlich förmlicheren Umgebung als am Vorabend in St. Tropez zu sich. Charlie trug einen cremefarbenen Leinenanzug mit passendem Hemd, Adam weiße Jeans, Blazer und Slipper aus Krokodilleder ohne Socken. Gray trug ein blaues Hemd, Khakihose und ein altmodisches Jackett, das ihn zusammen mit seinen Haaren noch mehr wie das Seniormitglied der Gruppe wirken ließ. Dazu trug er eine rote Krawatte. Während des Essens erzählte er den beiden wild gestikulierend Geschichten aus seiner Jugend. Er beschrieb einen Stamm Eingeborener, mit denen er und seine Familie eine Zeitlang am Amazonas gelebt hatten. Als Stoff zum Geschichtenerzählen eignete es sich hervorragend, aber damals war es für ihn der reinste Alptraum gewesen. Während andere Kinder in diesem Alter in die Schule gingen, Zeitungen austrugen oder Fahrrad fuhren, war er zwischen Bettlern in Indien herumgewandert, hatte in einem buddhistischen Kloster in Nepal gelebt, mit Eingeborenen in Brasilien campiert und die Lehren des Dalai Lama studiert. Er hatte nie die Möglichkeit gehabt, eine normale Kindheit zu führen.

»Na ja, meine Eltern waren durchgeknallt. Aber wenigstens war es nicht langweilig.«

Adam war der Meinung, dass seine Kindheit schrecklich gewöhnlich gewesen war und dass nichts, was er auf Long Island gesehen hatte, vergleichbar war mit Grays Geschichten. Charlie redete selten über seine Jugend. Sie war vorhersehbar, geordnet und ruhig verlaufen – bis zum Tod seiner Eltern. Dann wurde sie schmerzlich, umso mehr, als seine Schwester fünf Jahre darauf starb. Er war bereit, mit seinem Therapeuten darüber zu sprechen, aber nur selten im Freundeskreis. Natürlich mussten auch jede Menge schöner Dinge passiert sein, aber daran konnte er sich nicht mehr erinnern. Er konzentrierte sich lieber auf die Gegenwart, es sei denn, sein Therapeut drängte ihn dazu, sich mit seiner Vergangenheit zu beschäftigen. Und selbst dann fiel es ihm äußerst schwer, die Erinnerungen heraufzubeschwören, ohne sich von ihnen überwältigen zu lassen. All die weltlichen Besitztümer und Annehmlichkeiten, über die er verfügte, konnten ihn nicht über den Verlust seiner Familie hinwegtrösten. Und sosehr er sich auch bemühte, schien sich ihm die Chance auf die Stabilität und Sicherheit einer Familie – und jemanden, der diese Verbindung mit ihm gestaltete – stets zu entziehen. In seinem Leben kamen Adam und Gray einer Familie noch am nächsten. Nach dem Tod seiner Schwester war Charlie schmerzlich bewusst geworden, dass er allein auf der Welt war und niemanden hatte, der ihn liebte und sich um ihn sorgte. Jetzt hatte er wenigstens seine Freunde. Und was immer auch passierte, er konnte darauf zählen, dass mindestens einer der beiden für ihn da sein würde. Umgekehrt war es genauso. Das war für alle drei tröstlich. Ihre Freundschaft und das gegenseitige Vertrauen waren ein unzerstörbares und kostbares Band.

Die drei Männer tranken in Ruhe einen Kaffee, rauchten Zigarren und tauschten sich über ihr Leben aus. Für Charlie war es interessant zu erkennen, wie unterschiedlich sie alles angingen. Gray hatte schon vor langer Zeit akzeptiert, dass seine Adoptiveltern exzentrisch und selbstsüchtig gewesen waren und als Eltern versagt hatten. In seiner Jugend durfte er nie ein Gefühl von Sicherheit erfahren oder ein echtes Zuhause haben. Er verglich seine Familie mit dem Volk Israel, das vierzig Jahre lang durch die Wüste zog, nur dass ihnen keine Feuersäule den Weg erhellte. Nach dem Tod seiner Eltern brach er die letzten Bindungen zu einer Familie ab, die für ihn nichts als schmerzlich gewesen waren. Hin und wieder fragte er sich, was aus Boy geworden war. Aber sein jetziges Leben konnte nur besser sein. Bisher unterdrückte Gray jedes Gefühl von Verantwortlichkeit gegenüber seinem Bruder. Vielleicht würde er eines Tages Kontakt zu ihm aufnehmen. Aber möglicherweise war es besser, wenn Boy nur eine Erinnerung an vergangene Zeiten blieb.

Adam dagegen war verbittert und wütend auf seine Eltern. Seine Erinnerungen an sie beschränkten sich darauf, dass seine Mutter an jedem herummeckerte, vor allem an ihm. Sein Vater war immer erst spät von der Arbeit nach Hause gekommen und für Adam fast gar nicht existent gewesen. Sobald Adam mit achtzehn nach Harvard ging, kehrte er nur noch an den Feiertagen in sein Elternhaus zurück. Und selbst das war für ihn schon schlimm genug. Die eisige Atmosphäre dort hatte auch zwischen den drei Geschwistern eine irreparable Kluft geschaffen. Sie hatten nur gelernt, zu kritisieren, übereinander die Nase zu rümpfen, kleinlich zu sein und herablassend auf das Leben anderer zu blicken.

»In unserer Familie gibt es keinen Respekt«, sagte Adam. »Meine Mutter respektiert meinen Vater nicht. Er hasst sie vermutlich, obwohl er das nie zugeben würde, und unter uns Kindern achtet sich auch niemand. Meine Schwester finde ich langweilig und mitleiderregend, mein Bruder ist ein aufgeblasener Mistkerl mit einer Frau, die meiner Mutter ähnelt. Und von mir denken alle, dass ich mit Drogenabhängigen und Prostituierten unterwegs bin. Sie haben keine Achtung vor dem, was ich tue, und wollen nicht einmal genau wissen, was es eigentlich ist. Sie schauen nur auf die Frauen, mit denen ich ausgehe, und nicht darauf, wer ich bin. Mittlerweile sehe ich sie nur noch zu Hochzeiten, auf Beerdigungen und an den wichtigsten Feiertagen – und ich wünschte, ich müsste nicht einmal dann zu meiner Familie. Den Kontakt zu meinen Kindern halten sie über Rachel. Meine Eltern können ihre Ex-Schwiegertochter sowieso besser leiden als mich, das war schon immer so. Sie finden es sogar in Ordnung, dass sie einen Christen geheiratet hat, solange sie meine Kinder in jüdischem Glauben erzieht. In ihren Augen kann Rachel nichts falsch machen und ich nichts richtig.« Adam klang verbittert.

»Aber du besuchst sie noch«, merkte Gray interessiert an. »Vielleicht sind sie dir also doch nicht gleichgültig. Oder du ringst noch immer um ihre Anerkennung. Manchmal müssen wir uns eben eingestehen, dass unsere Eltern unfähig sind und uns nicht die Liebe gegeben haben, nach der wir uns als Kinder gesehnt haben – sie sie uns nicht geben konnten. Meine waren jedenfalls zu sehr mit Drogen beschäftigt und mit der Suche nach dem heiligen Gral. Sie waren echt verrückt. Ich glaube, sie mochten meine Schwester und mich wirklich, aber sie hatten keinen blassen Schimmer von den Pflichten, die man als Eltern hat. Mein Bruder Boy tat mir leid. Sie hätten sich einen Hund kaufen sollen, statt noch ein Kind zu adoptieren. Aber nachdem meine Schwester und ich fort waren, fühlten sie sich vermutlich einsam. Meine Schwester ist jetzt irgendwo in Indien unterwegs und lebt zwischen den Armen auf der Straße. Sie hat sich früher schon immer als Asiatin verkleidet, und jetzt glaubt sie vermutlich wirklich, eine zu sein. Dabei hat sie eigentlich keine Ahnung, wer sie ist. Auch ich frage mich ständig, wer zum Teufel ich überhaupt bin. Ich glaube, das ist letztlich für uns alle das Wichtigste – herauszufinden, wer wir sind, woran wir glauben und wie wir leben möchten. Ich stelle mir diese Fragen jeden Tag und kann sie nicht einmal ansatzweise beantworten. Das Traurige daran, dass Leute wie meine Eltern Kinder bekommen oder adoptieren, ist, dass sie im Grunde nicht dazu in der Lage sind, sie zu erziehen. So viel weiß ich immerhin über mich, und deshalb habe ich

auch keine Kinder. Trotzdem versuche ich mir zu sagen, dass meine Eltern ihr Bestes gegeben haben, wie wenig mir das auch gereicht haben mag. Ich möchte nur nicht wegen des egoistischen Bedürfnisses, mich fortzupflanzen, dasselbe Elend schaffen. In meinem Fall halte ich es für das Beste, den Irrsinn an dieser Stelle zu beenden.«
Gray wollte niemanden enttäuschen, weil er mehr von ihm erwartete, als er geben konnte. Niemand sollte so verletzt und enttäuscht werden wie er in seiner Jugend. Es kam ihm nie in den Sinn, dass die Frauen, die er unentwegt rettete und um die er sich kümmerte, im Endeffekt seine Kinder waren.
»Was ist mir dir, Charlie?«, fragte Adam. Er war forscher als Gray, wenn es darum ging, heilige Pforten aufzustoßen und Tabuthemen anzusprechen. Adam konnte Fragen stellen, die ins Mark trafen. »Wie normal war deine Familie, als du noch ein Kind warst? Gray und ich wetteifern darum, wer die verrückteren Eltern hatte, und ich bin nicht sicher, ob du uns nicht völlig alt aussehen lässt.«
»Sie waren perfekt«, sagte Charlie und seufzte. »Liebevoll und fürsorglich. Meine Mutter war die verständnisvollste und zärtlichste Frau auf dieser Welt. Sie war humorvoll und wunderschön. Und mein Vater war mein Held und großes Vorbild. Die beiden waren wunderbar, und genauso war auch meine Kindheit. Dann sind sie gestorben. Ende der Geschichte. Sechzehn glückliche Jahre, und dann waren meine Schwester und ich allein in einem großen Haus, mit viel Geld, Dienstboten und einer Stiftung, die Ellen zu leiten lernen musste. Ihr Leben drehte sich nur um mich und die Stiftung. Ich glaube, sie hatte während dieser Zeit keine einzige Verabredung. Dann ist auch

sie gestorben. Die drei besten Menschen dieser Welt waren von mir gegangen. Wenn ich euch zuhöre, wird mir klar, wie glücklich ich mich schätzen kann. Ich hatte wundervolle Eltern, und Ellen war schlichtweg großartig. Aber Menschen sterben. Und plötzlich bricht dir der ganze Boden unter den Füßen weg, und dein Leben verändert sich völlig. Ich hätte lieber alles Geld der Welt verloren als einen von ihnen. Aber niemand lässt dir die Wahl. Du musst mit dem Blatt spielen, das du bekommst. Apropos – hat jemand Lust auf eine Runde Roulette?«, fragte er in unerwartet heiterem Ton und wechselte abrupt das Thema. Die beiden anderen nickten schweigend.

Es war eine schmerzliche Geschichte, und seine beiden Freunde verstanden, dass sich Charlie deshalb nicht dauerhaft binden wollte. Er hatte zu große Angst, verlassen zu werden. Charlie hatte es Tausende Male mit seinem Therapeuten besprochen. Aber das änderte nichts. Wie viele Jahre er auch zur Therapie ging, seine Familie brachte das nicht wieder zurück. Es fiel ihm schwer zu vertrauen. Was, wenn derjenige ihn nun im Stich ließ? Da war es leichter, einen kleinen Schönheitsfehler zu finden und jemanden zu verlassen, bevor er verlassen werden konnte. Er würde sein Herz nicht aufs Spiel setzen, solange ihm niemand garantieren konnte, dass es nicht verletzt wurde. Und bisher hatte ihm keine Frau eine solche Garantie geben können.

Das Risiko, sich dauerhaft zu binden, war jedem der drei Freunde zu groß. Es war ein Fluch, den ihnen ihre Familien auferlegt hatten, einer, den sie nicht abstreifen konnten und der sie voller Misstrauen leben ließ.

Charlie spielte Baccarat, während Gray Adam dabei zusah, wie er Black Jack spielte. Danach gingen sie gemeinsam zum Roulette. Charlie gab Gray ein paar Chips. Der setzte auf Schwarz, gewann dreihundert Dollar und bestand sofort darauf, Charlie die hundert Dollar Einsatz zurückzugeben.

Um zwei Uhr am Morgen kehrten sie an Bord zurück – für ihre Verhältnisse relativ früh. Schon bald zogen sie sich in ihre Kabinen zurück. Es war ein angenehmer Tag gewesen. Am nächsten Morgen liefen sie nach Portofino aus. Charlie hatte den Kapitän angewiesen, gegen sieben Uhr loszufahren, während die drei noch schliefen. Dann würden sie am späten Nachmittag dort eintreffen und hätten noch genügend Zeit, ein wenig bummeln zu gehen. Portofino war einer ihrer Lieblingsorte auf der Route. Gray liebte die Kunst und Architektur der Stadt und begeisterte sich besonders für die Kapelle auf dem Hügel. Charlie liebte die lockere italienische Atmosphäre, die Restaurants und die Menschen. Adam schätzte die Geschäfte und das Splendido Hotel oben auf dem Berg mit Blick auf den Hafen. Außerdem liebte er die wunderschönen Mädchen, denen er dort jedes Jahr begegnete. Der Ort hatte für sie alle einen besonderen Zauber, und als sie sich in dieser Nacht in ihren Kabinen schlafen legten, lächelten sie voller Vorfreude auf den nächsten Tag.

3

Als sie um vier Uhr am Nachmittag in Portofino ankamen, öffneten die Geschäfte nach der Mittagspause gerade wieder. Die *Blue Moon* musste draußen vor dem Hafen ankern, da der Kiel für das seichte Wasser im Hafen zu tief war. Sobald Adam, Gray und Charlie nach dem Mittagsschlaf aufwachten, gingen sie wie viele andere auch vom Boot aus im Meer schwimmen. Gegen sechs fuhren weitere große Yachten ein, und ringsum herrschte Feststimmung. Es versprach ein wunderbarer Abend zu werden. Die drei waren glücklich und entspannt und genossen die Landschaft. Als es Zeit fürs Dinner wurde, hatte keiner von ihnen große Lust, das Boot zu verlassen. Dennoch entschieden sie, an Land zu gehen. Das Essen auf Charlies Boot war immer ausgezeichnet, aber es gab im Ort einige hervorragende Restaurants. Viele lagen versteckt zwischen den Geschäften direkt im Hafen. Die Kaufhäuser in Portofino waren noch schicker als die in St. Tropez: Cartier, Hermès, Louis Vuitton, Dolce & Gabbana, Celine und eine Reihe italienischer Juweliere. Eine Hochburg des Luxus, obwohl der Ort selbst winzig war. Die Berghänge und Klippen über der Küste waren atemberaubend, und an den Hängen über dem Hafen thronten die Kirche San Giorgio und das Hotel Splendido, aber das ganze Leben spielte sich rund um den Hafen ab.

»Gott, wie ich das liebe.« Adam betrachtete das Geschehen ringsum und grinste breit. Gerade war von einem nahe gelegenen Boot eine Gruppe Frauen oben ohne ins Wasser gesprungen. Gray hatte einen Skizzenblock hervorgeholt und begann zu malen. Charlie saß mit seliger Miene an Deck und rauchte eine Zigarre. Es war sein Lieblingshalt in Italien, und er hatte keine Eile weiterzufahren. Er zog Portofino sämtlichen Häfen Frankreichs vor. Hier musste man nicht ständig den Paparazzi ausweichen wie in St. Tropez oder sich durch Menschenmassen in engen Gassen quetschen. Portofino hatte etwas Rustikaleres, es besaß Charme, Unbefangenheit und die malerische Schönheit Italiens.

Als sie zum Abendessen in den Ort gingen, trugen alle drei Jeans und T-Shirt. Sie hatten einen Tisch in einem netten Restaurant nahe der Piazza reserviert, in dem sie in den vergangenen Jahren etliche Male gewesen waren. Die Kellner erkannten sie sofort wieder, und sie bekamen einen ausgezeichneten Platz auf der Terrasse vor dem Lokal. Die drei Männer bestellten Pasta, Meeresfrüchte und einen einfachen, aber guten italienischen Wein. Gray redete gerade über die örtliche Architektur, als ihn eine Frauenstimme vom Nebentisch unterbrach.

»Zwölftes Jahrhundert«, war alles, was sie sagte. Gray hatte gerade darüber gesprochen, dass das Castello di San Giorgio im vierzehnten Jahrhundert errichtet worden sei. Er drehte den Kopf, um zu sehen, zu wem die Stimme gehörte. An dem Tisch neben ihnen saß eine schlanke, exotisch aussehende Frau mit dunklem Haar, das sie hinten zu einem langen Zopf geflochten hatte. Sie hatte grüne Augen, einen gebräunten Teint und trug ein rotes T-Shirt, Sandaletten und einen weißen Baumwollrock. Als sich Gray zu ihr umwandte, lachte sie ihn an. »Tut mir leid«, entschuldigte sie sich. »Das war unhöflich von mir. Aber zufällig weiß ich, dass das Kastell ursprünglich im zwölften Jahrhundert erbaut wurde, nicht im vierzehnten. Ich dachte, Sie würden das vielleicht wissen wollen. Aber ich stimme Ihnen zu, dass es ein beeindruckendes Bauwerk ist. Und die Aussicht ist die vielleicht schönste in ganz Europa. Die Chiesa di San Giorgio stammt übrigens ebenfalls aus dem zwölften Jahrhundert.« Sie sagte das keineswegs wichtigtuerisch, sondern auf charmante und zurückhaltende Weise. Es schien ihr eher peinlich zu sein, dass sie sich in das Gespräch am Nebentisch eingemischt hatte.

»Sind Sie Kunsthistorikerin?«, fragte Gray neugierig. Sie war eine attraktive Frau, wenn sie auch nach Charlies und Adams Maßstäben allein wegen ihres Alters nicht in Frage käme. Gray schätzte sie auf Mitte oder Anfang vierzig. Sie saß an einem großen Tisch mit mehreren Leuten zusammen, die sich auf Französisch und Italienisch miteinander unterhielten.

»Nein, bin ich nicht«, beantwortete sie die Frage. »Ich komme nur jedes Jahr her. Ich habe eine Galerie in New York.« Gray schaute genauer hin. Da erkannte er sie plötzlich. Ihr Name war Sylvia Reynolds, und sie war in der New Yorker Kunstszene gut bekannt. Sie hatte eine Reihe zeitgenössischer Künstler auf dem Markt etabliert, die jetzt als wichtig angesehen wurden. Das meiste, was sie verkaufte, war avantgardistisch und unterschied sich stark von Grays Arbeiten. Er war ihr nie zuvor begegnet, hatte jedoch eine Menge über sie gelesen. Die Frau betrachtete ihn und die beiden anderen Männer an seinem Tisch neugierig und mit einem freundlichen Lächeln. Sie schien voller Lebensfreude und Tatendrang zu sein. Am Arm trug sie zahlreiche Silber- und Türkisreifen, alles an ihr verriet, dass sie Stil hatte. »Sind Sie Künstler? Oder hat Ihr T-Shirt die Farbe abbekommen, als Sie Ihr Haus gestrichen haben?«, fragte sie mit Blick auf Grays T-Shirt. Schüchtern war sie nicht.

»Vermutlich beides.« Gray grinste sie an und streckte die Hand aus. »Ich bin Gray Hawk.« Er stellte ihr die beiden anderen vor. Sie lächelte ihnen freundlich zu und sah dann wieder zu Gray. Sein Name war ihr nicht unbekannt.

»Ich mag Ihre Arbeiten«, sagte sie ihn anerkennendem Tonfall. »Tut mir leid, dass ich Sie unterbrochen habe. Wohnen Sie im Splendido?«, fragte sie neugierig und ignorierte ihre europäischen Freunde für eine Weile, zu denen etliche attraktive Frauen und einige gutaussehende Männer zählten. Unter ihnen saß auch eine junge Frau, die sich auf Französisch mit dem älteren Mann neben ihr unterhielt. Sie war Adam sofort aufgefallen. Er fragte sich, ob das ihr Ehemann oder ihr Vater war. Sie gingen sehr vertraut miteinander um und gehörten offensichtlich zum französischen Teil der Gruppe. Sylvia schien die einzige Amerikanerin in der Runde zu sein, was sie aber offenbar nicht störte. Sie wirkte im Italienischen und Französischen gleichermaßen zu Hause wie im Englischen.

»Nein, wir sind mit dem Boot unterwegs«, antwortete Gray.

»Sie Glücklicher. Vermutlich mit einer dieser schönen Luxusyachten«, sagte sie lachend. Gray wusste, dass sie es nicht ernst gemeint hatte, und er wollte nicht angeben. Deshalb nickte er einfach nur. Er fand sie nett und hatte gehört, dass sie trotz ihres Erfolges sehr umgänglich sei.

»Ach was, wir sind mit dem Ruderboot aus Frankreich rübergekommen und wollen heute hier unsere Zelte aufschlagen«, mischte sich Charlie schelmisch grinsend ein. »Mein Freund geniert sich, das zuzugeben. Wir haben gerade genug für das Abendessen zusammengekratzt, aber für ein Hotel reicht es nicht mehr. Mit der Geschichte von der Yacht wollte er Sie nur beeindrucken. Sobald er eine Frau attraktiv findet, fängt er an zu flunkern.«
Sylvia lachte amüsiert. »Wenn das so ist, fühle ich mich geschmeichelt. Es gibt schlimmere Orte, um zu campen, als Portofino. Sind Sie drei zusammen unterwegs?«, fragte sie Charlie. Die drei Männer machten sie neugierig. Sie waren ein faszinierendes Trio. Sylvia überlegte, was sie beruflich machten. Selbst ohne es zu wissen, hätte sie Gray den Künstler genau angesehen. Adam wirkte auf sie wie ein Schauspieler und Charlie wie ein Banker. Und in gewisser Weise lag sie damit nicht völlig falsch. Adam hatte tatsächlich etwas Theatralisches an sich, man konnte ihn sich leicht auf einer Bühne vorstellen, und Charlie sah sogar in Jeans, T-Shirt und Hermès-Slippern solide und adrett aus. Die drei wirkten auf sie nicht wie Playboys. Sie schienen Männer von Format zu sein. Mit Gray fiel ihr die Unterhaltung am leichtesten, vielleicht, weil er das Gespräch begonnen hatte. Sie hatte ihm schon eine Weile zugehört und ihr gefiel, was er über die hiesige Architektur und Kunst erzählte. Abgesehen von dem Fehler über die Entstehungszeit des Kastells war alles, was er sagte, intelligent und richtig. Er wusste offensichtlich eine Menge über Kunst.
Die anderen an ihrem Tisch hatten mittlerweile bezahlt und standen gerade auf, um zu gehen. Sylvia zahlte ebenfalls. Als sie um den Tisch ging, sahen die drei Freunde,

dass sie tolle Beine hatte. Ihre Begleiter warfen ihnen neugierige Blicke zu, und Sylvia stellte die drei vor, als wären sie gute Bekannte.

»Gehen Sie ins Hotel zurück?«, fragte Adam Sylvia. Die junge französische Frau sah ihn die ganze Zeit an. Dieser Mann neben ihr musste ihr Vater sein, sonst würde sie nicht so ungeniert mit Adam flirten.

»Später. Erst wollen wir noch ein wenig bummeln gehen. Die Geschäfte haben bis elf geöffnet – leider. Jedes Jahr richte ich hier beträchtlichen Schaden auf meinem Bankkonto an. Ich kann schönen Schuhen einfach nicht widerstehen«, antwortete Sylvia.

Gray nahm allen Mut zusammen. »Hätten Sie später noch Lust auf einen Drink?«, fragte er. Sylvia gefiel ihm. Sie war so unkompliziert, offen und herzlich. Außerdem wollte er sich länger mit ihr über die regionale Kunst austauschen.

»Warum kommen Sie nicht alle hoch ins Splendido?«, schlug sie vor. »Wir verbringen sowieso die halbe Nacht in der Bar. Sie werden uns dort bestimmt antreffen, gleichgültig um welche Uhrzeit.«

»Wir werden kommen«, versicherte Charlie, während Sylvia ihren Freunden hinterhereilte.

»Treffer!«, rief Adam, sobald sie außer Hörweite war, und klopfte Gray auf die Schulter.

Gray schüttelte den Kopf. »Ich möchte mich nur mit ihr über Kunst unterhalten.«

»Ich rede nicht von dir, sondern von mir, du Depp. Habt ihr die kleine Französin am anderen Ende des Tisches gesehen? Sie saß neben einem alten Sack, der vermutlich ihr Vater ist. Sie hat mich angehimmelt.«

»Du liebe Güte.« Charlie verdrehte die Augen. »Bist du nicht erst letzte Nacht auf deine Kosten gekommen? Du bist besessen!«

»Ja, bin ich, aber sieht sie nicht einfach toll aus?«

»Sylvia Reynolds?«, fragte Gray überrascht. Er hätte nicht gedacht, dass sie Adams Typ war. Sie war doppelt so alt wie seine üblichen Freundinnen. Vom Alter her passte sie eher zu Grays Bekanntschaften. Der allerdings hatte ein weniger romantisches als berufliches Interesse an ihr. Sie konnte für ihn ein wichtiger Kontakt sein. In der New Yorker Kunstszene war sie eine bedeutende Persönlichkeit. Selbst Charlie sagte, er habe sie zwar nicht auf Anhieb erkannt, wisse aber, wer sie sei.

»Nein, das junge Mädchen«, korrigierte Adam ihn erneut. »Sie ist ein echt hübsches Ding. Sieht aus wie eine Ballerina, aber in Europa kann man nie wissen. Jedes Mal, wenn ich ein süßes Mädchen anmache, stellt sich heraus, dass sie Medizin studiert oder Ingenieurin für Weltraumtechnologie ist.«

»Benimm dich lieber. Vielleicht ist sie ja Sylvias Tochter.« Als wenn Adam das aufgehalten hätte. Wenn es um Frauen ging, war er furcht- und zu einem gewissen Grad auch skrupellos. Solange eine Frau nicht verheiratet war, durfte man es seiner Meinung nach zumindest versuchen.

Wie alle anderen spazierten auch sie nach dem Essen um den Platz und sahen sich die Geschäfte an. Kurz vor Mitternacht gingen sie dann hoch zum Hotel. Tatsächlich fanden sie die gesamte Gruppe lachend, redend und rauchend in der Bar. Als Sylvia die drei Männer hereinkommen sah, winkte sie ihnen lächelnd zu und stellte sie noch einmal ihren Freunden vor. Praktischerweise war der Platz neben der jungen Französin frei. Adam fragte, ob er sich setzen dürfe. Sie lächelte und deutete auf den Sessel. Ihr Englisch war hervorragend, wenn auch mit starkem Akzent. Sylvia erzählte Gray, dass das Mädchen ihre Nichte sei. Charlie saß zwischen zwei Männern. Einer war Franzose und der andere Italiener. Innerhalb weniger Minuten waren sie in eine angeregte Diskussion über die amerikanische Politik und die Situation im Mittleren Osten vertieft. Es war eine dieser Unterhaltungen, bei der jeder offen seine Meinung vertritt und nicht um den heißen Brei herumredet. Charlie schätzte solche Gespräche. Sylvia und Gray unterhielten sich über Kunst. Wie sich herausstellte, hatte sie Architektur studiert und zwanzig Jahre lang in Paris gelebt. Sie war mit einem Franzosen verheiratet gewesen und seit mittlerweile zehn Jahren geschieden.

»Als wir uns scheiden ließen, hatte ich keine Ahnung, was ich mit meinem Leben anfangen soll. Er war Künstler und ich völlig abgebrannt. Ich wollte nur nach Hause, bis mir klarwurde, dass ich gar kein Zuhause mehr hatte. Aufgewachsen bin ich in Cleveland. Meine Eltern waren jedoch mittlerweile verstorben, und ich war seit der Highschool nicht mehr dort gewesen. Also nahm ich meine beiden Kinder, zog nach New York und fand einen Job in einer Galerie in Soho. Sobald ich etwas Geld gespart hatte, eröffnete ich selbst eine kleine Galerie – zu meinem größten Erstaunen hat es funktioniert. Und zehn Jahre später leite ich noch immer die Galerie, während meine Tochter in Florenz studiert, mein Sohn seinen Magister in Oxford macht und ich mich frage, was zur Hölle ich eigentlich länger in New York will.« Sie holte tief Luft und lächelte ihn an. »Erzählen Sie mir von Ihrer Arbeit.«

Er erklärte ihr, welche Richtung er in den letzten zehn Jahren eingeschlagen hatte und was seine Motivation dazu war. Als er ihr dann noch sagte, von wem seine Arbeiten beeinflusst seien, verstand sie auf Anhieb, was er mit seiner Kunst ausdrücken wollte. Obwohl es nicht die Stilrichtung war, die sie in ihrer Galerie zeigte, hatte sie großen Respekt vor seiner Kunstfertigkeit. Allein diejenigen seiner Arbeiten, die sie einige Jahren zuvor gesehen hatte, fand sie äußerst beeindruckend. Er sagte, dass sich sein Stil seither beträchtlich verändert habe. Nebenbei stellten sie fest, dass sie in Paris zur selben Zeit nur wenige Straßen voneinander entfernt gelebt hatten. Und ohne dass er gefragt hatte, sagte sie offen und ohne jede Verlegenheit, dass sie neunundvierzig sei. Sylvia hatte etwas Herzliches und Sinnliches an sich. Sie wirkte weder wie eine Amerikanerin noch wie eine Französin. Die dunklen Haare und grünen Augen erinnerten eher an eine südamerikanische Abstammung. Sie schien sich mit ihrem Leben absolut wohl zu fühlen, und sie und Gray entdeckten etliche Gemeinsamkeiten. Sylvia malte ebenfalls gern, sagte jedoch, dass ihre Arbeiten nicht besonders gut seien und sie es nur zum Vergnügen mache. Sie liebte die Kunst und hatte großen Respekt davor.

Bis drei Uhr am Morgen saßen sie in der Bar. Dann erhob sich das Trio von der *Blue Moon*.

»Wir sollten langsam zurück an Bord«, sagte Charlie. Es war für alle drei ein vergnüglicher Abend gewesen. Charlie hatte sich stundenlang mit den beiden Männern unterhalten, Grays und Sylvias Gespräch war für keine Sekunde ins Stocken gekommen, und obwohl Sylvias Nichte ein unbestritten hübsches Mädchen war, hatte sich Adam auf eine Debatte mit einem römischen Anwalt eingelassen und die hitzige Diskussion genossen – mehr noch als die Flirterei mit Sylvias Nichte. Alle erhoben sich mit Bedauern, als sich die drei verabschiedeten.

»Hätten Sie vielleicht Lust, den morgigen Tag auf unserem Boot zu verbringen?«, lud Charlie die ganze Gruppe ein. Alle nickten begeistert.

»So viele Menschen in einem Ruderboot?«, sagte Sylvia scherzend. »Aber wir können uns ja abwechseln.«

»Ich werde mich bemühen, für morgen etwas Geräumigeres aufzutreiben«, versprach Charlie. »Wir holen Sie um elf im Hafen ab.« Dann schrieb er ihr noch die Telefonnummer auf, unter der sie ihn auf dem Boot erreichen konnte, falls etwas dazwischenkam. Die drei verabschiedeten sich von ihren neuen Freunden und spazierten zufrieden den Berg hinunter zum Hafen. Genau das liebten sie an ihren Urlauben. Sie reisten an schöne Orte und trafen interessante Menschen. Die drei waren sich einig, dass dies der beste Abend war, den sie seit Beginn der Reise erlebt hatten.

»Sylvia ist eine beeindruckende Frau«, sagte Gray bewundernd, als sie im Hafen ankamen. Das Beiboot wartete bereits mit zwei Besatzungsmitgliedern auf sie. Während Charlie und seine Freunde im Urlaub waren, hatte die Crew rund um die Uhr Dienst. »Ich bin beeindruckt von ihrer Klugheit, und es ist ein Vergnügen, sich mit ihr zu unterhalten. Sie ist unglaublich ehrlich und scharfsinnig, was die New Yorker Kunstszene angeht.«

»Zumindest weiß ich jetzt, dass du dich nicht von ihr angezogen fühlst«, erwiderte Adam lachend.

»Woher willst du das wissen?«, fragte Gray amüsiert.

»Du findest sie nicht attraktiv, weil sie nicht verrückt ist. Sie wirkt so normal, wie man nur sein kann. Niemand bedroht ihr Leben, und sie benimmt sich auch nicht, als wären ihr gerade die Psychopharmaka ausgegangen. Es besteht also nicht die geringste Chance, dass du dich in sie verliebst, Gray«, zog Adam ihn auf. Sylvia war tatsächlich völlig anders als die Frauen, mit denen sich Gray sonst einließ.
»Man kann nie wissen«, sagte Charlie schulterzuckend. »Portofino sprüht vor Magie. Es ist ein romantischer Ort.«
»Nicht romantisch genug«, widersprach Adam. »Es sei denn, sie bekommt bis morgen früh um elf einen Nervenzusammenbruch.«
»Ich fürchte, Adam hat recht«, gab Gray ehrlich zu. »Ich habe einen Hang zu Frauen, die Hilfe brauchen. Als ihr Mann sie wegen einer anderen verließ, schnappte sie sich ihre beiden Kinder und ging ohne einen Penny nach New York. Zwei Jahre später besaß sie dort eine der erfolgreichsten Galerien. Solche Frauen müssen nicht gerettet werden.«
Aber Charlie gab noch nicht auf. »Das könnte doch eine erfrischende Abwechslung sein«, sagte er.
»Ich wäre lieber nur mit ihr befreundet«, erklärte Gray vernünftig. »So etwas hält länger.« Dem stimmten Adam und Charlie zu. Als sie auf dem Boot ankamen, wünschten sie einander eine gute Nacht und gingen in ihre Kabinen.

Als die Gruppe aus dem Splendido am nächsten Tag an Bord kam, beendeten die drei Freunde gerade ihr Frühstück. Charlie zeigte allen das Boot, und kurz danach fuhren sie hinaus aufs Meer.

»Charlie hat mir erzählt, dass Sie drei jedes Jahr einen Monat lang zusammen verreisen. Das finde ich toll«, sagte Sylvia und lächelte Gray an. Sie tranken beide eine alkoholfreie Bloody Mary. Gray hatte entschieden, an diesem Tag nüchtern zu bleiben. Wenn er auf dem Boot war, trank er sowieso zu viel. Außerdem hatte er mit Sylvia eine intelligente Gesprächspartnerin, und er wollte nicht, dass sein Verstand benebelt war. Als das Boot stoppte und der Anker geworfen wurde, steckten sie gerade in einer angeregten Diskussion über italienische Fresken.
Innerhalb weniger Minuten befanden sich alle in Badekleidung und sprangen vom Boot aus ins Wasser. Zwei von Sylvias Freunden fuhren Wasserski, und Gray sah Adam auf einem Jetski mit ihrer Nichte als Beifahrer.
Bis zwei Uhr tobten sich alle im Wasser aus. Dann servierte die Crew ein phantastisches Buffet mit Pasta und Meeresfrüchten. Dazu gab es italienischen Wein. Alle genossen das ausgiebige Mittagessen, das sich bis in den Nachmittag zog. Zwei Stunden später saßen sie noch immer an den Tischen und unterhielten sich lebhaft. Adam sah sich gezwungen, mit Sylvias Nichte hochintellektuelle Gespräche zu führen. Denn wie sich herausstellte, studierte sie in Paris Politikwissenschaft, wollte in Kürze mit ihrer Doktorarbeit beginnen, sprach fünf Sprachen und spielte mit dem Gedanken, nach ihrem Abschluss auch noch in Jura zu promovieren. Ihr schwebte eine Karriere in der Politik vor. Sie war kein Mädchen, das sich Implantate von ihm wünschte. Stattdessen wollte sie sich intelligent unterhalten. Adam war es jedoch nicht gewohnt, dass Frauen in diesem Alter so geradlinig und ernsthaft ihre Ziele verfolgten. Als Charlie an den beiden vorbei-

ging, musste er sich ein Lachen verkneifen – sie diskutierten gerade über den internationalen Geldmarkt, und Adam wirkte äußerst nervös. Sie hielt ihn ganz schön auf Trab, wie er hinterher kläglich zugab. Trotz seines Altersvorsprungs war er ihr kaum gewachsen.

Sylvia und Gray unterhielten sich den ganzen Nachmittag lang über Kunst. Sie wechselten von einer Epoche zur nächsten, zogen Parallelen zwischen Kunst und Politik. Charlie beobachtete alles mit väterlicher Freude und stellte sicher, dass sich dank der Crew jeder auf dem Boot wie zu Hause fühlte und seine Gäste alles hatten, was sie brauchten.

Der Tag war ein voller Erfolg, und auf Charlies Einladung hin stimmten alle freudig zu, auch zum Abendessen an Bord zu bleiben. Es war schon fast Mitternacht, als sie langsam wieder auf den Hafen zuliefen. Unterwegs hielten sie noch einmal kurz an, weil alle im Mondschein im Meer schwimmen wollten. Zum ersten Mal unterbrachen Gray und Sylvia ihr Gespräch und genossen ebenfalls ein Bad im Meer. Sie war eine gute Schwimmerin, so wie diese Frau alles, was sie tat, gut zu können schien. Jemandem wie ihr war Gray nie zuvor begegnet. Als sie zum Boot zurückschwammen, wünschte er, besser in Form zu sein. Das dachte er nicht gerade oft. Aber sie war unglaublich fit und nicht einmal außer Atem, als sie wieder an Bord kletterten. Im Bikini hatte sie eine umwerfende Figur, auf die so manch wesentlich jüngere Frau neidisch gewesen wäre. Doch sie kokettierte nicht damit, im Gegensatz zu ihrer Nichte, die unentwegt mit Adam flirtete. Sylvia sagte nichts dazu. Für sie war ihre Nichte eine erwachsene Frau, die tun und lassen konnte, was sie wollte. Sylvia hatte nicht die Angewohnheit, anderen ihr Leben vorzuschreiben.

Bevor sie gingen, fragte Sylvia Gray, ob er sie am nächsten Tag nach San Giorgio begleiten würde. Sie sei schon oft dort gewesen, sehe es aber jedes Mal wieder gern. Er stimmte begeistert zu, und sie vereinbarten, sich um zehn Uhr am Hafen zu treffen. Ihr Vorschlag hatte nichts Romantisches an sich, es war lediglich eine Verabredung von zwei Kunstliebhabern. Sie sagte ihm, dass sie am Tag darauf abreisen würden, und Gray freute sich, sie vorher noch einmal zu sehen.

»Was für nette Leute«, sagte Charlie, nachdem die Gäste gegangen waren. Adam und Gray stimmten zu. Es war ein toller Tag gewesen. »Mir fällt auf, dass Sylvias Nichte nicht über Nacht bleibt. Bist du abgeblitzt?«, zog Charlie Adam auf. Der schaute verdrossen drein.

»Ich glaube, ich bin diesem Mädchen intellektuell nicht gewachsen. Sie lässt mich trotz meines Harvard-Abschlusses wie einen Highschool-Jungen dastehen. Unsere Unterhaltung drehte sich um Schlupflöcher im amerikanischen Rechtssystem und die Unterschiede zwischen der amerikanischen und französischen Gesetzgebung. Ich habe vor lauter Anspannung völlig vergessen, meinen Charme spielen zu lassen. Diese Frau ist jedem Juristen, den ich kenne, haushoch überlegen. Sie sollte mit einem meiner Professoren ausgehen, nicht mit mir.«

Irgendwie erinnerte ihn die Situation daran, wie Rachel damals mit Auszeichnung ihren Jura-Abschluss gemacht hatte – und diese Parallele schreckte ihn ab. Adam entschied, lieber die Finger von Sylvias Nichte zu lassen. Es war zwar eine nette Herausforderung gewesen, aber am

Ende fühlte er sich müde und alt. Den Mädchen neue Brüste und Nasen zu bezahlen war einfacher, als sich auf ein derartiges geistiges Kräftemessen einzulassen. Gray hingegen liebte genau das bei seinen Gesprächen mit Sylvia.

Die drei Männer tranken noch ein Glas Wein an Deck, rauchten eine Zigarre und zogen sich dann glücklich und zufrieden in ihre Kabinen zurück. Gray erwähnte Charlie gegenüber, wie sehr er sich auf das Treffen mit Sylvia freute. Das hörte Charlie gern. Er wusste, dass Gray ein einsames Leben führte, und hoffte, dass Sylvia für ihn zu einer guten Freundin werden würde. Zudem war sie seinem Freund möglicherweise nützlich. Gray kam trotz seines Talents mit seiner Kunst schon lange nicht mehr weiter. Charlie wünschte ihm, dass eines Tages auch für ihn der Durchbruch kommen würde. Vielleicht konnte Sylvia ihn ja den richtigen Leuten in der New Yorker Kunstszene vorstellen. Auch wenn sie nicht der Typ Frau war, zu dem sich Gray normalerweise hingezogen fühlte. Sylvia war kultiviert und gebildet, unprätentiös und kein bisschen wichtigtuerisch. Charlie hatte sich gern mit ihr unterhalten. Er fand, dass sie sehr nett war, und es wunderte ihn, dass sie mit keinem der Männer aus der Gruppe eine Beziehung führte. Sie war die Art Frau, zu der sich viele Männer hingezogen fühlen, insbesondere Europäer. Allerdings war sie gut fünfzehn Jahre älter als die Mädchen, mit denen Charlie für gewöhnlich ausging. Das Leben war in dieser Hinsicht ungerecht, besonders in den Staaten. Es ging nur um Jugend, Frauen im Alter von zwanzig oder dreißig waren gefragt. Jemand in Sylvias Alter zog nur wenige Männer an, solche, die sich nicht von ihrer Klugheit und ihrem Erfolg eingeschüchtert fühlten. Charlie wusste, dass es in New York eine Menge Frauen wie sie gab, die keinen Mann fanden, weil sie cleverer waren, als es sich die Männer wünschten. Er glaubte auch nicht, dass bereits jemand auf Sylvia wartete. Dafür wirkte sie zu unabhängig und ungebunden. Sie schien glücklich zu sein und war offensichtlich nicht darauf aus, einen Partner zu finden. Als Gray am nächsten Morgen mit Sylvia den Berg hinaufspazierte, stellte er fest, dass Charlie mit seiner Einschätzung richtig lag.

»Vermissen Sie es, verheiratet zu sein?«, traute sich Gray schließlich zu fragen.

»Nein«, antwortete sie zögernd. »Damals war ich damit glücklich, aber ich bin nicht sicher, ob ich mich je wieder so binden könnte. Mein Ex-Mann ist Künstler und ein furchtbarer Narzisst. Alles drehte sich nur um ihn. Ich habe ihn bewundert, fast so sehr, wie er sich selbst bewundert hat«, erklärte sie in nüchternem Ton. Sie klang nicht verbittert, sondern hatte damit abgeschlossen. Das konnte Gray ihrer Stimme anhören. »Ihn interessierten weder die Kinder noch sonst irgendjemand. Nicht einmal ich war ihm wichtig. Nach einer Weile wurde es mir zu viel. Trotzdem wäre ich immer noch mit ihm verheiratet, wenn er mich nicht wegen einer anderen verlassen hätte. Als er ging, war er fünfundfünfzig. Ich war neununddreißig und in seinen Augen passé. Sie war neunzehn. Das traf mich damals wie ein Schlag ins Gesicht. Die beiden haben geheiratet und in drei Jahren zwei Kinder bekommen. Dann hat er auch sie verlassen.«

»Ich nehme an, er ist danach mit einer Zwölfjährigen durchgebrannt?«, sagte Gray spitz und spürte Wut aufsteigen. Nach dem, was er über Sylvia wusste, war sie danach ohne einen Penny in der Tasche allein mit zwei Kindern nach New York gegangen.

»Nein, die Letzte war einundzwanzig. Für seine Verhältnisse alt. Als wir heirateten, war ich ebenfalls neunzehn und studierte in Paris. Seine beiden letzten Beziehungen waren Models.«

»Hält er den Kontakt zu seinen Kindern?«

Sie zögerte und schüttelte dann den Kopf. Diese Frage zu beantworten fiel ihr offenbar schwer. »Nein. Er hat sie in neun Jahren nur zweimal gesehen. Das ist hart für die beiden. Letztes Jahr ist er dann gestorben, dadurch ist für meine Kinder vieles ungeklärt geblieben. Zum Beispiel, was sie ihm bedeutet haben. Mir ist es auch nahegegangen. Ich habe ihn wirklich geliebt. Aber so ist das mit den Narzissten. Am Ende lieben sie nur sich selbst. Sie sind einfach nicht in der Lage, Gefühle wie für sich auch anderen Menschen gegenüber zu entwickeln.« Das war eine simple Feststellung.

»Solchen Menschen bin ich in meinem Leben ebenfalls begegnet.« Gray versuchte erst gar nicht, ihr zu erklären, welches Ausmaß an Verrücktheit er in seinem Liebesleben hatte tolerieren müssen. Vermutlich hätte sie ihn ausgelacht. »Und Sie haben nie den Wunsch verspürt, es noch einmal mit einer Ehe zu versuchen?«, fragte er. Ihm war klar, dass er ganz schön neugierig war, aber es schien ihr nichts auszumachen. Sie war bemerkenswert offen und ehrlich, und das bewunderte er. Man hatte den Eindruck, dass sie keine dunklen Geheimnisse oder Hintergedanken hatte.

»Nein, ich wollte nie wieder heiraten. Warum sollte ich?

Ich glaube an die Ehe als Institution, aber ich bin nicht sicher, ob ich ihr noch gerecht werden könnte. Wahrscheinlich nicht. Vermutlich fehlt mir einfach der Mut, um es noch einmal zu wagen. Nach meiner Scheidung habe ich sechs Jahre lang mit einem Mann zusammengelebt. Er war Bildhauer, ein bemerkenswerter Mensch und beeindruckender Künstler. Aber er litt unter schweren Depressionen und weigerte sich, Medikamente zu nehmen. Stattdessen hat er getrunken. Ich habe ihn geliebt, aber es war schwer, mit ihm zusammenzuleben. Schwerer, als Sie sich vorstellen können.« Aus ihrem Gesicht sprach tiefes Leid, und Gray fragte sich, warum. Um Sylvia besser zu verstehen, musste er die ganze Geschichte kennen.
»Haben Sie ihn verlassen?«, fragte er zögernd, als die beiden gerade an der Kirche ankamen.
»Nein. Vermutlich hätte ich das machen sollen. Vielleicht hätte er dann mit dem Trinken aufgehört und seine Medikamente genommen. Vielleicht aber auch nicht, das ist schwer zu sagen.« Sie klang traurig, als hätte sie sich mit einem schweren Verlust abgefunden.
»Also hat er Sie verlassen?« Gray konnte sich nicht vorstellen, dass jemand diese Frau verließ. Aber es gab sonderbare Menschen auf dieser Welt – Menschen, die ihre Chancen nicht nutzten, sich selbst sabotierten und sowohl ihr eigenes als auch andere Leben zerstörten. Man konnte nichts dagegen tun. Das hatte er im Laufe der Jahre gelernt.
»Nein. Er hat sich umgebracht«, antwortete Sylvia leise. »Vor drei Jahren. Ich habe lange gebraucht, um darüber hinwegzukommen. Und als dann letztes Jahr Jean-Marie starb, der Vater meiner Kinder, kam alles wieder hoch.

Aber es ist nun einmal passiert. Ich habe seinen Selbstmord trotz meiner Liebe nicht verhindern können. Er hat es einfach nicht mehr ausgehalten, und ich konnte ihm nicht helfen. Es ist schwer, damit seinen Frieden zu finden.« Gray vermochte ihrer Stimme jedoch anzuhören, dass es ihr letztlich gelungen war. Sie hatte eine Menge durchgemacht, doch sie hatte auch alles überwunden. Er musste sie nur ansehen, um zu wissen, dass diese Frau einen eisernen Überlebenswillen besaß. Gray hätte sie jetzt gern in den Arm genommen und getröstet, aber dafür kannte er sie nicht gut genug. Es stand ihm nicht zu, und er wollte sich ihr nicht aufdrängen.

»Das tut mit leid«, sagte er lediglich leise und voller Mitgefühl. Er war mit so vielen Frauen zusammen gewesen, die aus jeder Kleinigkeit ein Drama gemacht hatten. Und jetzt stand eine vor ihm, die wirklich Schlimmes durchgestanden hatte und sich weigerte, sich davon zerstören zu lassen. Im Gegenteil, sie hatte daraus gelernt und war daran gewachsen.

»Danke.« Sie lächelte ihn an, und sie betraten die Kirche. Lange Zeit saßen sie schweigend auf einer der Bänke, dann gingen sie herum und sahen sich das Gebäude erst von innen und anschließend von außen an. Es war ein wunderschönes Bauwerk aus dem zwölften Jahrhundert. Sylvia machte Gray auf Details aufmerksam, die ihm noch nie aufgefallen waren, obwohl er schon oft hier gewesen war. Erst nach zwei Stunden gingen sie langsam wieder zurück zum Hafen.

Unterwegs fragte er sie nach ihren Kindern. »Sie sind interessant und klug«, antwortete sie und klang so stolz, dass er lächeln musste. »Meine Tochter ist Malerin und studiert in Florenz. Mein Sohn studiert altgriechische Geschichte. Er ist ein bisschen wie sein Vater, hat aber zum Glück ein großes Herz für andere. Meine Tochter hingegen hat von ihrem Vater nur das Talent geerbt, sie ist eher mir ähnlich. Ich hoffe, dass sie irgendwann die Leitung der Galerie übernimmt, aber ich bin mir nicht sicher, ob sie das je tun wird. Sie führt ihr eigenes Leben. Genetik ist ein faszinierendes Thema. Ich sehe etwas von beiden Elternteilen in meinen Kindern. Sogar bei der Geschmacksrichtung der Lieblings-Eiscreme oder ihrer Lieblingsfarbe fällt mir auf, dass sie etwas von mir oder meinem Ex-Mann übernommen haben. Nachdem ich zwei Kinder großgezogen habe, habe ich viel Respekt vor der Bedeutung unserer Gene. Ich bin mir nicht einmal sicher, ob unsere Erziehung überhaupt so viel ausrichtet, wie man sagt.«

Sie blieben vor einem kleinen Café stehen, und Gray lud Sylvia zu einem Kaffee ein. Sobald sie sich gesetzt hatten, drehte sie den Spieß um und fragte: »Was ist mit Ihnen? Warum sind Sie nicht verheiratet und haben Kinder?«

»Sie haben es selbst gesagt – Genetik. Ich wurde adoptiert und habe nicht die geringste Ahnung, wer meine leiblichen Eltern sind und was ich weitervererben würde. Das macht mir Angst. Vielleicht gab es unter meinen Ahnen einen Serienmörder? Davon abgesehen war meine Kindheit ein einziger Alptraum. Ich wuchs mit der Vorstellung auf, dass sie ein wahrer Fluch ist, und das möchte ich an niemanden weitergeben.« Er erzählte ihr von seiner Jugend. Indien, Nepal, die Karibik, Brasilien, der Amazonas. Es klang wie das Inhaltsverzeichnis eines Atlanten. Er beschrieb seine Eltern als zwei Menschen, die nicht wussten, was sie taten, die ausgebrannt waren von Drogen und am Ende glaubten, Gott gefunden zu haben. Es war zu viel, um alles bei einer Tasse Espresso zu erzählen. Er gab sich jedoch Mühe, und Sylvia war fasziniert.

»Zumindest muss es irgendwo unter Ihren Vorfahren einen talentierten Künstler gegeben haben. Es gibt schlimmere Dinge, die man weitervererben kann.«

»Gott weiß, was da sonst noch ist. Ich habe in meinem Leben zu viele verrückte Menschen kennengelernt – meine Eltern und die meisten der Frauen, mit denen ich zusammen gewesen bin. Mit keiner von ihnen hätte ich ein Kind haben wollen.« Er war ihr gegenüber genauso ehrlich, wie sie es auch gewesen war.

»War es so schlimm?« Sie lächelte ihn an. Er hatte ihr nichts erzählt, was sie erschreckt hätte, doch sie war voller Mitgefühl für ihn. Er hatte eine harte Kindheit gehabt und sich seither selbst das Leben schwergemacht.

»Schlimmer.« Er grinste. »Ich habe mein Leben lang schwerste Rettungsarbeit für verzweifelte Frauen geleistet. Weiß der Himmel, warum. Ich hielt es für meine Pflicht in diesem Leben, die Buße für all meine Sünden.«

»So habe ich auch gedacht. Der Bildhauer, mit dem ich zusammen war, gehörte zu den Ernstfällen. Ich wollte für ihn sein Leben in Ordnung bringen, aber letztlich war mir das nicht möglich. Es konnte einfach nicht funktionieren. Man kann so etwas nicht für andere tun.« Wie Gray hatte auch sie das auf die harte Tour lernen müssen. »Es ist schon seltsam: Wenn Menschen uns schlecht behandeln, fühlen *wir* uns verantwortlich und nehmen die Schuld auf uns. Ich habe nie verstanden, wieso, aber so ist es nun einmal«, sagte sie, offenbar hatte sie viel darüber nachgedacht.

Gray nickte nur still. Es war ihm peinlich, zuzugeben, wie verrückt die Frauen in seinem Leben gewesen waren. Und dass sie ihn nach allem, was er für sie getan hatte, fast immer wegen eines anderen verlassen hatten. Sylvias Erfahrungen schienen sich gar nicht so sehr von den seinen zu unterscheiden. Dennoch klang sie wesentlich vernünftiger, als er sich fühlte.

»Machen Sie eine Therapie?«, fragte sie ihn so direkt, als würde sie sich danach erkundigen, ob er früher bereits einmal in Italien gewesen war. Er schüttelte den Kopf.

»Nein. Ich habe nur eine Menge Selbsthilfebücher gelesen. Den Frauen, mit denen ich zusammen war, habe ich Millionen von Therapiesitzungen bezahlt. Aber es ist mir nie in den Sinn gekommen, selbst eine zu nehmen. Ich habe immer gedacht, das Problem läge bei den Frauen und nicht bei mir. Vielleicht ist es jedoch umgekehrt: Irgendwann sollte ich mich wohl fragen, warum ich immer wieder solche Menschen anziehe.«

Sylvia war zu demselben Schluss gekommen und ging deshalb seit dem Selbstmord des Bildhauers auch keine ernsthafte Beziehung mehr ein. Sie hatte zwei Jahre gebraucht, um den Verlust zu überwinden, und alles in einer intensiven Therapie verarbeitet. Im letzten halben Jahr hatte sie sogar einige Verabredungen gehabt, erst mit einem jüngeren Künstler, der sich als verzogener Bengel entpuppte, und dann nacheinander mit zwei Männern, die um die zwanzig Jahre älter waren als sie. Dazu kamen einige unglücklich verlaufene Blinddates. Daraufhin hatte sie entschieden, dass es ihr allein bessergehen würde. Es gefiel ihr eigentlich nicht, sie vermisste es, mit jemandem zu schlafen und sich nachts an einen warmen Körper zu kuscheln. Seit ihre Kinder aus dem Haus waren, erlebte sie die Wochenenden als unerträglich einsame Zeit. Außerdem fühlte sie sich zu jung, um sich damit abzufinden. Dennoch beschäftigte sie sich in ihrer Therapie mit der Möglichkeit, dass sie vielleicht allein bleiben würde. Beziehungen schienen ihr zu kompliziert zu sein und das Alleinsein zu schwer. Aber sie wollte lernen, genau damit zurechtzukommen. Auf keinen Fall sollte noch einmal jemand ihr Leben auf den Kopf stellen. Sie war zu alt, um sich ein weiteres Mal mit dem falschen Mann einzulassen. Andererseits war sie zu jung, um zu akzeptieren, dass sie für den Rest ihres Lebens keinen mehr fand. Dieser Gedanke machte ihr Angst – eine weitere Katastrophenbeziehung war jedoch nicht weniger beängstigend. Momentan versuchte sie, von einen Tag auf den anderen zu leben und aus allem das Beste zu machen. Deshalb verreiste sie viel mit Freunden. Das alles erklärte sie Gray so einfach wie möglich, ohne dabei mitleiderregend oder verzweifelt zu klingen. Sie war einfach nur eine Frau, die versuchte, ihren Weg zu finden, und die währenddessen absolut in der Lage war, auf sich selbst aufzupassen. Schweigend hörte ihr Gray zu und schüttelte dann den Kopf.

»Klingt das sehr fürchterlich?«, fragte sie. »Manchmal wundere ich mich nämlich über mich selbst.« Sylvia war so schmerzlich ehrlich zu ihm, und dabei gleichzeitig so stark und verletzlich, dass es Gray tief berührte. Nie zuvor hatte er jemanden wie sie gekannt, weder Mann noch Frau, und er wünschte sich nichts mehr, als alles über sie zu erfahren.

»Nein, es klingt nicht furchtbar«, antwortete Gray. »Es

klingt hart und kompliziert – aber so ist das Leben. Für mich klingen Sie vernünftig, und ganz sicher sind Sie mehr bei Verstand als ich. Ganz zu schweigen von den Frauen, mit denen ich zusammen war. Viele von ihnen befinden sich mittlerweile in irgendwelchen Anstalten, in die sie schon damals gehört hätten. Wie bin ich nur darauf gekommen, ich könnte Gott spielen und das Leben anderer Menschen verändern? Ich weiß nicht, warum ich dachte, ich hätte diese Qualen verdient.«

Sylvia bot ihm ein Vorbild an gesunder Lebenseinstellung und Normalität. Während er ihr zuhörte, wurde er unsicher, ob er sie wirklich nur als Freundin betrachtete oder nicht auch als Frau begehrte. Ihm war nicht entgangen, wie schön sie war. Aber er schätzte auch ihre Freundschaft. »Vielleicht können wir in New York mal zusammen ins Kino gehen«, schlug er vorsichtig vor.

»Sehr gern«, antwortete sie lächelnd. »Aber ich muss Sie warnen. Bei Filmen habe ich einen fürchterlichen Geschmack. Nicht einmal meine Kinder wollen sich mit mir welche ansehen. Ich mag weder ausländische Filme noch Experimentalfilme, keine, in denen Sex oder Gewalt vorkommt oder die ein trauriges Ende haben. Ich mag leicht verständliche Filme mit Happy End, die mich zum Lachen oder zum Weinen bringen und bei denen ich nicht einschlafe. Wenn Sie beim Rausgehen darüber debattieren wollen, was jetzt die oder die Szene zu bedeuten hatte, sollten Sie besser mit jemand anderem hingehen.«

»Perfekt. Wir werden uns die uralten Folgen von *I love Lucy* ansehen, dieser Sitcom aus den Fünfzigern. Sie besorgen das Popcorn, ich leihe die Filme aus.«

»Abgemacht.« Sie lächelte ihn an. Dann brachte er sie zu

ihrem Hotel zurück. Zum Abschied umarmte er sie und bedankte sich für den wunderbaren Vormittag.

»Reisen Sie wirklich schon morgen ab?«, fragte er und sah sie betrübt an. Er würde sie zwar auf jeden Fall in New York wiedertreffen, wollte sie aber noch einmal sehen, bevor sie Portofino verließ. Schon jetzt konnte er es kaum erwarten, sie anzurufen, sobald sie beide wieder zu Hause waren. Gray war zu beschäftigt damit gewesen, Frauen zu retten, um sich nach einer umzusehen, die seine Freundin sein und mit der er stundenlang reden konnte. Sylvia Reynolds war so ein Mensch. Es kam ihm selbst verrückt vor, aber er hatte mit seinen fünfzig Jahren das erste Mal das Gefühl, in Portofino die Frau seiner Träume gefunden zu haben. Wie sie wohl reagieren würde, wenn er ihr das sagte? Vielleicht würde sie wie vom Teufel gejagt wegrennen und die Polizei rufen. Womöglich hatten die Verrücktheiten seiner früheren Beziehungen auf ihn abgefärbt. Sylvia aber war nicht verrückt. Sie war schön, klug, verletzlich und ehrlich.

»Morgen reisen wir ab«, sagte sie leise und bedauerte es ebenfalls. Diese Tatsache machte Sylvia ein bisschen nervös. Während sie Gray anlächelte, fühlte sie sich zwischen ihren Gefühlen hin- und hergerissen. Ihrem Therapeuten hatte sie erzählt, dass sie bereit sei, sich wieder auf jemanden einzulassen. Aber jetzt wollte sie nur noch weglaufen, bevor sie womöglich wieder verletzt wurde. »Am Wochenende sind wir auf Sardinien. Danach muss ich nach Paris, um mich mit einigen Künstlern zu treffen. Anschließend verbringe ich mit meinen Kindern eine Woche auf Sizilien. In vierzehn Tagen bin ich wieder in New York.«

»Ich werde in drei Wochen wieder zu Hause sein«, sagte

er und strahlte sie an. »Aber es kann sein, dass wir dieses Wochenende ebenfalls auf Sardinien sind. Normalerweise ist das unsere nächste Station auf dieser Route.«

»Das wäre ein glücklicher Zufall.« Sie lächelte und fühlte sich plötzlich wieder jung. »Warum kommen Sie drei nicht heute Abend mit uns zum Essen? Gute Pasta, aber schlechter Wein, vermutlich nicht die Qualität, die Sie und die anderen beiden gewohnt sind.«

»Lassen Sie sich davon nicht beeindrucken. Falls Sie mal zum Abendessen zu mir kommen, serviere ich Ihnen den Fusel, den es bei mir normalerweise gibt.«

»In diesem Fall bringe ich dann den Wein mit.« Sie grinste. »Und Sie sollten kochen. In der Küche bin ich miserabel.«

»Einverstanden. Gut zu wissen, dass es etwas gibt, das Sie nicht können. Mir wird nachgesagt, meine Gerichte würden halbwegs anständig schmecken: Pasta, Tacos, Burritos, Gulasch, Hackbraten, Pfannkuchen, Rührei und Käsemakkaroni – nicht viel, aber …«

»Pfannkuchen. Ich liebe Pfannkuchen. Meine verkohlen immer, und keiner will sie dann mehr essen.«

Gray lächelte bei der Aussicht darauf, für sie zu kochen. »Okay. *I love Lucy* und Pfannkuchen. Welche Eissorte zum Nachtisch? Schokolade oder Vanille?«

»Minzeschokolade, Cassis oder Banane-Walnuss«, sagte sie selbstbewusst. Es fühlte sich gut an, mit ihm zusammen zu sein, und es gefiel ihr immer besser. In welche Richtung sich alles entwickelte, machte ihr zwar Angst, aber es war auch schön. Die Achterbahn des Lebens. Sie war lange nicht mehr mitgefahren und spürte plötzlich, wie sehr sie es vermisst hatte. Seit Jahren war ihr kein Mann begegnet, der sie anzog. Dieser hier schon.

»Oh, Designer-Eis. Was ist so schlecht an einer guten alten Kugel Schokolade?«
»Wenn Sie das so sehen, bringe ich besser den Wein *und* das Eis mit.«
»Und vergessen Sie nicht das Popcorn«, erinnerte er sie lächelnd. Mit ihr würde das ganze Leben so viel Spaß machen wie vorhin die Besichtigung von San Giorgio. »Um wie viel Uhr heute Abend?«, fragte er und umarmte sie noch einmal. Es war eine freundschaftliche Umarmung, keine, die sie erschreckte oder sie beide zu mehr als einem lockeren Abendessen verpflichtete. Alles Weitere würde sich ergeben, falls es sich für sie beide richtig anfühlte. Er hoffte es sehr.
»Um halb zehn im Hafen bei Da Puny. Bis dann.« Lächelnd winkte sie ihm zu und verschwand im Hotel. Mit federndem Gang schlenderte Gray zurück zum Hafen, wo das Beiboot und ein Mitglied der Crew auf ihn warteten. Während das Boot die Yacht ansteuerte, lächelte Gray die ganze Zeit und tat es immer noch, als Charlie ihn an Bord kommen sah. Es war mittlerweile ein Uhr am Mittag, und die beiden anderen hatten mit dem Essen auf ihn gewartet.
»Du warst aber mächtig lange in dieser Kirche – mit einer Frau, die du kaum kennst«, bemerkte Charlie verschmitzt und grinste seinen alten Freund an. »Hast du ihr einen Antrag gemacht?«
»Das hätte ich vermutlich machen sollen, aber ich habe mich nicht getraut. Davon abgesehen hat sie zwei Kinder, und du weißt, dass ich Kinder nicht ausstehen kann.« Charlie lachte nur und nahm Grays Antwort nicht ernst.
»Das sind keine Kinder mehr, sondern Erwachsene. Außerdem lebt sie in New York und ihre Sprösslinge in Ita-

lien beziehungsweise in England. Ich denke, dir droht keine Gefahr.«

»Ja, vielleicht. Aber Kinder bleiben Kinder. Gleichgültig, wie alt sie sind.« Gray erzählte von der Einladung zum Abendessen, die die beiden anderen sofort annahmen.

»Läuft da etwas zwischen euch beiden?«, fragte Adam neugierig, aber Gray gab sich amüsiert. War er schon bereit, seinen Freunden davon zu erzählen? Bisher war ja noch nichts passiert. Er mochte Sylvia lediglich und hoffte, dass sie seine Gefühle erwiderte. Was gab es da zu berichten?

»Ich wünschte es. Sie hat phantastische Beine, aber so weit ich es beurteilen kann, gibt es einen gravierenden Schönheitsfehler.«

»Und der wäre?«, fragte Charlie gespannt.

»Sie ist nicht verrückt und von daher wohl nicht mein Typ.«

»Ja, das habe ich mir gedacht.« Adam nickte grinsend.

Gray erzählte ihnen, dass die Gruppe am nächsten Tag nach Sardinien weiterreisen würde. Portofino war wunderschön, aber ohne die anderen würde es längst nicht mehr so interessant sein. Das sahen sie alle so. Charlie schlug vor, dass sie an diesem Abend nach dem Essen aufbrachen und die Nacht durchfuhren. Wenn sie um Mitternacht ablegten, konnten sie am nächsten Tag rechtzeitig zum Abendessen auf Sardinien sein. Es würde ein Vergnügen sein, sich mit der ganzen Gruppe in Porto Cervo zu treffen und das Wochenende gemeinsam zu verbringen. Und falls Adam seine Meinung doch noch änderte, würde ihm das die Möglichkeit zu einem neuen Versuch bei Sylvias Nichte geben.

Charlie informierte den Kapitän, der sich daraufhin um alles Weitere kümmerte. Nachtfahrten waren für die Passagiere angenehm, für die Crew jedoch anstrengend. Der Kapitän sagte, er würde noch etwas schlafen, solange Charlie und seine Freunde zum Dinner aus waren, und in See stechen, sobald sie zurück an Bord kamen.

Gray erzählte Sylvia beim Dinner davon. Sie lächelte ihn an und fragte sich, was er seinen Freunden wohl erzählt hatte. Dass sie sich zu ihm hingezogen fühlte, verunsicherte sie. So etwas hatte sie seit Jahren nicht mehr empfunden und war ebenso wenig wie Gray bereit, es offen auszusprechen. Aber sie spürte, dass er ihre Gefühle erwiderte.

Es wurde ein schöner Abend. Sylvia saß Gray gegenüber am Tisch, aber nichts, was sie sagte oder tat, verriet etwas von ihren Gefühlen. Zum Abschied küsste sie ihn und seine Freunde auf beide Wangen und versprach, dass sie einander am nächsten Abend im Yachtclub von Porto Cervo zum Dinner treffen würden. Als die drei gingen, drehte sich Gray noch einmal zu ihr um. Sylvia unterhielt sich gerade angeregt mit ihrer Nichte und blieb mit ihr vor einem Café stehen, um sich ein Eis zu kaufen. Wieder fiel ihm auf, was für eine tolle Figur sie hatte. Und sie war bemerkenswert klug. Er wusste nicht, was ihm besser gefiel.

»Sie mag dich«, sagte Adam, während sie ins Beiboot stiegen. Charlie lachte. Das klang wie eine Bemerkung unter Teenagern.

»Ich finde sie auch ganz nett«, antwortete Gray scheinbar gleichgültig. Sie setzten sich und blickten über das Wasser hinweg zur *Blue Moon*.

»Ich meinte, dass sie dich *wirklich* mag. Ich glaube, sie will mit dir ins Bett.«

»Die Art Frau ist sie nicht«, erwiderte Gray mit versteinerter Miene und wollte Sylvia vor derartigen Kommentaren schützen. Es kam ihm respektlos vor.

»Erzähl mir keinen Mist. Sie ist eine wunderschöne Frau. Mit irgendjemandem muss sie ins Bett gehen. Dann kannst genauso gut du es sein. Oder ist sie dir zu alt?«, hakte Adam nach. Gray schüttelte den Kopf.

»Sie ist nicht zu alt. Aber wie ich schon sagte, sie ist nicht verrückt.«

»Das sehe ich auch so. Aber auch Frauen, die nicht verrückt sind, haben gern Sex.«

»Das werde ich mir merken, für den Fall, dass mir mal eine über den Weg läuft«, erwiderte Gray und lächelte Charlie an, der sich ebenfalls zu fragen begann, ob sich bei den beiden nicht doch etwas mehr anbahnte als bloße Freundschaft.

»Keine Sorge, das passiert ganz sicher nicht.« Adam lachte, und die drei Männer gingen an Bord. Charlie goss jedem noch ein Glas Brandy ein, bevor sie sich zum Schlafen zurückzogen. Während sie im Mondschein auf dem Achterdeck saßen, lichtete die Crew den Anker, und das Boot setzte sich in Bewegung. Gray betrachtete das Mondlicht, das auf den Wellen tanzte, und dachte an Sylvia, die jetzt bestimmt in ihrem Hotelzimmer war. Er wünschte, er wäre bei ihr. Ob es jemals dazu kommen würde? Vielleicht eines Tages. Doch vorher hatten sie erst einmal ein gemeinsames Wochenende auf Sardinien. Zum ersten Mal seit langem fühlte er sich wieder wie ein Junge. Ein fünfzig Jahre alter Junge mit einem unglaublichen neunundvierzigjährigen Mädchen.

4

Mit Sylvia und ihren Freunden war die Zeit auf Sardinien noch schöner, als sich die drei Freunde erhofft hatten. In Porto Cervo gesellten sich noch zwei italienische Ehepaare zu der Gruppe. Charlie lud alle zum Essen, Wasserskifahren und Schwimmen auf sein Boot ein. Das verschaffte Gray und Sylvia die Möglichkeit, einander besser kennenzulernen. Nachdem Adam die beiden über das ganze Wochenende hinweg beobachtet hatte, kam er zu dem Schluss, dass sie nur Freunde waren. Charlie war davon nicht überzeugt, behielt seine Meinung jedoch für sich. Wenn Gray ihm diesbezüglich etwas sagen wollte, dann würde er das schon tun. Charlie unterhielt sich selbst mehrmals angeregt mit Sylvia. Sie sprachen über die Stiftung, seine und ihre Arbeit, die Galerie und über die Künstler, die sie dort vertrat. Zweifellos liebte sie ihre Arbeit, und genauso offensichtlich mochte sie Gray. Und Gray mochte sie. Die beiden tuschelten oft miteinander, gingen gemeinsam schwimmen, tanzten in den Nachtclubs zusammen und lachten viel. Als sich das Wochenende dem Ende zuneigte, hatten alle das Gefühl, neue Freunde gefunden zu haben. Nachdem Sylvia mit ihrer Gruppe abgereist war, fuhren Charlie und die anderen für zwei Tage nach Korsika. Sie waren für ihren Geschmack lange genug auf Sardinien gewesen. Bevor sich Sylvia verabschiedet hatte, hatte Gray leise an Bord mit ihr gesprochen und gesagt, er würde sie anrufen, sobald er wieder in New York sei. Sie hatte ihn lächelnd umarmt und den dreien eine gute Reise gewünscht.

Von Korsika aus fuhren sie weiter über Ischia nach Capri. Anschließend zog es sie die Westküste Italiens hinauf und entlang der französischen Riviera. Während der letzten Tage ankerten sie in Antibes. Sie besuchten Nachtclubs und Restaurants, gingen schwimmen und einkaufen, trafen Menschen und machten aus Fremden Freunde. An einem ihrer letzten Abende aßen sie im Eden Roc. Sie waren sich einig, dass es eine wunderbare Reise gewesen war.

»Du solltest diesen Winter mit nach St. Bart's kommen«, drängte Adam Gray.

»Vielleicht beim nächsten Mal«, antwortete Gray ausweichend, und Charlie betonte noch einmal, dass er sich freuen würde, wenn Gray mitkäme.

Am letzten gemeinsamen Abend waren die drei wie immer ein bisschen wehmütig. Es fiel ihnen schwer, sich voneinander zu verabschieden und zu ihrem Alltag zurückzukehren. Adam würde sich im Anschluss für eine Woche mit Amanda und Jacob in London treffen. Sie wollten außerdem ein Wochenende in Paris verbringen, wobei sie im Ritz wohnen würden – ein sanfter Übergang in den Alltag nach dem Luxusleben auf der *Blue Moon*. Gray flog von Nizza aus direkt nach New York. Das kam einem Kulturschock gleich, denn er würde in sein unkomfortables Studio im Meatpacker District zurückkehren. Dieser Stadtteil war zwar mittlerweile angesagt und recht geschmackvoll, aber Grays Studio war noch genauso ungemütlich wie eh und je. Gray freute sich jedoch darauf, sofort Sylvia anrufen zu können. Sie musste seit einer Woche wieder in New York sein, denn sie hatte vorgehabt, nach dem Aufenthalt auf Sizilien mit ihren Kindern direkt dorthin zurückzufliegen. Charlie blieb noch für drei Wochen in Frankreich auf dem Boot. Er freute sich auf die herrliche Ruhe. Allerdings fühlte er sich auch immer ein bisschen einsam, sobald seine Freunde abgereist waren. Er ließ sie nicht gern ziehen.

Am Morgen ihrer Abreise fuhren Gray und Adam zusammen in einer Limousine zum Flughafen, die der Chefsteward für sie gemietet hatte. Charlie stand an Deck und winkte, als sie abfuhren. Er war traurig über den Abschied. Die beiden waren seine engsten Freunde. Wie alle Menschen hatten auch sie ihre Ecken und Kanten, aber die beiden waren anständige Kerle. Charlie hätte alles für die beiden getan, und er wusste, dass es umgekehrt genauso war. Wie die drei Musketiere gingen sie gemeinsam durch dick und dünn.

Adam rief Charlie von New York aus an, um ihm für den wundervollen Urlaub zu danken. Gray schickte Charlie am nächsten Tag eine E-Mail mit ähnlichen Worten. Sie waren sich einig, dass es noch nie so schön gewesen war. Kaum vorstellbar, aber ihre Urlaube wurden von Jahr zu Jahr besser. Sie lernten nette Leute kennen, sahen wundervolle Orte und genossen ihre Männerfreundschaft immer mehr. Manchmal dachte Charlie sogar daran, dass es gar nicht so schlimm wäre, wenn er nie die richtige Frau fand, denn dann blieben ihm schließlich noch seine zwei bemerkenswerten Freunde. Das Leben konnte schlimmer sein.

Während der letzten beiden Wochen auf dem Boot arbeitete Charlie am Laptop, vereinbarte Termine für die Zeit nach seiner Rückkehr. Im November würde sich die *Blue Moon* auf den Weg in die Karibik machen. Charlie wünschte, er könnte dann bereits an Bord sein, doch dieses Jahr hatte er zu viel zu erledigen. Die Stiftung hatte eine Million Dollar für ein neues Kinderhilfsprojekt zur Verfügung gestellt. Er wollte vor Ort sein und sehen, wie das Geld eingesetzt wurde. Als er in der dritten Septemberwoche schließlich von Bord ging, freute er sich sogar darauf, wieder nach Hause zu kommen. Fast drei Monate lang war er fort gewesen. Auch wenn Zuhause in seinem Fall ein leeres Apartment und ein Büro bedeutete, in dem er die Familientradition aufrechterhielt. Obwohl er Zeit mit Freunden verbringen und auf Dinnerpartys oder zu kulturellen Veranstaltungen gehen würde, gab es keinen Menschen, zu dem er zurückkehrte, niemanden, der auf ihn wartete und sein Leben mit ihm teilte. Allmählich zweifelte Charlie daran, dass er einen solchen Menschen je finden würde. Trotzdem musste er zurück. Er konnte nicht bis in alle Ewigkeit auf dem Boot bleiben und vor der Realität davonlaufen. Außerdem waren Adam und Gray auch in New York. Er würde sie anrufen, sobald er wieder zu Hause war, und sie fragen, ob sie sich irgendwo mit ihm zum Abendessen treffen würden. Sie waren das Zuhause, zu dem er zurückkehren konnte. Charlie war dankbar, dass er die beiden hatte.

Der Flug nach New York verlief ereignislos. Im Gegensatz zu Adam reiste Charlie mit einer Linienmaschine. Sich ein eigenes Flugzeug zu kaufen lohnte sich für ihn nicht. Von Adams Sekretärin hatte er erfahren, dass dieser ebenfalls an diesem Abend nach New York zurückkehren würde. Adam hatte im Anschluss an die Ferien mit seinen

Kindern eine ganze Woche in Las Vegas verbracht. Er hatte Charlie eine E-Mail geschickt und gefragt, ob dieser ihn nächste Woche zu einem Konzert begleiten wolle. Es war eines dieser riesigen Events, die Charlie so sehr liebte. Gray konnte derlei Veranstaltungen nicht ausstehen. Charlie hatte geantwortet, dass er gern mitkäme.

Die Nachrichten von Gray waren während der letzten Wochen spärlich gewesen. Charlie nahm an, dass Gray arbeitete und in sein Studio abgetaucht war. Immerhin hatte er einen ganzen Monat lang nicht gemalt. Manchmal verschwand Gray wochenlang und erschien dann triumphierend, wenn er ein besonders großartiges Bild geschaffen hatte. Charlie vermutete, dass sich Gray in einer solchen Phase befand. Er nahm sich vor, ihn irgendwann diese Woche anzurufen.

Als Charlie am späten Nachmittag eintraf, war es in New York heiß und schwül. Da er keine Waren zu deklarieren hatte, kam er rasch durch den Zoll. Seine Sekretärin hatte ihm einen Wagen geschickt, der draußen wartete.

Als Charlie New York erreichte, deprimierte ihn die Kargheit der Stadt. Alles wirkte schmutzig, die Menschen sahen verschwitzt und müde aus. Und als er das Autofenster öffnete, schlug ihm die mit Abgasen verpestete Luft wie ein Schwall schlechten Atems ins Gesicht. In seinem Apartment angekommen, empfand er die Luft als noch schlimmer. Das Reinigungspersonal hatte zwar gelüftet, aber es roch hier dennoch muffig, und es bot sich ein trauriger Anblick. Nirgendwo standen Blumen, es gab keinerlei Anzeichen von Leben. Drei Monate waren eine lange Zeit.

Sämtliche Post, die ihm nicht nach Frankreich nachgeschickt worden war, wartete auf seinem Schreibtisch. Im

Kühlschrank waren zwar Lebensmittel, aber es gab niemanden, der etwas für ihn kochte. Andererseits hatte er aber auch keinen Hunger. Auf dem Anrufbeantworter war keine Nachricht hinterlassen worden. Niemand außer den Leuten in seinem Büro wusste, dass er an diesem Tag zurückgekommen war. Zum ersten Mal stand Charlie in seinem Apartment und fragte sich, was mit ihm und seinen Freunden nicht stimmte. War es das hier, was er wollte? Das, was Adam anstrebte mit seinen ständigen Bemühungen, keine feste Bindung einzugehen? Diese Frage war schwer zu beantworten. Er hatte sich nie zuvor so einsam gefühlt wie an diesem Abend.

Während der letzten fünfundzwanzig Jahre hatte er in der Frauenwelt nach der Richtigen gesucht, aber immer einen, wenn auch mikroskopisch kleinen, Mangel gefunden – oder finden wollen. Unweigerlich war er jedes Mal auf etwas gestoßen, das ihm einen Grund gab, die Beziehung zu beenden, und nun war er hier an einem Montagabend allein in seinem leeren Apartment mit Blick auf den Central Park. Paare gingen dort spazieren, hielten Händchen oder lagen im Gras und blickten gemeinsam hinauf in die Baumkronen. Ganz sicher war keiner dieser Menschen perfekt. Warum musste in seinem Leben alles perfekt sein? Seit fünfundzwanzig Jahren war seine Schwester jetzt tot. Dreißig Jahre lag der Unfall seiner Eltern zurück. Und seitdem beschützte er sein einsames Leben, hielt eifriger denn je am Tor Wache. In diesem Moment begann er sich zu fragen, ob es nicht an der Zeit war, jemanden hereinzulassen. Wie beängstigend ihm das bisher auch erschienen war, so könnte es am Ende vielleicht doch eine unendliche Erleichterung sein.

5

Obwohl er lieber Ruhe bewahrt und noch etwas gewartet hätte, rief Gray Sylvia am Abend seiner Rückkehr nach New York sofort an. Es war der erste September, das Labour-Day-Wochenende, und er befürchtete, dass sie verreist sein könnte. Zu seiner großen Erleichterung war sie zu Hause.

Sie hörte sich überrascht an, als sie seine Stimme am Telefon erkannte, und einen Moment lang fragte er sich, ob er sie beim Abschied vielleicht missverstanden hatte.

»Störe ich?«, fragte er nervös. Sylvia klang abgelenkt und nicht gerade erfreut, als sie sagte: »Nein, entschuldigen Sie bitte. Ich habe ein undichtes Rohr in der Küche und keine Ahnung, was ich machen soll.«

»Haben Sie den Hausmeister angerufen?«

»Ja. Seine Frau liegt in den Wehen. Und der einzige Klempner, den ich erreicht habe, kann nicht vor morgen früh kommen – und dann auch nur zum doppelten Preis, weil morgen ein Feiertag ist. Der Mieter unter mir hat schon angerufen und sich beschwert, dass es bei ihm durch die Decke tropft!« Sie hörte sich verzweifelt an. Aber Frauen in Not waren Grays Fachgebiet.

»Hat es von selbst angefangen, oder haben Sie vorher etwas verändert?« Mit Installationsarbeiten kannte er sich zwar nicht aus, aber er war durchaus als Heimwerker begabt.

»Ehrlich gesagt«, gestand sie verlegen, »ist mir mein Ring in den Ausguss gefallen. Daraufhin habe ich das verdammte Ding auseinandergenommen, damit mein Schmuck nicht in der Kanalisation von Manhattan verschwindet. Den Ring habe ich wieder, aber irgendetwas ist jetzt undicht, und ich habe keine Ahnung, was.«

»Geben Sie das Apartment auf und suchen Sie sich auf der Stelle ein neues«, schlug Gray vor, und Sylvia lachte.

»Sie sind eine große Hilfe. Ich dachte, Sie wären Rettungsexperte?«

»Ich habe mich auf neurotische Frauen spezialisiert. Probleme mit Wasserleitungen sind bei mir eher selten an der Tagesordnung. Rufen Sie doch einen anderen Klempner an.« Doch plötzlich hatte er eine bessere Idee. »Wenn Sie wollen, könnte ich natürlich trotzdem vorbeikommen und mal nach Ihrem Problem sehen.« Er war erst zehn Minuten zuvor vom Flughafen hier eingetroffen und hatte noch nicht einmal seine Post durchgesehen, trotzdem war er mehr als willens, sofort wieder loszufahren.

»Sie haben doch gerade selbst gesagt, dass Sie sich eher auf neurotische Frauen als auf Wasserleitungen konzentriert haben. Ich erlaube mir anzunehmen, dass Sie genau wie ich keine Ahnung von diesem Metier haben. Außerdem sehe ich fürchterlich aus. Ich habe mir heute noch nicht einmal die Haare gekämmt.« Das war nicht gelogen. Sylvia war an diesem Tag zu Hause geblieben, hatte Papierkram erledigt und das Kreuzworträtsel der *Sunday Times* gelöst. Es war einer dieser Tage, an denen sie keine Termine hatte. Manchmal war es ganz schön, einfach nur faul auf dem Sofa zu liegen. Gegen Abend überkam sie aber oft eine gewisse Einsamkeit, da sie niemanden zum Reden hatte.

»Ich sehe auch fürchterlich aus«, versuchte Gray sie zu überreden, »Ich komme gerade vom Flughafen. Und Sie sehen bestimmt gar nicht so schlimm aus, wie Sie denken.« Wie furchtbar konnte sie schon aussehen? Selbst mit zerzaustem Haar stellte er sie sich wunderschön vor. »Ich sage Ihnen etwas: Ich fahre jetzt zu Ihnen, und dann kümmern Sie sich um Ihre Haare, und ich verarzte in der Zeit den Abfluss. Oder umgekehrt. Wir können uns natürlich auch abwechseln.«

»Sie sind verrückt«, antwortete sie, mittlerweile gut gelaunt. »Ich sage Ihnen jetzt auch etwas: Sie reparieren den Abfluss, und ich bestelle uns Pizza, wie klingt das?«

»Was immer Sie wollen, ich habe schon im Flugzeug gegessen. Ich ziehe mir rasch meinen Blaumann an und bin in zehn Minuten bei Ihnen. Halten Sie durch!«

»Meinen Sie das ernst?« Sie klang verlegen, aber erfreut.

»Natürlich.« Es war eine gute Gelegenheit, sich auf zwanglose Weise wiederzusehen. Keine Erwartungen, keine aufwendige Garderobe – kein schwieriges erstes Date. Er wusch sich das Gesicht, zog ein frisches Hemd an und verließ wenige Minuten später die Wohnung.

Sylvia lebte in einem Loft südlich von seinem Haus in Soho. Das Gebäude sah aus, als wäre es erst kürzlich renoviert worden, und wirkte sehr gepflegt.

Sobald Gray die Wohnung betrat, war er von Kunst umgeben. Sylvias Privatsammlung war beeindruckend, und das Apartment zeugte in jeder Hinsicht von ihrem guten Geschmack.

Sylvia hatte offensichtlich dasselbe Prozedere hinter sich wie er: Gesicht waschen, Zähne putzen, Haare kämmen und ein sauberes T-Shirt anziehen. Davon abgesehen trug

sie Jeans, war barfuß und wirkte glücklich, ihn zu sehen. Sie umarmte ihn flüchtig und musterte ihn dann.
»Wie ein Klempner sehen Sie nicht aus«, sagte sie gespielt entrüstet.
»Ich konnte meinen Overall nicht finden, tut mir leid. Aber es wird auch so gehen. Haben Sie das Wasser abgestellt?«, fragte er, während sie ihn in die Küche führte. Der Raum war mit schwarzem Granit und viel Chrom ausgestattet. Es sah toll aus, und irgendetwas sagte Gray, dass Sylvia es größtenteils selbst entworfen hatte.
»Nein.« Sie sah ihn verdutzt an. »Ich weiß nicht, wie das geht.«
»Na gut«, murmelte er und kniete sich vor die Spüle. Der Boden war nass, und Sylvia hatte überall Handtücher ausgelegt. Gray suchte nach dem Absperrventil und bat Sylvia um eine Zange. Sie öffnete einen Küchenschrank, wühlte wild darin herum und reichte ihm schließlich das Werkzeug. Eine Minute später hatte Gray das Problem gelöst oder zumindest vorübergehend behoben. Mit breitem Grinsen kam er wieder unter dem Spülbecken hervor. Seine Jeans waren von den Knien abwärts nass.
»Sie sind ein Genie. Vielen Dank!« Sylvia strahlte ihn an. Dann fiel ihr Blick auf seine Hose. »Und Sie sind völlig durchnässt. Ich würde Ihnen ja anbieten, dass ich Ihre Hose in den Trockner stecke, aber ist es nicht ein bisschen voreilig, Sie schon beim ersten Date zu bitten, die Hose auszuziehen? Ich bin ein bisschen aus der Übung, aber ich glaube, das kommt erst später«, sagte sie grinsend. Andererseits konnte er nicht den ganzen Abend in einer nassen Hose herumlaufen. Nach dem langen Flug war er bestimmt müde, deshalb entschied sie, ihm diese Unan-

nehmlichkeit zu ersparen. »Ich schlage vor, dass wir die üblichen Traditionen bei Verabredungen heute ausnahmsweise außer Acht lassen. Ziehen Sie die Jeans aus. Ich stecke sie in den Trockner und gebe Ihnen ein Handtuch. Danach können wir uns eine Pizza liefern lassen.« Wenig später kam sie mit einem großen weißen Badetuch zurück und zeigte Gray, wo das Gästebad war. Als er fertig war, kam er mit dem Badetuch um die Hüfte geschlungen und der Jeans in der Hand wieder heraus. Nur mit Socken, Schuhen, einem Handtuch und dem Hemd bekleidet, sah er süß aus.

»Ich komme mir ein bisschen albern vor«, gestand er mit verlegenem Grinsen. »Aber wahrscheinlich käme ich mir noch alberner vor, wenn ich nur in Unterhosen mit Ihnen essen würde.« Sylvia musste lachen, und er folgte ihr ins Wohnzimmer. Der Raum war riesig und bot einen herrlichen Rahmen für all die Skulpturen und Bilder. Gray entdeckte sofort einige Werke von bekannten Künstlern.

»Oh! Sie haben hier einige großartige Arbeiten in Ihrer Sammlung.«

»Ich sammle bereits seit Jahren Kunstwerke. Ich werde das alles eines Tages meinen Kindern vermachen«, erklärte sie ihm. Das erinnerte Gray daran, dass die Situation gar nicht so einfach war, wie es auf den ersten Blick den Anschein hatte. Als sie ihre Kinder erwähnte, ernüchterte ihn das schlagartig. Er hatte sich nie mit Frauen einlassen wollen, die Kinder hatten. Aber Sylvia war etwas Besonderes. Kleine Kinder waren für ihn normalerweise die reinste Folter, doch diesmal war es irgendwie anders.

»Wo sind Ihre Kinder gerade?«, fragte er und blickte sich nervös um, als rechnete er damit, dass sie ihn aus einem

Schrank heraus anfielen. Sein Gesichtsausdruck amüsierte sie.

»In Europa. Erinnern Sie sich? In Florenz beziehungsweise in Oxford. Sie kommen erst Weihnachten wieder hierher, Ihnen droht also keine Gefahr.«

»Hatten Sie schöne Ferien mit ihnen?«, fragte er höflich, während sie in die Küche ging, die Hose in den Trockner steckte, ihn anstellte und dann zurückkam.

»Ja, es war sehr schön. Wie war denn der Rest Ihrer Reise?« Sie setzte sich auf ein gemütlich aussehendes Sofa, und Gray ließ sich ihr gegenüber in einen riesigen schwarzen Ledersessel fallen. Barfuß und in Jeans war sie wunderschön, fand er. Er war glücklich, sie zu sehen. Es kam ihm seltsam vor, aber er hatte sie tatsächlich vermisst. Dabei kannte er sie kaum. Dennoch hatte er während der letzten Wochen ständig an sie gedacht.

»Es war toll«, antwortete er, während sie sich bemühte, bei seinem Anblick nicht zu lachen. In dem riesigen Sessel mit dem Handtuch um die Hüften wirkte er ein bisschen deplaziert. »Genau genommen«, korrigierte er sich, »war es zwar schön, aber nicht so schön wie in Portofino oder auf Sardinien zusammen mit Ihnen. Ich habe seither viel an Sie gedacht.«

»Das ging mir genauso«, gestand sie. Dann lächelte sie ihn an. »Ich freue mich, dass Sie zurück sind. Ich hatte nicht damit gerechnet, dass Sie mich so schnell anrufen würden.«

»Ich auch nicht. Und dennoch hatte ich das Gefühl, mich so schnell wie möglich melden zu müssen.«

»Ich bin froh, dass Sie es getan haben – übrigens, was für eine Pizza möchten Sie?«

»Was mögen Sie denn gern?«
»Peperoni, Salami, Hawaii, Margherita – einfach alles.«
»Ich auch«, sagte er und betrachtete sie. Sylvia wirkte hier bei ihr zu Hause sehr unbefangen.
»Dann bestelle ich eine Pizza mit allem, aber ohne Sardellen, die mag ich nicht«, antwortete sie und ging aus dem Zimmer.
»Einverstanden«, rief er ihr nach.
Kurze Zeit später kehrte sie mit einer Jeans in den Händen zurück und hielt sie ihm hin.
»Probieren Sie mal, ob sie Ihnen passt, dann bestelle ich die Pizza. Und noch einmal danke, dass Sie meine Spüle repariert haben.«
»Habe ich nicht«, erinnerte er sie. »Ich habe nur das Wasser abgestellt und damit vorerst verhindert, dass Ihre Küche überflutet wird. Den Rest muss der Klempner erledigen.«
»Ich weiß.« Sie schenkte ihm ein Lächeln.
Schnell zog sich Gray im Bad die Hose an – sie passte wie angegossen –, dann kam er zurück und reichte ihr das zusammengefaltete Handtuch. Als sie es entgegennahm, wirkte sie überrascht.
»Alles in Ordnung?«, fragte er.
»Sie haben es nicht zerknüllt auf dem Fußboden liegen lassen? Irgendetwas stimmt mit Ihnen nicht. Ich dachte, das machen alle Männer so.« Sie lächelte ihn schelmisch an, und er grinste zurück. Das Apartment war so ordentlich, dass er gar nicht auf die Idee gekommen war, irgendetwas einfach auf den Boden zu werfen.
»Möchten Sie, dass ich zurückgehe und meine Pflicht als Mann nachhole?«, bot er an. Sie lachte schallend und ging

zum Telefon, um die Pizza zu bestellen. Als das erledigt war, bot sie ihm ein Glas kalifornischen Wein an. Gray probierte einen Schluck und fand den Wein köstlich.

Sie gingen zurück ins Wohnzimmer und setzten sich. Dieses Mal nahmen sie nebeneinander auf dem Sofa Platz. Gray hätte sie am liebsten gepackt und an sich gezogen, aber dazu war er noch nicht bereit und sie vermutlich auch nicht. Er spürte die fast greifbare Verlegenheit zwischen ihnen. Sie kannten einander kaum und hatten sich wochenlang nicht gesehen. »Sie sind auch nicht die Art von Frau, die für mich typisch ist«, sagte er. »Wenn Sie es wären, hätten Sie wegen des undichten Abflussrohrs einen hysterischen Anfall bekommen und mir vorgeworfen, es sei meine Schuld. Oder Sie hätten behauptet, dass Ihr Ex-Freund heimlich die Rohrleitung sabotiert habe, damit wir beide in der Küche ertrinken, und dass er außerdem jeden Moment mit einer Pistole in der Hand die Feuerleiter hochklettert.«

»Ich habe keine Feuerleiter«, entschuldigte sie sich lachend.

»Das vereinfacht die Dinge«, antwortete er und sah sie bewundernd an. »Ihr Apartment gefällt mir. Es ist wunderschön, so wie Sie.« Nichts in dieser Wohnung war pompös oder protzig, sondern eher geschmackvoll und von hoher Qualität.

»Danke. Ich habe hier eine Menge Schätze, die mir viel bedeuten.«

»Das sehe ich.« Ihm wurde plötzlich klar, dass sie für ihn in rasantem Tempo ebenfalls zu einem kostbaren Schatz wurde. Er mochte sie weitaus mehr, als er bisher gedacht hatte. Mit ihr hier zu sitzen war anders, als sie in Restaurants oder auf Charlies Boot zu sehen. Auch dort war sie schön und anziehend gewesen, aber in ihrer Wohnung hatte es etwas Reales und Bedeutsames.

Während sie auf die Pizza warteten, unterhielten sie sich über ihre Galerie und die Künstler, die sie dort vertrat.

»Ich würde Ihre Arbeiten gern einmal sehen«, sagte Sylvia nachdenklich, und Gray nickte.

»Es würde mich freuen, Ihre Meinung dazu zu hören. Mein Stil unterscheidet sich allerdings sehr von den Werken, die Sie in Ihrer Galerie ausstellen.«

»Mit welcher Galerie arbeiten Sie denn zusammen?«, fragte sie neugierig. Er zuckte mit den Schultern.

»Momentan mit keiner. Mit der letzten war ich unzufrieden, und ich muss unbedingt eine neue finden. Ich habe im Augenblick jedoch nicht genug Arbeiten für eine Ausstellung zusammen, von daher eilt es nicht.«

Die Pizza wurde geliefert, und Sylvia bestand darauf zu bezahlen. Als Honorar für die Klempnerarbeiten, sagte sie. Sie setzten sich zum Essen an den Küchentisch. Sylvia dimmte das Licht und zündete Kerzen an, die Pizza servierte sie auf schönen italienischen Keramiktellern. Alles, was sie besaß oder tat, hatte Stil und Eleganz. Ein Abbild ihrer selbst, auch mit dem schlichten Pferdeschwanz, den nackten Füßen und den Jeans. Dazu trug sie dieselben Türkisarmreifen, die ihm schon in Italien aufgefallen waren.

Sie saßen noch lange am Küchentisch und redeten über alles Mögliche. Sie genossen es, zusammen zu sein, und Sylvia war froh, dass Gray hergekommen war. Es war schon nach zehn Uhr, als er ihr schließlich gestand, dass er allmählich müde wurde. Der Jetlag in Kombination mit dem Wein machte ihn sehr schläfrig. Mit Bedauern stand er auf und half ihr noch dabei, das Geschirr in die Spülmaschine zu räumen. Sylvia betonte zwar, dass sie das auch allein schaffen würde, aber er packte gern mit an. Ihm fiel auf, wie fremd ihr diese Hilfsbereitschaft war. Offenbar war sie es gewohnt, alles allein zu machen. An der Tür drehte sich Gray noch einmal zu ihr um, und Sylvia schaute zu ihm hoch.

»Danke, dass Sie vorbeigekommen sind und mir geholfen haben, Gray. Ich weiß das zu schätzen. Wenn Sie nicht das Wasser abgestellt hätten, könnte ich jetzt wahrscheinlich durch die Küche schwimmen.«

»Das hätten Sie auch allein geschafft. Es war aber eine schöne Ausrede, um Sie wiederzusehen«, gestand er ehrlich. »Vielen Dank für die Pizza und die nette Gesellschaft.« Er umarmte sie und küsste sie auf beide Wangen, ließ sie jedoch noch nicht los, sondern sah sie an und fragte sich, ob es zu früh war, sie zu küssen. Sylvia erkannte die Frage in seinen Augen und beantwortete sie, indem sie sich auf die Zehenspitzen stellte und Gray an sich zog. Sie klammerten sich mit all dem Verlangen aneinander, das sie in den letzten Wochen gespürt hatten und das die große Leere in ihnen gefüllt hatte, mit der sie schon seit Jahren lebten. Es wurde ein endloser, atemberaubender, lebenspendender Kuss. Als Gray sie danach in den Armen hielt, schmiegte sich Sylvia an ihn.

»Wow!«, flüsterte sie. »Damit hatte ich nicht gerechnet …«

»Das hier wollte ich schon in Italien machen, ich dachte damals nur, es sei zu früh,« antwortete Gray leise. Sylvia nickte, sie wusste, dass es das wahrscheinlich auch gewesen wäre. Jetzt wollte sie mit ihm schlafen, aber sie kannten einander erst seit kurzer Zeit und hatten sich in den letzten Wochen nicht einmal gesehen. Eins nach dem anderen, sagte sie sich.

Der erste Kuss wirkte immer noch in ihr nach. Kaum hatte sie das gedacht, da küsste er sie erneut, dieses Mal leidenschaftlicher. Ungebeten drängte sich ihr die Frage auf, wie viele Frauen er wohl schon auf diese Art geküsst hatte. Wie viele Affären mochte er angefangen und wieder beendet haben? Er hatte ein Leben voller Beziehungen hinter sich, wenn auch bedeutungsloser. Sie hatte bisher nur zwei Männer geliebt. Und jetzt war da Gray. Noch liebte sie ihn nicht, aber sie spürte, dass es eines Tages dazu kommen würde. Er hatte etwas an sich, das sie wünschen ließ, er würde niemals wieder gehen. Der Mann, der zum Abendessen kam und für immer blieb.

»Ich sollte jetzt besser gehen«, raunte er mit tiefer Stimme, die sie erregte. Sie nickte, dachte daran, dass sie zustimmen sollte, tat es aber nicht. Wortlos öffnete sie ihm die Tür, doch er zögerte.

»Wenn ich morgen das Wasser wieder aufdrehe«, flüsterte sie, »kommst du dann zurück, um es noch einmal abzustellen?« Sie sah ihn mit unschuldigen Augen an, das Haar leicht zerzaust, der Blick verträumt.

»Ich kann es auch direkt wieder aufdrehen, dann haben wir eine Entschuldigung, weshalb ich bleiben muss«, antwortete er hoffnungsvoll.

»Ich brauche keine Entschuldigung, ich denke nur, dass wir das nicht tun sollten«, erwiderte sie ernst.

»Warum nicht?« Er strich mit den Fingerspitzen über ihren Nacken und berührte mit den Lippen auf verführeri-

sche Weise ihr Gesicht. Sylvia fuhr ihm mit beiden Händen durchs Haar und zog ihn an sich.
»Ich meine mich zu erinnern, dass es für solche Situationen Regeln gibt. Eine davon besagt, dass man beim ersten Date nicht miteinander schlafen sollte, wenn man vorher Pizza gegessen und die Spüle repariert hat.«
»Verdammt. Wenn ich das gewusst hätte, hätte ich weder die Pizza gegessen noch das Wasser abgestellt.« Er lächelte sie an und küsste sie wieder und wieder. Gray wollte sie mehr als je zuvor eine andere Frau, und er konnte ihr ansehen, dass sie ihn auch wollte.
»Sehe ich dich morgen?«, fragte sie leise. Es war fast schon eine Qual für Gray, aber es hatte auch seinen Reiz, zu warten, bis der richtige Moment gekommen war. Sylvia war es wert. Er hatte jetzt fünfzig Jahre lang auf sie gewartet und würde auch noch einen Tag aushalten.
»Bei dir oder bei mir?«, fragte er flüsternd. »Es würde mich freuen, wenn du zu mir kommen würdest, aber die Wohnung ist in einem fürchterlichen Zustand. Ich war einen Monat lang weg, und in der Zwischenzeit hat niemand sauber gemacht. Wie wäre es, wenn ich morgen noch einmal herkäme und nachsähe, was der Abfluss macht?« Sylvias Galerie blieb am Labour-Day-Wochenende geschlossen. Sie hatte eigentlich zu Hause arbeiten wollen, doch ansonsten hatte sie nichts vor.
»Ich bin morgen den ganzen Tag über hier. Komm, wann immer du möchtest, und zum Abendessen koche ich uns etwas.«
»Ich werde kochen. Morgen früh rufe ich dich an.« Er küsste sie noch einmal, dann ging er hinaus. Sylvia starrte auf die Tür, die hinter ihm ins Schloss fiel. Er war ein be-

merkenswerter Mann, und dies war ein magischer Augenblick. Sie ging in ihr Schlafzimmer und fragte sich, wie der Raum mit ihm darin wirken würde.

Als Gray hinaus auf die Straße trat und ein Taxi anhielt, hatte er das Gefühl, sein ganzes Leben hätte sich an einem einzigen Abend verändert.

6

Am nächsten Morgen um zehn Uhr rief Gray bei Sylvia an. Sein Apartment sah aus, als wäre eine Bombe eingeschlagen, bisher hatte er nicht einmal Zeit gehabt, den Koffer auszupacken. Am Vorabend war er nur noch todmüde ins Bett gefallen und hatte an Sylvia gedacht. Diese brütete gerade über einigen Dokumenten und lächelte, als sie seine Stimme am Telefon hörte.

Sie fragten einander, wie sie geschlafen hatten. Sylvia hatte die halbe Nacht lang wach gelegen und an ihn gedacht. Gray hatte geschlafen wie ein Kind in der Wiege.

»Wie geht es der Spüle?«, fragte Gray.

»Mit der ist alles in Ordnung.« Sie schmunzelte.

»Vielleicht sollte ich trotzdem noch mal nachsehen.« Sylvia lachte, und dann plauderten sie ein paar Minuten lang. Gray sagte, er müsse nach der Reise erst noch einige Dinge in seiner Wohnung in Ordnung bringen, könne aber um halb eins bei ihr sein und etwas zum Mittagessen mitbringen.

»Ich dachte, wir wollten zusammen zu Abend essen?«, fragte sie überrascht.

»So lange kann ich nicht warten«, gestand er. »Seit fünfzig Jahren warte ich darauf, dir zu begegnen. Weitere neun Stunden würden mich umbringen. Hast du am Mittag schon etwas vor?«, fragte er nervös. Sylvia lächelte. Als er sie am Abend zuvor küsste, hatte sie entschieden, dass sie bereit war, ihn in ihre Welt hineinzulassen. Sie wusste nicht, warum es sich so richtig anfühlte, aber so war es mit allem, was mit ihm zusammenhing.

Sie wollte mit ihm zusammen sein.

»Nein, ich habe Zeit. Komm her, wann immer du möchtest.«

»Soll ich nun etwas zu essen mitbringen?«

»Ich habe Essen hier. Du brauchst nichts mitzubringen.«

Es gab so viele Dinge, die sie mit ihm machen wollte: durch den Central Park spazieren, durchs Village schlendern, ins Kino gehen, seine Werke ansehen, ihm ihre Galerie zeigen oder einfach nur mit ihm im Bett liegen und ihn festhalten. Zwar waren sie einander erst kurze Zeit zuvor begegnet, aber Sylvia hatte das Gefühl, ihn schon ewig zu kennen.

In seinem Studio ging Gray die Post durch, prüfte Rechnungen und packte planlos seinen Koffer aus. Das meiste ließ er einfach auf dem Boden liegen und suchte sich die Dinge heraus, die er brauchte. Er duschte, rasierte sich, zog sich an, schrieb rasch ein paar Schecks aus, warf sie in den nächsten Briefkasten und ging zu dem einzigen offenen Blumenladen, den er finden konnte. Dort kaufte er zwei Dutzend Rosen. Dann winkte er sich ein Taxi heran und nannte dem Fahrer Sylvias Adresse in Soho. Um Punkt zwölf stand er bei ihr vor der Tür und klingelte. Als Sylvia die Rosen sah, riss sie überrascht die Augen auf.

»Die sind wunderschön … Gray, das hättest du nicht tun sollen.« Sie wusste, wie sparsam er lebte, und war sprachlos angesichts dieser liebevollen Geste. Gray war offensichtlich ein echter Romantiker. Nach all den Narzissten hatte sie endlich einen Mann gefunden, dem sie wirklich wichtig war.

»Wenn ich es mir leisten könnte, würde ich dir jeden Tag Rosen schenken. Es kann jedoch eine Weile dauern, bevor du wieder welche bekommst«, sagte er bedauernd. Er musste noch sowohl die Miete als auch die Telefonrechnung bezahlen. Außerdem war das Ticket nach Frankreich wahnsinnig teuer gewesen. Er hatte nicht zugelassen, dass Charlie es ihm spendierte. Gray wollte wenigstens die Anreise selbst bezahlen. Zwar hatte er gehofft, bei Adam mitfliegen zu können, aber der war direkt von Las Vegas aus nach Europa geflogen. »Aber heute ist ein besonderer Tag.«

»Wieso?«, fragte Sylvia, die mit den Rosen im Arm dastand und ihn immer noch mit großen Augen ansah. Sie war aufgeregt und fürchtete sich gleichzeitig ein bisschen.

»Weil er heute beginnt ... der erste Tag unserer Beziehung. Nach heute wird keiner von uns je wieder so sein wie zuvor.« Er sah sie an, nahm ihr die Rosen aus der Hand und legte sie auf den kleinen Tisch in der Nähe. Dann nahm er sie in die Arme, küsste sie und hielt sie fest. Er spürte, wie sie zitterte, und sah ihr in die Augen. »Ich möchte, dass du glücklich bist«, sagte er zärtlich. »Ich möchte, dass dies hier uns beiden guttut.« Er wollte sie für den Schmerz und die Enttäuschungen entschädigen, die sie erlitten hatte. Und er wollte die Zurückweisungen in seinem eigenen Leben ausgleichen. Das hier war für beide eine Chance, es richtig zu machen.

Sie stellte die Rosen in eine Vase und brachte sie zum Tisch im Wohnzimmer.

»Hast du Hunger?«, rief sie ihm zu und ging in die Küche. Er folgte ihr und blieb lächelnd im Türrahmen stehen. Sie war wunderschön. Sie trug eine weiße Bluse und Jeans. Wortlos ging er zu ihr hin und begann ihre Bluse aufzuknöpfen. Sie stand einfach nur reglos da und sah ihn an. Zärtlich streifte er ihr die Bluse über die Schultern und ließ sie auf einen Stuhl fallen. Dann bewunderte er sie wie ein Kunstwerk, das er gerade enthüllt hatte. Sie war perfekt. Ihr Körper zeigte fast keine Anzeichen des Alters, ihre Haut war fest und straff. Lange hatte niemand Sylvia mehr nackt gesehen. Es hatte keinen Mann gegeben, in dessen Augen sie sich spiegeln konnte, der sich dafür interessierte, was sie brauchte oder wollte. Sie fühlte sich, als wäre sie ein Jahrtausend lang allein gewesen, und jetzt endlich war Gray zu ihr gekommen. Sie begaben sich auf eine gemeinsame Reise. Das Ziel war ihnen nicht bekannt, aber sie wollten sich zusammen auf den Weg machen.
Er nahm ihre Hand und führte Sylvia schweigend ins Schlafzimmer. Sie legten sich nebeneinander aufs Bett und zogen sich gegenseitig aus. Sylvia lag nackt neben ihm. Er küsste sie, und sie begann ihn erst mit den Händen und dann mit den Lippen zu erforschen. Auch er erkundete ihren Körper. Was er tat, war so verführerisch – und das langsame, behutsame Entfalten der Lust war genau das, nach dem sie sich so lange gesehnt hatte. Als würde Gray sie schon ewig kennen. Er wusste ganz genau, was er tun musste. Ihr ging es umgekehrt genauso. Es war wie ein Tanz, den sie schon immer beherrscht hatten, sie bewegten sich im selben Rhythmus, und ihre Körper passten zusammen wie zwei Teile eines Ganzen. Die Zeit schien stillzustehen, bis alles plötzlich an Tempo zunahm und

die Lust in astronomische Höhen geschossen wurde. Dann lag sie still in seinen Armen und küsste ihn.
»Danke«, flüsterte sie, und er zog sie noch enger an sich. Ihre Körper waren immer noch ineinander verschlungen, und er lächelte sie an.
»Ich habe mein Leben lang auf dich gewartet«, flüsterte er zurück. »Ich wusste nicht, wo du warst ... aber ich wusste immer, dass du irgendwo da draußen bist.« Diese Gewissheit hatte ihr gefehlt. Sie hatte schon vor Jahren die Hoffnung aufgegeben, so jemanden zu finden. Im Grunde war sie bereits davon überzeugt gewesen, dass sie dazu verdammt war, den Rest ihres Lebens allein zu verbringen. Gray war ein Geschenk, mit dem sie schon lange nicht mehr gerechnet hatte. Und jetzt war er da. In ihrem Bett und in jeder Ecke und jedem Winkel ihres Lebens. Gray war für immer ein Teil von ihr geworden.
Sie blieben im Bett liegen und schliefen schließlich ein. Stunden später wachten sie auf, entspannt und glücklich. Irgendwann gingen sie nackt in die Küche und bereiteten gemeinsam das Essen zu. Sie fühlten sich wohl in der Gegenwart des anderen, und obgleich ihre Körper nicht mehr so aussahen wie dreißig Jahre zuvor, genierten sie sich nicht voreinander. Sie nahmen ihren Imbiss mit ins Bett, aßen dort, redeten und lachten.
Anschließend duschten sie gemeinsam und unternahmen dann einen langen Spaziergang durch Soho. Sie bummelten durch die Geschäfte und Kunstgalerien und kauften sich ein Eis. Es war schon sechs Uhr, als sie wieder in Sylvias Wohnung ankamen. Sie sahen sich zwei alte Filme, die sie sich zuvor ausgeliehen hatten, vom Bett aus an und liebten sich noch einmal. Es war schon fast zehn Uhr am

Abend, als Sylvia aufstand, um ihnen etwas zum Abendessen zu kochen.

»Morgen kommst du zu mir«, sagte Gray, als sie mit dem Essen zurück ans Bett kam. Sie hatte Rührei mit geschmolzenem Käse und englische Muffins gemacht. Der perfekte Abschluss eines besonderen Tages, den sie beide niemals vergessen würden.

»Ich möchte gern deine jüngsten Arbeiten sehen«, sagte sie, während sie aßen.

»Dann solltest du morgen auf jeden Fall zu mir kommen.«

»Um zwölf muss ich in der Galerie sein, aber vorher können wir noch zu dir gehen.«

»Gern«, sagte er und lächelte. Nachdem sie gegessen hatten, schaltete Sylvia den Fernseher aus, und sie kuschelten sich im Bett aneinander.

»Danke«, flüsterte sie Gray noch einmal zu. Er war schon halb eingeschlafen, nickte und lächelte nur. Sylvia küsste ihn zärtlich auf die Wange, rutschte noch näher an ihn heran, und nur Augenblicke später waren sie beide fest eingeschlafen.

7

Am nächsten Morgen wachte Sylvia früh auf. Als sie die Augen öffnete und Gray neben sich liegen sah, war sie für den Bruchteil einer Sekunde erschrocken, aber dann schmiegte sie sich an ihn und lächelte über die Ereignisse des letzten Tages. Falls diese Beziehung etwas Festes war, dann bedeutete das eine große Veränderung für ihr Leben.

Leise schlüpfte sie aus dem Bett und ging duschen. Sie ließ Gray so lange wie möglich schlafen und bereitete für sie beide etwas zu essen zu. Dann weckte sie ihn, indem sie ihm das Frühstück ans Bett brachte. Als Sylvia es auf das Bett stellte und ihn auf die Schulter küsste, sah er sie erstaunt an. Selbst mit zerzaustem Haar sah er sexy aus.

»Bin ich im Himmel, oder ist das nur ein Traum?« Er verschränkte die Arme hinter dem Kopf und lächelte Sylvia an. »Ich glaube, ich habe noch nie im Bett gefrühstückt, es sei denn, kalte Pizza auf einem Stück Küchenpapier geht als Frühstück durch.« Sylvia hatte sogar eine kleine Vase mit einer Rose auf das Tablett gestellt. Es machte ihr Spaß, ihn zu verwöhnen. Die längste Zeit ihres Lebens hatte sie sich um ihre Kinder gekümmert. Jetzt waren die beiden aus dem Haus, und Sylvia freute sich darauf, nun Gray zu umsorgen.

»Tut mit leid, dass ich dich wecke«, entschuldigte sie sich. Es war bereits zehn Uhr, und sie wollten noch in Grays

Atelier, bevor Sylvia in die Galerie ging. Erschrocken sah er auf die Uhr.

»Gütiger Gott. Wann bist du aufgestanden?«

»Gegen sieben. Ich schlafe selten lange.«

»Ich auch nicht. Aber letzte Nacht habe ich geschlafen wie ein Baby.« Er lächelte sie an. Dann stand er auf, um sich die Haare zu kämmen und die Zähne zu putzen. Nur wenige Minute später war er wieder zurück und machte es sich mit dem Tablett zwischen den Kissen bequem. »Du verwöhnst mich, Sylvia. Ich werde dick und faul werden.« Die Gefahr besteht sicher nicht, dachte Sylvia. Sie genoss es, mit ihm zusammen zu sein. Gray warf einen Blick auf die Zeitung auf dem Tablett und legte sie beiseite. Er wollte sich lieber mit Sylvia unterhalten. Während er frühstückte, plauderten sie. Dann machte sich Gray frisch und zog sich an. Um elf Uhr brachen sie auf. Hand in Hand spazierten sie aus dem Apartment. Sylvia fühlte sich wie ein frisch verliebter Teenager, es war sehr lange her, dass sie so etwas empfunden hatte. Sie genoss jede Minute. Lächelnd trat sie hinaus in den sonnigen Septembertag. Gray winkte ein Taxi heran. Es war nur eine kurze Fahrt bis zu ihm. Als sie die vier Stockwerke in dem heruntergekommenen Altbau hinaufstiegen, bat Gray im Voraus für das Chaos um Entschuldigung.

»Ich war einen Monat lang fort. Aber um ehrlich zu sein, war es schon vorher in einem chaotischen Zustand. Genau genommen« – er grinste sie breit an – »sieht es seit Jahren so aus.« Genauso wie sein Leben auch, aber das sprach er ihr gegenüber nicht aus. Für die Frauen in seinem Leben war er der Fels in der Brandung gewesen, aber verglichen mit Sylvia wirkte er planlos und unorganisiert.

Sie leitete eine erfolgreiche Galerie, hatte in ihrem Leben nur zwei Beziehungen gehabt, hatte ihre beiden Kinder zu selbständigen Erwachsenen herangezogen, und auch sonst war alles in ihrem Leben makellos und geordnet.
Nur mit Mühe schaffte es Gray, die Tür zu seinem Apartment zu öffnen, da ein Koffer den Durchgang blockierte. Außerdem stapelten sich im Flur einige Pakete, die der Hausmeister offenbar gerade erst für Gray angenommen hatte. Und ein Stapel Post war durch den Briefschlitz geschoben worden und hatte sich auf dem Boden verteilt. Die Rechnungen, die Gray am Vortag bezahlt hatte, lagen offen und ungeordnet auf dem Tisch. Das Sofa war mit Kleidungsstücken übersät, seine Pflanzen waren vertrocknet, und alles in dem Apartment wirkte alt und verschlissen. Das gab dem Ganzen jedoch eine gemütliche, männliche Ausstrahlung. Die Polster waren zwar abgenutzt, aber die Möbel sahen anständig aus. Gray hatte alles gebraucht gekauft. In der Ecke stand ein großer runder Esstisch, an dem er manchmal Freunde zum Abendessen bewirtete. Dahinter lag das, was einst das Esszimmer gewesen war und ihm nun als Atelier diente.
Sylvia ging direkt darauf zu, während er vergeblich versuchte, ein wenig Ordnung zu schaffen. Als ihm klarwurde, wie hoffnungslos dieses Unterfangen war, ließ er davon ab und folgte ihr ins Atelier. Er wollte sehen, wie sie auf seine Arbeiten reagierte. Auf drei Staffeleien standen Werke in unterschiedlichen Schaffensphasen. Eines war fast fertig, ein anderes hatte er vor der Reise gerade erst angefangen, und das dritte wollte er verändern, weil er während der Arbeit daran zu dem Schluss gekommen war, dass es so nicht gelingen konnte. Etwa ein Dutzend

weiterer Bilder lehnte an den Wänden. Sylvia war sprachlos angesichts der Schönheit und Kraft seiner Werke. Sie waren gegenständlich und detailgenau, zumeist in dunklen Farben mit ungewöhnlichen Abstufungen von Licht und Schatten. Das Porträt einer Frau in mittelalterlicher Bauerntracht erinnerte an die alten Meister. Voller Bewunderung drehte sich Sylvia zu Gray um. Die Arbeiten hatten nichts mit der modernen Kunst gemein, welche sie in ihrer Galerie zeigte. Sie engagierte sich vor allem für aufstrebende junge Künstler. Sylvia verkaufte zwar auch Bilder von einigen bereits sehr erfolgreichen Künstlern, aber keiner von ihnen verfügte über Grays technische Fertigkeit. Sie hatte gewusst, dass Gray ein erstklassiger Maler war, aber was sie jetzt in seinen Arbeiten sah, waren Reife, Weisheit und grenzenloses Talent. Sylvia stand neben ihm, betrachtete die Bilder und wollte alles in sich aufnehmen.

»Wow! Das ist umwerfend.« Sie verstand jetzt, warum er nur zwei oder drei Bilder pro Jahr malte. Selbst wenn er an mehreren gleichzeitig arbeitete, was viele Künstler taten, musste es ihn Monate kosten, um eines zu vollenden. »Ich bin hin und weg.« Sylvia erkannte auf den ersten Blick, dass Gray eine renommierte Galerie brauchte, die ihn vertrat. Ihre kam dafür nicht in Frage, das wusste Gray auch. Er hatte großen Respekt vor ihrem kunsthistorischen Sachverstand und ihrem Wissen über moderne Kunst. Er empfand es als großes Kompliment, wenn sie seine Arbeiten befürwortete. »Du brauchst eine Galerie, Gray«, sagte sie streng.

Er erzählte ihr, dass er seit drei Jahren seine Arbeiten an Leute, die schon früher Werke von ihm erworben hatten, oder an Freunde wie Charlie, der seine Arbeit schätzte und Gray unterstützen wollte, verkaufte.

»Es ist ein Verbrechen, diese Arbeiten herumstehen zu lassen, statt ihnen ein Zuhause zu suchen«, sagte Sylvia und warf einen Blick auf die Bilder, die sich an der Wand stapelten.

»Die Galeristen, die ich kennengelernt habe, waren allesamt Halsabschneider. Es ging ihnen immer nur ums Geld und nie um meine Kunst. Warum sollte ich ihnen meine Bilder in den Rachen werfen? Für mich zählt nur meine Arbeit, Geld bedeutet mir nichts.« Die Wahrheit dieser Worte konnte sie leicht an der Art erkennen, wie er lebte.

»Auch du musst etwas essen«, tadelte sie ihn liebevoll. »Und nicht alle Galeristen sind gierig und verantwortungslos. Da verallgemeinerst du zu sehr. Einigen von ihnen bedeutet ihre Arbeit ebenfalls sehr viel. Mir zum Beispiel. Ich stelle zwar auch weniger gute Bilder aus, aber ich glaube an die Künstler, die ich vertrete. Auf ihre Weise sind auch sie sehr talentiert. Sie bringen es nur anders zum Ausdruck als du.«

»Ich weiß, dass dir deine Arbeit nicht gleichgültig ist. Deshalb wollte ich auch, dass du meine Werke siehst. Wenn du so wie die anderen wärst, hätte ich dich nicht hierher eingeladen. Und dann würde ich mich auch nicht immer mehr in dich verlieben.« Das war ein großes Bekenntnis nach ihrer ersten gemeinsamen Nacht, und einen Moment lang antwortete Sylvia nicht darauf. Sie war gern mit Gray zusammen und wollte ihn noch besser kennenlernen, aber sie hätte nicht sagen können, ob sie ihn liebte. Dafür war es zu früh. Aber sie beide gelangten schneller an diesen Punkt, als sie gedacht hatten. Seine Arbeiten zu sehen und zu wissen, dass er ihr damit eine verletzliche Seite gezeigt hatte, ließ ihre Zuneigung für ihn nur noch wachsen. Sie warf ihm einen Blick zu, der keiner Worte bedurfte. Gray schloss sie in die Arme und küsste sie.

»Ich liebe deine Kunst, Gray«, flüsterte sie.

»Du bist nicht meine Galeristin«, zog er sie auf. »Es genügt, wenn du mich liebst.«

»Ich bin auf dem besten Weg dahin«, gestand sie.

»Ich auch«, sagte er mit fester Stimme.

Einen Moment lang stand sie da und betrachtete seine Bilder, als wären es noch nie zuvor entdeckte Sterne. Sylvias Verstand arbeitete rasend schnell. »Ich werde versuchen, einen Galeristen für dich zu finden. Ich habe da ein paar Ideen. Wir können uns die Galerien diese Woche noch ansehen, und du sagst mir, was du von den Ausstellungen hältst.«

»Was ich davon halte, spielt keine Rolle. Ihnen müssen meine Werke gefallen. Aber mach dir wegen mir keine Gedanken. Du hast genug um die Ohren, und momentan habe ich auch nicht genügend Bilder für eine Ausstellung«, erklärte er zurückhaltend. Er wollte keine Vorteile aus ihren Kontakten ziehen und sie als Sprungbrett benutzen. Seine Gefühle für sie hatten nichts mit seiner Arbeit zu tun. Aber das wusste sie auch.

»Und ob du genug Werke für eine Ausstellung zusammen hast«, sagte sie genauso energisch, wie sie mit ihren jungen Künstlern immer redete – halb die geschäftsmäßige Galeristin und halb die ehrgeizige Mutter. Viele ihrer Künstler brauchten einen gewissen Ansporn. Nur die wenigsten von ihnen erkannten, wie talentiert sie waren. Gerade die Begabtesten unter ihnen nicht. Und die, die angaben, waren selten wirklich gut. »Sieh dir das hier an.« Vorsichtig stellte sie die Bilder um, damit sie sie besser sehen konnte. In den Stapeln waren einige phantastische Werke verborgen, die zum Teil noch besser waren als die auf den Staffeleien.

Einmal vollendet, schienen seine Bilder von innen heraus zu leuchten, manche wie durch milden Kerzenschein, andere wie von einem lodernden Feuer erhellt. Sie hatten etwas Strahlendes an sich, das ihr bei modernen Arbeiten noch nie untergekommen war. Der Stil schloss direkt an die Renaissance und die alten Meister an. Gleichzeitig hatte er einen modernen Touch. Es war eine bemerkenswerte Technik, die sie so noch nicht gesehen hatte. Wie jetzt ihre Tochter hatte auch Gray in Paris und Italien studiert, was ihm eine solide Grundlage für seine Kunst verschafft hatte. Seine Arbeiten waren brillant. »Gray, wir müssen für dich einen Galeristen finden, ob es dir passt oder nicht.«

Das war jene Art von Dingen, die er bisher immer für die Frauen getan hatte – ihnen einen Galeristen, Agenten oder einen Job zu suchen, den sie dann schnell wieder hinwarfen. Noch nie hatte jemand angeboten, ihm zu helfen, abgesehen von Charlie vielleicht. Aber Gray fiel auch niemandem gern zur Last, schon gar nicht seinen Freunden und Menschen, die er liebte.

»Ich brauche keine Galerie, Sylvia. Ganz ehrlich.«

»Wie wäre es, wenn ich dir eine suche, die dir gefallen könnte? Wirst du sie dir dann wenigstens ansehen und mit dem Galeristen reden?« Sie ließ nicht locker, und dafür liebte er sie. Sylvia selbst zog keinen Vorteil daraus, sie wollte ihm einfach nur helfen. Er lächelte und nickte. Sie hatte bereits entschieden, wen sie anrufen würde. Sie kannte mindestens drei Adressen, die perfekt für Gray waren, und wenn sie ein bisschen länger darüber nachdachte, würden ihr bestimmt noch weitere Galerien in der Stadt einfallen, die solche Arbeiten ausstellten. Ganz bestimmt keine wie ihre in Soho. Gray brauchte eine ganz andere Örtlichkeit. Die Galerien, die ihr vorschwebten, hatten Kontakte nach London und Paris. Da gehörte seine Kunst hin – und er.

»Mach dir darüber keine Gedanken«, sagte Gray zärtlich. »Du hast genug Arbeit und brauchst kein weiteres Projekt. Ich möchte dir nicht zur Last fallen, sondern einfach nur mit dir zusammen sein.«

»Das will ich auch«, sagte sie und lächelte ihn an. Sie war entschlossen, Gray zu helfen – und hoffentlich eine Beziehung zu ihm aufzubauen. Aber ob das nun klappte oder nicht – es gab keinen Grund, ihm nicht ein bisschen unter die Arme zu greifen und die richtigen Kontakte herzustellen. Sie kannte in der New Yorker Kunstszene so ziemlich jeden. Sie hatte sich Respekt und Achtung verschafft, wodurch ihr viele Türen offenstanden. Und sobald sie Gray die für ihn richtige Tür gezeigt hatte, lag alles Weitere bei ihm.

Sylvia warf einen Blick auf ihre Uhr. Es war schon fast zwölf, und sie musste in die Galerie. Gray versprach, sie später anzurufen. Sie küsste ihn zum Abschied, und nur einen Augenblick später lief sie die Treppen hinunter.

»Danke!«, rief er ihr durchs Treppenhaus nach. Mit einem Lächeln im Gesicht blickte sie zu ihm hoch. Sie winkte noch einmal und war im nächsten Moment durch die Tür verschwunden.

In ihrem Büro erwartete sie das übliche Chaos. Zwei Künstler hatten angerufen und waren wegen der anstehenden Ausstellung kurz davor durchzudrehen. Ein Kunde rief völlig aufgelöst an, um sich nach seiner Bestellung – einem Bild, das noch nicht eingetroffen war – zu erkundigen. Der Manager hatte einen Motorradunfall gehabt und konnte die nächste Ausstellung nicht organisieren. Außerdem hatte Sylvia am Nachmittag einen Termin mit einem Grafiker wegen der nächsten Ausstellungsbroschüre. Und sie durfte den Redaktionsschluss der *Artforum* nicht verpassen, obwohl ihr der Fotograf immer noch nicht das Bild der Skulptur geschickt hatte, das in der Anzeige erscheinen sollte. Erst um vier Uhr am Nachmittag konnte sie durchatmen. Sobald sie etwas Zeit hatte, rief sie ein paar Leute für Gray an. Es war einfacher, als sie gedacht hatte. Die Galeristen, mit denen sie telefonierte, vertrauten Sylvias gutem Ruf, ihrem Geschmack und ihrem Urteilsvermögen. Sie war bekannt dafür, dass sie einen Blick für gute Kunst hatte. Zwei der Galeristen baten sofort darum, dass sie ihnen Dias zuschickte. Der dritte würde erst an diesem Abend aus Paris zurückkommen. Sylvia hinterließ eine Nachricht auf seinem Anrufbeantworter. Nachdem sie aufgelegt hatte, rief sie bei Gray an. Als er ihre Stimme erkannte, lachte er. Wenn sie arbeitete, war sie ein richtiger Wirbelwind.

»Ich habe einige Fotos, falls dir das genügt.«

»Für den Moment schon«, antwortete sie gut gelaunt und sagte ihm, dass in einer halben Stunde ein Kurier bei ihm wäre, um die Fotos abzuholen. Andernfalls hätte sie sofort einen Fotografen mitgeschickt.

»Wow. Du nimmst das wirklich ernst, oder?«

»Natürlich, wenn es um Kunst geht … und mal davon abgesehen …«, sie atmete tief durch und fuhr dann fort, »hast du es verdient, dein Glück zu finden.«
»Das habe ich schon, in Portofino. Alles andere ist nur das Sahnehäubchen.«
»Dann werde ich mich mal darum kümmern«, sagte sie so zuversichtlich, dass Gray am anderen Ende der Leitung lächeln musste.
»Nur zu.« Es faszinierte ihn, wie sie arbeitete. Sie ließ sich nicht von Schwierigkeiten entmutigen oder gab sich leicht geschlagen. Stattdessen krempelte sie die Ärmel hoch und machte sich daran, die Hindernisse aus dem Weg zu räumen.
Der Bote stand pünktlich um halb fünf bei Gray vor der Tür und holte die Fotos für Sylvia ab. Um kurz nach fünf waren die Fotos mitsamt der Begleitschreiben in den Händen der Galeristen, mit denen Sylvia am Mittag telefoniert hatte. Um sechs verließ Sylvia ihr Büro. Kaum war sie zu Hause, rief Gray bei ihr an und schlug vor, gemeinsam essen zu gehen. Er lud sie in ein kleines italienisches Restaurant bei ihm um die Ecke ein, von dem Sylvia sofort begeistert war. Es war gemütlich eingerichtet, und das Essen war köstlich. Außerdem stellte sie erleichtert fest, dass die Preise auf der Karte eher bescheiden waren. Sie wollte nicht, dass Gray viel Geld für sie ausgab. Andererseits wollte sie ihn aber auch nicht demütigen, indem sie darauf bestand, ihn einzuladen. Bestimmt würde sie in Zukunft noch öfter die Gelegenheit haben, sich bei ihm zu revanchieren. Nach dem Essen fuhren sie zu ihr nach Hause, und Gray blieb über Nacht. Es entwickelte sich bereits eine angenehme Routine.

Am nächsten Morgen überraschte er sie, indem diesmal er ihr das Frühstück ans Bett brachte. In den nächsten Tagen verwöhnten sie sich gegenseitig, hörten einander zu und holten sich beim anderen Rat. Für den Augenblick war alles perfekt. Sylvia fürchtete sich ein bisschen davor, an die Zukunft zu denken oder sich falsche Hoffnungen zu machen, aber gleichgültig, wie lange es auch halten würde, momentan war es für sie beide genau das Richtige. Außerdem hatten sie großartigen Sex. Sie waren beide erfahren genug, um den anderen ausgiebig verwöhnen zu können. Und beide genossen es, den anderen glücklich zu machen, nicht nur im Bett. Nach einem Leben voller Fehler waren sie beide wie Wein, der mit der Zeit die richtige Reife erlangt hatte. Gerade alt genug, um noch spritzig und doch vollmundig zu sein. Sie waren in dem perfekten Alter, um den anderen genießen und wertschätzen zu können. Sylvia war nie zuvor in ihrem Leben glücklicher gewesen. Und Gray auch nicht.

Beide Galeristen, denen Sylvia Fotos geschickt hatte, riefen noch am selben Tag zurück. Sie waren interessiert und wollten eine Auswahl von Grays Arbeiten in natura sehen. Der dritte Galerist meldete sich zwei Tage nach seiner Rückkehr aus Paris und sagte das Gleiche. Sylvia erzählte Gray bei einem Abendessen davon.

»Es sieht so aus, als hättest du mehrere Optionen«, sagte sie begeistert. Gray war fassungslos. In nur wenigen Tagen hatte sie ihn aus seiner Lethargie gerissen, Fotos seiner Arbeiten in die richtigen Hände gelangen lassen und ihm etliche Türen in die Welt der Kunst geöffnet.

»Du bist eine tolle Frau«, sagte er, und sie konnte in seinen Augen sehen, wie ernst ihm das war.

»Und du bist ein toller Mann und ein herausragender Künstler.«

Am nächsten Tag vereinbarte Sylvia einen Termin für Samstagnachmittag, um Grays Arbeiten den drei Interessenten zu zeigen. Sylvia bot ihm an, ihren Lieferwagen zu benutzen. Und wie versprochen erschien sie am Morgen in Jeans und Sweatshirt bei Gray, um ihm beim Einladen zu helfen. Sie brauchten zwei Stunden, um alle Kunstwerke, die Gray mitnehmen wollte, die Treppen hinunter- und ins Auto zu schaffen. Gray war es unangenehm, dass sie mit anpackte. Sie hatte für ihn bereits die gute Fee gespielt, und es war ihm nicht recht, dass sie jetzt auch noch die Möbelpackerin gab.

Sylvia hatte einen Pullover und bessere Schuhe mitgebracht, um sich etwas anderes anzuziehen, bevor sie in die Galerien gingen. Um fünf Uhr am Nachmittag war alles vorbei. Gray hatte Angebote von allen drei Galerien, die sich förmlich um ihn rissen. Er konnte kaum glauben, was Sylvia vollbracht hatte, und sie räumte ein, dass auch sie selbst äußerst zufrieden sei.

»Ich bin so stolz auf dich«, sagte sie und strahlte ihn an. Sie waren beide erschöpft, aber bestens gelaunt. Sie brauchten zwei weitere Stunden, um alle Bilder wieder in Grays Wohnung zu bringen. Noch hatte sich Gray nicht für eine der Galerien entschieden. Er tat es jedoch in der folgenden Nacht, und Sylvia fand, dass er die richtige Wahl getroffen hatte. Er entschied sich für eine bedeutende Galerie auf der Fifty-seventh Street, die eine große Zweigstelle in London hatte und eng mit einer Galerie in Paris zusammenarbeitete.

»Du bist einfach unglaublich«, sagte er zu Sylvia und lächelte sie an. Er wusste nicht, ob er lachen oder weinen sollte, so gerührt war er über das, was sie für ihn getan hatte. Sie saßen gemeinsam auf dem Sofa in seinem Wohnzimmer. Der Raum war in einem noch chaotischeren Zustand als zu Beginn der Woche. Angesteckt von Sylvias Energie, hatte Gray seitdem pausenlos gemalt und sich nicht die Mühe gemacht aufzuräumen. Sylvia sah einfach darüber hinweg. Auch das liebte er an ihr. In seinen Augen war sie die perfekte Frau. Er wollte für sie auch perfekt sein und ihr all das schenken, was sie immer vermisst hatte und dennoch brauchte. Es gab jedoch nicht viel, was er für sie tun konnte, außer einfach für sie da zu sein und sie zu lieben. Und genau das hatte er vor. »Ich liebe dich, Sylvia«, sagte er leise und sah sie an.

»Ich liebe dich auch«, flüsterte sie. Sie konnte nicht einmal sagen, ob sie es wirklich gewollt hatte, aber die Tage und Nächte, die sie miteinander verbracht hatten, bedeuteten ihr viel. Sie mochte die Art, wie er dachte, und woran er glaubte. Sie liebte seine Integrität und das, wofür er stand. Und sie bewunderte seine Arbeit. Sie mussten nichts entscheiden oder vorantreiben. Sie konnten ihre Zeit einfach genießen. Zum ersten Mal in ihrem bisher so komplizierten Leben war alles ganz einfach.

»Soll ich uns etwas zum Abendessen kochen?«, fragte sie und lächelte ihn an. Die einzigen Entscheidungen, die sie treffen mussten, bestanden darin, wo sie essen und bei wem sie übernachten wollten. Er schlief gern bei ihr, und sie mochte es so auch lieber. Sein Apartment war Sylvia ein bisschen zu spartanisch, obwohl sie gern hinging und sich ansah, wie er mit der Arbeit vorankam.

»Nein«, widersprach Gray streng. »Ich möchte nicht,

dass du kochst. Ich möchte dich ausführen und mit dir feiern. Du hast mir in dieser Woche eine großartige Galerie vermittelt. Das hätte ich allein nie geschafft. Ich hätte hier faul gehockt und mich nicht von der Stelle bewegt.«
Er war nicht faul, ganz im Gegenteil. Doch er war zu bescheiden, was seine Arbeit anging. Sie kannte viele Künstler wie ihn. Sie brauchten jemanden, der für sie den Weg frei machte und für Starthilfe sorgte. Für Gray hatte sie es gern getan.
An diesem Abend aßen sie in einem kleinen französischen Restaurant an der Upper East Side. Sie feierten ihre Beziehung, Grays neue Galerie und alles, was noch vor ihnen lag. Als sie an diesem Abend mit dem Taxi zurück in Sylvias Apartment fuhren, sprachen sie über Charlie und Adam. Gray hatte Adam seit seiner Rückkehr nicht mehr gesehen oder mit ihm telefoniert. Er wusste, dass Charlie immer noch auf seinem Boot war, aber auch ihn hatte er nicht angerufen. Das war jedoch nicht ungewöhnlich für Gray, da er sich oft nicht meldete, wenn er in seine Malerei vertieft war. Adam und Charlie waren es gewohnt, dass er für einige Zeit wie vom Erdboden verschwand. An diesem Abend beschrieb er Sylvia, wie intensiv seine Freundschaft mit den beiden war und wie sehr sie sich um ihn kümmerten. Sie sprachen darüber, warum Charlie nie geheiratet hatte und warum Adam es nie wieder tun würde. Sylvia sagte, dass ihr beide leidtäten. Charlie machte auf sie einen einsamen Eindruck. Der Tod seiner Eltern und seiner Schwester waren sicher schwere Verluste für ihn gewesen. In ihren Augen hatte es ihm aber vor allem die Chance genommen, sich auf eine Beziehung einzulassen und von jemandem geliebt zu werden.

»Angeblich will er unbedingt heiraten, aber ich glaube nicht, dass er es je machen wird«, erklärte ihr Gray seine Befürchtung. Sie waren sich einig, dass Adams Lage eine völlig andere war. Verbittert wegen Rachel und wütend auf seine Mutter traf er sich nur mit Frauen, die vom Alter her seine Töchter sein konnten. »Er ist ein toller Bursche, wenn du ihn erst einmal richtig kennst«, versicherte Gray loyal. Davon war Sylvia jedoch nicht überzeugt. Charlies Vorzüge und Charakterstärken zu erkennen fiel ihr nicht schwer. Adam dagegen war genau die Art Mann, die sie nicht mochte. Er war arrogant, großspurig und erfolgreich. Frauen waren für ihn nur Sexobjekte. Sie verschwieg es Gray gegenüber, aber für Männer wie Adam hegte sie nicht den geringsten Respekt. Ihrer Meinung nach brauchte er eine Therapie und einen festen Tritt in den Hintern. Sie hoffte, dass ihm eine dieser jungen Frauen irgendwann einmal genau das verpasste. Gray dagegen hielt ihn für einen tollen Kerl, dem Rachel das Herz gebrochen hatte. »Das rechtfertigt nicht, Menschen auszunutzen oder respektlos mit Frauen umzugehen«, widersprach Sylvia. Auch ihr war das Herz gebrochen worden, mehr als einmal, aber deshalb hatte sie nicht angefangen, Männer zu ihrem Vergnügen auszunutzen. Ganz im Gegenteil. Sie hatte sich zurückgezogen, ihre Wunden geleckt und über alles nachgedacht, bevor sie sich wieder in die Welt hinauswagte. Aber sie war eben eine Frau. Frauen funktionierten anders als Männer und kamen zu anderen Schlüssen. Die meisten Frauen, die schlechte Erfahrungen gemacht hatten, zogen sich erst einmal zurück, während verletzte Männer in der Regel losstürmten, um Rache zu üben. Sie glaubte Gray, dass Adam sehr nett zu den Frauen war, mit denen er sich einließ. Das Problem war nur, dass er sie nicht respektierte. Adam würde nie verstehen, was Sylvia und Gray miteinander teilten. Er selbst würde es nie zu einer solchen Beziehung kommen lassen und so viel Vertrauen aufbauen. Dadurch wurde Sylvia einmal mehr bewusst, was für ein Wunder es war, dass Gray und sie einander begegnet waren.

An diesem Abend kuschelte sie sich im Bett an ihn. Sie fühlte sich sicher und geborgen, und sie war glücklich. Und falls er sie am Ende doch wieder verließ, dann hatten sie zumindest diesen magischen Moment miteinander gehabt. Was auch passieren würde, sie würde es überleben. Das hatte sie im Laufe des Lebens gelernt. Auch das liebte Gray an ihr. Sie waren beide Überlebenskünstler. Enttäuschungen hatten sie klüger, liebevoller und geduldiger werden lassen. Und was auch immer mit ihnen passieren würde, sie waren Freunde geworden und lernten gerade, einander zu lieben.

8

Ich bin wieder daheim. Alles in Ordnung bei dir?« Am Montag rief Charlie Gray in seinem Atelier an. Er klang besorgt. »Ich habe seit Wochen nichts von dir gehört. Seit ich wieder hier bin, habe ich mehrmals bei dir angerufen, aber ständig geht nur der Anrufbeantworter dran, gleichgültig, um welche Uhrzeit«, beschwerte sich Charlie. Gray war sofort klar, dass er vermutlich immer bei Sylvia gewesen war, wenn Charlie versucht hatte, ihn zu erreichen. Er sagte jedoch nichts davon. Charlie war übers Wochenende bei Freunden in den Hamptons gewesen. Dort war ihm plötzlich klargeworden, wie lange er schon nichts mehr von Gray gehört hatte. Anfang September hatte Gray ihm noch ein paar E-Mails geschickt, aber seitdem herrschte Funkstille. Normalerweise meldete Gray sich früher oder später, aber dieses Mal dauerte es auffällig lange, bis man etwas von ihm hörte.

»Alles bestens«, antwortete Gray gut gelaunt. »Ich habe viel gearbeitet.« Er erzählte nichts von Sylvia, obwohl sie beide am Wochenende übereingekommen waren, dass es an der Zeit war, seine Freunde einzuweihen. Sylvia wollte allerdings noch warten, bis sie es ihren Kindern erzählt hatte. Gray und sie trafen sich jetzt seit einem Monat, und was sie beide anging, war es ihnen ernst. Sylvia befürchtete jedoch, dass Charlie und Adam eifersüchtig oder sogar ablehnend reagieren könnten. In einer festen Beziehung wäre Gray für die beiden nicht immer verfügbar, und ihr Gefühl sagte ihr, dass den beiden das nicht passen würde. Gray hatte ihr zwar energisch widersprochen, aber Sylvia blieb skeptisch.

Gray erzählte von seiner neuen Galerie, und Charlie stieß einen leisen Pfiff aus. »Wie hast du das geschafft? Ich kann nicht glauben, dass du endlich deinen Hintern in Bewegung gesetzt und dir eine Galerie gesucht hast. Das war aber auch höchste Zeit.«

»Ja, das dachte ich auch«, sagte Gray nur. Er wollte nicht am Telefon darüber sprechen, wem er das zu verdanken hatte.

»Wie wäre es in den nächsten Tagen mit einem Mittagessen?«, fragte Charlie. »Seit unserer Bootstour habe ich dich nicht mehr gesehen.« Sich mit Gray zu treffen war gewöhnlich recht schwierig.

»Essen ist eine gute Idee«, stimmte der jedoch ohne Umschweife zu.

»Wann?« Es war ungewöhnlich, dass Gray so begeistert auf den Vorschlag zu einem Treffen reagierte. Normalerweise musste man ihn von seiner Staffelei regelrecht losreißen. Charlie sagte jedoch nichts dazu. Er nahm an, dass Gray wegen der Galerie so überschwenglich war. Charlie schaute in seinen Kalender, der zum Bersten voll war mit Terminen für die Stiftung. Viele davon schlossen ein Mittagessen mit ein. Es gab jedoch noch eine Möglichkeit direkt am nächsten Tag. »Wie wäre es mit morgen?«, fragte er.

»Klingt gut.«

»Um eins im Yachtclub?« Das war Charlies Lieblingsadresse zum Mittagessen, entweder kehrte er dort ein oder in einem seiner anderen Clubs. Gray fand den Yachtclub spießig, genau wie auch Adam, aber sie ließen Charlie gern seinen Willen.

»Perfekt«, antwortete Gray.

»Ich sehe dich dann um eins«, verabschiedete sich Charlie, und beide Männer legten auf und gingen wieder zurück an ihre Arbeit.

Gray erzählte Sylvia am nächsten Morgen, dass er mit Charlie zum Mittagessen verabredet war. Sie sah ihn über den Berg Pfannkuchen hinweg an, den Gray gerade für sie zubereitet hatte.

»Ist das gut oder schlecht?«, fragte sie nervös.

»Natürlich gut.« Gray setzte sich mit einem eigenen Teller voll Pfannkuchen ihr gegenüber an den Tisch. Er liebte es, für sie zu kochen. Er entwickelte sich zum Fachmann für das Frühstück, während sie abends kochte, sofern sie nicht ausgingen. Alles fügte sich zusammen, und es richteten sich angenehme Routinen ein. Morgens fuhr er in sein Atelier, und sie ging in die Galerie. Um sechs Uhr abends kamen sie beide wieder nach Hause. Für gewöhnlich kaufte er unterwegs Lebensmittel und manchmal eine Flasche Wein dazu. Für das Wochenende hatte er Hummer mitgebracht, was sie beide an die schöne Zeit auf Charlies Yacht erinnerte. Zwar war Gray noch nicht offiziell bei ihr eingezogen, aber er verbrachte jede Nacht dort.

»Wirst du ihm von uns erzählen?«, fragte sie vorsichtig.

»Ja, ich denke, es ist an der Zeit. Du bist doch damit einverstanden?« Er wusste, wie unabhängig sie war und bleiben wollte, es war nicht seine Absicht, ihr dabei Steine in den Weg zu legen.

»Für mich ist das in Ordnung«, versicherte sie schnell. »Ich bin nur nicht sicher, ob es das auch für ihn ist. Es könnte ein Schock für ihn sein. Als flüchtige Bekanntschaft in Portofino fand er mich ja vielleicht noch ganz nett, aber was wird er sagen, wenn du ihm erzählst, dass wir jetzt ein Paar sind?«

»Sei nicht albern. Er wird sich für mich freuen, es hat ihn immer interessiert, mit wem ich zusammen bin.« Sylvia lachte und schenkte Gray eine Tasse Kaffee ein. »Ja, weil diese Frauen für ihn keine Bedrohung waren. Vermutlich ist er davon ausgegangen, dass sie entweder im Gefängnis oder in einer Anstalt landen, bevor sie zwischen euch beiden für Ärger sorgen können.«

»Hast du denn vor, für Ärger zwischen uns zu sorgen?«, fragte Gray amüsiert.

»Natürlich nicht. Aber Charlie könnte es so sehen. Ihr drei wart zehn Jahre lang unzertrennlich.«

»Ja. Und ich habe vor, die beiden weiterhin zu sehen. Es gibt keinen Grund, warum wir nicht zu viert unzertrennlich sein können.«

»Warte erst einmal ab, was Charlie sagt. Vielleicht sollten wir ihn zum Abendessen einladen. Daran habe ich schon öfter gedacht. Und Adam natürlich auch, wenn du möchtest«, fügte sie sofort diplomatisch hinzu. »Ich bin nur nicht erpicht darauf, mit Frauen im Alter meiner Kinder essen zu gehen. Aber ich überlasse die Entscheidung dir, wie wir es angehen.«

»Warum laden wir nicht erst einmal nur Charlie ein?«, kam Gray ihr entgegen. Er wusste, dass sie Adam nicht mochte, und wollte sie nicht drängen. Ihm gefiel jedoch die Idee, Sylvia in seinen Freundeskreis aufzunehmen.

Charlie und Adam waren ein genauso wichtiger Teil seines Lebens wie Sylvia.
Langfristig war es für ihre Beziehung sowieso wichtig, Freunde in ihre private Welt mit aufzunehmen. Sie konnten nicht bis in alle Ewigkeit für sich bleiben, Händchen halten, fernsehen und die Wochenenden im Schlafanzug verbringen – auch wenn es ihnen noch so viel Spaß machte. Es musste mehr Menschen in ihrem Leben geben als nur sie beide. Ihre Zweisamkeit um ein paar Freunde zu erweitern, war der nächste Schritt in Richtung einer stabilen Beziehung. Sylvia hielt sich streng an ein ominöses Buch über Verhaltensregeln in der Beziehung, das offensichtlich irgendwo existierte. Zuerst schlief man zusammen, dann blieb *er* immer öfter über Nacht. Irgendwann brauchte *er* dann einen Schrank und Platz in den Schubladen, den *sie* bisher noch nicht geschaffen hatten. Grays Sachen hingen und lagen überall in der Wohnung herum. Dagegen mussten sie bald etwas unternehmen. Als Nächstes bekam der Mann einen Wohnungsschlüssel. Aber erst, sobald man sicher war, dass man sich mit keinem anderen treffen wollte. Sonst konnte man(n) im falschen Moment nach Hause kommen. Sylvia hatte Gray bereits einen Schlüssel gegeben, denn in ihrem Leben gab es keinen anderen. Außerdem kam Gray manchmal früher als sie nach Hause. Warum sollte er dann auf der Treppe sitzen und auf sie warten? Und was kam als Nächstes? Dass er für sie einkaufen ging? So weit waren sie schon. Dass er an ihr Telefon ging? Nein, das würde noch etwas dauern. Schließlich konnten ihre Kinder anrufen, und die wussten noch nichts von Gray. Würde sie ihn danach bitten, zu ihr zu ziehen? Seine Adresse zu ändern? Seinen Namen auf

den Briefkasten und die Klingel schreiben? Zunächst einmal waren jedoch Freunde ein wichtiger Punkt. Es war notwendig, dass es zumindest ein paar Menschen gab, mit denen sie beide zurechtkamen. Mit der Zeit sollten auch Sylvias Kinder zu diesen Menschen gehören. Sie wollte, dass Gray die beiden kennenlernte. Zwar hatte er ihr bereits gesagt, dass es ihm Kopfschmerzen bereite, doch in ihren Augen war dies der leichtere Teil. Ihre Kinder waren großartig, und Gray würde sie sicherlich mögen. Emily und Gilbert wollten einfach nur, dass ihre Mutter glücklich war. Wenn sie sahen, wie liebevoll Gray mit ihr umging und wie viel sie einander bedeuteten, würden sie ihn in der Familie willkommen heißen. Um das zu wissen, kannte sie ihre Kinder gut genug.

Gray und sie hatten noch einen langen Weg vor sich, aber sie hatten die ersten Schritte bereits gemacht. Einige Hürden ängstigten Sylvia, und sie war noch nicht bereit, sie zu überwinden. Auch für Gray war es schwer. Ein erster, großer Schritt bestand darin, Charlie und Adam von der Beziehung zu erzählen. Es blieb abzuwarten, wie die beiden auf die Neuigkeit reagierten, dass Gray und sie jetzt fest zusammen waren. Sylvia hoffte, dass Charlie ihm nicht davon abraten oder ihm wegen der Kinder noch weiter verunsichern würde. Kinder waren nun einmal Grays Achillesferse. Es war für ihn nicht nur unvorstellbar, eigene zu haben, sondern es fiel ihm auch schwer, sich mit einem Partner zurechtzufinden, der Kinder hatte. Dabei spielte es offenbar keine Rolle, dass ihre Kinder längst erwachsen waren. In Sylvias Augen war diese Angst irrational, aber für Gray war sie sehr real.

Er half ihr, das Frühstücksgeschirr wegzuräumen, und

ging dann als Erster hinaus. Sylvia hatte noch ein paar Anrufe zu erledigen. Zunächst wollte sie mit Emily und Gilbert telefonieren. Wegen der Zeitverschiebung war es abends nach der Arbeit zu spät dafür. Bisher hatte sie den beiden noch nicht von Gray erzählt. Da sie nicht vor Weihnachten nach Hause kommen würden, hatte sie noch reichlich Zeit dafür – genau genommen waren es noch drei Monate. Sylvia erreichte keinen der beiden und hinterließ Nachrichten auf den Anrufbeantwortern.

Als sie sich auf den Weg in die Galerie machte, war Gray bereits mit Charlie im Yachtclub. Sie saßen an seinem Lieblingstisch. Das Restaurant war ein riesiger, eleganter Raum mit Gewölbedecke, Porträts früherer Präsidenten des Yachtclubs und Schiffsmodellen in Glasvitrinen. Gray fand, dass Charlie phantastisch aussah. Er war braun gebrannt, wirkte fit und erholt.

»Wie war es denn noch auf dem Boot?«, fragte Gray im Plauderton, nachdem sie beide einen Chefsalat bestellt hatten.

»Schön. Nachdem ihr fort wart, sind wir in Antibes geblieben. Ich musste arbeiten, und die Crew hat sich um die Wartungsarbeiten am Boot gekümmert. Es war einfach angenehmer, auf dem Boot zu sein als hier in meiner Wohnung. Erzähl mir von der Galerie, die dich unter Vertrag genommen hat. Wechsler-Hinkley, nicht wahr? Ein klangvoller Name in der Kunstwelt. Wie kam es dazu? Haben sie dich angesprochen?« Charlie freute sich für Gray. Niemand verdiente es in seinen Augen mehr, ein wenig Erfolg zu haben. »Oder bist du zu ihnen gegangen?« Charlie lächelte erwartungsvoll.

»Eigentlich hat mich ein Freund an sie vermittelt«, sagte

Gray vorsichtig. Sylvia hatte ihn verunsichert, was Charlies Reaktion anging. Seiner Meinung nach war das nicht nötig, dennoch war er jetzt besorgt, und das sah man ihm an.

»Was für ein Freund?«, fragte Charlie gespannt. Er hätte nicht sagen können, warum, aber irgendetwas an dieser Geschichte ließ ihn die Ohren spitzen.

»Ein enger Freund ... Du weißt schon ... eine Frau«, sagte Gray und kam sich vor wie ein Schuljunge, der seinem Vater Rechenschaft ablegen muss.

»Du überraschst mich«, antwortete Charlie amüsiert. »Was für eine Frau? Kenne ich sie? Hast du etwa wieder ein Vögelchen mit gebrochenem Flügel in deinem Nest aufgenommen? Oder arbeitet sie in einer Galerie und hat gute Kontakte? Falls ja, wäre das wirklich clever von dir«, lobte Charlie ihn. Aber Gray traf sich weder mit irgendeiner Sekretärin, noch hatte er ein verwundetes Vögelchen aufgenommen. Vielmehr hatte ein engelsgleiches Energiebündel *ihn* unter die Fittiche genommen und ihm dabei geholfen, das Fliegen zu lernen.

»Mit Cleverness hatte es eigentlich nichts zu tun. Eher mit Glück.«

»Da ist kein Glück im Spiel, und das weißt du auch«, wiederholte Charlie Sylvias Worte. »Du hast ein gewaltiges Talent. Falls irgendjemand Glück hatte, dann dieser Galerist. Aber du hast meine Frage nicht beantwortet.« Charlie sah Gray in die Augen. »Wer ist die Frau? Oder ist das ein Geheimnis?« Vielleicht war sie verheiratet, dachte Charlie. Das wäre nicht das erste Mal gewesen. Ehefrauen, die ihrem Mann davongelaufen waren und behaupteten, geschieden zu sein, hatte Gray schon öfter gehabt.

Einmal war der vermeintliche Ex-Mann sogar aufgetaucht und hatte versucht, Gray umzubringen. In den Jahren seines Junggesellendaseins hatte Gray so ziemlich jedes Katastrophenszenario durchgemacht, das man sich vorstellen konnte. Charlie hatte manchmal richtig Angst um seinen Freund.

»Du steckst doch hoffentlich nicht in Schwierigkeiten, oder?« Charlie sah ihn besorgt an, aber Gray schüttelte lachend den Kopf.

»Nein, keine Sorge. Aber ich muss ja einen höllischen Ruf haben. Vermutlich verdiene ich den auch.« Er seufzte, schüttelte wieder den Kopf und nahm allen Mut zusammen. »Ja, ich bin mit jemandem zusammen. Aber dieses Mal ist es ganz anders«, erklärte er stolz.

»Wer ist sie? Kenne ich sie?« Charlie war gespannt, wer die Frau der Stunde war. In jedem Fall war Charlie nicht entgangen, wie glücklich und entspannt Gray wirkte.

»Du bist ihr schon begegnet«, sagte Gray geheimnisvoll und zögerte immer noch. Sylvias Warnungen klangen ihm in den Ohren.

»Brauchen wir jetzt einen Trommelwirbel?«, zog Charlie ihn auf.

»Du hast sie in Portofino gesehen«, platze Gray schließlich heraus und rutschte unruhig auf dem Stuhl hin und her.

»Habe ich das? Wann denn?« Charlie kam sich vor, als könne er den Wald vor lauter Bäumen nicht sehen. Er erinnerte sich an niemanden, mit dem Gray im Urlaub zusammen gewesen wäre. Der Einzige von ihnen, der eine Eroberung nach der anderen auf das Schiff geschleppt hatte, war Adam gewesen.

»Sylvia Reynolds«, sagte Gray ruhig. »Sie gehörte zu der

Gruppe, mit der wir uns in Portofino und auf Sardinien getroffen haben.«

»Sylvia Reynolds? Die Galeristin?«, fragte Charlie überrascht. Er erinnerte sich daran, dass sie Gray gefiel und wie Adam ihn damit aufgezogen hatte, dass sie nicht sein Typ sei. Tatsächlich erinnerte sich Charlie sehr gut an sie. Er hatte sie gemocht. Und Gray offenbar auch. Kaum zu glauben, dass sich bei den beiden so viel abgespielt hatte – und das von allen unbemerkt.

»Es hat angefangen, nachdem ich wieder zurück war. Ich bin jetzt seit knapp einem Monat mit ihr zusammen. Sie ist eine wunderbare Frau. Als sie meine Arbeiten gesehen hat, hat sie mich Wechsler-Hinkley und zwei anderen Galerien vorgestellt, und im nächsten Moment war ich schon unter Vertrag genommen. Sie schiebt nichts auf die lange Bank«, sagte er voller Bewunderung und lächelte seinen Freund an.

»Du wirkst sehr glücklich«, sagte Charlie; er gewöhnte sich schnell an die Vorstellung. So hatte Gray noch nie von einer Frau gesprochen. »Ich gebe es ja nur ungern zu, aber ich war mit Adam einer Meinung. Ich dachte, sie wäre nicht dein Typ.«

»Ist sie auch nicht.« Gray lachte. »Das ist vermutlich das Gute daran. Ich bin es nicht gewohnt, eine Frau um mich zu haben, die auf sich selbst aufpassen kann und für die ich nichts weiter tun muss, als mit ihr zu schlafen und mit ihr eine schöne Zeit zu verbringen.«

»Geht es darum?«, fragte Charlie neugierig. Er würde Adam viel zu erzählen haben, wenn er ihn am nächsten Abend bei dem Konzert traf.

»Nein, das tut es nicht. Es geht um viel mehr. Ich habe seit vier Wochen nicht mehr in meinem eigenen Bett geschlafen.«

Jetzt wirkte Charlie geschockt. »Ihr seid einen Monat zusammen, und du ziehst bei ihr ein? Ist das nicht ein bisschen überstürzt?«

»Ich bin nicht eingezogen«, widersprach Gray ruhig. »Ich habe nur gesagt, dass ich über Nacht geblieben bin.«

»Jede Nacht?« Wieder kam sich Gray vor wie ein ungezogener Schuljunge. Charlie runzelte die Stirn. »Findest du nicht, dass das alles zu schnell geht? Aber dein Atelier gibst du doch nicht auf, oder?« In Charlies Stimme schwang Panik mit.

»Natürlich nicht. Ich habe lediglich eine schöne Zeit mit einer wunderbaren Frau und genieße es, mit ihr zusammen zu sein. Sie ist umwerfend. Clever, tüchtig, nett, humorvoll, großzügig, liebevoll – und normal. Ich weiß nicht, wo sie all die Jahre gesteckt hat, aber während der letzten dreieinhalb Wochen hat sich mein Leben völlig verändert.«

»Willst du das denn?«, fragte Charlie spitz. »So etwas kann gefährlich werden.«

»Ach was, soll sie etwa in meine Bruchbude von Apartment einziehen? Oder meinen dreißig Jahre alten Koffer klauen? Sie hat sogar bessere Kunstbücher als ich. Mein Sofa ist durchgesessen, und ihres macht auf mich einen verdammt guten Eindruck. Meine Pflanzen sind alle vertrocknet, während ich in Europa war. Ich besitze zwei Bratpfannen, sechs Gabeln, vier Teller und nicht mal ein anständiges Handtuch. Ich weiß nicht, was sie deiner Meinung nach aus mir herausholen kann, aber was es auch ist, ich gebe es ihr gern. Beziehungen können schwierig sein. Aber du kannst mir glauben, Charlie, sie ist die erste Frau, mit der ich zusammen bin, die auf mich *nicht* gefährlich wirkt.«

»Natürlich ist sie nicht auf dein Geld aus. Aber du weißt doch, wie Frauen sind. Sie bilden sich schnell etwas ein. Du lädst sie zum Abendessen ein, und als Nächstes probieren sie Hochzeitskleider an und suchen sich Hochzeitsgeschenke bei Tiffany aus. Ich möchte nicht, dass du da in etwas hineingezogen wirst.«

»Ich verspreche dir, Charlie, dass ich in nichts hineingezogen werde. Wo auch immer die Gleise hinführen, ich fahre freiwillig in diesem Zug mit.«

»Großer Gott, hast du etwa vor, sie zu heiraten?« Charlie starrte Gray mit großen Augen an.

»Keine Ahnung«, antwortete dieser ehrlich. »Über das Heiraten habe ich seit Jahren nicht mehr nachgedacht. Ich glaube auch nicht, dass sie das will. Sie war verheiratet, und es scheint keine glückliche Erfahrung für sie gewesen zu sein. Ihr Mann hat sie nach zwanzig Jahren Ehe wegen einer Neunzehnjährigen verlassen. Sie hat zwei Kinder und betont immer, dass sie zu alt sei, um noch mal zu heiraten. Ihre Galerie ist sehr erfolgreich. Sie verdient mehr Geld, als ich je besitzen werde. Dafür braucht sie mich also nicht. Und ich habe nicht den Wunsch, sie auszunutzen. Wir stehen beide auf eigenen Füßen, auch wenn ihr Stand um einiges sicherer ist als meiner. Sie hat ein wunderschönes Loft in Soho und einen Beruf, den sie liebt. Seit ihrer Scheidung gab es nur einen Mann in ihrem Leben, und der hat sich vor drei Jahren umgebracht. Ich bin der Erste, mit dem sie seitdem zusammen ist. Ich glaube nicht, dass einer von uns beiden mehr will als das, was wir jetzt miteinander haben. Ob ich mir vorstellen kann, sie eines Tages zu heiraten? Ja. Wenn sie dazu bereit wäre – was ich jedoch bezweifle –, wäre ich verrückt, wenn ich der Beziehung keine Chance geben würde. Aber momentan drehen sich unsere schwerwiegendsten Entscheidungen um die Frage, was wir abends essen wollen oder wer von uns das Frühstück zubereitet«, sagte Gray. Charlie musterte ihn schweigend. Was für ein Gespräch. Seit dreieinhalb Wochen hatte er Gray nicht gesehen, und jetzt lebte der mit einer Frau zusammen und redete sogar vom Heiraten. Charlie war wie vom Blitz getroffen. Und als Gray seine Miene sah, wurde ihm klar, dass Sylvia möglicherweise recht gehabt hatte. Charlie freute sich nicht gerade über die neuesten Entwicklungen in Grays Leben.

»Du magst keine Kinder«, erinnerte Charlie ihn. »Gleichgültig, wie alt sie sind. Wie kommst du darauf, dass ihre anders sein könnten?«

»Sind sie vielleicht gar nicht. Mag sein, dass es daran scheitert, aber ihre Kinder leben dreitausend Meilen weit weg und sind erwachsen. Und bei der Entfernung ertrage vielleicht sogar ich Kinder. Ich kann nicht mehr tun, als es auszuprobieren. Vielleicht klappt es, vielleicht auch nicht. Momentan läuft es hervorragend. Und was dann kommt, wer weiß das schon? Ich könnte nächste Woche sterben. Aber bis dahin habe ich eine verdammt gute Zeit. Die beste meines Lebens.«

»Ich will nicht hoffen, dass du nächste Woche stirbst«, erwiderte Charlie mit düsterer Stimme. »Aber womöglich wirst du dir noch wünschen, es wäre so gekommen, wenn sich herausstellt, dass du dich in ihr getäuscht hast. Und dann sitzt du in der Falle.« Das klang bedrohlich, aber

Gray lächelte. Charlie hatte ganz offenbar Angst, und Gray war nicht sicher, ob es ihm dabei um seinen Freund oder um sich selbst ging. Es war in jedem Fall unbegründet. Gray fühlte sich alles andere als gefangen.

»Ich sitze nicht in der Falle«, widersprach Gray ruhig. »Ich lebe nicht einmal mit ihr zusammen, ich übernachte nur bei ihr. Wir probieren es aus. Und wenn es für einen von uns nicht funktioniert, gehe ich zurück in mein Atelier, und das war's.«

»So funktioniert das nicht«, erklärte Charlie, der Erfahrung damit hatte. »Manche Frauen klammern, sie geben dir die Schuld, werden hysterisch, gehen zum Anwalt. Sie behaupten, du hättest ihnen Versprechungen gemacht. Irgendwie schaffen sie es, ihre Krallen in dich zu schlagen, und plötzlich sind sie davon überzeugt, dass du ihnen gehörst.« Charlie hatte in all den Jahren immer wieder erlebt, dass es vielen Männern so erging, und er wollte Gray davor bewahren. Schließlich wusste er, wie naiv Gray manchmal sein konnte.

»Vertrau mir, weder Sylvia noch ich wollen jemandem gehören. Dafür sind wir zu alt. Und sie ist um einiges vernünftiger, als du ihr zugestehst. Wenn sie zwanzig Jahre zuvor von ihrem Mann wegging, ohne einen einzigen Blick zurückzuwerfen, dann wird sie es bei mir wohl kaum anders machen. Falls irgendeiner von uns geht, dann ist es sehr wahrscheinlich, dass sie diejenige ist.«

»Hat sie vielleicht Bindungsängste? Dann kannst du tief verletzt werden.«

»Was mir ja noch *nie* passiert ist! Charlie, bleib bitte ernst. Man kann im Leben immer verletzt werden. Wir werden sogar jeden Tag verletzt, zum Beispiel, wenn Menschen, die wir kaum kennen, unsere Anrufe nicht entgegennehmen wollen. Ich bin vermutlich von mehr Frauen verlassen worden als jeder andere Kerl in New York. Ich hab's überlebt. Und das werde ich auch, wenn es mir wieder passiert. Und ja, vermutlich hat sie Bindungsängste, so wie ich auch. Himmel, ich möchte ja nicht einmal ihre Kinder kennenlernen. Ich fürchte mich zu Tode, verletzt zu werden oder zu sehr an jemandem zu hängen. Aber zum ersten Mal habe ich das Gefühl, dass die Vorteile es wert sind, ein bisschen Schmerz oder auch mehr zu riskieren. Keiner von uns macht irgendwelche Versprechungen. Keiner redet vom Heiraten. Momentan droht gar keine Gefahr.«

»Die droht immer, sobald du eine Beziehung eingehst«, widersprach Charlie stirnrunzelnd. »Ich möchte nicht, dass du verletzt wirst.« Charlie legte seine Karten auf den Tisch. Gray erkannte, dass es seinem Freund längst nicht nur um Schönheitsmängel, sondern um den Schmerz ging, den er seit dem Tod seiner Familie zu vermeiden versuchte. Charlie hatte zu große Angst, um ein Risiko einzugehen. Gray hatte diese Angst jetzt nicht mehr. Er hatte einen großen Schritt gemacht. Und die Tatsache, dass er das getan hatte, empfand Charlie als Bedrohung. Ein Mitglied der Junggesellenarmee war übergelaufen. Gray sah in Charlies Augen all die Missbilligung, die Sylvia befürchtet hatte, aber da war noch mehr – Panik. Sylvia hatte Charlie richtig eingeschätzt. Und Adam vielleicht auch. Es gefiel Gray nicht, dass er sich wegen Charlies Reaktion unloyal fühlte und sich wegen seiner Liebe vorkam wie ein Trottel. Das warf einen Schatten auf die Zeit, die er mit Sylvia noch verbringen würde. Als Charlie die Rechnung bezahlte, war Grays gute Laune verflogen.

»Wir würden uns freuen, wenn du mal zum Abendessen vorbeikommst.« Charlie legte den Stift weg und starrte Gray an.

»Ist dir überhaupt klar, wie du dich anhörst?«, fragte Charlie mit grimmiger Miene. Gray schüttelte den Kopf und war nicht sicher, ob er die Antwort hören wollte. »Wie ein Ehemann. Und vergiss nicht, dass du das nicht bist.«

»Wäre das denn das Schlimmste, was mir passieren kann?«, fauchte Gray zurück. Er war enttäuscht über Charlies Reaktion. Sehr sogar. Er hatte nicht gewollt, dass Sylvia recht bekam. Doch das hatte sie. »Eine schwere Krankheit stelle ich mir schlimmer vor.«

»Manchmal ist das schwer voneinander zu unterscheiden«, erwiderte Charlie zynisch. »Eine so feste Bindung einzugehen kann heimtückisch sein. Du gibst dein altes Ich auf und wirst zu einem Mann, der nicht ganz bei Verstand ist.« Das sagte Charlie mit solcher Überzeugung, dass Gray ihn seufzend ansah. Zu was waren sie in all den Jahren geworden? Was für einen hohen Preis hatten sie für die Freiheiten gezahlt, an die sie sich so verzweifelt geklammert hatten? Einsam, aber stolz sterben, nachdem sie ihre Unabhängigkeit ein Leben lang verteidigt hatten, das hatten sie immer vorgehabt. Doch seit Gray Sylvia begegnet war, schien ihm dieses Ziel nicht mehr erstrebenswert. Das hatte er gerade erst einige Tage zuvor zu ihr gesagt. Ihm war klargeworden, dass er genau das *nicht* wollte.

Früher oder später würden die verrückten, hilflosen Frauen, die Debütantinnen und Adams Dummchen nicht mehr bei ihnen bleiben wollen oder erst gar nicht mehr zu ihnen kommen. Sie würden mit anderen Männern Beziehungen führen. Das Paradies der Freiheit kam Gray längst nicht mehr so attraktiv vor wie bisher.

»Möchtest du deine alten Tage wirklich nur mit mir und Adam verbringen?«, fragte Gray und sah Charlie direkt in die Augen. »Willst du das? Oder möchtest du ein paar attraktivere Beine als meine dir gegenüber am Tisch sitzen sehen, wenn du mit der *Blue Moon* herumkreuzt? Wenn du nicht bald anfängst, darüber nachzudenken, wirst du am Ende bei mir hängenbleiben. Ich liebe dich sehr, du bist mein bester Freund. Und wenn ich eines Tages alt, krank und müde bin, werde ich mich immer noch freuen, dein Gesicht zu sehen. Aber es kann gut sein, dass ich dann zu jemandem ins Bett kriechen will, der meine Hand hält. Und falls du nicht allein mit Adam und mir enden willst, solltest du langsam etwas ändern.«

»Was ist los mit dir? Mischt Sylvia dir etwas ins Essen? Vielleicht Ecstasy? Warum zur Hölle machst du dir plötzlich Sorgen wegen deiner alten Tage? Du bist erst fünfzig und brauchst nicht darüber nachzugrübeln, was in dreißig Jahren sein wird. Und wer weiß, was bis dahin noch alles passiert.«

»Genau *das* ist der Punkt. Ich bin fünfzig, du sechsundvierzig. Vielleicht ist es an der Zeit, dass wir endlich erwachsen werden. Adam kann es sich erlauben, so weiterzumachen wie bisher, er ist einige Jahre jünger als wir. Aber ich will mein Leben nicht mehr so weiterleben. Wie viele Frauen soll ich denn noch retten? Wie viele einstweilige Verfügungen soll ich beantragen? Wie viele Brustvergrößerungen will Adam bezahlen? Und an wie vielen Debütantinnen willst du noch Schönheitsmängel entdecken? Wenn sie dir nicht gut genug sind, Charlie, dann zur Hölle mit ihnen. Aber vielleicht ist es an der Zeit für dich, jemanden zu finden, der es ist.«

»Du hörst dich an wie ein Verräter.« Charlie toastete ihm mit seinem letzten Schluck Wein zu. Dann leerte er sein Glas und setzte es ab. »Ich weiß nicht, wie es dir geht, aber ich finde unser Gespräch deprimierend. Wenn du meine Meinung hören willst: Du magst ja glauben, dass dir die Zeit davonläuft, aber ich finde das lächerlich. Und mir geht es nicht so. Ich bin nicht bereit, mich in eine unausgegorene Beziehung mit irgendeiner Frau zu stürzen, nur weil ich Angst davor habe, einsam zu sterben. Lieber hänge ich mich heute Nacht noch auf. Ich werde mich nicht auf so etwas einlassen oder auch nur daran denken, bevor ich nicht die Richtige gefunden habe.«

»Das wirst du nie«, erwiderte Gray traurig. Das Gespräch hatte ihn ebenfalls deprimiert. Er hatte gehofft, dass sich Charlie mit ihm freuen würde, aber stattdessen tat er so, als hätte Gray ihn hintergangen. Und in Charlies Augen hatte er das offenbar auch.

»Warum sagst du so etwas?«, fragte Charlie und klang verärgert.

»Weil du nicht dazu bereit bist. Und solange das der Fall ist, wird nie jemand deinen Ansprüchen genügen. Du lässt es gar nicht zu. Du *willst* die richtige Frau nicht finden. So ging es mir auch. Und dann trat Sylvia in mein Leben, und alles hat sich verändert.«

»Kommt mir eher so vor, als hätte sie dir den Kopf verdreht. Vielleicht solltest du ein paar Antidepressiva schlucken und das Ganze mal aus der Distanz betrachten.«

»Sylvia ist das beste Antidepressivum, das ich je hatte.

Diese Frau ist ein Energiebündel, und es ist eine Freude, sie um sich zu haben.«

»Wenn das so ist, dann freut es mich für dich, und ich hoffe, dass es hält. Aber finde erst einmal heraus, ob deine Sylvia wirklich so perfekt ist, wie du sagst. Und solange du nicht weißt, ob deine Theorie mit dieser ungezwungenen Beziehung funktioniert, solltest du nicht versuchen, den Rest von uns zu missionieren. Ich bin jedenfalls skeptisch.«

»Ich werde es dich wissen lassen«, sagte Gray leise, während sie beide aufstanden. Gray folgte Charlie aus dem Yachtclub nach draußen. Auf dem Bürgersteig blieben sie noch einmal stehen und sahen sich lange an. Es war für beide anstrengend gewesen und für Gray zudem enttäuschend. Er hatte mehr von seinem Freund gewollt – Freude, Unterstützung und Begeisterung. Alles andere als diese zynischen und schroffen Worte, die sie beim Essen ausgetauscht hatten.

»Pass auf dich auf«, sagte Charlie und klopfte Gray auf die Schulter, während er mit der anderen Hand ein Taxi heranwinkte. Er konnte es kaum erwarten, von hier wegzukommen. »Ich rufe dich an … und herzlichen Glückwunsch zu der Galerie!«, rief er und stieg ins Taxi ein.

Gray stand auf dem Bürgersteig, sah ihm nach und winkte. Dann senkte er den Kopf und ging langsam nach Hause. Er hatte entschieden, zu Fuß zurück in sein Atelier zu gehen. Er brauchte ein bisschen frische Luft und Zeit zum Nachdenken. Nie zuvor hatte er Charlie derartig zynisch erlebt. Aber Gray war sicher, dass er das Problem seines Freundes richtig einschätzte. Charlie wollte »die Richtige« gar nicht finden. Bisher hatte Gray es nie so gesehen, aber jetzt war es für ihn vollkommen klar. Und im Gegensatz zu dem,

was Charlie dachte, hatte Sylvia bei ihm keine Gehirnwäsche durchgeführt, sie hatte vielmehr seinen Horizont erweitert und Sonnenschein in sein Leben gebracht. Wenn er neben ihr stand, konnte er sehen, was er immer gesucht, aber nie zu finden gewagt hatte. Sie gab ihm den Mut, der Mann zu sein, der er sein wollte. Bisher hatte er davor zu viel Angst gehabt. Charlie fürchtete sich immer noch und lief davon. Vielleicht würde sich das nie ändern.
Der Gedanke stimmte Gray traurig, weil es für ihn einer riesigen Verschwendung gleichkam. Er kannte Sylvia erst sechs Wochen lang, aber seit er ihr sein Herz öffnete, veränderte sich sein ganzes Leben. Dass Charlie nicht mit ihm feierte, sondern ihn als Verräter bezeichnete, hatte ihn tief getroffen. Gray hatte es fast körperlich gespürt, wie eine Ohrfeige, und die Worte hallten immer noch durch seinen Kopf. Sein Handy klingelte.
»Hi. Wie ist es gelaufen?« Es war Sylvia, die ihn aus dem Büro anrief und fröhlich und munter klang. Sie war zu der Überzeugung gelangt, dass Gray Charlie besser kannte als sie. Vermutlich hatte sie seine Reaktion auf ihre Beziehung falsch eingeschätzt. »Hast du es ihm erzählt? Was hat er gesagt?«
»Es war unangenehm«, gestand Gray. »Geradezu schlimm. Er hat mich einen Verräter genannt. Charlie macht sich vor Angst in die Hosen, was Beziehungen angeht. So klar habe ich es bisher nie gesehen. Ich gebe es nur ungern zu, aber du hattest recht. Es war ein ziemlich enttäuschendes Gespräch.«
»Das tut mit leid. Dabei hattest du mich am Ende sogar davon überzeugt, dass ich mich irre.«
»Hast du dich aber nicht.« Er begann zu lernen, dass sie

sich selten irrte. Sie hatte eine gute Menschenkenntnis. Gleichzeitig war sie sehr tolerant.

»Das muss hart für dich gewesen sein. Du bist kein Verräter, Gray. Ich weiß, dass du deine Freunde liebst. Es gibt keinen Grund, warum du nicht gleichzeitig eine Beziehung und die beiden in deinem Leben haben kannst.« Sie versuchte ihn nicht von den beiden zu trennen. Aber Gray war sicher, dass Charlie einen Keil zwischen ihn und Sylvia treiben würde, wenn er selbst es zuließ.

»Wenn sie das überhaupt noch wollen. Ich war ziemlich offen ihm gegenüber.«

»Was uns angeht?«

»Auch was ihn angeht. Ich habe ihm gesagt, dass er sein Leben verschwendet und einsam sterben wird.«

»Damit könntest du recht haben«, sagte sie mit sanfter Stimme. »Aber das muss er selbst herausfinden. Und vielleicht ist es ja das, was er will. Nach allem, was du mir erzählt hast, gab es seit dem Tod seiner Familie ein paar schwierige Trennungen. Darüber muss man erst einmal hinwegkommen. Alle, die er als Kind geliebt hat, sind gestorben. Es ist schwer, so jemanden davon zu überzeugen, dass der nächste Mensch, den er liebt, ihn nicht ebenfalls verlässt.«

»Genau das habe ich auch gesagt.« Sie wussten beide, dass es zutraf. Und insgeheim wusste Charlie das vermutlich auch. Er war nur noch nicht bereit, es zuzugeben, nicht einmal gegenüber seinem besten Freund. Es war leichter, zu behaupten, mit den Frauen in seinem Leben stimme etwas nicht.

»Das hat er vermutlich nicht gern gehört.«

»Es sah zumindest nicht so aus«, bestätigte Gray mit trauriger Stimme. »Aber es hat mir nicht gefallen, was er über uns gesagt hat.«

»Hoffentlich kommt er darüber hinweg. Wenn er es schafft, laden wir ihn zum Abendessen ein. Lass ihn sich erst einmal etwas beruhigen. Du hast ihm einen ziemlich großen Brocken vorgeworfen, den er jetzt zu schlucken hat.«

»Ja, das habe ich. Das mit uns hat ihn umgehauen. Als er mich das letzte Mal auf dem Boot gesehen hat, war ich noch ein angesehenes Mitglied der Junggesellen-Crew. Kaum war er außer Sichtweite, da habe ich das Schiff gewechselt. Zumindest aus seiner Sicht.«

»Und wie siehst du es?«

»Dass ich der glücklichste Mensch auf dieser Welt bin. Das habe ich ihm auch gesagt. Aber das hat er mir nicht geglaubt. Er denkt, dass du mich unter Drogen setzt.«

Jetzt musste Gray lachen. »Falls dem so ist, dann entgifte mich bloß nicht. Ich liebe diesen Zustand.« Er klang jetzt wieder munterer.

»Ich auch.« Er konnte ihrer Stimme anhören, dass Sylvia lächelte. Dann sagte Sylvia, dass ein Kunde auf sie warte und dass sie sich nach der Arbeit im Apartment sehen würden.

»Versuche dich nicht allzu sehr zu grämen«, riet sie ihm. »Er liebt dich und wird sich beruhigen.« Gray war da nicht so sicher. Während er zu seinem Atelier spazierte, dachte er ausgiebig darüber nach. Ihr Mittagessen war nicht nur für Charlie, sondern auch für ihn ein Schock gewesen

»Du hörst dich an wie ein Verräter.« Charlies Worte hallten bei jedem Schritt in Grays Gedanken nach.

Auf der Rückfahrt dachte Charlie über das nach, was Gray gesagt hatte. Es war eine lange Fahrt, und ihm blieb viel Zeit zum Nachdenken. Er hatte einen Termin in einem Waisenhaus mitten in Harlem, das von seiner Stiftung finanziert wurde. Charlie konnte noch immer nicht fassen, was Gray gesagt hatte. Aber er hatte ins Schwarze getroffen, mehr als Charlie zugeben wollte. Tatsächlich hatte auch ihm in letzter Zeit der Gedanke Angst eingejagt, einsam und allein sterben zu müssen. Aber er war noch nicht bereit, mit irgendjemandem außer seinem Therapeuten über solche Ängste zu sprechen. Adam war zu jung, um das zu verstehen, Gray jedoch nicht. Mit einundvierzig feilte Adam immer noch an seiner Karriere und ließ das Vergnügen nicht zu kurz kommen. Gray und er selbst spielten dagegen bereits in der Oberliga und mussten sich langsam auf den Ausstieg vorbereiten. Und Charlie war sich längst nicht mehr so sicher, ob er diesen Weg allein gehen wollte. Vielleicht blieb ihm am Ende gar keine andere Wahl. Er beneidete Gray mehr, als er zugeben wollte. Sein Freund hatte jemanden gefunden, mit dem er die letzte Etappe der Reise zurücklegen wollte.

Als das Taxi an der von ihm genannten Adresse anhielt, grübelte Charlie immer noch. Er nahm sich vor, mit seinem Therapeuten darüber zu sprechen.

»Stimmt die Adresse?«, fragte der Fahrer mit besorgtem Blick. Charlie sah eher aus wie jemand, der zur Fifth Avenue gebracht werden wollte statt ins Zentrum von Harlem. Er trug eine Hermès-Krawatte, eine goldene Armbanduhr und einen unübersehbar teuren Anzug. Aber er ging nun einmal nicht gern lässig gekleidet in den Yachtclub.

»Die Adresse ist richtig.« Er dankte dem Fahrer mit einem Lächeln und gab ihm ein großzügiges Trinkgeld.

»Möchten Sie, dass ich warte? Oder soll ich Sie später wieder abholen?« Der Fahrer ließ ihn hier offenbar nur ungern zurück.

»Machen Sie sich keine Gedanken. Aber trotzdem danke.« Charlie lächelte noch einmal und stieg aus. Während er zu dem Gebäude hochblickte, versuchte er, die Gedanken an das Gespräch mit Gray zu verdrängen. Das Haus musste dringend renoviert werden. Das Geld der Stiftung konnte hier einiges bewirken. Als sich Charlie dem Eingang näherte, wanderten seine Gedanken wieder zurück zu Gray. Das Schlimmste war das Gefühl, ihn an Sylvia zu verlieren. Er wollte es sich nicht eingestehen, aber er war eifersüchtig auf sie. Charlie wollte seinen besten Freund nicht an eine Frau verlieren, nur weil sie über Kontakte zu Galerien verfügte. Sie wollte etwas von Gray, keine Frage. Deshalb schmeichelte sie sich bei ihm ein. Und er konnte nur hoffen, dass sie nicht seine Freundschaft mit Gray zerstören würde. Er wollte seinen Freund nicht verlieren: ob durch Tod oder durch Heirat – auch wenn Gray behauptete, er würde bei Sylvia nur übernachten. Charlie traute dieser Frau nicht. Sie hatte Gray bereits einer Gehirnwäsche unterzogen. Dennoch ergab einiges von dem, was Gray gesagt hatte, Sinn. Zu vieles sogar. Insbesondere, was er über ihn gesagt hatte. Das war bestimmt auf ihrem Mist gewachsen. Von sich aus hätte Gray so etwas nie zu ihm gesagt. Niemals. Sie hatte ihn auf den Kopf gestellt und das Innerste nach außen gekehrt.

Nachdem Charlie geklingelt hatte, musste er eine ganze Weile warten. Schließlich öffnete ihm ein junger bärtiger

Mann in Jeans und T-Shirt. Es war ein Afroamerikaner mit einem breiten Lächeln, bei dem er seine weißen Zähne zeigte, und samtigen, schokoladenbraunen Augen. Als er redete, konnte Charlie den singenden Tonfall der Karibik heraushören.

»Hallo. Kann ich Ihnen helfen?« Der Mann sah Charlie an, als käme er von einem anderen Planeten. Leute, die so angezogen waren, besuchten dieses Heim normalerweise nicht. Der junge Mann verbarg geschickt sein amüsiertes Lächeln und ließ Charlie eintreten.

»Ich habe einen Termin mit Carole Parker«, erklärte Charlie. Sie leitete das Zentrum. Charlie wusste über sie nur, dass sie Sozialpädagogin war und über ausgezeichnete Zeugnisse verfügte. Sie hatte erst Psychologie in Princeton studiert und dann an der Columbia University ihren Abschluss in Sozialpädagogik gemacht. Jetzt schrieb sie an ihrer Doktorarbeit. Ihr Spezialgebiet, in dem sie auch die meisten Erfahrungen vorzuweisen hatte, waren misshandelte Kinder.

Dies hier war ein Heim für solche Kinder und deren Mütter. Aber im Unterschied zu den meisten vergleichbaren Einrichtungen lag der Schwerpunkt hier auf der Betreuung der Kinder. Zusammen mit der New York University wurde eine Forschungsstudie durchgeführt mit dem Ziel, Kindesmisshandlung zu verhindern, statt nur hinterher die Wunden zu behandeln. Es gab zehn Vollzeitangestellte sowie sechs Teilzeitkräfte, die zumeist nachts Dienst taten. Dazu gab es noch zwei Psychiater, mit denen eng zusammengearbeitet wurde, und ein ganzes Heer an Freiwilligen, oftmals Teenager, die früher etwas Ähnliches erlebt hatten. Es war ein neues Konzept, Freiwillige bei der

Betreuung jüngerer Kinder einzusetzen, die dasselbe durchgemacht hatten wie die Kinder selbst. Was Charlie darüber gelesen hatte, gefiel ihm sehr. Carole Parker hatte das Programm drei Jahre zuvor ins Leben gerufen. Sie wollte sich auf die Probleme von Großstadtkindern spezialisieren und leitete dieses Haus mit sehr wenig Geld. Sie hatte in Eigeninitiative Spenden in Höhe von einer Million Dollar aufgetrieben, um das Gebäude zu kaufen und mit dem Projekt zu beginnen. Charlies Stiftung hatte das von ihr zusammengetragene Geld aufgestockt. Nach dem, was er über sie gelesen hatte, war sie eine beeindruckende junge Frau. Ansonsten wusste er nur ihr Alter, vierunddreißig. Er hatte keine Ahnung, wie sie aussah. Bisher hatte er nur mit ihr telefoniert. Sie klang freundlich und warmherzig, aber auch geschäftsmäßig und professionell. Sie hatte versprochen, ihn persönlich herumzuführen. Auf dem Papier war bereits alles überprüft worden. Carole Parker war für eine Heimleiterin zwar relativ jung, aber anscheinend äußerst fähig. Die Referenzen, die sie dem Vorstand der Stiftung vorgelegt hatte, waren beeindruckend gewesen. Einige stammten von einflussreichen New Yorker Bürgern. Neben ihrer Ausbildung und ihren Fähigkeiten verfügte sie über hervorragende Kontakte. Der Bürgermeister persönlich hatte ihr eine Empfehlung geschrieben. Beim Aufbau des Zentrums war sie mit wichtigen Leuten zusammengekommen und hatte sie alle sehr beeindruckt.

Der junge Mann führte Charlie zu einem kleinen, schäbigen Wartezimmer und bot ihm eine Tasse Kaffee an. Charlie lehnte dankend ab und setzte sich. Er hatte beim Mittagessen mit Gray genug zu sich genommen. Und das meiste davon lag ihm immer noch schwer im Magen. Während er wartete, zwang er sich, nicht mehr daran zu denken.

Er betrachtete die Menschen, die an der offenen Wartezimmertür vorbeigingen, Frauen, Kinder und Teenager, deren T-Shirts sie als freiwillige Mitarbeiter auswiesen. Im Innenhof spielten ein paar Kinder Basketball. Charlie entdeckte ein Schild, auf dem Frauen aus der Nachbarschaft eingeladen wurden, zweimal in der Woche zu einem Gruppentreffen zu kommen, um über die Verhinderung von Kindesmisshandlung zu sprechen. Er war nicht sicher, was diese Maßnahmen bisher in der Gemeinde bewirkt hatten, aber zumindest führte das Heim durch, was es sich vorgenommen hatte. Während er den Kindern zusah, wie sie den Basketball durch den Ring warfen, wurde eine Tür geöffnet und eine schlanke blonde Frau trat herein. Sie trug Jeans, Laufschuhe und eines der Heim-T-Shirts. Charlie stand auf, um ihr die Hand zu schütteln. Dabei fiel ihm auf, dass sie fast so groß war wie er. Sie hatte etwas Statuenhaftes und besaß ein aristokratisches Gesicht. Sie wirkte eher wie ein Model und nicht wie eine Sozialpädagogin. Die Frau begrüßte ihn lächelnd, aber ihre Art war sehr offiziell und ein bisschen kühl. Das Heim brauchte die von der Stiftung zur Verfügung gestellten Gelder, aber es widerstrebte ihr anscheinend, Charlie deshalb mit Demut zu begegnen. Sie war sich jedoch scheinbar nicht sicher, ob er das von ihr erwartete. Als sie ihn in ihr Büro einlud, wirkte sie misstrauisch und defensiv.

An den Wänden hingen überall Poster, Terminpläne, Memos, Mitteilungen und sogar Steckbriefe. Daneben Telefonnummern von Selbsthilfegruppen, dem Giftnotruf und eine grafische Darstellung, wie man den Heimlich-Handgriff anwendet. Es gab ein Regal voller Fachbücher, von denen etliche auf dem Boden verstreut lagen. Ihr Schreibtisch war unter einem Berg aus Papier begraben, ihre Posteingangskiste quoll über. Dazwischen standen Rahmen mit Fotos von Kindern, die vermutlich irgendwann einmal das Heim besucht hatten. Man sah, dass in diesem Büro gearbeitet wurde. Charlie wusste, dass sie das Heim und die Kindergruppen allein leitete. Nur die Arbeitsgruppe für sexuell missbrauchte Mütter wurde von einer speziell dafür geschulten Frau aus der Gemeinde durchgeführt. Abgesehen vom Kochen und Putzen gab es fast nichts, bei dem Carole Parker nicht mithalf. Aus ihrem Lebenslauf ging hervor, dass sie zu allem bereit war, wenn es galt, jemandem zu helfen. Sie gehörte zu den Frauen, deren Biographie spannend zu lesen war. Wenn man ihnen gegenüberstand, hatten sie jedoch oft etwas Einschüchterndes. Charlie hatte noch nicht entschieden, ob das auch bei ihr der Fall war. Sie war ganz sicher beeindruckend, aber als sie sich jetzt an ihren Schreibtisch setzte, lächelte sie ihn an, und ihre Augen strahlten Herzlichkeit aus.

»Nun, Mr Harrington, Sie sind also hergekommen, um uns zu überprüfen, nicht war?« Sie musste zugeben, dass ihm das bei einer Spende von knapp einer Million Dollar wahrlich zustand. Die Stiftung hatte dem Heim exakt 975 000 Dollar zur Verfügung gestellt, was genau der Summe entsprach, um die Carole gebeten hatte. Sie hatte nicht den Mut gehabt, um eine volle Million zu bitten. Stattdessen hatte sie um denselben Betrag gebeten, den sie während der letzten drei Jahre zusammengetragen hatte. Sie war überrascht gewesen, als sie von der Stiftung die Nachricht erhielt, dass ihrem Antrag stattgegeben wurde. Sie hatte sich zeitgleich an mindestens ein Dutzend weiterer Stiftungen gewandt, und alle hatten abgelehnt. Sie sagten, sie wollten die Fortschritte des Heims während des nächsten Jahres beobachten, bevor sie Gelder für dieses Projekt zur Verfügung stellten. Carole war Charlie daher dankbar, kam sich aber immer vor wie ein dressierter Affe, wenn sich Geldgeber im Heim umsehen wollten. In ihrem Job ging es darum, Leben wieder lebenswert zu machen, misshandelte Kinder zu therapieren. Das war alles, was sie interessierte. Gelder aufzutreiben, war ein notwendiges Übel. Sie mochte es nicht, Menschen davon zu überzeugen, Geld für das Heim zu spenden. Die gravierende Not der Kinder, um die sie sich kümmerte, sollte ihrer Meinung nach Argument genug sein. Spenden bei Menschen aufzutreiben, die ein Leben im Luxus führten, verachtete sie am meisten. Was wussten diese Leute schon von einer Fünfjährigen, der die Mutter Reinigungsmittel in die Augen geschüttet hatte und die für den Rest ihres Lebens blind bleiben würde? Oder von dem Jungen, der den Abdruck des heißen Bügeleisens seiner Mutter auf einer Gesichtshälfte trug? Oder von der Zwölfjährigen, die jahrelang von ihrem Vater missbraucht worden war und auf deren Brust Zigaretten ausgedrückt worden waren? Was war denn noch nötig, um Menschen davon zu überzeugen, dass diese Kinder Hilfe brauchten?

Charlie wusste nicht, was sie ihm erzählen würde, aber er sah die Leidenschaft in ihren Augen und eine gewisse Abneigung, als sie einen Blick auf seinen maßgeschneiderten

Anzug, die teure Krawatte und die goldene Uhr warf. Was auch immer er dafür bezahlt hatte, sie hätte dieses Geld besser einsetzen können. Er konnte ihre Gedanken förmlich lesen und kam sich plötzlich wie ein Trottel vor, dass er in dieser Aufmachung hergekommen war.

»Entschuldigen Sie bitte meine unpassende Kleidung. Ich komme direkt von einem Geschäftsessen in der Stadt.« Das stimmte nicht ganz, aber so wie sie angezogen war, hätte er auf keinen Fall in den Yachtclub gehen können: in Jeans, T-Shirt und Sportschuhen. Jetzt zog er das Jackett aus, knöpfte die Manschetten auf und krempelte die Ärmel hoch. Dann nahm er noch die Krawatte ab und stopfte sie sich in die Jackentasche. Das war zwar keine großartige Verbesserung, aber er gab sich zumindest Mühe. Sie lächelte.

»Sie müssen verzeihen«, entschuldigte sie sich. »Öffentlichkeitsarbeit ist nicht meine Stärke. Mir liegt die Arbeit hier sehr am Herzen, aber es fällt mir schwer, für hohen Besuch den roten Teppich auszurollen. Erstens haben wir hier gar keinen, und selbst wenn wir einen hätten, dann würde ich es zeitlich gar nicht schaffen.« Ihr Haar war lang, und sie trug es zu einem dicken Zopf geflochten, der ihr über den Rücken fiel. Wie sie jetzt dasaß, mit den unter dem Tisch ausgestreckten langen Beinen, sah sie fast aus wie eine Wikingerin. Charlie fiel ein, dass sie in Princeton studiert hatte, und er erwähnte, dass es auch seine Alma Mater sei. Er hoffte, damit das Eis zu brechen.

»Mir gefiel es an der Columbia besser«, erklärte sie achselzuckend und war sichtlich unbeeindruckt davon, dass sie beide an derselben Universität studiert hatten. »Es war dort ehrlicher. Princeton war für meinen Geschmack zu versnobt. Dort ging es immer nur um die Tradition. Als wäre die Vergangenheit wichtiger als die Gegenwart.«

»So habe ich es noch nie betrachtet«, antwortete Charlie nachdenklich. In gewisser Weise war sie genauso kühl und einschüchternd, wie er befürchtet hatte, andererseits aber auch nicht. »Waren Sie Mitglied in einem Eating Club?«, fragte er und hoffte immer noch, Punkte bei ihr sammeln oder eine Gemeinsamkeit entdecken zu können.

»Ja«, sagte sie und wirkte plötzlich verlegen. »Ich war Mitglied im Cottage Club.« Sie schwieg einen Augenblick lang und lächelte ihn dann an. »Und Sie waren im Ivy.« Dort waren keine Frauen zugelassen, noch nicht einmal zu ihrer Zeit. Sie hatte die Jungs gehasst, die diesem Club angehörten. Jetzt kam es ihr nur noch angeberisch und töricht vor. Als er nickte, grinste sie.

»Ich sage jetzt auch bestimmt nicht so etwas Dummes wie ›Woher wissen Sie das?‹ Besteht trotzdem die Möglichkeit, dass Sie mir verzeihen?«

»Ja.« Sie lachte und sah plötzlich sehr mädchenhaft aus. Sie trug kein Make-up, das tat sie nie bei der Arbeit. Sie war zu beschäftigt, um sich mit solchen Details und Eitelkeiten aufzuhalten. »975 000 Dollar von Ihrer Stiftung bedeuten, dass ich Ihnen alles vergebe – solange Sie nicht Ihre Kinder misshandeln.«

»Ich habe keine. Zumindest da besteht also keine Gefahr.« Er spürte, dass sie ihn nicht leiden konnte. Es weckte seinen Ehrgeiz, das zu ändern. Letztlich war sie eine hübsche Frau, und wenn sie noch so viele Diplome hatte. Nur wenige Frauen konnten seinem Charme widerstehen, wenn er sich einmal dazu entschlossen hatte, ihn spielen

zu lassen. Allerdings schien Carole Parker eine undurchdringliche Schutzschicht zu haben.
Dass er keine Kinder hatte, überraschte sie, aber dann erinnerte sie sich vage daran, gehört zu haben, dass er ledig war. Vielleicht stand er ja auf Männer. Aber letztlich waren ihr seine sexuellen Vorlieben gleichgültig. Alles, was sie von ihm wollte, war sein Geld für die Kinder im Heim.
»Möchten Sie sich einmal umsehen?«, bot sie höflich an, stand auf und sah ihn an. Mit ihren hohen Absätzen war sie beinahe so groß wie er. Charlie war ein Meter fünfundneunzig groß, und sie hatten die gleiche Augenfarbe. Auch ihr Haar war von einem ähnlichen Blond. Eine Schrecksekunde lang dachte er, dass sie aussah wie seine Schwester. Er verdrängte den Gedanken rasch. Es beunruhigte ihn zu sehr.
Etwa eine Stunde lang führte sie ihn durch die Gänge und Räume, zeigte ihm den Dachgarten, den die Kinder angelegt hatten, und stellte ihm etliche der kleinen Bewohner vor. Sie machte ihn mit Gabby und ihrem Blindenhund bekannt, den die Stiftung finanziert hatte. Die beiden übten ständig. Gabby hatte den schwarzen Labrador Zorro genannt. Charlie blieb stehen und streichelte den Hund. Dabei hielt er den Kopf gesenkt, damit Carole nicht die Tränen in seinen Augen sehen konnte. Die Geschichten, die sie ihm über die Kinder erzählte, sobald die Kleinen es nicht hören konnten, brachen ihm das Herz. Ein paar Minuten lang sahen sie einer Gruppe bei der Arbeit zu. Charlie war sehr beeindruckt. Normalerweise leitete Carole die Gruppe, aber sie ließ sich an diesem Nachmittag vertreten, um Zeit für Charlie zu haben. Für gewöhnlich

hielt sie solche Termine für Zeitverschwendung. Ihre Zeit war in die Arbeit mit den Kindern wesentlich besser investiert.

Carole stellte ihn den freiwilligen Mitarbeitern vor, die mit den jüngeren Kindern eine Beschäftigungstherapie durchführten und mit ihnen Lesen und Schreiben übten. Charlie erinnerte sich, in ihrer Broschüre gelesen zu haben, dass dieses Programm wegen seiner Resultate überregional ausgezeichnet worden war. Jedes der Kinder konnte lesen und schreiben, wenn es das Heim nach einem Jahr verließ. Die Eltern der Kinder waren herzlich eingeladen, am Lese- und Schreibprogramm für Erwachsene teilzunehmen. Auch Beratungs- und Therapieprogramme wurden sowohl für die Kinder als auch für die Eltern angeboten.

Sie führte ihn bis in den letzten Winkel und stellte ihm jeden vor, darunter auch ihren Assistenten Tygue, den jungen Mann, der ihm die Tür geöffnet hatte. Carole erzählte Charlie, dass Tygue eine »Leihgabe« des Doktorandenprogramms von Yale sei. Sie hatte einige hervorragende Leute an Land gezogen, die ihr bei der Arbeit halfen. Manche kannte sie noch von früher, andere hatte sie während ihrer Tätigkeit als Heimleiterin kennengelernt. Sie erzählte, dass Tygue und sie zusammen ihren Abschluss in Sozialpädagogik gemacht hatten. Danach hatte sie das Heim eröffnet, und er war nach Yale gewechselt, um seine Studien fortzusetzen. Nachdem sie sich ein paar Minuten mit Tygue unterhalten hatten, begleitete sie Charlie zurück in ihr Büro. Er wirkte erschöpft.

»Ich weiß gar nicht, was ich sagen soll«, gestand er ihr kleinlaut. »Sie leisten phantastische Arbeit. Wie haben Sie all das nur auf die Beine stellen können?« Er bewunderte ihre Leistungen, und so kühl und verächtlich sie auch auf seinen Eating Club reagiert hatte, so blieb ihm nicht verborgen, was für ein außergewöhnlicher Mensch sie war. Mit ihren vierunddreißig Jahren hatte sie einen Ort für Menschen geschaffen, der ihnen buchstäblich das Leben rettete.

Während der Führung hatte er ihr aufmerksam zugehört und völlig vergessen, dass er seinen Charme einsetzen wollte. Stattdessen hatte sie ihn geradezu überwältigt mit ihrem unermüdlichen Einsatz und ihren Leistungen. Wie heruntergekommen das Gebäude auch aussehen mochte, sie hatte es in einen wunderbaren Ort verwandelt.

»Ich habe davon schon als Kind geträumt«, erklärte sie schlicht und einfach. »Seit meinem sechzehnten Lebensjahr habe ich jeden Penny gespart. Schon als Teenager habe ich gekellnert, Rasen gemäht, Zeitungen ausgetragen und Schwimmunterricht gegeben. Ich habe getan, was ich konnte, damit dieser Ort Realität werden konnte, und am Ende habe ich es geschafft. Ich habe selbst 300 000 Dollar gespart, einschließlich dem, was ich später an der Börse dazugewonnen habe. Den Rest habe ich anderen Menschen aus den Rippen geleiert. Bis ich dann endlich genug zusammenhatte, um eine Anzahlung auf dieses Gebäude zu leisten und mit der Arbeit zu beginnen. Anfangs war es ganz schön riskant, aber das ist es jetzt nicht mehr … dank Ihrer Stiftung. Tut mir leid, wenn ich Ihnen gegenüber zuerst ein bisschen reserviert war. Ich mag es nun einmal nicht, unsere Arbeit rechtfertigen zu müssen. Was wir hier tun, ist wichtig für die Menschen. Aber manchmal kommen Leute her, die das nicht sehen wollen und den Wert unserer Tätigkeit nicht anerkennen. Als ich Ihren

Anzug und die teure Uhr sah«, gestand sie verlegen, »dachte ich, Sie wären so jemand. Das war dumm von mir. Ich glaube, ich habe Vorurteile gegenüber Menschen, die in Princeton waren, einschließlich mir selbst. Wir sind alle so privilegiert und merken es nicht einmal. In diesem Heim dagegen sehe ich das wahre Leben.« Charlie nickte. Er wusste nicht, was er darauf sagen sollte. Sie war eine Ehrfurcht einflößende Frau, und er hatte großen Respekt vor ihr. Und plötzlich schämte er sich seines Anzugs und seiner goldenen Uhr. Entschuldigend zeigte er auf die Uhr. »Ich verspreche, dass ich sie auf dem Weg nach Hause aus dem Fenster werfe.«

»Das müssen Sie nicht.« Sie lachte befreit. »Vielleicht wird sie Ihnen in dieser Gegend sowieso vom Arm gestohlen. Ich lasse Sie von Tygue hinausbegleiten. Sie schaffen es sonst nicht bis ins Taxi.«

»Ich bin zäher, als ich aussehe«, versicherte er, und Carole lächelte ihn an. Sie hatte sich beträchtlich für ihn erwärmt. Welchem Club er auch angehörte, letztlich hatte er dem Heim fast eine Million Dollar zur Verfügung gestellt. Vielleicht war sie ihm gegenüber anfangs ein bisschen zu ablehnend gewesen. Aber sie konnte Männer, die nie die Kehrseite des Lebens kennengelernt hatten, nicht ausstehen. Andererseits leitete er eine Stiftung, die einige beeindruckende Projekte unterstützte. Ob er nun verwöhnt war oder nicht, so übel konnte er nicht sein.

»Dennoch müssen Sie in dieser Gegend vorsichtig sein«, sagte sie. »Falls Sie noch einmal herkommen, ziehen Sie besser ein Sweatshirt und Turnschuhe an.« Ihr war nicht entgangen, dass er teure John-Lobb-Schuhe trug. Charlie hatte sie bei Hermès maßanfertigen lassen.

»Ich werde daran denken«, versprach er. Und das war sein Ernst, schon allein, um sie nicht zu verärgern. Er wollte ihr gefallen, und er mochte die Idee, wieder herzukommen. Als Carole und Tygue ihn zum Ausgang begleiteten, sagte er das auch.
»Kommen Sie, wann immer Sie wollen«, versicherte sie mit einem warmen Lächeln. In dem Moment kam Gabby mit Zorro die Treppe hinunter. Sie hielt sein Geschirr fest umklammert.
»Was machst du denn hier unten?«, fragte Carole überrascht. Normalerweise kamen die Kinder nur zum Essen nach unten oder um zum Spielen in den Garten zu gehen. Im Erdgeschoss befanden sich die Büroräume. Das war praktischer, insbesondere dann, wenn Eltern, die ihre Kinder misshandelt hatten, diese sehen wollten und die Gefahr bestand, dass sie sie erneut verletzen würden. In etlichen Fällen, so auch bei Gabby, hatte das Gericht Carole die Vormundschaft übertragen.
»Ich wollte den Mann mit der netten Stimme noch einmal hören. Und Zorro wollte auf Wiedersehen sagen.« Dieses Mal entgingen Carole die Tränen in Charlies Augen nicht. Dieses Kind zog ihn in seinen Bann, und es zerriss ihm das Herz, als die Kleine lächelnd auf sie zukam.
»Auf Wiedersehen, Zorro«, sagte Charlie und tätschelte zuerst den Kopf des Hundes, dann streichelte er Gabby übers Haar. Er lächelte sie an, aber das Kind sah es nicht. Charlie konnte nichts tun, um das zu ändern, was ihr zugestoßen war.
Er konnte weder die Erinnerung auslöschen noch die Verletzung heilen. Er konnte zwar das Geld für die Verpflegung des Hundes bereitstellen, aber das erschien ihm

viel zu wenig. »Pass gut auf Zorro auf, Gabby. Er ist wirklich ein wunderschöner Hund.«
»Ich weiß«, sagte die Kleine mit strahlendem Lächeln und beugte sich hinab, um Zorro auf die Schnauze zu küssen. »Kommst du uns wieder besuchen? Du bist nett.«
»Danke, Gabby. Du bist auch sehr nett. Ich werde wiederkommen und euch besuchen, versprochen.« Während er das sagte, sah er Carole an. Sie nickte. Trotz ihrer anfänglichen Vorurteile mochte sie ihn langsam. Er war vermutlich ein ganz anständiger Mensch, der eben nur vom Schicksal gesegnet und verwöhnt war. Ihr Leben lang war sie vor Männern wie ihm davongelaufen. Aber diesem hier lag zumindest etwas daran, die Dinge zu verändern. Und er interessierte sich zumindest so viel für ihre Arbeit, dass er herkam und sich das Haus ansah. Und noch mehr gefiel es ihr, wie er mit Gabby redete. Wirklich schade, dass er keine Kinder hatte.
Mittlerweile war es Tygue gelungen, ein Taxi zum Anhalten zu bewegen. Er kam herein und meldete, dass der Wagen vor der Tür wartete.
»Setzen Sie Ihren Helm auf«, neckte Carole ihn. »Und verstecken Sie die Uhr.«
»Ich glaube, ich werde es von hier bis ins Taxi schaffen.« Charlie lächelte sie an und bedankte sich noch einmal für die Führung. Das hatte ihm nicht nur den Tag, sondern vielleicht das ganze Jahr gerettet. Er verabschiedete sich von Gabby und drehte sich auf dem Weg nach draußen ein letztes Mal zu ihr und dem Hund um. Vor der Tür schüttelte er Tygue die Hand. Das Jackett hatte er über die Schulter gehängt, und die Hemdsärmel waren immer noch hochgekrempelt. So stieg er ins Taxi und nannte dem

Fahrer die Adresse seines Apartments. Schweigend saß er im Wagen und dachte über all das nach, was er an diesem Nachmittag gesehen hatte. Als er an Gabby und ihren Hund dachte, spürte er einen Kloß im Hals.

Zu Hause angekommen, trat Charlie durch die Eingangstür und ging sofort zum Telefon. Er rief Gray auf dem Handy an. An diesem Nachmittag war ihm eine Menge klargeworden über das, was im Leben zählte und was nicht.

Gray nahm beim zweiten Klingeln ab. Er und Sylvia kochten gerade das Abendessen, und er war überrascht, von Charlie zu hören. Er hatte gerade noch mit Sylvia über das Gespräch mit seinem Freund gesprochen und wie sehr ihn Charlies Reaktion getroffen hatte.

»Tut mir leid, dass ich mich heute Mittag derart bescheuert benommen habe«, sagte Charlie und kam damit direkt zur Sache. »Ich kann gar nicht fassen, dass es so ist, aber ich glaube, ich bin eifersüchtig.« Gray hörte mit offenem Mund zu, während Sylvia ihn beobachtete. Sie wusste nicht, wer in der Leitung war oder um was es ging, aber Gray schien völlig sprachlos.

»Ich möchte dich nicht verlieren, Kumpel. Dass sich die Dinge ändern könnten, hat mir Angst gemacht. Aber zur Hölle, wenn du sie liebst, werde ich mich schon an sie gewöhnen.« Während Charlie das sagte, traten ihm wieder die Tränen in die Augen. Es war ein bewegender Nachmittag gewesen, und das Letzte, was er wollte, war, einen Freund wie Gray zu vertreiben.

»Du wirst mich nicht verlieren«, sagte Gray mit erstickter Stimme. Er traute seinen Ohren nicht. Aber das war der Charlie, den er kannte und schätzte. Am Ende hatte Sylvia doch unrecht.

»Ich weiß«, sagte Charlie und klang wieder ganz wie früher. »Das ist mir diesen Nachmittag klar geworden. Und dann habe ich mich verliebt.«

»Heiliger Strohsack«, sagte Gray grinsend. »In wen?«

»In ein sechsjähriges Mädchen und ihren Blindenhund, einen schwarzen Labrador namens Zorro. Sie ist das süßeste Kind, das ich je gesehen habe. Ihre Mutter hat ihr Reinigungsmittel in die Augen geschüttet. Die Kleine wird nie wieder sehen können. Offenbar hat die Stiftung den Hund finanziert.« Beide Männer schwiegen einen Moment lang. Charlie liefen Tränen über die Wangen. Er konnte den Anblick dieses kleinen Mädchens nicht vergessen. Vermutlich würde ihm das nie gelingen. Sobald er an das Heim dachte, würden ihm Gabby und Zorro in den Sinn kommen, auch wenn sie schon längst nicht mehr dort waren.

»Du bist ein anständiger Kerl, Charlie Harrington«, sagte Gray gerührt. Den ganzen Nachmittag lang hatte er befürchtet, seinen Freund zu verlieren. Charlie hatte so wütend und verbittert geklungen, besonders als er Gray als Verräter bezeichnete. Aber offenbar war er nach wenigen Stunden auf andere Gedanken gekommen und hatte die Geschichte schnell überwunden.

»Du auch«, versicherte Charlie und sah sich in seinem leeren Apartment um, das ihm verlassener denn je vorkam. »Ladet mich mal zum Abendessen ein. Hoffentlich kocht sie besser als du. Deine letzte Kreation hätte mich fast umgebracht. Was du auch tust, setz ihr nie dein Gulasch-Geheimrezept vor.«

»Wie der Zufall es will, köchelt es gerade auf dem Herd vor sich hin.«

»Beherzige meinen Rat: Schütte es auf der Stelle ins Klo, oder eure Romanze wird vorbei sein. Mir musste beinahe der Magen ausgepumpt werden. Ruft beim Chinesen an und lasst euch etwas zu essen liefern.«
»Du hast wirklich kein Vertrauen. Sie hat es schon probiert und ist begeistert.«
»Sie lügt. Glaub mir. Niemand auf dieser Welt kann dein Gulasch mögen. Entweder sie ist verrückt oder sie liebt dich.«
»Vielleicht beides. Letzteres hoffe ich zumindest.«
»Das ist für mich nur bedingt von Vorteil«, gestand Charlie. »Aber du hast zur Abwechslung auch mal etwas Gutes verdient. Ich vielleicht auch, falls ich jemals eine Frau für mich finde.« Er zögerte und fuhr dann fort. »Manches von dem, was du heute gesagt hast, stimmt. Ich bin nicht sicher, was ich eigentlich will. Deswegen ist mein Leben ganz ohne Frauen um einiges einfacher.« Einfacher schon, aber auch einsamer. Das wurde ihm zunehmend bewusst, vor allem, seit er wieder in New York war.
»Wenn du es wirklich willst, wirst du auch jemanden finden. Du wirst wissen, wann die Richtige vor dir steht, Charlie. So ging es mir auch. Eines Tages tritt sie plötzlich in dein Leben, und du bist wie vom Blitz getroffen.«
»Das hoffe ich.« Sie redeten noch ein paar Minuten lang und legten dann auf. Gray sagte, dass Gulasch würde anbrennen, und Charlie versicherte ihm, dass ihm nichts Besseres passieren könne.
Nachdem Charlie das Telefon beiseite gelegt hatte, saß er in seinem stillen Apartment und dachte an die Führung durch das Heim. Er musste immerzu an Gabby und Zorro denken. Dann dachte er an Tygue, den Doktoranden

aus Jamaika, der in Yale studierte … und da war ja auch noch Carole Parker. Was für eine bewundernswerte Gruppe von Menschen. Charlie starrte ins Leere und dachte daran, wie Carole ihn im ersten Moment angesehen hatte. Als sie seine Uhr und den Anzug sah, hatte sie nur Verachtung für ihn übrig gehabt. Dennoch mochte er sie. Er mochte das, was sie leistete und woran sie glaubte, wie hart sie dafür arbeitete. Sie war eine beeindruckende Frau mit außergewöhnlich wachem Verstand und viel Mut. Er wusste nicht, warum, aber er wollte sie wiedersehen. Von ihr konnte er eine Menge lernen, und zwar nicht nur darüber, wofür sie sein Geld im Zentrum verwendete, sondern über das Leben. Und er hoffte, dass sie eines Tages – trotz des Anzugs und der goldenen Uhr – Freunde sein könnten.

9

Adam holte Charlie zu dem Konzert in einer übertrieben langen Limousine ab. Eine seiner wichtigsten Klientinnen stand an diesem Abend auf der Bühne. Die gesamte Konzerttournee war für ihn eine Tortur gewesen und das Aushandeln der damit verbundenen Verträge ein Alptraum. Doch jetzt war der große Abend gekommen, und Adam war in bester Laune. Sein Star war einer der angesagtesten im Land, wenn nicht gar weltweit. Vana. Nur ein Wort und eine einzigartige Frau. Sie trat im Madison Square Garden auf. Kreischende Teenager würden dort sein, samt Groupies und erwachsenen Rock-'n'-Roll-Fans aus ganz New York. Charlie ging nicht oft zu solchen Veranstaltungen, aber Adam hatte ihn überredet. Unter der Hand kostete eine Eintrittskarte 4500 Dollar. Bevor die Kartenverkaufsstellen öffneten, hatten die Leute zum Teil zwei oder drei Tage lang Schlange gestanden. Es war die angesagteste Show des Jahres, und Adam hatte Charlie ermahnt, unbedingt in Jeans zu erscheinen. Er wollte nicht, dass er dort im Anzug erschien und deswegen belächelt wurde. Adam hatte an diesem Abend schon genug Sorgen, er wollte sich nicht auch noch um Charlie kümmern müssen. Natürlich hatte Adam nicht nur Backstage-Pässe, sondern auch Plätze in der ersten Reihe für sie beide. Es würde eine Nacht werden, die so schnell niemand vergäße. Adam hoffte nur, dass alles glatt über die Bühne ging. Auf dem Weg zum Madison Square Garden klingelten seine Handys unablässig. Er konnte sich nicht einmal mit Charlie unterhalten und hatte bisher nur Zeit gehabt, ihm ein kurzes ›Hallo‹ entgegenzuwerfen. Endlich war es für einen Moment ruhig. Als die Limousine an einer roten Ampel hielt, schenkte sich Adam einen Drink ein.

»Verdammt, und da wundert sich mein Arzt, warum mein Blutdruck so hoch ist«, sagte er und grinste Charlie an. Der hatte Adams Telefonate amüsiert mitverfolgt. Zu hören, wie Adam jeden anbrüllte, der ihn anrief, war bereits vergnüglich genug. »Dieses Geschäft bringt mich noch um. Was ist eigentlich mit Gray los?«, wechselte Adam das Thema. »Geht es ihm gut? Er ruft nie an.« Andererseits hatte Adam während den Vorbereitungen für das Konzert auch keine Zeit gefunden, sich bei Gray zu melden.

»Es geht ihm gut«, antwortete Charlie. Dann entschied er, Adam einzuweihen. »Er ist verliebt.«

»Ja, sicher. Darauf wette ich. Wo hat er sie aufgegabelt? Im Entzug oder in einer Anstalt?« Adam lachte und leerte sein Glas. Charlie grinste.

»Portofino«, sagte er mit vielsagendem Grinsen.

»In Portofino? Wie das?«, fragte Adam und war mit den Gedanken schon wieder woanders. Einer seiner Assistenten hatte angerufen. Vanas Friseur war nicht erschienen, und somit fehlten auch ihre Perücken. Das Sternchen hatte gerade einen Tobsuchtsanfall. Es war schon jemand zum Hotel unterwegs, um die Perücken zu holen, aber möglicherweise mussten sie deshalb später anfangen. Das hatte ihm gerade noch gefehlt. Es gab jedes Mal mächtigen Ärger, wenn das Konzert zu lange dauerte. Dabei passierte das so gut wie immer. Adam war zwar nicht der

Produzent der Show, aber wenn sie gegen irgendwelche Verträge verstießen, hatte er eine Lawine von Klagen am Hals.

»Gray hat sie in Portofino kennengelernt«, sagte Charlie und betonte jedes Wort einzeln.

»Wen hat er in Portofino kennengelernt?« Adam sah ihn verständnislos an, und Charlie musste lachen. Das hier war nicht der richtige Zeitpunkt, um über Grays Liebesleben zu diskutieren. Adam wollte bei Vana ankommen, bevor sie etwas Dummes anstellte oder sogar verschwand. Seine wichtigste Aufgabe bestand darin, seine Klientin vor sich selbst zu schützen.

»Die Frau, in die Gray verliebt ist«, fuhr Charlie fort. »Er übernachtet seit vier Wochen bei ihr. Gray ist nicht bei ihr eingezogen, wie er betont, sondern er *übernachtet* nur bei ihr. Offenbar ist das nicht dasselbe.«

»Natürlich nicht«, antwortete Adam gereizt. »Bei ihr zu übernachten heißt, dass er nach dem Sex zu müde ist, um noch nach Hause zu fahren. Das hat vermutlich mit dem Alter zu tun und damit, dass er ein fauler Hund ist. Mit ihr zusammenzuleben, wäre eine Absichtserklärung, die er nur abgibt, wenn er ein Idiot ist. Wenn er da übernachtet, bekommt er genauso viel von ihr und möglicherweise sogar besseren Sex. Sobald er mit ihr zusammenwohnt, ist alles gelaufen. Dann trägt er den Müll raus, holt die Sachen aus der Reinigung und kocht für sie.«

»Von der Reinigung und dem Müll weiß ich nichts, aber er kocht für sie.«

»Er ist verrückt. Wenn er nur bei ihr übernachtet, hat er keinen Schrank und keinen Schlüssel. Und er geht nicht ans Telefon. Er hat doch keinen Schlüssel, oder?«

»Ich habe vergessen, danach zu fragen.« Charlie lachte. Während sie darauf warteten, dass die Ampel endlich umsprang, schien Adam einem Nervenzusammenbruch nahe zu sein. Über Gray zu reden, lenkte ihn zumindest ab. Und Charlie war fasziniert von Adams Regelliste für Beziehungen. Charlie hatte für die meisten dieser Dinge nie eine Berechtigung erlangt, obwohl er einmal einen Schlüssel bekommen hatte.

»Wer zur Hölle ist sie?«

»Sylvia Reynolds, die Galeristin, die wir in Portofino getroffen haben. Offenbar sind sie und Gray sich nähergekommen, während du hinter ihrer Nichte her warst.«

»O Mann, dieses Mädchen mit dem Gesicht eines Engels und dem IQ von Albert Einstein. Solche Frauen bekommst du nie ins Bett, die quatschen dich tot. Du verendest in hohem Alter, während du sie immer noch zu überreden versuchst, dass sie ihr Höschen fallen lässt«, sagte Adam bedauernd. Er dachte immer wehmütig an die Frauen, die ihm entgangen waren. Die, die ihm ins Netz gingen, hatte er schon am nächsten Tag wieder vergessen. »Soweit ich mich erinnere, hatte sie klasse Beine«, fügte er hinzu.

»Die Nichte hatte tolle Beine?«, fragte Charlie. Er konnte sich nur noch an ihr Gesicht erinnern.

»Nein, Sylvia. Die Galeristin … Was zur Hölle will sie mit Gray?«

»Sie könnte es schlechter treffen«, erwiderte Charlie loyal, und Adam nickte. »Er ist verrückt nach ihr, und ich hoffe, sie ist genauso verrückt nach ihm. Aber da sie sein Gulasch isst, muss sie es wohl sein.« Er erzählte Adam nicht, wie sehr er sich aufgeregt hatte, als Gray ihm beim

Mittagessen im Yachtclub die Neuigkeiten präsentiert hatte. Adam schien es nicht zu beunruhigen, dass Gray bei Sylvia zum Dauergast geworden war. Er hatte gerade wichtigere Dinge im Kopf, wie beispielsweise die Befürchtung, dass Vana den Auftritt absagte, wenn Adam ihre Perücken nicht auftrieb. Angesichts der Größe und Bedeutung dieses Konzerts würden ihn die folgenden Klagen noch die nächsten zehn Jahre beschäftigen.

»Es wird nicht lange halten«, kommentierte Adam Grays neue Romanze. »Sie ist zu normal. Er wird sie schnell leid sein.«

»Das sieht er anders. Er behauptet, sie genau deshalb zu lieben. Außerdem will er nicht einsam sterben.«

»Ist er krank?«, fragte Adam entsetzt, aber Charlie schüttelte den Kopf.

»Offenbar denkt er über sein Leben nach. Außerdem hat sie ihn in einer hervorragenden Galerie untergebracht. So schlecht kann diese Beziehung für ihn also nicht sein.«

»Wenn sie das für ihn tut, ist es vielleicht ernster, als wir denken. Ich sollte ihn besser mal anrufen. Womöglich dreht er sonst noch wegen ein paar toller Beine durch.« Adam runzelte die Stirn, aber Charlie schüttelte wieder den Kopf.

»So wie es sich anhört, ist das bereits passiert. Wir müssen abwarten, wie es sich entwickelt«, erklärte Charlie vorsichtig. In dem Moment hielten sie mit der schwarzen Stretchlimousine vor dem Madison Square Garden. Charlie war sprachlos, als er die Menschenmassen sah. Trotz der Hilfe von Sicherheitskräften brauchten sie fast zwanzig Minuten, um sich zu ihren Plätzen durchzukämpfen. Adam verschwand sofort hinter der Bühne und sondierte die Lage. Charlie versicherte schnell, dass er allein zurechtkäme. Von seinem Platz in der ersten Reihe aus beobachtete er die Massen. Dabei fiel ihm ein hübsches blondes Mädchen in dem kürzesten Minirock auf, den er je gesehen hatte. Ihr Haar war lang und toupiert. Sie trug schwarze Lederstiefel mit hohen Absätzen und eine leuchtend rote Lederjacke. Dazu war sie stark geschminkt. Charlie schätzte ihr Alter auf etwa siebzehn Jahre. Sie kam direkt auf ihn zu und fragte, ob der Platz neben ihm besetzt sei, was er bejahte. Sie entfernte sich, und kurz darauf sah er sie mit jemand anderem sprechen. Schließlich kam sie wieder zu ihm zurück.

»Sind Sie sicher, dass der Platz besetzt ist?«, fragte sie beharrlich. Sie musste älter sein, als er auf den ersten Blick gedacht hatte, wenn auch nicht viel. Die schwarze, durchsichtige Bluse war so eng, dass sie ihm einen großzügigen Blick auf ihre üppigen Kurven bescherte. Wenn sie nicht dieses unschuldige Gesicht gehabt hätte, hätte sie ausgesehen wie eine Prostituierte.

»Ja, ich bin sicher«, bestätigte Charlie noch einmal. »Mein Freund ist nur kurz hinter der Bühne.«

»O mein Gott!«, rief sie mit ungläubigem Blick. »Kennt Ihr Freund Vana?« Sie sprach das aus, als würde sie fragen, ob er Gott persönlich kenne. Charlie lächelte und nickte.

»Er arbeitet für sie.«

»Haben Sie etwas dagegen, wenn ich mich setze, bis er zurückkommt?«, fragte sie. Charlie überlegte, ob sie ihn aufreißen wollte. Aber sie war wohl weitaus mehr an Adam interessiert, seit sie erfahren hatte, dass er Vana kannte. »Ich habe einen Sitz in der letzten Reihe, und von da sieht man überhaupt nichts. Ich wollte mich mal umsehen, ob hier vorn vielleicht noch ein Platz frei ist, aber es sieht nicht danach aus. Für meine Karte habe ich zwei Tage lang angestanden. Ich hatte einen Schlafsack dabei und habe vor der Tür kampiert. Meine Freundin und ich haben uns abgewechselt.« Er nickte sprachlos, während sie sich neben ihn setzte. Sie sah aus wie Julia Roberts in *Pretty Woman*, bevor Richard Gere sie auf dem Rodeo Drive einer Verwandlung unterzieht, und sie war genauso atemberaubend schön. Ihr Outfit war ebenfalls atemberaubend, vor allem die bis über die Knie reichenden Stiefel mit den mindestens zehn Zentimeter hohen Absätzen. Ihr Rock sah aus wie ein breiter Gürtel, und ihre Bluse wäre bis nach Connecticut geflogen, wenn Charlie einmal kräftig gepustet hätte.

Charlie fragte sich, wie das Mädchen wohl ohne Makeup, mit Pferdeschwanz und in einer sauberen Jeans aussähe. Wahrscheinlich noch hübscher. Vielleicht war sie Model oder eine angehende Schauspielerin, aber er fragte sie lieber nicht. Er wollte sie nicht auch noch zum Bleiben ermutigen. Als Adam zurückkam, hockte sie gerade auf der Kante seines Platzes. Adam sah sie überrascht an. Er glaubte, dass sie zu Charlie gehörte, und war beeindruckt. Dass Charlie in gerade einmal fünf Minuten ein Mädchen dieses Kalibers aufreißen würde, hatte er nicht gedacht.

»Sie haben die Perücken gefunden. Ihr Friseur lag sturzbetrunken im Hotel. Aber der Manager hat einen Ersatz besorgt und die Show gerettet«, erklärte Adam und betrachtete neugierig das Mädchen auf seinem Platz. »Gibt es einen Grund, weshalb Sie da sitzen?«, fragte er ganz direkt. »Kennen wir uns?« Er starrte ihr unentwegt in den

Ausschnitt. Dann wanderte sein Blick hoch zu ihrem perfekten Gesicht. Sie sah umwerfend aus und war genau sein Typ.
»Noch nicht.« Sie lächelte ihn an. »Mein Platz ist ätzend. Ich habe mich gerade mit Ihrem Freund unterhalten, und er sagte, dass Sie für Vana arbeiten. Das ist bestimmt cool.« Sie himmelte ihn an wie einen Helden.
»Manchmal. Heute Abend allerdings nicht.« Als Adam hinter die Bühne gekommen war, hatte Vana gerade damit gedroht, die Show platzen zu lassen. Zum Glück hatte sie sich wieder beruhigt, sobald ihre Perücken mit dem Ersatzfriseur ankamen. Adam machte sich jedoch nicht die Mühe, dem Mädchen die ganze Geschichte zu erzählen. Er war nicht sicher, ob sie es überhaupt verstehen würde. Adam schätzte sie als nicht sonderlich intelligent ein, aber ihre Kurven waren fabelhaft. Seit Rachel ihn verlassen hatte, gab er dem Aussehen gegenüber dem Charakter den Vorzug. »Ich würde mich zwar gern mit Ihnen unterhalten, aber in fünf Minuten fängt die Show an – sobald Vanas Frisur fertig ist. Sie sollten besser zurück zu Ihrem Platz gehen.« Das Mädchen in dem Jeans-Minirock und den schwarzen Lackstiefeln sah aus, als würde es jeden Moment in Tränen ausbrechen. Adam wirkte leicht entnervt, aber er konnte nichts für sie tun. Es gab keine freien Plätze. Doch dann hatte er eine Idee. Adam hatte keine Ahnung, weshalb er dem Mädchen half, aber er packte es am Arm und zog es vom Sitz hoch. »Wenn Sie versprechen, sich zu benehmen, besorge ich Ihnen einen Platz auf der Bühne. Dort werden immer ein paar Sitze freigehalten, falls unerwartet irgendwelche VIPs auftauchen.«
»Ist das Ihr Ernst?« Das Mädchen war wie benommen, als

Adam es schnell zur Bühne brachte. Dort zeigte er den Sicherheitsleuten seinen Pass. Sie ließen ihn sofort durch, und dem Mädchen wurde spätestens jetzt klar, dass Adam es tatsächlich ernst gemeint hatte. So viel Glück hatte sie seit Jahren nicht gehabt. Ihre Freundin hatte sie für verrückt erklärt, als sie sagte, sie wolle nach vorn gehen, um einen besseren Platz zu finden. Aber es hatte sich gelohnt. Adam half ihr die Stufen hoch. Dabei hatte er einen prachtvollen Ausblick auf ihre Rückseite, und er hatte keinerlei Skrupel, sich ausgiebig alles anzusehen. Wer einen solchen Rock anzog, musste das seiner Meinung nach auch beabsichtigen.

»Übrigens, wie heißen Sie?«, fragte Adam aus keinem bestimmten Grund, während er sie zu einer Reihe Klappstühle hinten auf der Bühne führte. Sie mussten über Kabel und Teile des Sound-Equipments steigen. Von hier aus hatte man eine fabelhafte Sicht auf die Show. Das Mädchen sah zu ihm hoch, als wäre er eine göttliche Erscheinung.

»Maggie O'Malley.«

»Von wo stammen Sie?« Er blickte lächelnd zu ihr hinunter, während sie sich setzte und die Beine übereinanderschlug. Dabei erhaschte er einen Blick unter den Rock. Er fragte sich, ob sie sich nur für das Konzert so angezogen hatte. Da er mehr Erfahrung mit solchen Frauen hatte als Charlie, schätzte er sie auf etwa zweiundzwanzig.

»Geboren bin ich in Queens, aber jetzt lebe ich an der West Side. Ich arbeite im Pier 92.« Das war eine Bar, in der ein raues Publikum verkehrte. Es war eine Mischung aus Restaurant und Aufreißer-Bar, und die Kellnerinnen sahen alle so aus wie sie. Die hübscheren von ihnen tanzten stündlich auf dem Tresen und heizten die Menge an, damit der Alkohol in Strömen floss. Adam vermutete, dass sie eine Menge Trinkgeld bekam. Manche der Mädchen, die dort arbeiteten, waren Schauspielerinnen ohne Engagement, die dringend Geld brauchten.

»Sind Sie Schauspielerin?«, fragte er neugierig.

»Nein, ich bin Kellnerin. Aber ich tanze ein bisschen. Als Kind hatte ich ein paar Ballettstunden und habe gesteppt.« Sie sagte ihm nicht, dass sie sich die wenigen Tanzschritte, die sie beherrschte, aus dem Fernsehen abgeschaut hatte. In ihrer Gegend gab es keine Tanzschulen. Sie war im ärmsten Teil von Queens aufgewachsen und von dort bei der ersten Gelegenheit fortgelaufen, die sich ihr geboten hatte. Das heruntergekommene Mietshaus an der Upper West Side, in dem sie jetzt wohnte, war verglichen mit ihrem Elternhaus ein Palast. Sie sah Adam mit Tränen in den Augen an. »Danke für den Platz. Falls ich je etwas für Sie tun kann, kommen Sie ins Pier 92. Dann spendiere ich Ihnen einen Drink.« Das war alles, was sie ihm bieten konnte, obwohl sie einiges hatte, das er lieber genommen hätte. Aber trotz ihres frechen Outfits hatte sie etwas so Unschuldiges an sich, dass er sich seiner Gedanken schämte. Unter ihren sexy Klamotten war sie ein süßes Mädchen.

»Machen Sie sich darüber keine Gedanken. Ich habe es gern getan. Maggie, nicht wahr?«

»Eigentlich Mary Margaret«, sagte sie und sah ihn mit großen Augen an. Er konnte sie sich gut in einer braven Schuluniform vorstellen. Mary Margaret O'Malley. Er fragte sich, wie sie auf die Idee gekommen war, sich so anzuziehen. Sie hatte das Gesicht eines Engels, ihre Klamotten hätte man verbrennen sollen. Mit der richtigen

Frisur und anständig angezogen würde sie umwerfend hübsch aussehen. Aber das Leben teilte die Karten aus, wie es ihm gerade passte. Und für ein armes Mädchen aus Queens, das im Pier 92 arbeitete, hatte sie an diesem Abend gut gepokert. Sie saß bei einer Show von Vana auf der Bühne.

»Nach der Show komme ich noch einmal zu Ihnen«, versprach er. Da sprang sie plötzlich von ihrem Stuhl auf und umarmte ihn wie ein kleines Mädchen. Sie hatte Tränen in den Augen.

»Danke für alles. Das ist das Netteste, was je jemand für mich getan hat.« Der Ausdruck ihrer Augen ließ ihn sich schuldig fühlen wegen der lüsternen Gedanken, die er anfangs gehabt hatte. Sie auf der Bühne unterzubringen, war für ihn kein Problem gewesen.

»Ist schon gut«, sagte er und wandte sich zum Gehen. Sie packte ihn jedoch am Arm.

»Wie heißen Sie?« Sie wollte den Namen ihres Wohltäters kennen, und er sah sie überrascht an. Sie würden sich nach diesem Abend wahrscheinlich nie wieder sehen.

»Adam Weiss«, sagte er und ging dann zurück zu seinem Platz. In diesem Moment wurde es dunkel im Saal. Adam hatte gerade neben Charlie Platz genommen, als die Show begann. Bevor Vana die Bühne betrat, lehnte sich Charlie noch kurz zu Adam hinüber und fragte: »Konntest du ihr einen Platz besorgen?« Das Mädchen hatte auch ihn fasziniert. Mädchen, die so aussahen, gehörten normalerweise nicht zu Charlies Welt.

»Ja, das konnte ich«, flüsterte Adam. »Sie sagt, sie steht auf dich«, fügte er mit gespielt ernster Miene hinzu, und Charlie lachte.

»Bestimmt nicht. Hast du jetzt ihre Telefonnummer, Blutgruppe und Adresse?«
»Nein, nur die BH-Größe. Die ist höher als ihr IQ«, sagte Adam mit teuflischem Grinsen.
»Sei nicht so gemein«, schimpfte Charlie. »Sie war nett.«
»Ja, ich weiß. Vielleicht nehmen wir sie hinterher mit auf die Party.« Charlie warf ihm einen skeptischen Blick zu. Ihm reichte das Konzert, er brauchte danach keine Party mehr.
Die Show war phantastisch, und Vana gab sieben Zugaben. Sie hatte nie besser ausgesehen und klang an diesem Abend überragend. Während der Pause kam Maggie noch einmal zu ihnen, um sich bei Adam zu bedanken. Sie schlang ihm die Arme um den Hals und umarmte ihn. Adam spürte ihre Brüste durch die dünne Bluse. Sie waren echt, genauso wie ihre Nase. Ein Mädchen wie sie war ihm seit Jahren nicht begegnet.
»Du solltest das nicht machen«, sagte Charlie leise zu ihm, nachdem Maggie wieder zu ihrem Platz zurückgekehrt war.
»Was sollte ich nicht machen?«, fragte Adam unschuldig. Er spürte immer noch ihre Brüste. Es hatte ihm gefallen, so wie immer. Er kannte Millionen Frauen wie sie, nur dass an den anderen das meiste nicht echt war.
»Junge Mädchen ausnutzen. Sie mag sich zwar anziehen wie eine Prostituierte, aber man sieht, dass sie ein anständiges Mädchen ist. Sei kein Mistkerl, Adam. Eines Tages wird es sich an dir rächen. Du würdest auch nicht wollen, dass jemand so mit deiner Tochter umgeht.«
»Wenn sich meine Tochter so anziehen würde, würde ich sie einsperren – falls ihre Mutter das dann nicht bereits

getan hat.« Er hatte seine beiden Kinder zu dieser Show mitbringen wollen, aber Rachel hatte es nicht erlaubt. Angeblich gab es an der Highschool eine Veranstaltung, aber in Wahrheit wollte sie nicht, dass die beiden in diesem Milieu unterwegs waren.

»Vielleicht hat Maggie niemanden, der ihr sagt, wie sie sich anziehen soll«, erwiderte Charlie. Sie sah aus, als hätte sie sich große Mühe mit ihrem Outfit gegeben, aber irgendwie hatte sie wohl vor Begeisterung die Orientierung verloren. Dabei konnte man bei ihrem Gesicht und ihrer Figur gar nicht viel falsch machen. Und wenn sie eines Tages erwachsen war, würde sie vielleicht gelernt haben, etwas dezenter vorzugehen, statt sich so auffällig zu kleiden.

»Vermutlich nicht«, stimmte Adam trocken zu. »Wenn sie im Pier 92 arbeitet …« Er war einmal dort gewesen und hatte kaum glauben können, was für ein schäbiger Schuppen das war. Jeder schmierige Typ vom Broadway ging dorthin, um die Mädchen zu betatschen. Die Kellnerinnen liefen zwar nicht nackt herum, aber was sie anhatten, kam dem sehr nahe. Sie trugen eine Art winziges Tennisröckchen mit Strings darunter und dazu billige Satin-BHs, die sie ein paar Nummern zu klein anziehen mussten. Dieser Laden war ein Drecksloch. »Hör auf, sie zu bedauern, Charlie. Es gibt Schlimmeres – nimm zum Beispiel dieses kleine blinde Mädchen, von dem du mir erzählt hast. Maggie hier ist fabelhaft, und das wird sie eines Tages auch herausfinden. Wer weiß, vielleicht wird sie von einem Agenten entdeckt und kommt ganz groß raus.«

»Das bezweifle ich«, sagte Charlie. Mädchen wie sie gab es wie Sand am Meer. Die meisten von ihnen entkamen nie der Hölle, in der sie lebten, vor allem, wenn Männer wie Adam hinter ihnen her waren und sie ausnutzten. Sie tat Charlie leid.

Als die Show zu Ende war, drehten die Massen durch. Groupies, Fans, Fotografen und Zuschauer versuchten, die Bühne zu stürmen. Ein Dutzend Sicherheitsbeamte waren nötig, um Vana aus der Gefahrenzone zu bringen. Es war Adam unmöglich, hinter die Bühne zu gelangen. Mit seinem Handy rief er den Manager an, der ihm sagte, dass Vana in Ordnung und begeistert darüber sei, wie alles gelaufen war. Adam ließ ihr ausrichten, dass er sie auf der Party treffen würde. Als er sich wieder zu Charlie umdrehte, stand Maggie neben ihm. In dem Chaos hatte sie keine Chance, ihre Freundin wiederzufinden. Sie bedankte sich wieder einmal bei Adam.

»Hätten Sie Lust, uns auf die Party zu begleiten?«, fragte er sie. Dort passte sie in ihrem Outfit problemlos hin. Ihm war es nicht peinlich, sie mitzunehmen. Charlie hätte wahrscheinlich ein Problem damit gehabt, aber der wollte sowieso nach Hause. Charlie hatte das Konzert genossen, aber jetzt reichte es ihm. Noch mehr Aufregung brauchte er nicht in einer Nacht. Adam schon. Er liebte das prickelnde Leben, und Maggie passte perfekt dazu. Sie war begeistert über das Angebot und nahm sofort an.

Die drei brauchten eine halbe Stunde, bis sie auf dem Bürgersteig angelangt waren, und weitere zwanzig Minuten, um die Limousine zu finden. Sie fuhren in einen privaten Club an der East Side, der für diesen Abend extra angemietet worden war. Charlie wusste, dass es dort jede Menge Frauen, Alkohol und Drogen geben würde. Es war nicht seine Welt. Drogen mochte Adam zwar auch nicht.

Aber gegen hübsche Frauen und einen guten Drink hatte er nichts einzuwenden. Maggie saß strahlend ihnen gegenüber auf der Bank. Adam warf hin und wieder einen Blick auf ihre Beine. Sie waren noch schöner, als er im ersten Moment gedacht hatte. Charlie war ebenfalls nicht entgangen, dass sie eine umwerfende Figur besaß, aber statt ihr wie Adam immer wieder unter den Rock zu starren, schaute er lieber aus dem Fenster. Schließlich schlug Maggie die Beine übereinander.
»Wohin fahren wir?«, fragte sie aufgeregt mit kindlicher Stimme und leichtem New Yorker Akzent.
»Zuerst setzen wir Charlie ab. Vielleicht halten wir dann noch irgendwo, um etwas zu trinken. Und danach nehme ich Sie mit auf die Party.« Und anschließend hoffentlich mit nach Hause, fügte er in Gedanken hinzu. Adam hatte nicht vor, sie dazu zu überreden, so etwas hatte er nicht nötig. Es gab genug Frauen in seinem Leben, die jederzeit bereit waren, ihn glücklich zu machen, und Maggie sah so aus, als *wollte* sie danach mit zu ihm kommen. Er hatte schon viele Mädchen wie sie dazu gebracht, mit ihm das Bett zu teilen, und gerade eine Nacht wie diese war ideal dafür. Es kam selten vor, dass eine Frau Adams Charme widerstand, und Maggie würde das sicher auch nicht können. Jedenfalls war Charlie dieser Meinung.
Als die beiden ihn zu Hause absetzten, wünschte Charlie Maggie höflich eine gute Nacht. Er sagte, dass er hoffe, sie irgendwann einmal wiederzusehen – was er jedoch als sehr unwahrscheinlich erachtete. Aber was hätte er auch sonst sagen sollen? »Ich wünsche Ihnen eine gute Nacht in Adams Bett?« Einen kurzen Moment lang wünschte er, Maggie würde Adam abblitzen lassen. Es war, als würde

man einen Fisch fangen, der auf dem Trockenen liegt. Charlie hätte Maggie gegönnt, dass sie wenigstens eine faire Chance bekam. Aber sie war viel zu beeindruckt davon, wohin Adam sie mitnahm und dass er ihr den Platz auf der Bühne besorgt hatte. Charlie hätte ihr am liebsten gesagt, dass sie mehr Selbstachtung haben solle. Aber manche Dinge konnte er nun einmal nicht ändern. Außerdem war es ihr Leben. Was passierte, sobald er sich von den beiden verabschiedet hatte, lag bei ihnen und nicht bei ihm. Charlie fuhr mit dem Aufzug hinauf und betrat sein Apartment. Dann stellte er sich im Dunkeln an das Fenster und sah hinaus auf den Park. Es war ein unterhaltsamer Abend gewesen. Jetzt spürte er, wie ihn die Müdigkeit überkam, und nur Minuten später legte er sich ins Bett.

Adam nahm Maggie wie versprochen mit in eine Bar. Sie bestellte ein Glas Wein. Adam trank eine Margarita, gefolgt von einem Mojito, an dem er Maggie nippen ließ. Es schmeckte ihr zwar, doch sie sagte, dass sie keine harten Sachen trinke. Das überraschte ihn. Noch überraschter war er jedoch, als er erfuhr, das sie bereits sechsundzwanzig war. Er hatte sie für jünger gehalten. Sie hatte einige Male als Model bei Verkaufsshows gearbeitet und war auch schon für Modefotos in einem Katalog engagiert worden. Aber die meiste Zeit hatte sie im Pier 92 gearbeitet; sie sagte, sie mache dort ein Vermögen an Trinkgeldern. Es war nicht schwer zu erkennen, warum.

Um ein Uhr fuhren sie auf die Party, die gerade erst anfing. Adam wusste, dass es dort jede Menge Drogen geben würde. Kokain, Ecstasy, Heroin, Crack und Crystal

Meth. Die Gäste waren eine üblere Mischung als gewöhnlich. Adam brauchte nicht lange, um herauszufinden, dass man diese Szene besser meiden sollte. Er tanzte ein paar Minuten mit Maggie, dann ging er mit ihr wieder hinaus, und sie stiegen in die Limousine. Er lud sie auf einen Schlummertrunk zu sich ein, aber sie schüttelte den Kopf.

»Lieber nicht. Es ist schon ziemlich spät, und ich muss morgen arbeiten. Aber trotzdem danke.« Adam sagte nichts und nannte dem Fahrer Maggies Adresse. Als sie einige Zeit später vor Maggies Wohnung hielten, war Adam entsetzt. Es war eine der düstersten Ecken, die er je gesehen hatte. Kaum vorstellbar, dass ein Mädchen wie sie in diesem Stadtteil wohnte. Hier würde nachts niemand freiwillig unterwegs sein. Maggie tat ihm leid, aber er war auch leicht verärgert, weil sie seine Einladung ausgeschlagen hatte.

»Ich hoffe, Sie nehmen es mir nicht übel, dass ich nicht in Ihr Apartment mitgekommen bin«, entschuldigte sie sich. »Aber bei der ersten Verabredung mache ich so etwas nicht.« Er starrte sie an und fragte sich, ob sie allen Ernstes glaubte, dass es eine zweite geben würde. Sie hatte ihm ihre Telefonnummer aufgeschrieben, und er hatte den Zettel in seine Tasche gestopft. Sobald er zu Hause war, würde er ihn wegwerfen. Sie war eine nette Unterhaltung für eine Nacht, oder hätte es sein können, aber es gab keinen Grund, sie wiederzusehen. Von ihrer Sorte konnte er jederzeit Hunderte haben. Er brauchte keine Kellnerin vom Pier 92, gleichgültig, wie hübsch sie war und was für tolle Beine sie hatte.

»Nein, ich verstehe das schon. Soll ich Sie noch nach oben

begleiten?« Das Gebäude sah aus, als wäre es durchaus möglich, im Hausflur überfallen zu werden. Doch Maggie schüttelte den Kopf.

»Ist schon in Ordnung«, sagte sie lässig und lächelte ihn an. »Ich habe drei Mitbewohnerinnen. Zwei von ihnen schlafen im Wohnzimmer, und es wäre ein bisschen seltsam, wenn Sie da plötzlich hereinschneien. Um diese Zeit schlafen alle schon.« Adam konnte sich nicht einmal vorstellen, so zu leben, und er wollte es auch gar nicht. Er wollte nur noch schnell fort von hier und vergessen, dass es Menschen gab, denen es so schlecht ging. Maggie war nicht sein Problem, und er würde nicht zulassen, dass sie es wurde.

»Vielen Dank, Miss Mary Margaret O'Malley, es war mir ein Vergnügen, Sie kennenzulernen. Vielleicht sehen wir uns einmal wieder«, sagte er höflich.

»Das hoffe ich«, gestand sie, obwohl sie wusste, wie unwahrscheinlich das war. Er lebte in einer völlig anderen Welt als sie, kannte Menschen wie Vana, hatte einen Backstage-Pass und fuhr in Limousinen herum. Sie war zwar unschuldig, aber nicht so dumm, wie er dachte. Statt »Gute Nacht« hätte er genauso gut sagen können: »Alles Gute für die Zukunft.« Aber was sollte das Leben für ein Mädchen wie sie auch schon bereithalten, gleichgültig, wie hübsch sie auch war? Welchen Ausweg hatte sie denn? Die Antwort kannten sie beide. Es gab keinen.

»Passen Sie auf sich auf«, sagte er, während sie die Haustür aufschloss und sich dann ein letztes Mal zu ihm umdrehte.

»Sie auch. Und noch einmal danke für den Platz. Ich hatte einen tollen Abend.« Er lächelte sie an und wünschte, er

läge mit ihr im Bett. Das wäre um einiges amüsanter gewesen, als in dieser üblen Gegend zu stehen und zu frieren. Sie winkte, dann verschwand sie im Hausflur.
Er stieg wieder in den Wagen und roch ihr Parfüm. Es war billig, hatte aber einen lieblichen Duft. Das war ihm schon aufgefallen, als er mit ihr getanzt hatte. Als er jetzt zu seinem Apartment in den East Seventies fuhr, stellte er überrascht fest, dass er deprimiert war. Zu sehen, dass Menschen so lebten und keinen Ausweg hatten, war eine niederschlagende Erfahrung. Maggie O'Malley würde ihr Leben lang in heruntergekommenen Häusern wohnen. Vielleicht heiratete sie irgendwann einen Mann mit Bierbauch und zog zurück nach Queens, wo sie dann in Erinnerungen an das Mietsloch schwelgen konnte, in dem sie in Manhattan gewohnt hatte, oder an den fürchterlichen Job, bei dem ihr jeden Abend betrunkene Kerle unter den Rock gegriffen hatten. Und Adam selbst war keinen Deut besser. Wenn sie es zugelassen hätte, wäre er mit ihr ins Bett gegangen, und am nächsten Tag hätte er sie vergessen. Während der Rückfahrt fühlte er sich zum ersten Mal seit Jahren wie ein gemeiner Schuft. Hatte er denn gar keine Moral? Charlie hatte recht. Wenn Amanda nun eines Tages von einem reichen Kerl auch so behandelt wurde? So etwas konnte jedem passieren. Aber in diesem Fall passierte es einem Mädchen namens Maggie, das er kaum kannte und nie besser kennenlernen würde. Zu Hause angekommen, trank er eine Menge Tequila und dachte über den Abend nach. Er ging hinaus auf die Terrasse seines Penthouse und fragte sich, wie es wohl sein würde, wenn Maggie jetzt da wäre. Vermutlich wäre es aufregend. Für zwei oder drei Minuten, für eine Stunde oder eine Nacht.

Ein Betthäschen, mit dem er Spaß haben konnte, mehr wäre sie für ihn nicht gewesen. Adam ging wieder hinein, zog sich aus und ließ die Kleidung auf den Boden neben dem Bett fallen. Dann legte er sich nur in Shorts ins Bett und vergaß Maggie. Sie musste in ihr eigenes Leben zurückkehren – wie schlecht auch immer das aussah.

10

Obwohl es gar keinen offiziellen Grund dazu gab, fuhr Charlie wieder zu dem Kinderheim. Er brachte den Kindern Donuts und Eiscreme mit, für Gabby hatte er einen kleinen Teddybären und für ihren Hund Leckereien dabei. Seit er das erste Mal dort gewesen war, hatten ihn die Erinnerungen an das Mädchen nie losgelassen. Aber in Wahrheit war es nicht Gabby, die ihn hierher zurückzog. Das wurde ihm in dem Moment bewusst, als er durch die Tür trat. Es war der Gedanke an Carole, der ihn die ganze Zeit über beschäftigt hatte. Natürlich war es verrückt, aber sie ging ihm seit letzter Woche nicht mehr aus dem Kopf. Ständig hatte er an sie denken müssen.

»Was führt Sie wieder her?«, fragte Carole überrascht, als sie Charlie sah. Dieses Mal war er in Jeans, einem alten Sweatshirt und Turnschuhen gekommen. Er stand auf dem Hof und unterhielt sich leise mit Tygue, als Carole gerade aus einer Gruppensitzung kam und ihn entdeckte.

»Ich wollte mir noch einmal alles ansehen.« Er hatte seinen Besuch nicht angekündigt, und einen Moment lang befürchtete er, sie könne sich kontrolliert fühlen. Aber dann erzählte Tygue ihr von dem Eis, das er für die Kinder mitgebracht hatte. Gabby zeigte stolz ihren Bären und erzählte von den Leckereien für Zorro.

»Es geht einem unter die Haut, nicht wahr?«, sagte Carole, während sie Charlie in ihr Büro führte und ihm eine Tasse Kaffee anbot.

»Nein, danke, ich möchte nichts. Ich weiß, dass Sie viel Arbeit haben, darum will ich auch gar nicht lange bleiben.« Er konnte ihr schlecht erzählen, er sei zufällig in der Gegend gewesen. Hier gab es außer dem Kinderheim nur heruntergekommene Mietshäuser, und das Einzige, das er hier in der Nachbarschaft hätte erledigen können, wäre der Kauf von Crack oder Heroin gewesen.

»Es war nett von Ihnen, den Kindern etwas mitzubringen. Sie freuen sich immer über Besuch. Ich wünschte, ich könnte mehr für sie tun, aber dazu fehlt uns trotz Ihrer Spende das Geld. Es reicht gerade für die wesentlichen Dinge wie Lebensmittel, Heizung und Medikamente. Eis wäre den Kleinen natürlich lieber«, sagte sie und lächelte Charlie an. Plötzlich war er froh, hergekommen zu sein. Er hatte sie wiedersehen wollen, weil er sich gern mit ihr unterhielt und weil er sie besser kennenlernen wollte. Aber warum? Nachdem seine Stiftung dem Heim das Geld zur Verfügung gestellt hatte, gab es, abgesehen von Finanzberichten, keinen Grund für einen weiteren Kontakt. Ihre Leben waren zu unterschiedlich. Er wusste bereits, dass sie seinen Lebensstil und die Welt, aus der er kam, verachtete. Carole war eine Frau, die sich für eine Schar Kinder aufopferte, die ums Überleben kämpften. Er dagegen war ein Mann, der im Luxus schwelgte und es sich gutgehen ließ.

»Kann ich noch etwas für Sie tun?«, fragte sie hilfsbereit, aber er schüttelte den Kopf. Ihm fiel einfach kein Grund ein, weshalb er sich noch länger hier aufhalten sollte – obwohl er es gern getan hätte.

»Nein, aber wenn Sie nichts dagegen haben, möchte ich demnächst wiederkommen und sehen, wie es Gabby geht.«

»Seit Zorro bei ihr ist, kommt sie gut zurecht. Ab nächstem Monat besucht sie eine Sonderschule. Wir denken, sie ist jetzt so weit.«

»Geht sie dann von hier fort?«, fragte Charlie besorgt.

»Erst einmal nicht. Früher oder später werden wir aber versuchen, sie in einer Pflegefamilie unterzubringen. Ein Kind mit ihren speziellen Bedürfnissen wird jedoch nicht einfach zu vermitteln sein. Familien, die Pflegekinder aufnehmen, sind nicht unbedingt bereit, sich auf ein blindes Kind und einen Hund einzustellen.«

»Und wenn keine geeignete Familie gefunden wird?« Er hatte bisher noch nicht darüber nachgedacht, aber für ein Kind wie Gabby würde das Leben hart sein, härter als für die meisten anderen Kinder.

»Falls wir keine Pflegefamilie finden, bringen wir sie in einer betreuten Wohngemeinschaft unter. Davon gibt es einige außerhalb der Stadt. Es wird ihr gut gehen.«

»Nein, wird es nicht«, erwiderte Charlie deprimiert. Der Gedanke, dass all diese Kinder ihr Leben lang leiden würden, obwohl sie sich nicht das Geringste hatten zuschulden kommen lassen, fraß ihn innerlich auf.

»Es wird ihr ebenso gut gehen wie den anderen auch«, sagte Carole ruhig. »Dank Ihrer Spende vielleicht sogar besser. Zorro wird ihr in ihrem Leben eine große Hilfe sein.«

»Beschäftigt Sie es nicht, was aus all diesen Kindern wird, nachdem sie von hier fortgegangen sind?« Die Not der Kinder, die Carole hier betreute, zerriss ihm das Herz.

»Natürlich beschäftigt mich das. Aber mehr können wir nun einmal nicht leisten, Mr Harrington«, antwortete sie kühl.
»Nennen Sie mich bitte Charlie«, forderte er sie auf.
»Wir tun, was wir können. Aber manchmal scheint es mir wie der Versuch, den Ozean mit einem Fingerhut zu leeren. Natürlich gibt es auch Erfolge. Kinder, die freundliche und fürsorgliche Pflegefamilien fanden und sich dort bestens entwickelt haben. Kranke Kinder können mit Ihrem Geld besser behandelt werden, das wäre vorher niemals möglich gewesen. Gabby hat nun ihren Hund. Manche Probleme können wir lösen, andere nicht. Man muss akzeptieren, wo die Grenzen liegen, sonst geht man an diesem Beruf zugrunde.« Nie zuvor hatte Charlie so hautnah miterlebt, wohin sein Geld floss und was es bewirkte. Er hatte nie in die Gesichter solcher Menschen gesehen oder eine Frau wie Carole kennengelernt, die sich in einem Hinterhof von Harlem für eine Handvoll Kinder aufopferte. Seit er einige Tage zuvor das erste Mal hergekommen war, hatte sich seine Sicht auf das Leben verändert. »An der Universität erzählen sie uns, dass wir professionell bleiben, eine gewisse Distanz halten sollen und uns nicht emotional beteiligen dürfen. Ich persönlich kann das nicht. Manchmal gehe ich abends nach Hause, lege mich ins Bett und weine.« Das konnte Charlie gut nachvollziehen. Nach seinem ersten Besuch war es ihm ähnlich ergangen.
»Sie müssen sich hin und wieder eine Atempause gönnen«, sagte er nachdenklich und hätte sie gern zum Mittag- oder Abendessen eingeladen, aber das traute er sich nicht.

»Das mache ich.« Sie lächelte ihn an. »Wenn ich nach der Arbeit nicht zu müde bin, gehe ich schwimmen oder spiele Squash.«

»Ich auch«, sagte er und erwiderte ihr Lächeln. »Squash spielen, meine ich. Vielleicht sollten wir irgendwann einmal zusammen spielen.« Sie wirkte überrascht, als wisse sie nicht, warum sie das tun sollten. Er sah den verständnislosen Ausdruck in ihren Augen. Für Carole war er nur jemand, dessen Stiftung ihr gerade fast eine Million Dollar zur Verfügung gestellt hatte. Sie konnte sich offenbar nicht vorstellen, sich mit ihm anzufreunden. Ihr einziger Kontakt beschränkte sich auf einen geschäftsmäßigen, höflichen Umgangston bei den gelegentlichen kurzen Gesprächen, die sie führten. Alles, was sie ihm schuldete, waren Finanzberichte.

Wenige Minuten später musste sie zu einer Gruppensitzung. Carole begleitete Charlie nach draußen in den Hof und verabschiedete sich. Charlie unterhielt sich noch kurz mit Tygue und kündigte an, bald wiederzukommen. Dann fuhr er mit dem Taxi zurück nach Hause.

Am Abend war Charlie bei Gray und Sylvia eingeladen. Als Charlie vor Sylvias Apartmenttür stand, war Gray gerade in der Küche beschäftigt, weshalb Sylvia öffnete. Sie trug einen bestickten Folklorerock und dazu eine weich fließende weiße Bluse. Sie hatte den Tisch liebevoll gedeckt, mit weißen Kerzen und einem großen Strauß Tulpen in der Mitte. Gray bedeutete dieser Abend viel, deshalb wollte sie, dass alles perfekt war. Außerdem hatte sie Charlie schon im Urlaub gemocht, sie hoffte, dass seine Freundschaft mit Gray so eng blieb wie bisher. Sylvia wollte für die beiden nicht zum Störfaktor werden. Umgekehrt hoffte sie, dass Charlie ihre Beziehung zu Gray akzeptieren würde. In Grays Leben war genug Platz für sie alle, und das wollte sie Charlie nun beweisen, indem sie ihn in ihrem neuen Leben mit Gray willkommen hieß. Sylvia sah ihn voller Wärme und Herzlichkeit an. Sie wusste, wie misstrauisch er im ersten Moment auf diese Beziehung reagiert hatte, aber sie wusste auch, dass sich diese Haltung nicht direkt gegen sie richtete. Charlie hatte lediglich Angst vor den Auswirkungen, die Grays neue Beziehung auf ihre Freundschaft haben könnte. Wie ein Kind, das misstrauisch die neue Freundin des Vaters beäugt. Sylvia wollte den beiden beweisen, dass sich trotz ihrer Anwesenheit nichts an der Freundschaft der beiden ändern würde. Als sie zu dritt Platz nahmen und Gray eine Flasche Wein öffnete, kam sie sich vor wie Wendy in *Peter Pan*, die sich zusammen mit den verlorenen Jungs an den Tisch setzt.

Vorher hatte sich Charlie rasch das Apartment angesehen. Er war beeindruckt, wie elegant und geschmackvoll es eingerichtet war. Überall entdeckte er faszinierende Schätze, die Sylvia zusammengetragen hatte. Sie hatte einen guten Blick für Kunst und geschmackvolle Dekoration. Während des Gesprächs beim Essen hielt Sylvia sich bewusst zurück. Sie waren bereits bei der zweiten Flasche Wein, als Charlie Carole erwähnte und von seinem Besuch in Harlem erzählte.

»Sie ist eine bemerkenswerte Frau«, sagte er voller Bewunderung. Charlie erzählte den beiden von Gabby, ihrem Hund und von den anderen Kindern. Natürlich hatte er zuvor schon schreckliche Berichte über Kindesmisshandlung gehört, aber nichts kam dem gleich, wenn man das Leid dieser Kinder mit eigenen Augen sah. Im Nachhinein war Charlie klar geworden, dass die anderen Organisationen, denen er Geld zur Verfügung gestellt hatte, ihm nur aufbereitete Versionen solcher Vorfälle präsentiert hatten. Carole hingegen nahm kein Blatt vor den Mund und redete offen über das, was den Kindern zugestoßen war – und wofür sie sein Geld brauchte. Sie bat nicht dafür um Entschuldigung, dass sie so viel Geld von ihm brauchte, und deutete auch an, dass es nicht reichen würde. Sie hatte einen großen Traum in Bezug auf das Kinderheim. Momentan musste sie mit dem auskommen, was ihr zu Verfügung stand, doch eines Tages wollte sie im Herzen von Harlem ein viel größeres Haus eröffnen. Carole hatte Charlie erzählt, dass sich Kindesmisshandlung nicht auf bestimmte Stadtteile beschränkte, dass in jedem Land, jeder Stadt und in jeder gesellschaftlichen Schicht Kinder ein derartiges Schicksal erleiden mussten. Die bemerkenswerte Frau hatte allen den Kampf angesagt, die aus diesem wichtigen Thema ein Tabu machten oder es aus Gleichgültigkeit vernachlässigten. Sie kannte kein Nachsehen mit der Welt, in der Charlie lebte und in der die Menschen die Augen verschlossen, ignorierten, was um sie herum passierte, und sich stattdessen vornehm anzogen und auf Partys gingen. Carole dagegen verschwendete keine Zeit mit solchen Dingen und verspürte auch kein Verlangen danach. Während Charlie von ihr erzählte, leuchteten seine Augen. Carole hatte offensichtlich sein Herz entflammt.

»Und wann lädst du sie zum Abendessen ein?«, zog Gray ihn auf. Er hatte den Arm um Sylvias Schulter gelegt. Charlie genoss den Abend mit den beiden. Obwohl Gray am Herd gestanden hatte, war das Essen genießbar gewesen, und die Unterhaltung verlief angeregt. Überrascht stellte Charlie fest, dass er Sylvia sogar noch sympathischer fand als in Portofino. Sie kam ihm jetzt sanfter vor, und er musste zugeben, dass sie sich rührend um seinen Freund kümmerte.

Charlie grinste bedauernd. »Sie hasst all das, was ich verkörpere. Als ich ihr zum ersten Mal begegnet bin, trug ich einen Anzug. Sie hat mich angesehen, als wäre ich Schmutz unter ihren Schuhen.« Die goldene Uhr erwähnte er erst gar nicht.

»Das finde ich nicht richtig. Immerhin hast du ihr fast eine Million Dollar zur Verfügung gestellt. Was hat sie denn von dir erwartet? Dass du deine Organisation in kurzen Hosen und Flip-Flops vertrittst?«, verteidigte Gray seinen Freund.

»Vielleicht«, sagte Charlie. Er konnte Carole verstehen. Das, was sie tagtäglich bewirkte, war wichtiger als alles, was er je in seinem Leben vollbracht hatte. Er unterzeichnete lediglich Schecks. Sie jedoch verbesserte jeden Tag das Leben von zahlreichen Kindern. »Sie hat kein Verständnis für Luxus und Überfluss. Für sie zählen andere Dinge.« Charlie klang überzeugt, aber Gray sah ihn misstrauisch an.

»Sagtest du nicht, sie hätte in Princeton studiert? Vermutlich stammt sie aus einer wohlhabenden Familie und versucht, die Fehler ihrer gesamten Sippe auszubügeln.«

»Das glaube ich nicht. Sie hatte bestimmt ein Stipendium. Zu meiner Zeit gab es in Princeton einige Leute von ihrem Schlag. Es geht dort längst nicht mehr so elitär zu wie früher, und das ist auch gut so. Davon abgesehen sagte sie, dass sie Princeton nicht ausstehen könne.« Princeton war nicht mehr der private Club der »guten alten Jungs«. Die Welt hatte sich durch Menschen wie Carole verändert. Charlie war ein Überbleibsel einer vergangenen Ära, das vom Glanz seiner aristokratischen Ahnen zehrte. Carole dagegen war eine ganz neue Art von Mensch.

»Warum fragst du sie nicht einfach, ob sie mit dir ausgeht?«, ermutigte Gray ihn, und Sylvia nickte. »Oder ist sie so hässlich?« So begeistert, wie Charlie von ihr schwärmte, war das kaum anzunehmen.

»Nein, sie ist wunderschön. Allerdings scheint ihr das ziemlich gleichgültig zu sein. Äußerlichkeiten sind ihr nicht wichtig.«

»Wie sieht sie denn aus?«, fragte Sylvia neugierig.

»Sie ist etwa einen Meter achtzig groß, blond, hat ein hübsches Gesicht, blaue Augen, eine gute Figur, und sie schminkt sich nicht. In ihrer Freizeit geht sie gern schwimmen und spielt Squash. Sie ist vierunddreißig Jahre alt.«

»Und sie ist nicht verheiratet?«, hakte Sylvia nach.

»Ich glaube nicht. Sie trägt zumindest keinen Ring. Aber sie hat bestimmt einen Freund.« Eine Frau wie sie konnte unmöglich allein leben. Das machte es natürlich noch schwieriger, sie zum Abendessen einzuladen. Charlie könnte jedoch vorgeben, es ginge um Stiftungsgelder. Diese kleine List fand er gar nicht so schlecht, obwohl es ihn störte, sich hinter seiner Stiftung zu verstecken. Doch vielleicht hatten Gray und Sylvia recht, vielleicht war es einen Versuch wert.

»Bei diesem Typ von Frau kann man sich in diesem Punkt nie sicher sein«, sagte Sylvia. »Wenn sie derart viel Zeit,

Energie und Leidenschaft in ihre Arbeit steckt, bleibt ihr für etwas anderes vielleicht gar keine Zeit.«

»Finde es heraus«, sagte Gray ermutigend. »Du hast nichts zu verlieren.« Charlie kam sich seltsam dabei vor, mit den beiden über Carole zu reden.

Als Gray später eine Flasche Château d'Yquem öffnete, die Sylvia extra für diesen Abend gekauft hatte, war Charlie fast überzeugt. Doch während er in der Nacht die Tür zu seinem Apartment aufschloss, schien es ihm schon wieder eine schlechte Idee zu sein, Carole zum Dinner einzuladen. Charlie war zu alt für sie, zu reich, zu konservativ. Und aus welchen Verhältnissen sie auch immer stammte, bestimmt hatte sie an Männern wie ihm keinerlei Interesse. Als er sich ins Bett legte, musste er lachen. Gray und Sylvia meinten es natürlich nur gut, aber die beiden konnten sich einfach nicht vorstellen, wie leidenschaftlich sich Carole für ihre Sache engagierte. Und ihre bissigen Kommentare über die Eating Clubs von Princeton waren sehr eindeutig.

Am nächsten Morgen rief Charlie Gray an, um sich für das Abendessen zu bedanken und ihm zu sagen, wie gut es ihm gefallen hatte. Er wusste nicht, wie es mit Gray und Sylvia weitergehen und ob ihre Beziehung von Dauer sein würde, aber momentan machten die beiden auf ihn einen sehr glücklichen Eindruck. Es hatte ihn erleichtert, zu sehen, dass sich Sylvia weder zwischen ihn und Gray drängte noch versuchte, Charlie aus dem Leben der zwei auszuschließen. Als er Gray das erzählte, freute sich dieser darüber und versprach, Charlie bald wieder einzuladen.

»Sogar deine Kochkünste haben sich verbessert«, sagte Charlie feixend, und Gray lachte.

»Sylvia hat mir geholfen«, gestand Gray, und jetzt lachte Charlie.
»Gott sei Dank.«
»Vergiss nicht, diese Wohltäterin anzurufen und zum Abendessen einzuladen«, erinnerte Gray.
Charlie schwieg einen Moment lang und sagte dann: »Ich glaube, wir hatten gestern Abend alle ein bisschen zu viel Wein. Gestern hörte es sich nicht schlecht an, aber bei Tageslicht betrachtet, finde ich den Vorschlag gar nicht mehr so gut.«
»Frag sie doch einfach. Was kann denn schon passieren?« Gray klang plötzlich wie ein älterer Bruder. Aber Charlie schüttelte am anderen Ende der Leitung den Kopf.
»Sie könnte mich zum Beispiel als Idioten bezeichnen und auflegen. Davon abgesehen wäre es peinlich, wenn wir uns nach einer Absage wiedersehen.« Er hatte keine Lust, sich derart weit aus dem Fenster zu lehnen. Schon seit Monaten hatte es keine Frau mehr in seinem Leben gegeben, Charlie wurde der ständigen »Jagd« langsam müde, er wollte einen Gang zurückschalten. Es war leichter, allein auf Dinnerpartys und zu gesellschaftlichen Anlässen zu gehen – oder den Abend mit guten Freunden zu verbringen. So wie am Tag zuvor mit Gray und Sylvia. So etwas genoss er mittlerweile weit mehr als die Anstrengungen, die mit einer Verabredung verbunden waren.
»Na und?« Gray spielte Charlies Bedenken herunter. »Du hast schon Schlimmeres überstanden. Und du kannst nie wissen, ob nicht möglicherweise *sie* die Richtige ist.«
»Ja, sicher. Ich könnte die *Blue Moon* verkaufen und ihr ein Traum-Kinderheim in Harlem bauen. Vielleicht geht sie dann mit mir aus.«

»Was soll's?« Gray lachte. »Für die Liebe ist kein Opfer zu groß.«
»Komm mir nicht damit. Was musstest du schon für Sylvia aufgeben? Die Kakerlaken in deinem Apartment?«
»Ruf Carole an.« Gray ignorierte den Seitenhieb.
»Schon gut«, willigte Charlie ein, um endlich das Thema zu wechseln. Die Freunde plauderten noch kurz über einige andere Dinge und verabschiedeten sich dann voneinander.
Charlie war entschlossen, Carole nicht anzurufen, doch der Gedanke an sie ließ ihn den ganzen Nachmittag nicht los. Er ging ins Büro, um für einige Stunden zu arbeiten, ließ sich anschließend massieren, spielte Squash mit einem Freund und rief dann Adam an. Er wollte sich bei ihm für die Konzertkarten bedanken. Adam war jedoch in einem Meeting. Charlie hinterließ eine Nachricht auf dem Anrufbeantworter und fragte sich, was wohl noch zwischen Adam und Maggie passiert sein mochte. Vermutlich das Übliche. Wahrscheinlich hatte Adam sie mit seinem Charme benebelt, eine Gallone Champagner in sie hineingeschüttet und war am Ende mit ihr im Bett gelandet. Als Charlie an Maggie dachte, tat sie ihm sofort wieder leid. Trotz ihrer Aufmachung hatte sie etwas Unschuldiges an sich gehabt. Manchmal sträubten sich ihm bei Adams verantwortungslosem Umgang mit Frauen die Nackenhaare, obwohl dieser immer betonte, dass er die Frauen zu nichts zwang. Sie lagen ihm bewundernd zu Füßen, und was danach passierte, war eine Sache zwischen zwei erwachsenen Menschen. Charlie war nur nicht sicher, ob Maggie bereits erwachsen war. Sie hatte es nicht auf Adams Geld abgesehen, sie hatte lediglich einen besseren Platz in einem Kon-

zert gewollt. Und welche Gegenleistung war der Preis dafür gewesen? Darüber dachte Charlie nach, während er die Squash-Halle verließ und mit dem Taxi nach Hause fuhr. Offenbar wurde er langsam alt. Früher hatten ihn Adams Mangel an Moral und die Art, wie er Frauen behandelte, nie gestört. Und wie Adam ihn immer wieder erinnerte, war im Spiel und in der Liebe alles erlaubt. Aber war das wirklich so? Irgendwie hörte sich dieser Satz für Charlie nicht mehr so überzeugend an.

Als er sein Apartment betrat, war es fast sechs Uhr am Abend. Charlie hörte den Anrufbeantworter ab und starrte dann lange auf das Telefon. Ob Carole wohl noch in ihrem Büro war? Vielleicht war sie aber auch schon nach Hause gegangen. Ihm fiel ein, dass er ihre Visitenkarte in seiner Brieftasche hatte. Er holte sie heraus, betrachtete sie lange und wählte dann mit einem flauen Gefühl im Magen die Nummer. Sie war die erste Frau in seinem Leben, bei der er Angst hatte, etwas falsch zu machen. Als das Freizeichen ertönte, war er nervös wie ein Schuljunge. Plötzlich hoffte er, sie wäre nicht da. Er wollte schon auflegen, als Carole das Gespräch entgegennahm. Sie klang ein bisschen außer Atem.

»Hallo?« Sie vergaß sogar, sich mit ihrem Namen zu melden, aber Charlie erkannte sofort, dass sie es war.

»Hallo, Carole.«

»Wer ist denn da?« Offensichtlich erkannte sie seine Stimme nicht.

»Hier ist Charlie Harrington. Störe ich?«

»Überhaupt nicht«, log sie und rieb sich das Schienbein. Sie hatte sich gestoßen, als sie zum Telefon gehechtet war. »Ich komme gerade aus einer Gruppensitzung und bin schnell die Treppe hinuntergelaufen, als ich das Telefon klingeln hörte.«

»Das tut mir leid. Wie geht es meiner kleinen Freundin?«

Carole verstand sofort, dass er Gabby meinte. Sie lächelte und sagte, dass es der Kleinen gut gehe. Danach erkundigte sich Charlie, wie es im Heim lief und ob es irgendwelche Neuigkeiten gäbe. Carole begann sich zu fragen, ob er sie während des folgenden Jahres ständig kontrollieren würde. Es war unüblich, dass die Leiter von Stiftungen, die ihr Gelder zur Verfügung stellten, so viel persönliches Engagement zeigten.

»Ich möchte nichts versprechen, was ich dann nicht halten kann, und auch keine falsche Hoffnungen schüren«, begann Charlie, »aber Sie erwähnten, dass Sie noch weitere Programme in die Tat umsetzen wollen und dafür Zuschüsse brauchen. Ich habe mir gedacht, dass wir das vielleicht bei einem Mittag- oder Abendessen besprechen könnten?« Ihm war klar, dass er sich für den feigen Weg entschieden hatte und sich hinter der Stiftung versteckte, aber wenigstens hatte er angerufen. Es folgte eine lange Pause.

»Ehrlich gesagt sind wir noch nicht so weit, dass wir weitere Zuschüsse beantragen können. Für neue Programme fehlt uns das entsprechende Personal. Es ist zu früh, sich um weitere Gelder zu bemühen. Aber ich hätte nichts dagegen, mir Ihre Meinung zu unseren Plänen anzuhören.« Sie wollte wissen, für welche Projekte die Stiftung aufgeschlossen war. Das konnte ihr eine Menge Zeit und Energie ersparen.

»Es würde mich freuen, etwas über Ihre Ideen zu erfahren. Vor nächstem Jahr können wir ohnehin nichts tun.

Aber es ist gut, wenn Sie sich jetzt bereits Gedanken machen und Ihren Antrag direkt zu Beginn des Geschäftsjahres einreichen.«

»Auf welcher Seite stehen Sie eigentlich?« Sie lachte. Charlie stimmte mit ein.

»Auf Ihrer natürlich. Sie leisten großartige Arbeit.« Er hatte sich in dieses Kinderheim verliebt, und wenn er nicht aufpasste, dann würde er sich auch in Carole verlieben.

»Danke.« Seine netten Worte rührten sie. Sie klangen ehrlich. Während sie sich mit ihm unterhielt, legte sie ihr Misstrauen langsam ab. Charlie Harrington war nicht der schlechteste Kontakt, den man haben konnte.

»Wann sollen wir uns denn einmal zusammensetzen?«, fragte er bemüht beiläufig. Charlie war zufrieden damit, wie sich dieses Gespräch entwickelte. Er hatte es ihr überlassen, sich für ein Mittag- oder Abendessen zu entscheiden. Das war ein guter erster Schritt. Vielleicht aber auch sein letzter, denn nichts in ihrer Stimme deutete darauf hin, dass sie an ihm interessiert war. Doch davon konnte er sich ein besseres Bild verschaffen, wenn sie ihm beim Essen gegenübersaß.

»Mittags kann ich hier nicht fort. Zu dieser Zeit esse ich höchstens eine Kleinigkeit an meinem Schreibtisch. Meistens habe ich um diese Zeit eine Gruppe zu betreuen. Nachmittags führe ich Einzelgespräche mit Patienten.« Sie hatte ihm bei seinem ersten Besuch im Heim tatsächlich viel Zeit geopfert. Aber das wollte sie nicht zur Gewohnheit werden lassen.

»Wie wäre es dann mit einem Abendessen?« Er hielt den Atem an. »Vielleicht morgen?« Charlie war zwar zu einer

langweiligen Dinnerparty eingeladen, die er jedoch nur zu gern für Carole absagen würde.
»Wieso eigentlich nicht?«, antwortete sie zögernd. »Ich weiß aber nicht, ob ich bis dahin alles vorbereiten kann. Irgendwo habe ich eine Liste mit den Programmen, die ich gern ins Leben rufen würde. Es ist allerdings nur eine Rohfassung. Aber ich kann Ihnen erzählen, was ich in etwa vorhabe.« Mehr wollte er gar nicht von ihr. Sie ahnte ja nicht, dass ihn die Programme nur in zweiter Linie interessierten.
»Wir reden einfach darüber und sehen, was dabei herauskommt. Das kann sehr produktiv sein. Betrachten Sie es als eine Art Brainstorming, bei dem wir etwas essen. Apropos – wo würden Sie gern hingehen?«
Über diese Frage musste sie lachen. Sie ging abends so gut wie nie zum Essen in ein Restaurant. Dazu war sie nach Feierabend einfach zu erschöpft. Oft hatte sie nicht einmal mehr die Energie, noch Sport zu treiben. »Lassen Sie mich überlegen. Meine Stammlokale sind Mo's Hamburger an der Ecke 168th Street und Sally's Spareribs an der 125th nahe der U-Bahn-Haltestelle. Wie Sie sehen, gehe ich nur in die feinsten Lokale. Aber mal im Ernst, ich war schon seit Jahren nicht mehr auswärts essen.« Das würde Charlie gern ändern, ebenso wie einige andere Dinge in Caroles Leben. Doch nicht alles an einem Abend. Er wollte es erst einmal locker angehen.
»Ich bin mir nicht sicher, ob ich mit Mo's und Sally's konkurrieren kann. Wo wohnen Sie eigentlich?«
Sie zögerte, und Charlie fragte sich, ob Carole mit jemandem zusammenlebte. Vielleicht hatte sie Angst, Charlie könne spontan vorbeikommen. »An der Upper East Side,

in den Nineties.« Es war eine gehobene Wohngegend, und ihn beschlich der Verdacht, dass sie das nur ungern preisgab. Vielleicht hatte Gray doch recht, und Carole stammte aus einer konservativeren Familie, als ihre Weltanschauung vermuten ließ. Sie war sehr dogmatisch in ihren Überzeugungen. Er hatte eher erwartet, dass sie an der West Side wohnen würde. Aber er hakte nicht nach, denn er spürte ihre Anspannung.

»Ich kenne ein ruhiges italienisches Lokal einige Blocks entfernt«, schlug er vor.

»Sehr gut. Wie heißt das Restaurant?«

»Stella Di Notte – Stern der Nacht. So romantisch, wie der Name klingt, ist er aber gar nicht gemeint. Die Inhaberin heißt Stella und wiegt etwa dreihundert Pfund. Sie kocht alle Gerichte selbst, und ihre Pasta ist phantastisch.«

»Das hört sich gut an. Dann treffen wir uns dort.« Über diesen Vorschlag war Charlie ein wenig überrascht. Wieder beschlich ihn der Eindruck, dass sie mit einem Mann zusammenlebte. Aber das ließ sich herausfinden.

»Ich könnte Sie auch abholen«, schlug er vor.

»Nein«, lehnte sie ab. »Ich gehe lieber zu Fuß. Ich bin den ganzen Tag in meinem Büro eingesperrt, und zum Restaurant ist es nicht weit. Ich brauche die Bewegung, auch wenn es nur ein paar Blocks sind. Das verschafft mir nach der Arbeit einen klaren Kopf.« Eine hübsche Geschichte, dachte Charlie. Wahrscheinlich lag bei ihr auf dem Sofa ein attraktiver, junger Mann mit der Fernbedienung in der Hand und schaute Fernsehen.

»Dann sehen wir uns dort. Um halb acht? Ist das Zeit genug für Sie?«

»Perfekt. Meine letzte Gruppe habe ich morgen um halb fünf, ich kann also gegen halb sieben zu Hause sein. Ich nehme an, es ist kein allzu feines Restaurant?«, fragte sie und klang plötzlich nervös. Vielleicht erwartete er, dass sie sich für das Treffen besonders elegant anzog. Dabei hatte sie nicht vor, sich für ein Arbeitstreffen mit ihm in Schale zu werfen. Wie viel Geld seine Stiftung ihr auch gab, sie war nicht bereit, für ihn ihren Lebensstil zu ändern. Es gab einige Dinge, die sie nie wieder machen würde. Sich herauszuputzen, gehörte dazu.
»Nein, es ist nicht fein«, versicherte Charlie. »Man kann in Jeans hingehen.« Allerdings hatte er gehofft, dass Carole das nicht tun würde. Er hätte sie gern in einem Kleid gesehen.
»Dann werde ich das auch tun, wenn Sie nichts dagegen haben. Ich habe nach der Arbeit keine Zeit, um mich umzuziehen. Außerdem verstelle ich mich nicht.«
»Einverstanden«, antwortete Charlie ruhig.
»Zumindest können Sie in dieser Gegend Ihre Armbanduhr tragen.« Carole kicherte, und er musste lachen.
»Zu schade aber auch. Die habe ich gestern verpfändet.«
»Wie viel haben Sie dafür bekommen?«, fragte sie amüsiert und nahm den Faden auf. Er schien ein netter Kerl zu sein. Ganz gegen ihre Art freute sie sich auf das Abendessen mit ihm. Seit fast vier Jahren war sie mit keinem Mann zum Essen ausgegangen. Und daran änderte sich vermutlich auch nichts. Dieses eine Geschäftsessen würde eine Ausnahme bilden.
»Fünfundzwanzig Dollar«, beantwortete er ihre Frage.
»Nicht schlecht. Dann bis morgen«, sagte sie und legte kurz danach auf.

Charlie saß lächelnd am Telefon, doch dann traf es ihn wie ein Blitz. Was, wenn Carole nun homosexuell war und deshalb so reserviert auf ihn reagierte?
»Na großartig«, sagte er sich und steckte die Visitenkarte zurück in seine Brieftasche. Dann rief er im Restaurant an, um einen Tisch zu reservieren. Was auch immer sie war, am nächsten Tag würde er mehr wissen. Bis dahin konnte er nur abwarten und Vermutungen anstellen.

11

Charlie traf vor Carole im Restaurant ein. Er hatte niemandem erzählt, dass er sich mit ihr verabredet hatte, nicht einmal Sylvia und Gray. Es gab schließlich noch nichts zu berichten, außer dass er sich mit Carole zu einem informellen Geschäftsessen traf. Charlie war zu Fuß gekommen. Für ihn war der Weg zwar ein bisschen weiter als für Carole, aber auch er brauchte frische Luft. Er hatte es kaum erwarten können, dass es endlich Abend wurde. Mittlerweile war er fast davon überzeugt, dass Carole homosexuell war. Vermutlich hatte sie sein Charme deshalb überhaupt nicht angesprochen. Normalerweise reagierten die Frauen immer auf ihn, Carole hingegen hatte das nicht getan. Bei beiden Treffen war sie geschäftsmäßig geblieben. Professionell bis in die Fingerspitzen. Trotzdem hatte sie etwas Herzliches an sich, besonders im Umgang mit Kindern. Dann fiel Charlie ein, wie vertraut sie mit Tygue umgegangen war. Vielleicht gab es doch einen Mann in ihren Leben – Tygue!

Als Charlie das Restaurant betrat, war das Einzige, das er mit Sicherheit wusste, dass er ein mulmiges Gefühl im Magen hatte. So etwas hatte er schon sehr lange nicht mehr gehabt. Carole war für ihn ein Mysterium und würde es vielleicht auch nach diesem Abend bleiben. Er war nicht sicher, ob sie sich ihm an diesem Tag öffnen würde. Bisher war sie ihm gegenüber fest verschlossen wie eine

Auster. Aber gerade das machte sie so interessant, vor allem, da sie so intelligent war.
Sie war ganz anders als die Frauen aus gehobener Gesellschaft, hinter denen Charlie sonst her war. Die kleideten sich elegant, gingen mit ihm tanzen, lächelten, begleiteten ihn überallhin. Er spielte mit ihnen Tennis und nahm sie mit zum Segeln – und die meiste Zeit langweilten sie ihn zu Tode. Doch an diesem Abend war er mit Carole Parker verabredet, die offenbar nicht das geringste Interesse an ihm hatte und womöglich homosexuell war. Das Ganze war absurd.
Carole kam fünf Minuten nach ihm an. Lächelnd betrat sie das Restaurant. Sie trug eine weiße Jeans, Sandaletten und ein weißes T-Shirt. Ihr Haar war noch feucht vom Duschen, und sie hatte es zu einem Zopf geflochten. Über die Schultern hatte sie einen hellblauen Pullover gelegt. Charlie stellte sich vor, dass sie in ihrem Outfit perfekt auf die *Blue Moon* passen würde. Sie sah aus wie eine Seglerin. Die blauen Augen hatten dieselbe Farbe wie der Pullover, Carole hätte das Model aus einer Ralph-Lauren-Werbung sein können. Als sie Charlie entdeckte, kam sie an den Tisch in der Ecke, den Stella für die beiden reserviert hatte.
»Tut mir leid, dass ich zu spät bin«, entschuldigte sich Carole, während Charlie aufstand, um sie zu begrüßen. Es waren nur fünf Minuten, und die hatten ihm Gelegenheit gegeben, sich zu sammeln. Er hatte noch keinen Wein bestellt, weil er abwarten wollte, was sie essen würden.
»Kein Problem. Es ist mir sowieso nicht aufgefallen, da ich ja keine Uhr mehr habe. Ich dachte, ich investiere die fünfundzwanzig Dollar in unser Abendessen.« Carole

lachte. Sie mochte seinen Sinn für Humor. Carole hatte nicht einmal eine Handtasche dabei. Der Wohnungsschlüssel steckte in ihrer Hosentasche, und sie brauchte nichts, um ihren Lippenstift darin aufzubewahren, da sie keinen benutzte.

»Wie war Ihr Tag?«

»Hektisch und verrückt, wie immer. Und bei Ihnen?«, fragte sie neugierig. Auch das war für ihn neu. Er konnte sich nicht daran erinnern, wann ihm eine Frau diese Frage das letzte Mal mit wirklichem Interesse gestellt hatte.

»Ich war den ganzen Tag im Büro. Wir überlegen zurzeit, wie viele Gelder wir auf internationaler Ebene zur Verfügung stellen wollen. Es gibt ein paar sehr gute Programme in Entwicklungsländern, die dringend Unterstützung brauchen. Aber die Verhandlungen mit den Behörden dauern bei so etwas immer eine Ewigkeit. Ich habe deswegen heute mit Jimmy Carter telefoniert. Sein Carter Center leistet in Afrika großartige Arbeit. Er konnte mir einige Tipps geben, wie ich diese bürokratischen Untiefen umschiffen kann.«

»Das hört sich interessant an«, sagte sie. »Solche Projekte führen mir immer vor Augen, wie eingeschränkt mein Wirkungsbereich doch ist. Ich beschäftige mich mit Kindern, die in einem Radius von vierzig Blocks leben. Irgendwie kläglich, wenn man darüber nachdenkt.« Sie seufzte und lehnte sich auf ihrem Stuhl zurück.

»Überhaupt nicht. Sie leisten großartige Arbeit. Ich würde nicht eine knappe Million Dollar an jemanden vergeben, wenn er nicht Beeindruckendes leisten würde.«

»Wie viel stellt Ihre Stiftung eigentlich insgesamt jährlich zur Verfügung?« Das hatte sie sich schon seit ihrer ersten Begegnung mit ihm gefragt. Die Stiftung genoss einen ausgezeichneten Ruf, aber das war auch schon alles, was sie wusste.

»Etwa zehn Millionen Dollar. Durch die Spende an Sie waren es dieses Jahr fast elf, aber es war die Sache wert.« Er lächelte sie an und zeigte dann auf die Tafel mit den Spezialitäten. »Sie müssen halb verhungert sein, wenn Sie zu Mittag nur eine Kleinigkeit gegessen haben.« Sie bestellten beide Gnocchi, nachdem Charlie erklärt hatte, dass sie Stellas Spezialität seien. An diesem Abend waren sie mit frischen Tomaten und Basilikum zubereitet. An diesem lauen Spätsommerabend schien es Carole genau das Richtige zu sein. Dazu bestellte Charlie eine Flasche nicht zu teuren Wein.

Das Essen war so köstlich, wie er versprochen hatte, und sie unterhielten sich bis zum Dessert angeregt über Caroles Ideen für eine Erweiterung des Heims. Carole hatte große Träume, und vor ihr lag noch viel Arbeit. Doch nach dem, was sie bisher geleistet hatte, traute Charlie ihr zu, alles zu schaffen, was sie anstrebte. Besonders mit der Unterstützung von Stiftungen wie der seinen. Er versicherte ihr, dass andere Institutionen genauso beeindruckt sein würden und dass sie keinerlei Schwierigkeiten haben würde, von ihm oder anderen Geldgebern in einem Jahr weitere Zuschüsse zu erhalten.

»Sie haben viel vor, Miss Parker. Eines Tages werden Sie die Welt verändern.« Er glaubte an sie. Carole war eine bemerkenswerte Frau. Mit vierunddreißig Jahren hatte sie bereits mehr bewirkt als die meisten anderen Menschen in ihrem ganzen Leben, und vieles davon hatte sie aus eigener Kraft geschafft. Das Heim war ihr Leben. Bei diesem Gedanken drängte sich ihm eine Frage auf.

»Machen Sie noch etwas, außer zu arbeiten? Es wundert mich nicht, dass Sie keine Zeit zum Essen haben. Zum Schlafen vermutlich auch nicht.«

»Stimmt«, versicherte sie. »Das halte ich für Zeitverschwendung.« Sie lachte. »Arbeit und die Kinder. Für mehr habe ich keine Zeit. An den Wochenenden habe ich zwar offiziell frei, aber ich bin trotzdem meistens im Heim.«

»So geht es mir mit der Stiftung auch«, gestand Charlie. »Aber es muss doch noch etwas anderes in Ihrem Leben geben. Nicht nur Arbeit, sondern ein bisschen Vergnügen.«

»Meine Arbeit ist mein Vergnügen. Ich war nie glücklicher als seit dem Tag, an dem wir das Heim eröffnet haben. Mehr brauche ich nicht.« Er konnte ihr ansehen, wie ernst sie das meinte, und er wurde etwas aufgeregt. Wenn es nur Arbeit in ihrem Leben gab, dann fehlte etwas Wichtiges.

»Keine Männer, keine eigenen Kinder, kein Ticken der biologischen Uhr?« Es war die erste persönliche Frage an diesem Abend. Sie hatten die ganze Zeit nur über das Heim und die Stiftung gesprochen.

»Nein, nichts davon. Keine Männer, keine eigenen Kinder, keine biologische Uhr. Die habe ich ein paar Jahre zuvor weggeworfen. Seitdem geht es mir viel besser.«

»Wie soll ich das verstehen?«, hakte er nach, aber Carole schien es ihm nicht übelzunehmen. Er spürte, dass sie sowieso nur das sagen würde, was sie ihn wissen lassen wollte.

»Die kleinen Patienten im Heim sind meine Kinder.«

»Das sagen Sie *jetzt*, aber eines Tages könnten Sie es bedauern. Als Frau müssen Sie sich irgendwann entscheiden.«

»Vielleicht adoptiere ich ein Kind, wenn ich zu alt bin, um das Heim weiterzuführen.« Sie lächelte, und zum ersten Mal kam ihm der Verdacht, dass es in ihrem Leben eine Tragödie gegeben hatte. Charlie spürte, dass etwas nicht stimmte. Sie hatte zu schnell Antworten parat und war zu entschlossen in ihren Entscheidungen. Niemand konnte in Lebensdingen so sicher sein, es sei denn, ihm war das Herz gebrochen worden.

»Das kaufe ich Ihnen nicht ab, Carole«, antwortete er ruhig. Er wollte sie nicht verschrecken oder verärgern. »Sie lieben Kinder. In Ihrem Leben muss es doch einen Mann geben?« Nachdem er ihr den ganzen Abend zugehört hatte, glaubte er nicht mehr daran, dass sie homosexuell war. Nichts von dem, was sie gesagt hatte, deutete darauf hin. Er konnte sich natürlich irren, aber sie wirkte auf ihn eher so, als würde sie etwas verheimlichen.

»Nein. Es gibt keinen Mann«, erklärte sie schlicht und einfach. »Ich habe weder Zeit noch Interesse. Es hat schon seit Jahren niemanden mehr in meinem Leben gegeben.« Charlie fragte sich, ob eine große Enttäuschung sie dazu gebracht hatte, die Wunden anderer zu heilen und dadurch nicht mehr an die eigenen denken zu müssen.

»Für jemanden in Ihrem Alter ist das sehr lange«, sagte er mit sanfter Stimme. Sie lächelte.

»Sie reden die ganze Zeit über mein Alter, als wäre ich zwanzig. So jung bin ich aber nicht mehr, ich bin vierunddreißig. Das kommt mir zumindest schon recht alt vor.« Jetzt musste er lachen. »Mir nicht. Ich bin sechsundvierzig.«

Sofort drehte sie den Spieß um. »Und Sie sind auch nicht verheiratet. Warum nicht? Ihre biologische Uhr müsste doch viel lauter ticken als meine!«

»Das tut sie auch«, gestand er. »Aber ich habe bisher einfach nicht die richtige Frau gefunden. Ich hoffe jedoch, dass ich das eines Tages werde.«

»Unsinn«, erklärte sie schlichtweg und sah ihm fest in die Augen. »Alleinstehende Männer behaupten immer, dass ihnen die Richtige noch nicht begegnet sei. Aber mit sechsundvierzig können Sie mir das nicht erzählen. Es gibt jede Menge Frauen da draußen, und wenn Sie keine gefunden haben, dann liegt das daran, dass Sie es nicht wollen. Sie nicht gefunden zu haben, ist eine armselige Entschuldigung. Da müssen Sie mir schon etwas Besseres bieten«, sagte sie geradeheraus und trank einen Schluck Wein. Charlie sah sie überrascht an. Sie hatte ihn ins Mark getroffen, und schlimmer noch – sie hatte recht. Das wusste er, und sie wusste es auch.

»Also gut, ich gebe mich geschlagen. Einige Frauen wären sicher in Frage gekommen. Aber ich war nicht zu Kompromissen bereit. Ich suche die perfekte Frau.«

»Die werden Sie nicht finden. Niemand ist perfekt. Und das wissen Sie auch. Worin liegt also das Problem?«

»Ich mache mir vor Angst fast in die Hosen«, gestand er zum ersten Mal in seinem Leben und wäre fast vom Stuhl gekippt, als er die Worte aus seinem Mund kommen hörte.

»Schon besser. Warum?« Carole war gut in ihrem Beruf, aber das wurde Charlie erst jetzt klar. Tagtäglich beschäftigte sie sich mit den Gefühlen und Ängsten von Menschen. Und er spürte instinktiv, dass sie ihm nicht weh tun würde. Charlie fühlte sich bei ihr sicher.

»Als ich sechzehn war, verunglückten meine Eltern tödlich. Von da an hat sich meine Schwester um mich gekümmert – bis sie fünf Jahre später an einem Gehirntumor starb. Das war's. Seither glaube ich, dass jeder, den ich liebe, mich verlässt oder stirbt.«

»Das ergibt Sinn«, sagte sie ruhig und musterte ihn aufmerksam. Sie fühlte, dass er die Wahrheit sagte. »Aber Menschen sterben nun einmal oder gehen fort. Das kann passieren. Aber wenn Sie immer weglaufen, werden Sie einsam enden. Macht Ihnen das nichts aus?«

»Bisher nicht.« In letzter Zeit aber schon, fügte er in Gedanken hinzu.

»Ihre Angst fordert einen hohen Preis«, sagte Carole leise und fügte dann hinzu. »Die Angst vor der Liebe. Allerdings ist die Liebe auch nicht gerade meine starke Seite.« Und dann entschied sie sich, es ihm zu erzählen. So wie er, fühlte auch sie sich bei ihm sicher. Sie hatte die Geschichte schon lange nicht mehr erzählt und bemühte sich, sie kurz zu halten. »Mit vierundzwanzig habe ich geheiratet. Er war ein Freund meines Vaters, Gründer eines bekannten Pharmaunternehmens und angesehener Biologe – und außerdem war er zwanzig Jahre älter als ich, ein außergewöhnlicher Mann. Das ist er noch immer. Aber er war nicht nur erfolgreich und charmant, sondern auch ein Sadist und Alkoholiker. Die sechs Jahre Ehe waren die schlimmste Zeit meines Lebens. Niemand ahnte, was hinter geschlossenen Türen passierte. Alle erzählten mir ständig, was für ein Glück ich doch hätte, mit ihm verheiratet zu sein. Es wusste ja keiner, was für ein Mensch er in Wahrheit war. Er hat mich gequält und misshandelt. Ein paarmal habe ich versucht, von ihm wegzukommen, aber er hat mich immer wieder zum Bleiben bewegt. Er konnte sehr charmant und überzeugend sein. Peiniger verlieren ihre Opfer nie aus den Augen. Schließlich wollte ich sterben und provozierte einen Autounfall. Danach war ich lange Zeit im Krankenhaus und kam endlich zur Besinnung. Ich bin nie zu ihm zurückgekehrt. Ein Jahr lang bin ich in Kalifornien untergetaucht, traf eine Menge Menschen, die mir guttaten, und fand schließlich heraus, was ich mit meinem Leben anfangen wollte. Nach meiner Rückkehr eröffnete ich das Kinderheim und habe nie mehr zurückgeschaut.«

»Was wurde aus ihm? Wo ist er?«

»Immer noch hier. Quält jemand anderen. Er ist jetzt über fünfzig und hat letztes Jahr eine bedauernswerte Debütantin geheiratet. Armes Kind. Er ist so charmant, wie man nur sein kann – und genauso krank. Er ruft mich manchmal an oder schreibt Briefe, in denen er mir sagt, dass sie ihm nichts bedeute und er mich noch immer liebe. Ich habe ihm nie geantwortet. Ich gehe nicht ans Telefon, wenn ich seine Nummer auf dem Display sehe, und ich rufe nie zurück. Für mich ist es vorbei. Allerdings habe ich seither keine Lust verspürt, es noch einmal mit einer Beziehung zu versuchen. Man kann wohl guten Gewissens sagen, dass ich Bindungsängste habe.« Sie lächelte Charlie traurig an. »Und ich habe nicht vor, das zu ändern. Ich verspüre nicht den geringsten Wunsch, noch einmal verprügelt zu werden. Es war nicht vorherzusehen. Für niemanden. Alle sahen nur, wie attraktiv und charmant er war – und reich. Er stammte aus einer sogenannten guten Familie. Und meine eigene Familie hat mich lange Zeit für verrückt gehalten. Wahrscheinlich tut sie das immer noch, sie sind nur zu höflich, um es zu sagen. Sie glauben, ich leide unter Verfolgungswahn. Aber ich bin am Leben und noch bei Verstand. Beides stand damals auf dem Spiel, bis ich mich entschied, auf dem Long Island Expressway mit meinem Wagen auf diesen Lkw aufzufahren. Ich hatte fürchterliche Angst. Aber mein Tod schien mir weniger bedrohlich als ein Leben mit ihm. An diesem Tag warf ich meine biologische Uhr aus dem Fenster, samt den Pumps und dem Make-up und den Cocktailkleidern – und meinem Ehering. Zum Glück habe ich den Unfall überlebt, und zum Glück haben wir keine Kinder bekommen. Vermutlich wäre ich dann bei ihm geblieben. Aber statt einem oder zwei Kindern habe ich jetzt vierzig, einschließlich Gabby und Zorro. Und ich bin sehr viel glücklicher als damals.« Carole blickte ihn an, und Charlie sah den Kummer in ihren Augen. Sie hatte die Hölle durchlitten. Deshalb engagierte sie sich auch so für die Kinder im Heim. Während sie ihm die Geschichte erzählt hatte, war es Charlie kalt den Rücken hinuntergelaufen. Sie hatte es sachlich und kurz geschildert. Aber das war es nicht, was ihn so mitnahm. Sie war in einem Alptraum gefangen gewesen, bis sie schließlich mit einem Schrei daraus erwachte. Doch dazu hatte sie sechs Jahre gebraucht, und während dieser Zeit musste sie unglaublich gelitten haben. Was ihr passiert war, tat ihm leid, mehr als sie ahnte. Aber sie war auch am Leben und konnte ihm ihre Geschichte erzählen.

»Das tut mir leid, Carole. Vielen Menschen stößt irgendwann im Leben etwas Schreckliches zu. Die Frage ist immer, wie man damit umgeht – wie viele Teile man aus den Scherben herausfischen und wieder zusammenkitten

kann.« Ihm war klar, dass auch in seinem Leben noch einige große Stücke fehlt. »Sie sind sehr mutig.«
»Sie aber auch. Beide Eltern und seine Schwester zu verlieren, ist ein schwerer Schlag. Darüber kommt man nur schwer hinweg. Aber vielleicht finden Sie eines Tages den Mut, nicht davonzulaufen. Das hoffe ich für Sie«, sagte sie mit sanfter Stimme.
»Das wünsche ich Ihnen auch«, sagte er leise, sah sie an und war dankbar dafür, dass sie so ehrlich zu ihm gewesen war.
»Ich würde mein Geld eher auf Sie setzen.« Sie lächelte ihn an. »Mir gefällt mein Leben so, wie es jetzt ist – einfach, schlicht und unkompliziert.«
»Und einsam«, fügte er offen hinzu. »Und erzählen Sie mir ja nicht, ich hätte unrecht. Das wäre gelogen, und das wissen Sie auch. Ich bin ebenfalls einsam. Wir alle sind es. Wenn man sich dazu entschließt, allein zu bleiben, wird man vielleicht von niemandem verletzt, aber man zahlt einen hohen Preis dafür. Auf diese Weise handelt man sich zwar keine neuen Narben ein, aber wenn Sie abends nach Hause kommen, hören Sie dasselbe wie ich: Stille. Die Wohnung ist dunkel. Niemand fragt, wie es Ihnen geht, und es schert auch niemanden. Ihre Freunde vielleicht, aber wir beide wissen, dass das nicht dasselbe ist.«
»Ist es nicht«, gestand sie ehrlich. »Aber die Alternative macht mir zu viel Angst.«
»Eines Tages könnte die Stille doch furchterregender werden. Mir macht sie manchmal zu schaffen.« Vor allem in den letzten Monaten. Und die Zeit arbeitete gegen ihn.
»Und was tun Sie dann?«, fragte Carole gespannt.
»Ich laufe weg: Ich gehe aus, ich verreise, treffe Freunde,

besuche Partys, verabrede mich mit Frauen. Es gibt viele Möglichkeiten, die Leere zu füllen. Doch wo auch immer Sie auf dieser Welt hingehen, Sie nehmen sich selbst und Ihre Gespenster immer mit.« Abgesehen von seinem Therapeuten war er nie zuvor jemandem gegenüber so ehrlich gewesen. Aber er war diese Oberflächlichkeit leid, wollte nicht länger so tun, als wäre alles in bester Ordnung. Manchmal war es das einfach nicht.

»Ja, ich weiß«, sagte sie leise. »Ich arbeite bis zum Umfallen und rede mir ein, das sei ich meinen Patienten schuldig. Aber es geht nicht immer um sie. Meistens schon, aber manchmal geht es auch um mich.«

»Wir sitzen ganz schön in der Tinte, nicht wahr? Zwei Menschen mit Bindungsangst gehen zusammen essen und tauschen Geheimnisse aus.«

»Es gibt Schlimmeres.« Carole fragte sich plötzlich, ob es Charlie bei dem Treffen wirklich nur um ihre Ideen bezüglich des Heims gegangen war. »Lassen Sie uns Freunde sein«, schlug sie vor, um klare Grenzen zu setzen. Bevor er antwortete, sah er sie lange an. Er wollte ehrlich sein. Als er sie zum Essen eingeladen hatte, war er das nicht gewesen. Doch bevor es zu spät dafür war, wollte er wenigstens jetzt offen sein.

»Ich kann Ihnen nicht versprechen, dass mir eine Freundschaft genügt«, gestand er. »Ich breche meine Versprechen nicht, und ich bin nicht sicher, ob ich dieses halten könnte.«

»Dann werde ich mich nicht mehr mit Ihnen zum Abendessen treffen.«

»Dann müssen wir wohl zusammen zu Mittag essen. Ich bringe Bananen mit, oder wir treffen uns bei Sally's und knabbern klebrige Spareribs,« erwiderte Charlie lächelnd.

»Ich will nicht abstreiten, dass wir Freunde werden könnten, aber ich mag Sie. Sogar Leute mit Beziehungsängsten haben gelegentlich Romanzen oder ein Date.«
»War das heute eins?« Sie sah ihn überrascht an. Am Tag zuvor war sie noch davon überzeugt gewesen, dass er mit ihr bloß über das Heim reden wollte. Allerdings hatte dieser Abend auch bei ihr Spuren hinterlassen.
»Ich weiß nicht«, antwortete er ausweichend, da er noch nicht bereit war, ihr seine Lüge einzugestehen. »Ich denke, dass sich zwei intelligente Menschen mit ähnlichen Interessen besser kennengelernt haben. Für das nächste Mal würde ich mir wünschen, dass es ein Date ist.«
Eine Weile lang saß sie schweigend da und wäre am liebsten fortgelaufen. Dann sah sie ihn traurig an. »Ich verabrede mich nie zu Dates.«
»Lassen Sie das der Vergangenheit angehören. Sie können später überlegen, wie es sich anfühlt. Sie müssen jetzt gar nichts entscheiden. Außerdem rede ich nur von einem Abendessen und nicht von einer Operation am offenen Herzen«, fügte er schmunzelnd hinzu.
»Und wer von uns wird als Erster die Flucht ergreifen?«
»Ich tippe auf Sie. Aber ich muss Sie warnen. Ich bin nicht mehr so gut in Form wie früher und sprinte längst nicht mehr so schnell. Womöglich hole ich Sie nicht mehr rechtzeitig ein.«
»Bin ich ein Mittel, um Ihre Theorie vom Verlassenwerden zu bekräftigen, Charlie? Ich möchte nicht benutzt werden, um Ihr neurotisches Drehbuch umzusetzen«, sagte sie. Lächelnd hörte er ihr zu.
»Ich werde mich bemühen, es nicht zu tun. Denken Sie daran: nur ein Abendessen. Keine lebenslange Bindung.«

Er warnte sich im Geiste vor seinen eigenen Wünschen. Obwohl er sich nichts Besseres vorstellen konnte, als Zeit mit dieser wunderbaren Frau zu verbringen.

»Wenn Sie auf der Suche nach der Richtigen sind, sollten Abendessen mit Frauen wie mir nicht gerade ganz oben auf Ihrer To-do-Liste stehen.«

»Ich werde versuchen, das im Kopf zu behalten. Sie müssen mich nicht therapieren, Carole. Ich habe schon einen Therapeuten, der dafür zuständig ist. Lassen Sie uns einfach nur Freunde sein.«

»Ich denke, das ist annehmbar.« Mehr hätten sie beide zu diesem Zeitpunkt nicht sagen können. Aber das war auch nicht nötig.

Charlie bezahlte die Rechnung und begleitete Carole dann nach Hause. Sie wohnte in einem eleganten Altbau und bat ihn nicht herein. Das hatte er allerdings auch nicht erwartet. Für ein erstes Treffen waren die Dinge besser gelaufen, als er gehofft hatte.

Sie erzählte ihm, dass sie in einem kleinen Apartment an der Rückseite des Gebäudes wohnte. Die Miete war nicht allzu hoch, und sie hatte großes Glück gehabt, diese Wohnung zu finden. Er fragte sich, ob sie bei der Scheidung wohl eine Abfindung bekommen hatte, schließlich hatte sie beim Abendessen erwähnt, dass ihr Ex-Mann reich sei. Er hoffte für sie, dass sie noch etwas anderes aus dieser Beziehung mitgenommen hatte als nur Kummer.

»Danke für das Abendessen«, sagte sie höflich und fügte dann mit fester Stimme hinzu: »Es war kein Date.«

»Ich weiß. Aber danke, dass Sie mich daran erinnern.« Er zwinkerte ihr zu. »Wie wäre es mit einem Dinner nächste Woche?«

»Ich werde darüber nachdenken«, erwiderte sie, steckte den Schlüssel ins Schloss, winkte ihm noch einmal zu und verschwand im Hausflur.

»Gute Nacht«, flüsterte Charlie und spazierte langsam davon. Er dachte an Carole und all das, was sie ihm erzählt hatte. Er drehte sich nicht um, sonst hätte er vielleicht gesehen, wie sie ihm von einem Fenster im oberen Stock aus hinterherblickte. Sie fragte sich, was er wohl dachte. Charlie war zufrieden. Sie dagegen hatte Angst.

12

Zwei Tage nach Charlies Abendessen mit Carole hielt Adam in seinem neuen Ferrari vor dem Haus seiner Eltern auf Long Island. Er wusste, dass er sich auf etwas gefasst machen konnte. Sie hatten von ihm erwartet, dass er mit ihnen in die Synagoge ging. Das hatte er auch vorgehabt, so wie jedes Jahr. Doch dann hatte einer seiner Klienten, ein Spitzensportler, in einem Anfall von Panik angerufen und erzählt, dass seine Frau wegen Ladendiebstahls verhaftet worden war. Den Footballspieler aus Minnesota scherte es recht wenig, dass an diesem Tag Jom Kippur war – im jüdischen Glauben der Tag der Versöhnung. Er brauchte Adams Hilfe. Und der war wie immer für seine Klienten da. Adam kannte den zuständigen Staatsanwalt, und sie einigten sich auf einhundert Stunden gemeinnützige Arbeit. Weiterhin versprach der Staatsanwalt, die Geschichte aus der Presse herauszuhalten. Der Quarterback sagte, er schulde Adam lebenslangen Dank. Um halb sechs am Abend machte sich Adam dann endlich auf den Weg nach Long Island. Für den Weg brauchte er eine Stunde. Den Gottesdienst in der Synagoge hatte er zwar verpasst, doch wenigstens kam er noch rechtzeitig zum Abendessen. Seine Mutter würde wütend sein, und Adam ärgerte sich über sich selbst. Dieser Festtag gehörte zu den wenigen, an denen er gern in die Synagoge ging, um für seine Sünden des vergangenen Jahres Buße zu tun

und der Toten zu gedenken. Während der übrigen Zeit bedeutete ihm die Religion nicht viel. Aber er schätzte die hohen Feiertage und war dankbar, dass Rachel die Kinder in diesem Sinne erzog.
Letzten Sommer hatte Jacob seine Bar-Mizwa gefeiert. Als Jacob während des Gottesdienstes auf Hebräisch aus der Tora vorgelesen hatte, waren Adam die Tränen gekommen. Nie zuvor in seinem Leben war er so stolz gewesen. Er konnte sich noch daran erinnern, dass sein Vater damals bei Adams Feier ebenfalls geweint hatte.
Aber an diesem Abend würde es keine bewegenden Momente geben. Seine Mutter würde sich darüber aufregen, dass er nicht mit ihnen zusammen in der Synagoge gewesen war. Dass er sich um seine Klienten kümmern musste, war ihr gleichgültig. Im Grunde war sie wütend auf ihn, seit sich Rachel hatte scheiden lassen. Adam hatte immer das Gefühl gehabt, dass sie mehr zu der Schwiegertochter hielt als zu ihrem eigenen Sohn.
Als Adam das Haus betrat, waren gerade alle aus der Synagoge zurück und saßen im Wohnzimmer. Er trug einen eleganten dunkelblauen Brioni-Anzug mit Krawatte, ein maßgeschneidertes weißes Hemd und auf Hochglanz polierte Schuhe. Jede andere Mutter wäre bei diesem Anblick dahingeschmolzen. An den seltenen schönen Tagen in seiner Jugend hatte seine Mutter gesagt, er sähe aus wie ein israelischer Freiheitskämpfer. Damit hatte sie zumindest ab und zu gezeigt, dass sie stolz auf ihn war. Heutzutage warf sie ihm nur noch vor, seine Seele verkauft zu haben, um in Sodom und Gomorrha zu leben. In ihren Augen war sein Leben eine einzige Schande. Sie missbilligte alles, was er tat, angefangen von den Frauen, mit

denen er ausging, über seinen Beruf als Anwalt bis hin zu den Geschäftsreisen nach Las Vegas, wo er zu Titelkämpfen von Boxern oder Konzerttourneen von Rappern flog. Sie lehnte sogar Charlie und Gray ab, nannte die zwei Versager, die nie geheiratet hatten und sich stattdessen mit Flittchen herumtrieben. Und jedes Mal, wenn sie ein Foto von Adam in der Klatschpresse sah – ob bei einem Konzert von Vana oder bei einer Verabredung –, rief sie an, um ihm vorzuwerfen, was für eine Schande er doch sei. An diesem Abend würde es nicht anders sein.

Für seine Mutter gab es kaum etwas Schlimmeres, als an Jom Kippur den Gottesdienst zu verpassen. Außerdem war er bereits an Rosch ha-Schana nicht nach Hause gekommen. Damals musste er nach Atlantic City, wo einer seiner Klienten – ein bekannter Rockstar – betrunken auf der Bühne zusammengebrochen war. Die jüdischen Feiertage hatten für seine Klienten keine Bedeutung – für seine Mutter dagegen eine sehr große. Mit versteinerter Miene schloss Adam die Haustür hinter sich und ging ins Wohnzimmer. Aufgrund der Anspannung war er blasser als sonst. Wenn er nach Hause kam, fühlte er sich jedes Mal in seine Jugend zurückversetzt, und die Erinnerung an diese Zeit war keine glückliche. Seit seiner Geburt war er in dieser Familie wie ein Eindringling und Störenfried behandelt worden.

»Hi Mom, tut mir leid, dass ich so spät dran bin.« Adam ging zu seiner Mutter und beugte sich hinunter, um sie auf die Wange zu küssen. Sie drehte das Gesicht fort. Sein Vater saß auf dem Sofa und starrte auf seine Schuhe. Obwohl er gehört haben musste, dass Adam hereingekommen war, hob er nicht einmal den Kopf, um ihn anzusehen. Das tat er nie. Adam küsste seine Mutter auf den Scheitel und trat einen Schritt von ihr weg. »Ich bitte alle um Verzeihung, aber es war nicht zu ändern. Es gab einen Notfall mit einem Klienten, seine Frau stand schon mit einem Bein im Gefängnis.« Diese Entschuldigung bedeutete seiner Mutter nichts, sie diente ihr lediglich als neues Kanonenfutter.

»Nette Leute, für die du da arbeitest«, sagte sie mit einer Stimme, die scharf genug war, um Granit zu schneiden. »Du musst sehr stolz auf dich sein.« Ihre Stimme triefte vor Sarkasmus. Adam sah, dass seine Schwester ihrem Mann einen vielsagenden Blick zuwarf und dass sein Bruder stirnrunzelnd den Kopf abwandte. Dies würde einer jener Abende werden, nach denen er noch tagelang Magenschmerzen hatte.

»Diese Arbeit ernährt meine Kinder«, erklärte Adam und bemühte sich, heiter zu klingen. Er ging zur Anrichte und schenkte sich einen Drink ein. Wodka auf Eis. Er brauchte etwas Starkes.

»Kannst du nicht einmal warten, bis du sitzt, bevor du dir einen Drink nimmst? Du schaffst es nicht, an Jom Kippur in die Synagoge zu gehen und deine Familie anständig zu begrüßen, aber du trinkst bereits. Du wirst bei den Anonymen Alkoholikern enden.« Darauf hatte er nicht viel zu erwidern. Bei Charlie oder Gray hätte er eine witzige Bemerkung losgelassen, aber nichts, was in dieser Familie je passierte, war witzig. Sie sahen aus, als würden sie auf eine Gerichtsverhandlung warten, und nicht auf das Dienstmädchen, das zu Tisch rief. Es war dieselbe Afroamerikanerin, die schon seit dreißig Jahren für Adams Eltern arbeitete. Adam hatte nie verstanden, warum sie das tat.

Seine Mutter bezeichnete sie sogar in ihrem Beisein noch immer als »die Schwarze«. Dabei sprach das Dienstmädchen mittlerweile besser Jiddisch als Adam. Sie war der einzige Mensch, auf den er sich bei seinen seltenen Besuchen zu Hause freute. Ihr Name war Mae.

»Wie war es in der Synagoge?«, erkundigte sich Adam höflich und bemühte sich, ein Gespräch anzufangen, während sich seine Schwester Sharon leise mit ihrer Schwägerin Barbara unterhielt. Sein Bruder Ben sprach mit seinem Schwager Gideon über Golf. Ben war Arzt, und Gideon verkaufte Versicherungen. Die Tatsache, dass Adam sein Jura-Examen in Harvard magna cum laude bestanden hatte, wurde durch die Schmach seiner Scheidung aufgehoben. Schließlich trug er in den Augen seiner Mutter die Schuld daran. Wenn er ein anständiger Kerl wäre, warum sollte ein Mädchen wie Rachel ihn dann verlassen? Und man musste sich doch nur ansehen, mit was für Frauen er sich seither einließ. Adam konnte bei diesem Spiel nicht gewinnen.

Schließlich kam Mae herein, um alle zum Essen zu rufen. Als sie sich an den Tisch setzten, starrte seine Mutter Adam unentwegt an. Sie saß an der Stirnseite und betrachtete ihn mit einem Blick, der Beton zum Bersten gebracht hätte. Adams Vater saß am gegenüberliegenden Ende. Die Kinder bekamen ihr Essen noch immer in der Küche, Adam hatte sie bisher nicht zu Gesicht bekommen. Sie waren draußen gewesen, um ein wenig auf den Korb zu werfen und heimlich zu rauchen. Adams eigene Kinder kamen nie zu diesen Feiern. Seine Mutter traf sich zu anderen Zeiten mit ihnen und Rachel. Adam saß zwischen seinem Vater und seiner Schwester wie jemand, für den man im letzten Moment noch schnell ein Gedeck dazugestellt hatte. Außerdem war ihm das Tischbein im Weg, was Adam vorkam wie ein Zeichen Gottes, dass in dieser Familie kein Platz für ihn war, noch weniger als früher. Er wurde von Minute zu Minute blasser und sehnte sich verzweifelt danach, wieder zu Hause zu sein. Das Schlimmste an diesem Gedanken war jedoch, dass dies hier eigentlich sein Zuhause war, obwohl er das zwischen all diesen »Fremden« nur schwer glauben konnte.

»Wo warst du überall in letzter Zeit?«, fragte seine Mutter, als alle schwiegen, auf dass es jeder hörte, wenn er Städte wie Las Vegas und Atlantic City aufzählte – Orte, an denen es Spieler, Prostituierte und reihenweise leicht zu habende Mädchen gab.

»Ach, hier und da«, antworte Adam vage. Er wusste, wie der Abend ablaufen würde. Zwar war es schwer, die Schlaglöcher und Fußangeln zu umgehen, aber Adam gab sich Mühe. »Im August war ich in Italien und Frankreich«, erinnerte er seine Mutter, da sie nach dem Urlaub schon miteinander gesprochen hatten. Es war sinnlos, ihnen zu erzählen, dass er letzte Woche nur in Atlantic City gewesen war, um einem Klienten aus der Klemme zu helfen. Zum Glück wusste seine Mutter nicht, wo er an Rosch ha-Schana gewesen war. Adam warf einen Blick auf seine Schwester, die ihn anlächelte. Sie hatte zwei Kinder, die Gideon und ihr stark ähnelten, die Adam jedoch selten zu Gesicht bekam. Adam ging auf sämtliche Bar-Mizwas und Bat-Mizwas, aber ansonsten sah er seine Neffen und Nichten nie. Sie waren Fremde für ihn. Charlie und Gray gegenüber hatte er zugegeben, dass es ihm so lieber war.

»Wie war es am Lake Mohonk?«, fragte er seine Mutter.

Er hatte keine Ahnung, warum sie immer noch dorthinfuhren. Sein Vater hatte vierzig Jahre zuvor an der Börse ein Vermögen verdient, und die beiden konnten überall hinreisen. Seine Mutter tat jedoch lieber so, als seien sie immer noch arm. Außerdem hasste sie das Fliegen, weshalb seine Eltern nie weit reisten.

»Sehr nett«, antwortete sie und suchte offenbar nach weiteren Speeren, die sie in seine Richtung werfen konnte. Für gewöhnlich nutzte sie alles, was er ihr erzählte, um es gegen ihn zu verwenden. Die Kunst bestand darin, ihr keine weiteren Informationen zu geben zusätzlich zu dem, was sie in den Klatschblättern las, irgendwo aufschnappte oder im Fernsehen sah. In der Regel schickte sie ihm die Zeitungsausschnitte mit den Fotos zu, auf denen er neben einem seiner Klienten stand, der in Handschellen abgeführt wurde. Dazu schrieb sie kurze Nachrichten wie: »Falls du es nicht gelesen haben solltest ...« Wenn die Bilder besonders brisant waren, schickte sie ihm diese mehrmals und schrieb Sätze dazu wie: »Hatte ich dir das eigentlich schon einmal geschickt?«

»Wie geht es dir, Dad?«, war für gewöhnlich Adams nächster Versuch, ein Gespräch zu beginnen, auf den er jedes Mal die gleiche Antwort bekam. Das Verhalten seines Vaters ähnelte dem einer defekten Maschine – um eine Antwort zu erhalten, musste man ihr stets einen kräftigen Tritt versetzen. Die Standardantwort seines Vaters auf Adams Frage lautete: »Recht gut.« Während er das sagte, starrte er auf seinen Teller und aß unbeirrt weiter. Sich völlig in sich zurückzuziehen und jedes Gespräch zu verweigern, war für seinen Vater vermutlich die einzige Möglichkeit gewesen, fünfundfünfzig Jahre Ehe mit seiner

Mutter zu ertragen. Adams Bruder Ben wurde diesen Winter fünfundfünfzig, Sharon war gerade fünfzig geworden. Adam war ein Unfall gewesen, der neun Jahre später passierte, offensichtlich einer, der es nicht wert war, beachtet oder erörtert zu werden.

Adam konnte sich nicht daran erinnern, dass seine Mutter ihm je gesagt hätte, dass sie ihn liebte. Oder dass sie auch nur ein nettes Wort für ihn übrig gehabt hätte. Schon als Kind war er für sie nur etwas Unangenehmes und ein Ärgernis. Das Netteste, das sie je für ihn getan hatte, war, ihn zu ignorieren. Das Schlimmste hingegen, ihn zu kritisieren, zu meiden, zusammenzustauchen oder gar zu schlagen. Alles das war die Aufgabe seiner Mutter gewesen, und sie tat es noch immer, obwohl er ein Mann von über vierzig Jahren war. Das Einzige, das sie im Laufe der Zeit abgelegt hatte, war, ihn zu ohrfeigen.

»Und mit wem triffst du dich zurzeit, Adam?«, fragte seine Mutter, als Mae den Salat servierte. Da Adam dafür bestraft werden musste, dass er nicht in der Synagoge gewesen war, holte seine Mutter die schweren Geschütze schon frühzeitig hervor. In der Regel wartete sie damit bis nach dem Dessert, wenn sie einen Kaffee vor sich hatten. Adam hatte schon vor langer Zeit gelernt, dass es auf ihre Fragen keine richtige Antwort gab.

»Mit niemandem. Ich habe zu tun«, antwortete er ausweichend.

»Offenbar«, sagte seine Mutter, während sie hocherhobenen Hauptes zur Anrichte marschierte. Trotz ihrer neunundsiebzig Jahre war sie schlank und sah immer noch gut aus. Sein Vater war achtzig und zumindest körperlich gut in Form.

Sie holte eine Ausgabe des *Enquirer* aus einer Schublade und legte sie für alle gut sichtbar auf den Tisch. Davon hatte sie ihm keine Kopie geschickt. Offensichtlich hatte sie dieses Exemplar für die hohen Feiertage aufgespart, damit alle ihren Spaß daran hatten. Es war ein Foto von ihm, das bei Vanas Konzert aufgenommen worden war. Neben ihm stand ein Mädchen mit weit offenem Mund und geschlossenen Augen. Sie trug eine offene Lederjacke, und ihre Brüste sprengten förmlich die durchsichtige schwarze Bluse. Ihr Rock war so kurz, dass es den Anschein hatte, sie trüge gar keinen. »Wer ist *das?*«, fragte seine Mutter in einem Ton, der andeutete, dass Adam ihnen allen etwas verheimlichte. Er starrte auf das Bild und konnte sich erst nicht erinnern. Aber dann fiel es ihm wieder ein. Maggie! Das Mädchen, dem er einen Platz auf der Bühne besorgt und das er anschließend nach Hause gebracht hatte.

»Irgendein Mädchen, das bei dem Konzert neben mir gestanden hat«, log er.

»Du bist nicht mit ihr zusammen dort gewesen?« Die Stimme von Adams Mutter schwankte zwischen Enttäuschung und Erleichterung. Jetzt musste sie sich eine neue Waffe suchen.

»Nein, ich habe Charlie mitgenommen.«

»Wen?« Sie tat so, als sage ihr der Name nichts. Dass sie die Namen seiner Freunde vergaß, war für Adam nur eine weitere Form ihrer Ablehnung.

»Charles Harrington.« Der, bei dem du jedes Mal so tust, als wüsstest du nicht, wer gemeint ist, fügte er in Gedanken hinzu.

»Ach *der.* Er muss schwul sein, schließlich hat er nie geheiratet.« Jetzt hatte sie eine geeignete Waffe gefunden. Wenn Adam darauf erwiderte, Charlie sei nicht homosexuell, würde sie mit der Frage kontern, woher er das wisse. Damit konnte sich Adam schnell selbst belasten. Wenn er seiner Mutter hingegen zustimmte, um die Lage zu entschärfen, würde es sich früher oder später rächen. Diese Strategie hatte er bei anderen Gelegenheiten schon ausprobiert. Am besten sagte er gar nichts. Stattdessen lächelte er Mae an, die ihm zum zweiten Mal Brot anbot. Sie zwinkerte ihm zu. Mae war seine einzige Verbündete. Als er nach dem Dinner vom Tisch aufstand, kam es ihm so vor, als hätte er Stunden in der Hölle zugebracht. Der Knoten in seinem Magen hatte mittlerweile die Größe einer Faust. Im Wohnzimmer nahmen alle dieselben Plätze ein wie vor dem Essen. Plötzlich wurde Adam klar, dass er es einfach nicht mehr länger aushielt. Er ging zu seiner Mutter und stellte sich dicht neben sie, nur für den Fall, dass sie das Bedürfnis hätte, ihn zu umarmen. Das kam jedoch nicht oft vor.

»Tut mir leid, Mom. Ich habe fürchterliche Kopfschmerzen. Fast eine Migräne. Es ist eine lange Fahrt, und ich sollte mich besser auf den Weg machen.« Adam wollte nur noch durch die Tür stürmen, einfach wegrennen.

Mit zusammengepressten Lippen sah sie ihn lange an und nickte dann. Sie hatte ihn angemessen dafür bestraft, dass er nicht mit in die Synagoge gekommen war. Nachdem er seine Pflicht als Prügelknabe und Sündenbock erfüllt hatte, war er entlassen und durfte gehen. Diese Rolle hatte er schon inne, seit er ungewollt geboren worden war. Seine Mutter hatte damals geglaubt, das Kinderkriegen längst hinter sich zu haben. Er war ein unerwarteter und unwillkommener Angriff auf ihre Teegesellschaften und Bridge-Partys. Ben war damals vierzehn gewesen und hatte sich dafür geschämt, dass seine Mutter noch einmal schwanger wurde, und Sharon war mit ihren neun Jahren außer sich gewesen über den Störenfried in ihrem Leben. Adams Vater hatte Golf gespielt und stand für Kommentare nicht zur Verfügung. Als Rache wurde Adam von einem Kindermädchen aufgezogen und hatte mit dem Rest der Familie kaum Kontakt. Aber diese Strafe entpuppte sich als Segen für das Kind. Die Frau, die ihn bis zum seinem zehnten Lebensjahr aufzog, war liebevoll und warmherzig. An seinem zehnten Geburtstag wurde sie deshalb gefeuert und durfte sich nicht einmal von ihm verabschieden. Noch immer fragte sich Adam manchmal, was wohl aus ihr geworden war. Aber sie war schon damals nicht mehr jung gewesen, und er nahm an, dass sie mittlerweile gestorben war. Jahrelang hatte er sich schuldig gefühlt, weil er nie versuchte, sie ausfindig zu machen, um sich bei ihr zu bedanken.

»Wenn du weniger trinken und dich nicht mit solchen Frauenzimmern herumtreiben würdest, bekämst du auch keine Kopfschmerzen«, erklärte Adams Mutter. Er war nicht sicher, was die »Frauenzimmer« damit zu tun hatten, aber er fragte nicht nach. Seine Mutter in ihrem Glauben zu lassen, war einfacher.

»Danke für das köstliche Essen.« Er hatte keine Ahnung, was er gegessen hatte. In diesem Haus achtete er nie darauf, was er aß. Er brachte es einfach hinter sich.

»Melde dich«, sagte sie streng. Er nickte und widerstand dem Drang, sie zu fragen, warum er das tun sollte. Es war nur eine weitere dieser Fragen, die ihm niemand beantworten konnte. Warum sollte er sie anrufen? Er wollte es nicht. Aber er tat es dennoch, aus Respekt und Gewohnheit. Etwa einmal in der Woche meldete er sich und hoffte jedes Mal, dass sie nicht da war. Dann konnte er eine Nachricht hinterlassen, vorzugsweise bei seinem Vater, der zwischen dem »Hallo« und »Tschüss« kaum mehr als drei Worte über die Lippen brachte. Und die lauteten für gewöhnlich: »Werde ich ausrichten.«

Adam verabschiedete sich von allen und ging dann noch in die Küche, um Mae auf Wiedersehen zu sagen. Anschließend verließ er das Haus und stieg mit einem tiefen Seufzer in seinen Ferrari.

»Heilige Scheiße!«, sagte er laut. »Wie ich diese ganze Sippe hasse.« Nachdem er es laut ausgesprochen hatte, fühlte er sich besser und startete den Motor. Zehn Minuten später raste er um einiges schneller als erlaubt den Long Island Expressway entlang. Sein Magen entspannte sich ein wenig. Er versuchte Charlie anzurufen, weil er das Bedürfnis hatte, eine freundliche Stimme zu hören. Der war jedoch nicht da. Adam hinterließ eine belanglose Nachricht auf dem Anrufbeantworter. Plötzlich musste er an Maggie denken. Das Foto von ihr im *Enquirer* war fürchterlich. Er konnte sich gut daran erinnern, dass sie in Wahrheit viel hübscher war. Während er darüber nachdachte, überlegte er tatsächlich, sie anzurufen. Er musste irgendetwas tun, um sein angeschlagenes Ego aufzurichten. Aber ausgerechnet Maggie? Es gab jede Menge andere Frauen, die er anrufen konnte, und sobald er zu Hause angekommen war, tat er das auch. Er erreichte niemanden. Es war Freitagabend, und sämtliche seiner Bekanntschaften waren ausgegangen. Aber Adam brauchte einen menschlichen Kontakt, jemanden, den er anlächeln konnte, der mit ihm redete. Ein Treffen mit seiner Familie entzog ihm sämtliche Lebenskraft, als hätte ein Vampir ihm das Blut aus den Adern gesaugt.

Adam saß in seinem Apartment und ging sein Adressbuch durch. Dann fiel ihm wieder Maggie ein. Vermutlich arbeitete sie um diese Zeit, aber er würde es probieren, da er nicht wusste, was er sonst machen sollte. Es war nach Mitternacht, und vielleicht war sie schon zu Hause. Er suchte in den Taschen der Lederjacke, die er am Abend von Vanas Konzert getragen hatte, nach dem Zettel mit Maggies Nummer. Endlich fand er ihn. Maggie O'Malley. Er wählte die Nummer. Das Ganze war lächerlich – aber er musste mit jemandem reden. Seine Mutter trieb ihn in den Wahnsinn. Seine Schwester hasste er. Nein, er hasste sie nicht. Er mochte sie nur nicht, genauso wenig wie sie ihn. Sie hatte nie etwas mit ihrem Leben angefangen, außer zu heiraten und zwei Kinder zu bekommen. Mit ihr zusammen zu sein, weckte seine schlimmsten Kindheitserinnerungen. Er fühlte sich so miserabel wie immer nach einem dieser Besuche und hatte jetzt tatsächlich Kopfschmerzen. Wie gern würde er mit Gray oder Charlie reden. Aber Gray war bei Sylvia, und es war zu spät, um noch anzurufen, und Adam war eingefallen, dass Charlie übers Wochenende verreisen wollte. Also rief er Maggie an. Es klingelte ein paarmal, dann sprang der Anrufbeantworter an, und es meldeten sich mehrere Mädchen. Adam hinterließ seinen Namen und seine Nummer für Maggie. Er wusste selbst nicht, warum er das tat. Nachdem er aufgelegt hatte, kam er sich idiotisch vor. Das Mädchen war ihm völlig fremd. Er konnte ihr schlecht erzählen, was es

für ihn bedeutete, seine Familie zu sehen, und wie sehr seine Mutter ihm jedes Mal zusetzte. Maggie war nur irgendein Mädchen, das er in Ermangelung von jemand Besserem nach dem Konzert mitgeschleppt hatte. Sie war Kellnerin. Und ausgerechnet seine Mutter hatte ihn an Maggie erinnert. Jetzt war Adam erleichtert, dass er Maggie nicht erreicht hatte. Der einzige Grund, weshalb er ihre Telefonnummer noch hatte, war, dass er vergessen hatte, den Zettel wegzuwerfen.
Trotz der Andeutungen seiner Mutter bezüglich seines Alkoholkonsums und der damit zusammenhängenden Kopfschmerzen schenkte er sich noch einen Drink ein, bevor er ins Bett ging. Dann lag er da und versuchte, sich von den Strapazen des Besuches auf Long Island zu erholen. Es dauerte jedes Mal Tage, bis ihm das gelang. Warum wollten sie ihn überhaupt dabeihaben, wenn sie ihn doch nur wie einen Aussätzigen behandelten? Während er im Bett lag und grübelte, begann es in seinem Kopf immer heftiger zu pochen. Es dauerte fast eine Stunde, bis er endlich eindöste.
Als Adam bereits tief schlief, klingelte das Telefon. Er träumte, dass Monster aus dem All ihn bei lebendigem Leib verspeisten und dabei dieses seltsame summende Geräusch von sich gaben. Und die ganze Zeit stand seine Mutter lachend daneben und wedelte ihm mit der Zeitung vor der Nase herum. Adam zog sich die Decke über den Kopf und lief in Gedanken schreiend fort, bis ihm klarwurde, dass dieses seltsame Geräusch das Klingeln des Telefons war. Verschlafen hielt er sich den Hörer ans Ohr und murmelte: »...llo?«
»Adam?« Er erkannte die Stimme nicht, aber als er lang-

sam wacher wurde, stellte er fest, dass die Kopfschmerzen noch schlimmer geworden waren.

»Wer ist denn da?« Adam wusste es nicht, und es war ihm auch gleichgültig. Er drehte sich auf die Seite und versuchte, mit dem Hörer am Ohr weiterzuschlafen.

»Hier ist Maggie. Sie haben eine Nachricht auf meinem Anrufbeantworter hinterlassen.«

»Maggie wer?« Er war immer noch zu verschlafen, um sie zu erkennen.

»Maggie O'Malley. Sie haben mich angerufen. Habe ich Sie geweckt?«

»Ja, haben Sie.« Langsam regten sich seine Lebensgeister. Adam warf einen Blick auf den Wecker neben seinem Bett. Es war kurz nach zwei Uhr am Morgen. »Warum rufen Sie mich um diese Zeit an?« Je klarer sein Kopf wurde, desto mehr ließen seine Kopfschmerzen nach. Aber er würde nicht wieder einschlafen können, wenn er sich jetzt mit irgendwem unterhielt.

»Ich dachte, es sei wichtig. Sie haben mich um Mitternacht angerufen. Ich bin gerade von der Arbeit nach Hause gekommen und hatte gehofft, Sie wären noch wach.«

»Bin ich nicht«, sagte er und dachte über das Mädchen nach, während er im Bett lag. Sein nächtlicher Anruf bei ihr musste wie eine blöde Anmache gewirkt haben. Aber ihn um zwei Uhr zurückzurufen war wohl kaum besser. Und jetzt war es sowieso zu spät, um sie noch zu treffen.

»Warum haben Sie angerufen?«, fragte Maggie neugierig. Der Abend mit ihm hatte ihr gefallen, aber sie war enttäuscht gewesen, als er sie danach nicht mehr angerufen hatte – obwohl sie insgeheim genau davon ausgegangen war. Als sie es ihren Kolleginnen gegenüber erwähnt hatte, sagten die ebenfalls, dass er sich nie wieder melden würde. Sie vermuteten, dass Maggie für ihn uninteressant geworden war, weil sie nicht mit ihm ins Bett gewollt hatte.

»Ich hatte mich nur gefragt, ob Sie einen Moment Zeit hätten«, antwortete Adam verschlafen.

»Um Mitternacht?« Sie klang fassungslos. Er war jetzt wach und schaltete das Licht ein. Es war ihm ein bisschen peinlich. Die meisten Frauen, die er kannte, hätten schon lange aufgelegt. Maggie nicht. Seine Erklärung schien sie jedoch zu kränken. »Was soll das sein, ein eindeutiges Angebot?« Im Grunde war es das, doch eigentlich wollte er nur eine verständnisvolle Seele um sich haben, die ihn von dem Gift heilte, das seine Mutter ihm mit ihren Worten eingeflößt hatte. Wenn Sex daran beteiligt war, konnte das natürlich auch nicht schaden. In Maggies Fall war es nur ein bisschen schwieriger als sonst.

»Ich fühlte mich einsam. Und ich hatte Kopfschmerzen.« Das klang selbst in seinen Ohren armselig.

»Sie haben mich angerufen, weil Sie Kopfschmerzen hatten?«

»Ja, so ungefähr«, antwortete er und klang verlegen. »Ich hatte einen fürchterlichen Abend mit meinen Eltern auf Long Island. Heute ist Jom Kippur.« Er vermutete, dass sie keine Ahnung davon hatte, was Jom Kippur bedeutete.

»Na, dann Happy Jom Kippur«, wünschte sie ihm leicht bissig.

»Nicht ganz. Es ist der Versöhnungstag«, erklärte er ihr.

»Wieso haben Sie mich bisher nie angerufen?« Sie war berechtigterweise misstrauisch.

»Ich hatte viel zu tun.« Er bedauerte seinen Anruf von Minute zu Minute mehr. Morgens um zwei mit einer Frau zu diskutieren, die er eigentlich nie hatte anrufen wollen, war das Letzte, was er jetzt brauchte. Aber er war selbst schuld.

»Ja, ich hatte auch viel um die Ohren«, sagte sie mit ihrem ausgeprägten New Yorker Akzent. »Sie hatten nie vor, mich anzurufen, stimmt's?«, fragte sie und klang traurig.

»Offensichtlich doch, da ich es getan habe. Vor genau zwei Stunden«, brummte er verärgert. Er schuldete ihr keine Erklärungen, und jetzt meldeten sich auch noch seine Kopfschmerzen mit voller Kraft zurück. So war es nach Abenden auf Long Island immer. Und Maggie erwies sich dabei nicht gerade als hilfreich.

»Nein, Sie hatten nie vor, mich anzurufen. Meine Freundinnen haben es mir gesagt.«

»Sie haben mit ihnen darüber gesprochen?« Was für eine peinliche Vorstellung. Womöglich hatte die gesamte Nachbarschaft Wetten darüber abgeschlossen, ob er anrufen würde.

»Ich habe sie nur nach ihrer Meinung gefragt. Hätten Sie angerufen, wenn ich mit Ihnen geschlafen hätte?«, fragte sie neugierig. Adam stöhnte und drehte sich auf den Rücken.

»Woher soll ich das wissen? Vielleicht. Vielleicht auch nicht. Das hängt davon ab, ob wir uns gemocht hätten«, erklärte er und hielt die Augen fest geschlossen.

»Ehrlich gesagt bin ich nicht sicher, ob ich Sie mag. Als wir uns bei dem Konzert begegneten, dachte ich erst, Sie wären ein netter Kerl. Aber jetzt glaube ich, dass Sie nur mit mir spielen. Vielleicht fanden Sie und Charlie mich irgendwie witzig.« Sie klang verletzt. Typen wie er nutzten Mädchen wie sie aus und meldeten sich dann nie wieder. Genau das hatten all ihre Freunde gesagt, und als er dann tatsächlich nie angerufen hatte, war Maggie zu dem Schluss gekommen, dass es stimmte. Im Nachhinein war sie erst recht froh gewesen, dass sie nicht mit ihm geschlafen hatte. Sie kannte ihn schließlich gar nicht. Und sie war nicht bereit, sich einen Platz im Konzert mit ihrem Körper zu erkaufen.

»Charlie fand Sie sehr nett«, log Adam. Er hatte keinen blassen Schimmer, was Charlie über sie gedacht hatte. Adam konnte sich nicht daran erinnern, und keiner von ihnen hatte Maggie je wieder erwähnt. Sie war nur ein Mädchen, das eines Nachts irgendwie aufgetaucht und dann wieder verschwunden war. Sie hatte recht. Er hatte nie vorgehabt, sie anzurufen. Bis zu diesem Alptraum auf Long Island. Er hatte eine menschliche Stimme bitter nötig gehabt. Und jetzt bekam er mehr davon, als er gewollt hatte.

»Und was ist mit Ihnen, Adam? Fanden Sie mich auch nett?« Sie ließ nicht locker. Adam öffnete die Augen und starrte an die Decke.

Warum redete er eigentlich mit ihr? Daran war nur seine Mutter schuld. Er hatte genug getrunken, um davon überzeugt zu sein, dass seine Mutter an so ziemlich allem in seinem Leben die Schuld trug. Der Rest ging auf Rachels Konto.

»Hören Sie, warum machen wir das hier eigentlich? Ich kenne Sie doch gar nicht. Und Sie kennen mich nicht. Wir sind zwei völlig Fremde. Mir brummt der Schädel, und ich habe Magenschmerzen. Meine Mutter hält mich für einen Alkoholiker. Vielleicht stimmt das sogar. Aber was ich auch bin, ich fühle mich miserabel. Ich wurde in diese grauenhafte Familie hineingeboren, mit der ich soeben den Abend verbracht habe. Ich hasse meine Eltern, und die können mich genauso wenig leiden. Ich weiß nicht, warum ich Sie angerufen habe, aber ich habe es getan und Sie waren nicht da. Warum lassen wir es nicht dabei bewenden? Löschen Sie einfach diese Nachricht auf Ihrem Anrufbeantworter und tun Sie so, als hätten wir nie miteinander telefoniert. Vielleicht war es sogar ein eindeutiges Angebot. Ich weiß nicht, warum ich Sie angerufen habe.« Er regte sich immer mehr auf, während Maggie an ihrem Ende der Leitung schweigend zuhörte.

»Tut mir leid, Adam. Meine Eltern waren auch nicht gerade ... Mein Vater starb, als ich drei Jahre alt war. Und meine Mutter war Alkoholikerin. Ich habe sie nicht mehr gesehen, seit ich sieben war.«

»Und wer hat sich um Sie gekümmert?« Er hatte keine Ahnung, warum er dieses Gespräch weiterführte, aber irgendwie interessierte sie ihn.

»Bis zu meinem vierzehnten Lebensjahr habe ich bei meiner Tante gelebt. Dann starb sie, und ich kam bis nach dem Highschool-Abschluss zu Pflegeeltern. Seitdem habe ich mich allein durchgeschlagen.« Sie erzählte es ganz sachlich und schien nicht auf Mitleid aus zu sein.

»Das klingt nach einer Menge Pech.« Allerdings hatten viele Frauen, die er kannte, eine solche Geschichte. Die Frauen, mit denen er ausging, hatten selten ein leichtes Leben gehabt. Viele von ihnen waren früh von zu Hause fortgegangen, um als Model oder Schauspielerin den amerikanischen Traum zu leben. Die wenigsten stammten aus geordneten Verhältnissen. Maggie war da nicht anders. Sie redete lediglich abgeklärter darüber und erweckte nicht den Eindruck, als würde sie von ihm erwarten, deswegen etwas zu unternehmen. Was auch immer Maggie erlebt hatte, sie klang so, als hätte sie ihren Frieden damit gemacht. Stattdessen schien sie Verständnis für Adam zu haben.

»Haben Sie gar keine Familie mehr?«, fragte er neugierig.

»Niemanden. An den Feiertagen kann das ganz schön ätzend sein.«

»Glauben Sie mir«, erwiderte Adam zynisch. »Es ist ein Segen, keine Familie zu haben. Eine wie die meine würden Sie nicht einmal geschenkt haben wollen.« Maggie war nicht sicher, ob sie ihm zustimmte, aber sie hatte nicht vor, um halb drei mit ihm zu streiten. Sie unterhielten sich jetzt bereits seit einer halben Stunde. Maggie war immer noch davon überzeugt, dass er angerufen hatte, weil er Lust auf Sex hatte. Das kränkte sie. Wie viele andere Frauen mochte er vorher angerufen haben? Ob er sich überhaupt die Mühe gemacht hätte, ihre Nummer zu wählen, wenn eine andere zu ihm gekommen wäre? Offenbar hatte das jedoch keine getan, denn er war offensichtlich allein und hatte tief geschlafen.

»Ich wünsche mir oft, ich hätte eine Familie, auch wenn es keine gute ist.« Trotz der späten Stunde war sie hellwach, und er mittlerweile auch. »Haben Sie Geschwister?«

»Maggie, können wir das zu einem anderen Zeitpunkt diskutieren? Ich rufe Sie morgen an. Dann erzähle ich Ihnen meine ganze Familiengeschichte. Versprochen.« In diesem Moment hörte sie ein krachendes Geräusch. Adam stöhnte schmerzerfüllt und fluchte laut.

»Was ist passiert?«, fragte sie besorgt.

»Ich bin aufgestanden und habe mir den Zeh am Nachttisch gestoßen. Jetzt bin ich nicht nur müde und sauer, sondern auch noch verletzt.« Er klang wie ein Fünfjähriger, der jeden Moment in Tränen ausbricht. Maggie unterdrückte mühsam ein Kichern.

»Sie sind ein Chaot. Vielleicht sollten Sie wieder ins Bett gehen und schlafen.«

»Ach wirklich? Genau das schlage ich Ihnen seit etwa einer halben Stunde vor.«

»Werden Sie nicht unverschämt«, tadelte sie ihn.

»Das sagt meine Mutter auch immer. Aber ist es nicht genauso unverschämt, mir Zeitungsfotos zu schicken, auf denen meine Klienten in Handschellen abgeführt werden? Oder mich als Alkoholiker zu bezeichnen und mir zu erzählen, wie sehr sie meine Ex-Frau schätzt, obwohl die mich betrogen und verlassen hat?« Während er wieder ins Bett stieg, redete er sich erneut in Rage.

»Das ist nicht unverschämt, das ist gemein. Solche Dinge sagt sie Ihnen?« Maggie klang überrascht, aber verständnisvoll. Und das, obwohl er sie fast anbrüllte. Adam entging nicht, was für ein netter Mensch sie war. Das war ihm schon bei ihrer ersten Begegnung aufgefallen. Er hatte einfach nur keinen Platz in seinem Leben für jemanden wie sie. Adam wollte Sex, Glamour und Aufregung. Maggie war weder glamourös noch wollte sie Sex. Ob es mit ihr aufregend sein würde, konnte er daher nicht wissen. Sie hatte ihm erzählt, dass sie so etwas beim ersten Date nicht mache. Bei Adam allerdings gab es nie ein zweites. Und jetzt hörte sie sich um drei Uhr am Morgen an, wie er sich über seine Mutter beklagte. Und es schien ihr nicht einmal etwas auszumachen. Zumindest hatte sie bisher nicht aufgelegt. »Sie sollten sich so etwas nicht von Ihrer Mutter sagen lassen, Adam«, sagte Maggie mit sanfter Stimme. Ihre Adoptivmutter war auch gemein zu ihr gewesen, und deshalb war sie eines Abends ohne Abschied fortgelaufen.

»Was denken Sie wohl, warum ich solche Kopfschmerzen habe?«, schrie Adam fast. »Weil ich alles in mich hineinfresse.« Ihm wurde plötzlich klar, dass er sich anhörte wie ein Spinner, und genauso fühlte er sich jetzt auch. Das hier war eine Telefontherapie. Es war das seltsamste Gespräch, das er je geführt hatte. Er bedauerte, dass er den Anruf überhaupt entgegengenommen hatte – und gleichzeitig tat es ihm gut, mit Maggie zu reden.

»Sie sollten Ihre Gefühle nicht so unterdrücken. Vielleicht sagen Sie ihr einmal, was Sie empfinden.« Adam lag im Bett und verdrehte die Augen. Maggies Einstellung war ein bisschen naiv, sie kannte seine Mutter nicht. Zu ihrem Glück. »Was haben Sie gegen Ihre Kopfschmerzen genommen?«

»Bei meinen Eltern Wodka und Rotwein. Und als ich wieder zu Hause war, Tequila.«

»Das wird kaum helfen. Haben Sie es mit Aspirin versucht?«

»Natürlich nicht. Glauben Sie mir, es geht nichts über einen Schluck Wodka gegen Kopfschmerzen.«

»Ich denke, Sie sollten Aspirin oder irgendein anderes Schmerzmittel nehmen.«

»Ich habe keine«, jammerte er und genoss dieses Gespräch beinahe.

»Sie haben kein einziges Schmerzmittel im Haus? Gehören Sie vielleicht zu irgendeiner Sekte?« Mit so jemandem war Maggie einmal zusammen gewesen. Er nahm nie Medikamente und ging auch nicht zum Arzt. Er betete immer nur. Ihr war das seltsam vorgekommen, bei ihm hatte es funktioniert.

»Nein, natürlich nicht. Heute ist Jom Kippur. Erinnern Sie sich? Ich bin Jude. Nur deswegen war ich bei meinen Eltern. Und ich habe kein Aspirin im Haus, weil ich nicht verheiratet bin. Verheiratete Leute haben solches Zeug, Ehefrauen kaufen so etwas. Im Büro besorgt mir meine Sekretärin Aspirin. Ich vergesse immer, mir welche für zu Hause zu besorgen.«

»Sie sollten sich morgen direkt eine Packung kaufen, bevor Sie es wieder vergessen.« Maggie hatte eine kindliche Stimme, aber es war beruhigend, ihr zuzuhören. Letztlich hatte sie Adam genau das gegeben, was er brauchte: jemanden, der zuhörte und Mitgefühl hatte.

»Ich sollte ein bisschen schlafen«, erinnerte er sie. »Und Sie auch. Ich rufe Sie morgen an. Und dieses Mal mache ich es wirklich.« Und wenn es nur war, um ihr zu danken.

»Nein, das werden Sie nicht«, sagte sie traurig. »Ich bin Ihnen nicht fein genug, Adam. Ich habe an dem Abend gesehen, in welchen Kreisen Sie sich bewegen. Vermutlich gehen Sie normalerweise mit viel eleganteren Frauen aus.« Maggie war eine Kellnerin im Pier 92. Es war nur eine Laune des Schicksals gewesen, dass sie Adam überhaupt begegnet war – und ein Versehen, dass er eine Nachricht auf ihrem Anrufbeantworter hinterlassen hatte.

»Jetzt klingen Sie wieder wie meine Mutter. Solche Dinge sagt sie ständig. Sie glaubt, ich hätte längst ein nettes jüdisches Mädchen finden und wieder heiraten sollen. Und da Sie es gerade erwähnen, die Frauen, mit denen ich ausgehe, sind überhaupt nicht eleganter als Sie.« Und auch wenn seine Mutter ihm vermutlich nicht zustimmen würde, war Maggie in vieler Hinsicht anständiger als diese Mädchen.

»Warum haben Sie nie wieder geheiratet?«

»Ich wollte nicht. Mir einmal die Finger zu verbrennen, hat gereicht. Meine Ex-Frau entpuppte sich als Kopie meiner Mutter. Und ich habe nicht das geringste Bedürfnis, dieses Experiment zu wiederholen.«

»Haben Sie Kinder?« Über solche Dinge hatten sie bei ihrer ersten Begegnung nicht gesprochen.

»Ja. Amanda und Jacob, vierzehn beziehungsweise dreizehn Jahre alt.« Maggie konnte seiner Stimme anhören, dass er jetzt lächelte.

»Wo sind Sie aufs College gegangen?«

»Ich kann das einfach nicht glauben«, sagte Adam und staunte über sich selbst, dass er all diese Fragen beantwortete. Irgendwie machte es ihn süchtig. »Harvard. Juristische Fakultät. Ich habe meinen Abschluss magna cum laude gemacht.« Es war ganz schön aufgeblasen, so etwas zu sagen, aber wieso eigentlich nicht? Er konnte Maggie schließlich nicht sehen.

»Ich hab's gewusst!«, rief sie aufgeregt. »Das dachte ich mir. Sie waren in Harvard und Sie sind ein Genie! Das ist toll.« Adam grinste.

»Nein, ist es nicht«, widersprach er jetzt etwas bescheidener. »Eine Menge Leute schaffen das. Zu meiner Schande muss ich Ihnen sogar gestehen, dass meine Ex-Frau summa cum laude bestand – und zwar im ersten Anlauf.« Er war gerade dabei, vor Maggie sein gesamtes Privatleben offen auszubreiten.

»Wen interessiert's, wenn sie so ein Miststück war?«

»Nettes Kompliment.« Adam klang zufrieden. Ohne darauf aus gewesen zu sein, hatte er endlich eine Verbündete gefunden.

»Tut mir leid. So etwas sollte ich über die Mutter Ihrer Kinder nicht sagen.«

»O doch, ich mache es die ganze Zeit. Sie ist genau das, und ich hasse sie. Besser gesagt hasse ich sie nicht«, korrigierte er sich, »sondern hege eine starke Abneigung gegen sie.« Es war schließlich der jüdische Tag der Versöhnung. Aber Maggie war bestimmt katholisch. »Sie sind katholisch, nicht wahr?«, fragte Adam prompt.

»Gewesen. Jetzt bin ich im Grunde gar nichts mehr. Manchmal gehe ich in die Kirche und zünde eine Kerze an. Aber das war's dann auch schon. Als Kind wollte ich Nonne werden.«

»Das wäre eine fürchterliche Verschwendung eines wunderschönen Gesichts und eines tollen Körpers gewesen. Gott sei Dank haben Sie es nicht getan.« Er klang, als würde er das ernst meinen.

»Danke, Adam. Das war zwar ein wenig direkt, aber Sie haben es bestimmt nett gemeint. Sie sollten jetzt wirklich weiterschlafen, sonst haben Sie morgen noch schlimmere Kopfschmerzen.« Adam hatte gar nicht mehr daran gedacht und stellte jetzt überrascht fest, dass seine Kopfschmerzen verschwunden waren. Er warf einen Blick auf den Wecker. Es war vier Uhr.

»Wie wäre es morgen mit einem Frühstück? Um wie viel Uhr stehen Sie auf?«

»Normalerweise so gegen neun. Morgen wollte ich ausschlafen. Es ist mein freier Tag.«
»Meiner auch. Ich hole Sie um zwölf ab, und dann gehen wir irgendwo nett frühstücken, in Ordnung?«
»Wie nett ist nett für Sie?« Maggie klang besorgt. Das meiste von dem, was sie anzuziehen hatte, gehörte ihren Mitbewohnerinnen. Nichts von dem, was sie bei dem Konzert getragen hatte, war von ihr. Deswegen war auch die Bluse so eng gewesen. Maggie hatte in der WG von allen die größten Brüste. Das erwähnte sie Adam gegenüber natürlich nicht.
»Wie wäre es mit nett im Sinne von Jeanshosen oder Jeansrock?«
»Jeansrock klingt gut«. Sie schien erleichtert zu sein.
»Perfekt, dann ich ziehe ich auch einen an.« Sie lachten beide, und Adam schrieb ihre Adresse auf den Block, den er immer neben dem Bett liegen hatte. Wenn er nachts etwas darauf notierte, hatte es für gewöhnlich mit der Verhaftung eines seiner Klienten zu tun. Das hier war wesentlich angenehmer. »Danke, Maggie. Dieses Gespräch hat mir wirklich gutgetan.« Adam stellte fest, dass es ihm bei dem Anruf nie darum gegangen war, sie zu verführen. Und er konnte sich vorstellen, dass es ihm auch beim Brunch am nächsten Tag nicht darum gehen würde. Vielleicht würden sie sogar Freunde werden. Der erste Schritt war jedenfalls schon gemacht.
»Mir auch. Ich bin froh, dass Sie mich angerufen haben, auch wenn es ein eindeutiges Angebot war«, zog sie ihn auf.
»Das war es *nicht*«, sagte Adam nun entschieden, aber davon war Maggie noch weniger überzeugt.

»Jeder Anruf nach zehn Uhr abends ist ein eindeutiges Angebot – und das wissen Sie.«

»Wer denkt sich solche Regeln aus?«

»Ich«, antwortete sie lachend.

»Schlafen Sie ein bisschen. Sonst werden Sie morgen fürchterlich aussehen. Nein, das werden Sie wahrscheinlich nicht, dafür sind Sie zu jung, aber *ich* werde es vermutlich.«

»Ganz sicher nicht«, widersprach sie. »Ich finde, dass Sie sehr gut aussehen.«

»Gute Nacht, Maggie«, sagte Adam leise. »Sie werden mich an dem dicken Kopf erkennen, den ich morgen noch immer haben werde.« Irgendwann zwischen ihren Bemerkungen über Harvard und sein gutes Aussehen hatte er tatsächlich angefangen, dieses Mädchen zu mögen. Sie gab ihm das Gefühl, etwas wert zu sein. Es war das schöne Ende eines fürchterlichen Abends. Maggie hatte all die Beschimpfungen, die er jedes Mal auf Long Island erdulden musste, mit einem Schlag wettgemacht. »Bis morgen«, verabschiedete sich Adam.

»Schlafen Sie gut«, sagte Maggie mit sanfter Stimme und legte auf. Als sie in ihr Bett stieg und sich unter die Decke kuschelte, fragte sie sich, ob er tatsächlich erscheinen würde. Männer versprachen ständig etwas und hielten es dann nicht. Maggie entschied, sich dennoch zurechtzumachen – nur für den Fall. Aber selbst wenn er nicht kam, war es ein schönes Gespräch gewesen. Er war ein netter Kerl, und sie mochte ihn.

13

Am nächsten Tag saß Maggie auf dem Sofa im Wohnzimmer und wartete. Es war fast zwölf Uhr und ein wunderbarer Tag. Der erste Samstag im Oktober. Sie trug einen Jeans-Minirock, goldene Sandaletten und ein pinkfarbenes T-Shirt, das sie sich von einer ihrer Mitbewohnerinnen geliehen hatte. Ihr langes Haar hatte sie dieses Mal glatt zurückgekämmt und mit einem pinkfarbenen Schal zu einem Pferdeschwanz gebunden. Sie hatte nur wenig Make-up aufgelegt. Bei dem Konzert hatte sie den Eindruck gehabt, für Adams Geschmack zu stark geschminkt gewesen zu sein.

Als sie das nächste Mal auf ihre Uhr schaute, war es fünf nach zwölf. Bisher war Adam noch nicht erschienen, und Maggie begann sich zu fragen, ob er überhaupt kommen würde. Bis ein Uhr würde sie warten, wenn er sich bis dahin nicht meldete, ginge sie im Park spazieren. Kein Grund, deprimiert zu sein.

Ihre Mitbewohnerinnen waren allesamt nicht da. Maggie hatte ihnen nichts von dem Treffen erzählt, damit niemand über sie lachen konnte, wenn Adam sie versetzte. Das Telefon klingelte. Es war Adam, und sie lächelte in dem Moment, als sie seine Stimme hörte. Allerdings schoss ihr sofort der Gedanke durch den Kopf, dass er anrief, um ihr abzusagen.

»Hi, wie geht es Ihnen?« Sie bemühte sich, lässig zu klin-

gen und sich nicht allzu enttäuscht anzuhören. »Was machen die Kopfschmerzen?«
»Welche Kopfschmerzen? Ich habe die Nummer von Ihrem Apartment vergessen.«
»Wo sind Sie?«, fragte sie erstaunt.
»Ich bin vor Ihrem Haus.« Er rief sie von seinem Handy aus an. »Kommen Sie herunter. Ich habe einen Tisch für uns reserviert.«
»Ich bin in zwei Minuten da.« Maggie legte auf und lief die Treppe hinunter, bevor er womöglich seine Meinung änderte und wieder verschwand. Es war in ihrem Leben nur selten vorgekommen, dass jemand sich an eine Absprache hielt.
Maggie trat aus der Haustür. Adam saß in seinem brandneuen roten Ferrari und sah aus wie ein Filmstar. In dem Wagen war er am Vortag auch nach Long Island gefahren. Seine gesamte Familie hatte den Wagen höflich ignoriert. Seine Eltern, seine Schwägerin und sein Bruder fuhren Mercedes, sein Schwager einen BMW und seine Schwester fuhr überhaupt nicht Auto. Sie erwartete von anderen Menschen, alles stehen und liegen zu lassen, um sie irgendwohin zu fahren.
Ein Ferrari war in den Augen seiner Familie derart indiskutabel und vulgär, dass es die Sache nicht wert war, ein Wort darüber zu verlieren. Aber Adam liebte dieses Auto.
»O mein Gott, was für ein Auto!« Maggie hüpfte vor Begeisterung auf dem Bürgersteig auf und ab. Adam grinste stolz, dann öffnete er die Tür und bat sie einzusteigen. Außer in Filmen hatte Maggie ein solches Auto nie zuvor gesehen, und jetzt würde sie sogar darin fahren. Sie

wünschte, irgendjemand, den sie kannte, könnte sie jetzt sehen. »Gehört der Ihnen?«, fragte sie aufgeregt.

»Nein, ich habe ihn geklaut.« Er lachte sie an. »Natürlich ist das meiner. Sehen wir den Tatsachen ins Auge – ich war in Harvard.« Sie mussten beide lachen, und dann reichte sie ihm ein kleines Päckchen. »Was ist das?«

»Ein Geschenk für Sie. Das habe ich heute Morgen für Sie besorgt.« Sie hatte ihm Schmerztabletten gekauft, für den Fall, dass er wieder welche brauchte.

»Das ist nett von Ihnen.« Adam lächelte sie an. »Die hebe ich mir für den nächsten Besuch bei meiner Mutter auf.«

Adam fuhr durch den Central Park und hielt an der Third Avenue vor einem Restaurant mit Gartenterrasse. Er bestellte für sie beide Eier Benedikt, nachdem Maggie versichert hatte, dass sie das mochte. Sie hatte das Gericht nie zuvor gegessen, aber nach Adams Beschreibung zu urteilen, war es lecker. Nach dem Frühstück blieben sie noch für eine Weile sitzen und tranken Wein. Anschließend gingen sie spazieren und schauten sich die Schaufenster an. Maggie hörte Adam gern zu, als er von seinen Klienten erzählte, seinen Kindern und dem furchtbaren Ende seiner Ehe. Und dann erzählte er ihr von seinen beiden besten Freunden, Gray und Charlie. Am späten Nachmittag hatte Adam das Gefühl, sie wisse alles über ihn.

Maggie war zurückhaltender und schien lieber über ihn zu reden. Sie erzählte lediglich ein paar Anekdoten aus ihrer Kindheit, über ihren Job und von ihren Pflegeeltern. Ihr Leben war nun einmal nicht so aufregend wie seines. Es bestand größtenteils aus Arbeiten, Schlafen, Essen und hin und wieder einmal einem Kinobesuch. Maggie schien nicht viele Freunde zu haben. Sie sagte, ihre Arbeit im

Pier 92 ließe ihr dazu gar keine Zeit. Und als Adam fragte, was sie sonst noch in ihrer Freizeit unternehme, antwortete sie ausweichend, dass sie im Grunde auch dann arbeite. Adam war überrascht, wie wohl er sich in Maggies Gesellschaft fühlte. Sie mochte zwar ein recht einfaches Leben führen, aber sie war eine kluge Frau und hatte Lebenserfahrung. Mit ihren sechsundzwanzig Jahren hatte sie schon viel gesehen und erlebt, und davon waren nur wenige Dinge schön gewesen. Sie sah zwar jünger aus, als sie war, ihr Charakter war jedoch noch reifer. In einigen Dingen sogar reifer als der Adams.

Um sechs Uhr saßen sie wieder in Adams Wagen, und Maggie bedauerte es, dass der Tag zu Ende ging. Als könne er ihre Gedanken lesen, wandte er sich ihr mit hoffnungsvoller Miene zu und fragte: »Wie wäre es, wenn ich uns zum Abendessen ein paar Steaks auf meiner Terrasse grille? Wie hört sich das für Sie an, Maggie?«

»Sehr gut«, sagte sie und strahlte ihn an.

Auch Apartmenthäuser wie das, in dem Adam wohnte, kannte Maggie bisher nur aus Filmen. Der Portier grüßte sie beim Hereinkommen und lächelte ihr zu. Sie war eine hübsche Frau, und die Männer drehten sich ständig nach ihr um. Im Aufzug drückte Adam auf den Knopf neben dem Schild, auf dem »Penthouse« stand. Nachdem sie oben angekommen waren, stand Maggie schweigend da und bestaunte die Aussicht. Sie war im 32. Stockwerk. Um die gesamte Wohnung verlief eine Terrasse, ausgestattet mit Whirlpool, Liegestühlen und Grill.

»Ich bin in einem Film gelandet. Wie ist das passiert?«, sagte sie und sah Adam sprachlos an.

»Reines Glück vermutlich«, zog er Maggie auf. Da Adam

sie jetzt besser kannte, tat ihm die Bemerkung jedoch sofort leid. Ihm war klargeworden, dass er derjenige war, der Glück gehabt hatte. Nach dem Abendessen würde sie in die armselige Bruchbude zurückkehren, in der sie lebte. Ihr Leben war hart, und seiner Meinung nach hatte sie etwas Besseres verdient, als das Schicksal ihr beschert hatte. Aber das Leben war nun einmal ungerecht. Adam konnte nicht mehr tun, als ihr einen schönen Tag zu schenken und sie dann wieder in ihre eigene Welt zurückkehren zu lassen. Nichts von dem, was er tat, würde die wenig erfreulichen Tatsachen in Maggies Leben verändern, aber das Verrückte daran war, dass es ihr nichts auszumachen schien. So etwas wie Neid schien ihr völlig fremd zu sein, und was auch immer er ihr von seinem Leben zeigte – sie freute sich für ihn.

Maggie unterschied sich von allen Frauen, die er bisher kennengelernt hatte. Sie mochte ihnen rein äußerlich ähnlich sein, aber ansonsten war sie völlig anders: Sie war nett, liebenswürdig und humorvoll. Ihr ganzes Verhalten war ehrlich und direkt. Außerdem war sie klug und schätzte die kleinen Wortgefechte mit ihm. Und zu seiner großen Freude schien sie zu glauben, er könne übers Wasser gehen. Die Frauen, mit denen er sonst ausging, wollten ihn nur ausnutzen. Sie wollten Kleidung, Schmuck, Kreditkarten, Apartments, Autos, Schönheitsoperationen und die Vermittlung von Jobs oder Filmrollen. Maggie dagegen schien nur mit ihm zusammen zu sein, weil sie eine schöne Zeit verbringen wollte. Sie hatte etwas unwiderstehlich Unschuldiges an sich.

Während Adam den Grill anzündete und Steaks aus dem Kühlschrank holte, bereitete Maggie für sie beide einen großen Salat zu. Zum Nachtisch aßen sie auf der Terrasse Eis und bekleckerten sich albern lachend mit der tropfenden Köstlichkeit.

Als auch Maggies Füße einen Spritzer Eis abbekamen, bot Adam an: »Stellen Sie die Füße doch hier ins warme Wasser.« Er schob den Deckel des riesigen Whirlpools zurück, in den mindestens zwölf Leute passten. Maggie setzte sich auf den Rand und steckte kichernd die Füße in das Wasser.

»Sie schmeißen hier bestimmt eine Menge wilde Partys«, sagte sie. Wie sie in ihrem Jeansrock und dem pinkfarbenen T-Shirt dort saß, hatte sie etwas sehr Mädchenhaftes.

»Wie kommen Sie darauf?«, fragte Adam unverbindlich. Er redete nicht gern über die anderen Frauen in seinem Leben und nahm an, dass Maggie darauf hinauswollte.

»Man braucht sich doch nur all das hier anzusehen.« Sie deutete in die Runde. »Whirlpool, Penthouse, Dachterrasse mit Wahnsinnsaussicht. Wenn ich so eine Wohnung hätte, würde ich ständig Freunde einladen.« Sie hatte offensichtlich etwas ganz anderes im Sinn gehabt, als Adam dachte.

»Manchmal tue ich das auch«, antwortete er ehrlich. »Aber meistens bin ich gern allein. Ich arbeite hart, und dann tut es gut, einfach nur zu entspannen.« Sie nickte. Wenn sie nachts von der Arbeit nach Hause kam, ging es ihr genauso. Und dann fügte er mit beinahe zärtlichem Blick hinzu: »Ich genieße es, mit Ihnen hier zu sein.«

»Ich auch«, sagte sie und betrachtete ihn von ihrem Platz aus. »Wie kommt es, dass Sie nicht wieder heiraten möchten?«

»Woher wissen Sie das?«, fragte er verdutzt.

»Sie haben es mir letzte Nacht am Telefon erzählt«, erklärte Maggie lachend. Adam war zu dem Zeitpunkt so schläfrig gewesen, dass er sich nicht mehr an alle Details erinnern konnte. Er wusste aber noch, wie angenehm es gewesen war, mit ihr zu reden. »Möchten Sie nicht noch mehr Kinder? Sie sind jung genug dafür.« Das waren die Art Testfragen, die ihm die meisten Frauen stellten, und die Antworten, die er ihnen darauf gab, gefielen ihnen stets nicht. Aber er war immer ehrlich zu ihnen. Es war ihm wichtig, die Wahrheit zu sagen.

»Ich bin glücklich mit den beiden, die ich habe, und die Ehe war für mich keine so schöne Erfahrung, dass ich sie wiederholen möchte. Seit ich Single bin, habe ich mehr Spaß am Leben.«

»Darauf würde ich wetten.« Maggie lachte. »Das hätte jeder Kerl mit all den Spielsachen, die Sie haben.« Sie war die erste Frau, die ihm das zugestand. Die meisten versuchten sofort, ihn von den Vorteilen des Ehelebens zu überzeugen. Maggie nicht. Sie schien zu denken, dass er recht hatte.

»Genauso sehe ich es auch«, stimmte er ihr zu. »Warum soll ich all das für eine Frau aufgeben, die mich möglicherweise enttäuscht und unglücklich macht?« Maggie nickte. Aber dass er sich nicht vorstellen konnte, jemals eine Frau zu finden, die ihn glücklich machte, fand sie traurig.

»Haben Sie viele Freundinnen?« Maggie ging davon aus, dass ein Mann wie er viele Frauen hatte. Schon allein der Ferrari ließ ihn wie einen Draufgänger aussehen.

»Manchmal«, antwortete er wieder ehrlich. »Ich lasse mich nicht gern an die Kette legen. Meine Freiheit bedeu-

tet mir viel.« Sie nickte. Maggie mochte es, dass er ihr nichts vormachte. Er sagte offen und ehrlich, wie er war. »Manchmal gehe ich aber auch eine ganze Weile lang mit niemandem aus.«
»Und wie ist es im Moment?«, fragte sie mit schelmischem Blick. »Viele, keine oder ein paar?«
Er lächelte sie an. »Füllen wir gerade einen Fragebogen aus?« Genauso direkte Fragen hatte sie auch letzte Nacht am Telefon gestellt. Es schien ihre Art zu sein. »Momentan gibt es niemand Speziellen.«
»Laufen Vorstellungsgespräche?«, zog Maggie ihn auf und wirkte plötzlich sehr weiblich. Sie war unglaublich hübsch. Auf einmal sah Adam das noch deutlicher.
»Möchten Sie sich für den Job bewerben?«
»Vielleicht«, gestand sie. »Ich bin nicht sicher.«
»Und was ist mit Ihnen?«, fragte Adam. »Gibt es da jemanden in Ihrem Leben?«
»Nein. Ich bin schon seit einem Jahr mit niemandem mehr ausgegangen. Der letzte Kerl, mit dem ich mich getroffen habe, entpuppte sich als Drogendealer und landete im Gefängnis. Dabei schien er so nett zu sein. Ich habe ihn im Pier 92 kennengelernt.«
»Ich verkaufe keine Drogen, falls Sie sich deshalb Sorgen machen«, versicherte er ihr. »Alles, was Sie hier sehen, habe ich im Schweiße meines Angesichts verdient.«
»Das war mir klar«, antwortete Maggie. Adam stand auf und stellte leise Musik an. Der Abend schien eine romantische Wende zu nehmen. Als er zurückkam, stellte Maggie ihm noch eine Frage, die ihr wichtig zu sein schien. »Mal angenommen, wir würden etwas miteinander anfangen. Würden Sie nebenbei auch mit anderen Frauen ausgehen?«

»Möglicherweise. Aber ich bringe Sie nicht in Gefahr, falls Sie darauf anspielen. Ich bin vorsichtig und habe gerade erst einen Aidstest machen lassen.«

»Ich auch«, sagte Maggie. Das hatte sie sofort gemacht, nachdem der Drogendealer ins Gefängnis gesperrt wurde.

»Falls Sie wissen wollen, ob ich eine Zeitlang nur mit Ihnen zusammen sein werde, kann ich das nicht versprechen. Zumindest nicht von Anfang an. Wie es weitergeht, muss man abwarten. Ich halte mir gern alle Optionen offen, und Sie sollten das in Ihrem Alter auch tun.« Maggie nickte. Ihr gefiel nicht unbedingt, was er sagte, aber er war zumindest ehrlich. Er versprach ihr nicht das Blaue vom Himmel, um sie anschließend zu betrügen. Wenn sie sich mit ihm einließe, würde er auch mit anderen ausgehen. Und sie hatte dasselbe Recht. »Falls wir etwas miteinander anfangen«, fuhr Adam fort, »möchte ich, dass jeder sein eigenes Leben behält. Ich bin seit fast elf Jahren Single, und soweit ich es bisher beurteilen kann, wird das auch so bleiben. Ich möchte mein Leben nicht völlig mit dem eines anderen verflechten.«

»Ich glaube, Sie haben falsche Vorstellungen von einer Ehe«, sagte Maggie schulterzuckend. »Aber das ist Ihre Sache. Ich möchte noch lange nicht heiraten, dafür bin ich zu jung, und in den nächsten Jahren habe ich noch viel vor. Aber eines Tages möchte ich schon einen Ehemann und Kinder.«

»Das sollten Sie auch.«

»Ich möchte meinen Kindern all das geben, was ich nie hatte. Angefangen bei einer Mutter«, fügte sie leise hinzu.

»Ich hatte auch keine«, sagte Adam und ging zum Whirlpool, wo Maggie wie ein junges Mädchen auf dem Rand saß und die Füße ins Wasser baumeln ließ. »Nicht alle Frauen, die Kinder bekommen, taugen als Mütter. Meine Mutter war so eine Frau. Ich war für sie eine unangenehme Überraschung, zehn Jahre nach der Geburt meiner Schwester und vierzehn Jahre nach der meines Bruders. Alle sind schon ihr Leben lang sauer auf mich. Meine Eltern hätten mich nie bekommen dürfen.«

»Ich bin froh, dass sie es getan haben«, sagte Maggie leise, als Adam sich neben sie stellte. »Das wäre sonst sehr schade gewesen.« Sie lächelte zu ihm hoch.

»Danke«, sagte Adam leise, beugte sich hinunter und küsste sie. Dann schlug er vor, zusammen in den Whirlpool zu steigen. Er hatte einen Stapel brandneuer Badeanzüge im Schrank, von denen sich Maggie einen aussuchte. Adam war ein perfekt ausgestatteter Junggeselle. Wenn er nicht so ehrlich zu ihr gewesen wäre, hätte Maggie das zu schaffen gemacht. Aber so gab es zwischen ihnen keine Geheimnisse und Hintergedanken.

Sie zog einen Badeanzug an und stieg ins Wasser. Kurz darauf gesellte sich Adam in Badehose zu ihr. Lange Zeit blieben sie in dem warmen, sprudelnden Wasser, unterhielten und küssten sich. Es wurde langsam dunkel über New York, als sie sich auszogen. Schließlich schlang Adam ein Handtuch um Maggie und trug sie hinein. Er legte sie aufs Bett und packte sie behutsam aus wie ein Geschenk. Sie war wunderschön, schöner als jede andere Frau, die er bisher gesehen hatte. Überrascht stellte er fest, dass sie naturblond war. An Maggie O'Malley war nichts falsch.

Sie liebten sich und waren beide erstaunt, wie harmonisch der Sex zwischen ihnen war. Alles lief wie von selbst und ganz natürlich. Sie redeten und lachten dabei sogar. Maggie fühlte sich wohl in Adams Gegenwart. Anschließend blieben sie für eine Weile Seite an Seite liegen und gingen dann wieder in den Whirlpool. Maggie sagte, dass dies die schönste Nacht ihres Lebens sei. Das glaubte Adam ihr sofort. Sie hatte ein hartes Leben hinter sich und führte es immer noch. Da sie wieder in ihre schäbige Wohnung und zu dem Job als Kellnerin zurückkehren würde, musste all das hier etwas Unwirkliches für sie haben. Deshalb genoss sie vermutlich jede Minute dieser Nacht. Adam dachte, dass es für Maggie sehr anstrengend sein würde, zwischen diesen beiden Welten zu pendeln, wenn sie sich weiterhin trafen.

Bevor sie ging, liebten sie sich ein weiteres Mal. Es passierte ganz spontan, die Lust überwältigte sie einfach. Adam lud Maggie ein, über Nacht zu bleiben. Normalerweise tat er das nie, aber er wollte sie bei sich haben. Es gefiel ihm nicht, sie in ihre baufällige Wohnung und die schäbige Spelunke zurückzuschicken. Aber daran mussten sich beide gewöhnen: Sie musste gehen, und er musste sie loslassen. Adam konnte ihr nur Atempausen von ihrem tristen Leben verschaffen. Aber Maggie sagte, das genüge ihr. Sie hielt es für besser, an diesem Abend in ihre Wohnung zurückzukehren.

Adam bestand darauf, sie nach Hause zu fahren. Er wollte nicht, dass sie ein Taxi nahm. Die Gegend, in der Maggie lebte, war ihm einfach zu gefährlich. Sie war gut zu ihm gewesen, und er wollte sich bei ihr revanchieren. Während der Rückfahrt fühlte sich Maggie wieder wie Cinderella, mehr noch als nach dem Konzert, weil der Ferrari im Gegensatz zu der Limousine Adam gehörte.

»Ich bitte dich nicht mit rauf«, sagte sie lächelnd, und Adam küsste sie.

»Du hast bestimmt einen Ehemann und zehn Kinder, die du vor mir verheimlichst«, flüsterte er. Sie lachte.

»Nur fünf.«

»Es war ein wunderschöner Tag«, sagte er, und er meinte es so.

»Fand ich auch«, sagte Maggie und küsste ihn noch einmal.

»Ich rufe dich morgen an«, versprach Adam, und sie schmunzelte.

»Ja, sicher …« Sie stieg aus dem Ferrari, lief die Stufen hinauf und schloss die Haustür auf. Dann winkte sie ihm noch einmal zu und ging hinein. Sie dachte an seine Worte und hoffte, dass er sich wirklich melden würde. Aber sie hätte nicht ihren letzten Cent darauf gesetzt. Maggie wusste besser als jeder andere, dass nichts im Leben sicher war.

14

In der Woche nach Jom Kippur rief Adam Maggie oft an. Sie verbrachte sogar einige Mal die Nacht bei ihm. Im Pier 92 wechselte sie zur Tagschicht, damit sie mehr Zeit für Adam hatte. Maggie übernachtete gern bei ihm. Alles schien perfekt, und beide hielten an ihrer Abmachung fest. Maggie stellte ihm keine Fragen über ihre gemeinsame Zukunft, und wenn sie die Nächte zu Hause verbrachte, fragte später keiner den anderen, wo er gewesen war.

Adam war jedoch so von Maggie angetan, dass er sie jeden Abend vor dem Schlafengehen anrief. An einem Abend musste er feststellen, dass sie nicht zu Hause war. Und erstaunlicherweise nagte das an ihm. Aber er hinterließ keine Nachricht auf dem Anrufbeantworter und erzählte ihr auch nicht, dass er angerufen hatte. Sie erwähnte am nächsten Tag mit keinem Wort, dass sie ausgegangen war. Ihre Beziehung dauerte jetzt schon einige Wochen, und Adam verspürte zu keinem Zeitpunkt Lust, mit einer anderen Frau zu schlafen.

Er wurde zunehmend abhängiger von Maggie. Und obwohl sie behauptete, es gäbe keinen Mann außer ihm, erreichte Adam sie bei seinen abendlichen Anrufen immer häufiger nicht. Das ging ihm allmählich an die Nieren. Er überlegte sogar schon, sich mit anderen Frauen zu treffen, um sich nicht auf sie zu fixieren. Aber als Halloween

näher rückte, war Adam noch immer monogam. Das hatte es seit Jahren nicht gegeben.
Adam hatte Charlie seit dessen Rückkehr einen Monat zuvor kaum gesehen. Aber jedes Mal, wenn Adam ihn anrief, hatte Charlie zu viel zu tun, um sich zu verabreden. Adam wusste, dass Charlie momentan viel Arbeit mit der Stiftung hatte, aber es ärgerte ihn trotzdem, dass sie sich seit einiger Zeit gar nicht mehr sahen. Das Gute daran war jedoch, dass Adam dadurch mehr Zeit für Maggie hatte. Allerdings wurde er zunehmend nervöser, wenn er nicht wusste, wo sie abends steckte. Munter und gut gelaunt erschien sie am nächsten Tag bei ihm und legte sich zu ihm ins Bett. Mit jedem Tag wurde er verrückter nach ihr. Ohne dass es ihm bewusst war, war er nicht länger Teil seines eigenen Spiels. Die Möglichkeiten, die er sich offenhalten wollte und die er ihr als so großartig angepriesen hatte, bedeuteten ihm immer weniger. Gemessen an der Anzahl der Nächte, in denen er Maggie nicht erreichte, schien sie ihre Freiheit mehr zu nutzen als er.
Und von Gray sah und hörte Adam fast gar nichts mehr. Sie hatten einige Male telefoniert, aber Gray schwelgte derart in seiner häuslichen Idylle mit Sylvia, dass er nirgendwo hingehen wollte. Schließlich schickte Adam seinen beiden Freunden E-Mails und überredete sie zu einem Männerabend. Seit mehr als einem Monat hatten sie einander nicht gesehen. Das passierte ihnen in all den Jahren einander ersten Mal.
Zwei Tage vor Halloween trafen sie sich in der Innenstadt in einem Steakhouse. Es war eines ihrer Lieblingsrestaurants. Adam traf zuerst ein, die beiden anderen kurz nach ihm. Adam fiel sofort auf, dass Gray ein bisschen zuge-

nommen hatte. Nicht viel, aber er wirkte voller im Gesicht und sah gesünder aus als sonst. Er erzählte, dass Sylvia und er oft zusammen kochten. Die beiden waren seit zwei Monaten zusammen, und bisher zeigte sich kein Wölkchen am Horizont. Gray versicherte, dass sie nie miteinander stritten und sehr glücklich seien. Obwohl er noch immer jede Nacht bei Sylvia verbrachte, beharrte er nach wie vor darauf, dass sie nicht offiziell zusammenlebten. Auf Adam und Charlie wirkte das wie Haarspalterei, aber offenbar fühlte sich Gray so besser.

»Und was ist mit dir?«, wandte sich Adam in leicht gereiztem Ton an Charlie. »Wo zur Hölle hast du den ganzen Monat gesteckt?«

»Ich war viel unterwegs«, antwortete Charlie geheimnisvoll, und Gray grinste. Charlie hatte ihm ein paar Tage zuvor gestanden, dass er seinen Rat befolgt und Carole Parker angerufen hatte. Bisher war noch nichts Gravierendes passiert, aber sie gingen oft essen und lernten einander besser kennen. Sie trafen sich jede Woche ein paar Mal, hatten sich bislang aber nicht einmal geküsst. Beide wollten es langsam angehen. Charlie hatte Gray erzählt, dass jeder von ihnen fürchterliche Angst hatte, verletzt zu werden.

Adam war Grays verschwörerischer Blick nicht entgangen, und er verlangte von Charlie, ebenfalls eingeweiht zu werden.

»Herrgott noch mal, was ist nur mit euch los? Gray lebt praktisch mit Sylvia zusammen, will es sich nur nicht eingestehen, und du hörst dich an, als würdest du auch jeden Moment das Lager wechseln. So viel zum Verrat am Junggesellen-Ehrenkodex«, beklagte er sich mit gespieltem

Entsetzen. Natürlich freute er sich für seine Freunde. Was ihn selbst anging, war er sich weit weniger sicher. Seine Beziehung zu Maggie war zwar auf einem guten Weg, allerdings führte der nirgendwohin, wie sie schließlich von vornherein vereinbart hatten. Sie trafen sich lediglich. Ansonsten konnte jeder tun und lassen, was er wollte. Aber wenn sie zusammen waren, konnte Adam nicht genug von ihr bekommen. Ihre Unabhängigkeit ärgerte ihn zunehmend. Das war ihm noch nie passiert. In seinen Beziehungen war bisher immer er der Unabhängige gewesen, aber bei Maggie war das ganz anders. Sie schien viel Zeit für sich zu brauchen.

»Und wie läuft es bei dir?«, fragte Charlie Adam beim Nachtisch. »Du bist beim Thema Beziehungen auffallend ruhig gewesen. Triffst du dich mit jemandem? Oder wie immer mit den glücklichen Hundert?« Charlie war bei Adam nie mit dem Zählen nachgekommen.

»Ich treffe mich seit einem Monat mit einer Frau«, antwortete Adam schulterzuckend. »Nichts Ernstes. Wir haben vereinbart, dass es das nicht werden darf. Sie weiß, dass ich nie wieder eine feste Beziehung will.«

»Und sie? Tickt denn ihre biologische Uhr überhaupt nicht?«, fragte Charlie gespannt, aber Adam schüttelte den Kopf.

»Dafür ist sie zu jung. Das ist eben der Vorteil bei jungen Frauen.«

Gray verdrehte die Augen. »Sag mir, dass sie wenigstens keine achtzehn mehr ist. Wenn du nicht aufpasst, landest du irgendwann im Gefängnis.« Er und Charlie zogen Adam gern mit seinen jungen Freundinnen auf, und der konterte für gewöhnlich, dass sie nur neidisch seien.

»Entspannt euch, Jungs, sie ist sechsundzwanzig, sehr nett und hat einen umwerfenden Körper.« Und sie ist sehr klug, fügte er in Gedanken hinzu. Er sprach es jedoch nicht aus, denn dann hätten die beiden anderen sofort gemerkt, dass diesmal etwas anders war, und genau das begann er selbst allmählich zu befürchten. Wenn sich Adam in die Klugheit einer Frau verliebte, dann war es ernster, als er zugeben wollte. In Wahrheit war es das bei allen dreien, aber keiner von ihnen war bereit, es den anderen gegenüber einzugestehen. Bisher hatte sich noch keine der drei Beziehungen über die Zeit bewährt. Sie hatten weder die ersten Streitereien noch den ganz normalen Alltag einer Beziehung überstanden. Noch steckten sie bis über beide Ohren in der ersten Begeisterung.

Die drei saßen bis nach Mitternacht zusammen, redeten, tranken und genossen es, sich wiederzusehen. Sie hatten sich im letzten Monat mehr vermisst, als ihnen bewusst gewesen war. Sie waren so mit anderen Dingen und ihren neuen Beziehungen beschäftigt, dass sie übersahen, was für ein wichtiger Teil jeder im Leben der anderen war. Sich nicht zu treffen, hatte bei allen eine riesige Lücke hinterlassen. Sie vereinbarten, sich wieder häufiger zu verabreden. Alle drei genossen es, sich mit den Freunden auszutauschen. Sie redeten über die Arbeit, Grays neue Galerie, über Politik und Investitionen. Adam hatte zwei neue wichtige Klienten, und Charlie war zufrieden mit dem Fortschritt der Stiftung. Sie waren die Letzten im Restaurant und trennten sich nur ungern.

»Legen wir ein Versprechen ab«, sagte Gray, bevor sie sich in die wartenden Taxis setzten und in verschiedene Richtungen davonfuhren. »Ganz gleich, wie sich unsere neuen Beziehungen entwickeln oder welche Frauen es in Zukunft in unserem Leben geben wird, lasst uns immer miteinander telefonieren und uns so oft wie möglich treffen. Ich habe euch beide wirklich vermisst. Ich liebe Sylvia, und ich liebe es, bei ihr zu *übernachten*« – er grinste seine beiden Freunde an –, »aber euch beide liebe ich auch.«

»Amen«, kommentierte Charlie den Vorschlag.

»Verdammt richtig«, stimmte Adam zu.

Nur einen Augenblick später stiegen die drei in verschiedene Taxis und fuhren zurück in ihre jeweiligen Leben. Sobald er zu Hause war, rief Adam Maggie an. Dieses Mal wurde er richtig wütend, als er feststellen musste, dass sie wieder nicht zu Hause war. Es war ein Uhr am Morgen! Wo zum Teufel steckte sie? Und vor allem: mit wem?

Zwei Tage später ging Charlie auf die Halloween-Party, die Carole für die Kinder im Heim organisiert hatte. Sie hatte Charlie gebeten, sich zu verkleiden, und er hatte versprochen, den Kindern Muffins mitzubringen. Er besuchte Carole gern dort. Zweimal waren sie mittags essen gewesen, einmal bei Mo's und das andere Mal bei Sally's, aber meistens trafen sie sich zum Abendessen. Das war entspannter und vor allem diskreter. Keiner von ihnen wollte, dass Gerede entstand. Noch hatten sie nicht entschieden, ob es Freundschaft oder eine Romanze war, vielleicht ein wenig von beidem. Doch bis sie das herausgefunden hatten, wollten sie sich nicht dem Druck der Öffentlichkeit aussetzen. Charlie hatte nur Gray und Adam davon erzählt, aber das verriet er Carole nicht, als er am nächsten Morgen mit ihr sprach. Er sagte ihr nur, dass er einen tollen Abend mit seinen Freunden verbracht hatte. Carole freute sich für ihn. Sie hatte die beiden bisher nicht kennengelernt. Aber nach allem, was Charlie erzählte, musste die drei ein starkes Band verbinden. Er hatte ihr gesagt, dass die beiden für ihn wie Brüder wären, und Carole respektierte das. Für Charlie, der keine Blutsverwandten mehr hatte, waren die beiden zu seiner Familie geworden.

Die Kinder auf der Halloween-Party sahen in ihren Kostümen zauberhaft aus. Gabby war als Wonder Woman verkleidet, und Zorro trug ein blaues T-Shirt mit einem S darauf. Gabby erklärte, dass er Super-Dog sei. Es gab Raggedy Anns und Minnie-Mäuse, Ninja Turtles, Spidermans und jede Menge Hexen und Gespenster. Carole trug einen schwarzen, spitzen Hut, schwarze Jeans und einen schwarzen Rolli. Sie sagte, dass sie kein aufwendigeres Kostüm anziehen wollte, um mit den Kindern herumtollen zu können. Aber sie hatte ihr Gesicht grün angemalt und schwarzen Lippenstift aufgelegt. Neuerdings schminkte sie sich sogar, wenn sie abends mit Charlie essen ging. Es war ihm sofort aufgefallen, und er hatte ihr dafür Komplimente gemacht. Sie war rot geworden und hatte gesagt, sie käme sich ziemlich albern vor, aber dennoch behielt sie es bei.

Charlie hatte sich als der ängstliche Löwe aus *Der Zauberer von Oz* verkleidet. Seine Sekretärin hatte ihm das Kostüm in einem Laden für Theaterbedarf ausgeliehen.

Für die Kinder war es ein wunderschöner Tag, und die Muffins waren ein voller Erfolg. Charlie hatte außerdem Berge an Halloween-Süßigkeiten mitgebracht, da die Kleinen nicht durch die Nachbarschaft ziehen und an den

Haustüren klingeln konnten. Das war in dieser Gegend zu gefährlich, und außerdem waren die meisten dafür noch zu jung. Als Carole und Charlie das Heim verließen, war es schon fast acht Uhr am Abend. Sie hatten ursprünglich vorgehabt, noch essen zu gehen, waren aber beide zu erschöpft. Außerdem hatten sie selbst zu viele Süßigkeiten genascht: Charlie hatte eine ganze Handvoll Snickers verdrückt, und Carole konnte Marshmallows noch nie widerstehen.

»Ich würde Sie ja zu mir bitten«, sagte Carole zögernd. »Aber da herrscht ein völliges Chaos. Ich war die ganze Woche über unterwegs.« Schließlich waren die beiden jeden Abend essen gewesen, bis auf den Tag, an dem sich Charlie mit Gray und Adam getroffen hatte.

»Hätten Sie Lust, auf einen Drink mit zu mir zu kommen?«, schlug er vor. Carole war noch nie bei ihm gewesen.

»Gern.« Sie lächelte ihn an. »Aber nur kurz, ich bin nämlich ziemlich erschlagen.«

»Ich auch«, gestand er.

Sie fuhren mit dem Taxi die Fifth Avenue entlang bis zu Charlies Apartment. In Löwenkostüm und mit grün geschminktem Gesicht traten sie durch die Eingangstür. Der Portier begrüßte sie freundlich lächelnd, als kämen sie in Smoking und Abendkleid. Schweigend fuhren sie mit dem Aufzug nach oben. Charlie schloss die Tür zu seiner Wohnung auf, trat ein und schaltete das Licht an. Zögernd folgte ihm Carole und sah sich neugierig um. Die Wohnung war elegant und geschmackvoll eingerichtet. Carole entdeckte einige sehr schöne Antiquitäten. Die meisten hatte Charlie geerbt, aber ein paar hatte er im Laufe der Jahre selbst angeschafft. Carole durchquerte langsam das Wohnzimmer und bewunderte die Aussicht auf den Park.

»Es ist wunderschön, Charlie.«

»Danke.« Das Apartment war zweifellos elegant. In letzter Zeit hatte Charlie es jedoch deprimierend gefunden. Alles kam ihm alt und leblos vor. Jedes Mal, wenn er nach Hause kam, empfing ihn Totenstille. Mit seinen Freunden auf dem Boot fühlte er sich eindeutig wohler.

Während Charlie ihnen zwei Gläser Wein holte und weitere Lichter anschaltete, blieb Carole vor einem Tisch mit Fotos stehen. Dort standen einige von seinen Eltern und ein sehr schönes von Ellen. Außerdem ein sehr lustiges, das Charlie mit Adam und Gray auf dem Boot zeigte. Es war im Sommer vor Sardinien entstanden, als sie mit Sylvia und deren Freunden dort gewesen waren. Ein weiteres Foto zeigte die *Blue Moon* in der Seitenansicht, während sie in einem Hafen vor Anker lag.

»Was für ein schönes Boot«, sagte Carole, als Charlie ihr den Wein reichte. Er hatte ihr noch nichts davon erzählt, weil er auf den richtigen Moment warten wollte. Es war ihm peinlich, aber früher oder später musste er ihr sagen, wie er die Freizeit mit seinen Freunden verbrachte. Anfangs war es ihm zu überheblich vorgekommen, aber je öfter sie sich sahen, desto größer wurde sein Bedürfnis, ihr gegenüber ehrlich zu sein. Schließlich war es kein Geheimnis, dass er ein reicher Mann war.

»Gray, Adam und ich verbringen jedes Jahr den August auf dem Boot. Das Foto wurde vor Sardinien aufgenommen. Es war ein toller Urlaub«, sagte er ein bisschen nervös, während Carole am Wein nippte und nickte. Dann folgte sie ihm zum Sofa und setzte sich.

»Wem gehört das Boot?«, fragte sie beiläufig. Sie hatte ihm bereits erzählt, dass alle in ihrer Familie begeisterte Segler waren und sie in ihrer Jugend viel Zeit auf dem Meer verbracht hatte. Charlie hoffte, dass ihr sein Boot gefiel, auch wenn es eine Motoryacht war, die von Seglern gern als Dreckschleuder bezeichnet wurde. Aber in seinen Augen musste jeder zweifellos die Schönheit dieser Yacht sehen. »Ist das Boot gechartert?« Carole reagierte, wie er es erwartet hatte, und er lächelte ihr in das grüne Gesicht. Seltsamerweise kam er sich in seinem Löwenkostüm überhaupt nicht albern vor. Er saß mit übereinandergeschlagenen Fellbeinen bequem auf dem Sofa, und hinter ihm ragte der Schwanz auf. Carole musste lachen. Sie waren schon ein tolles Paar.

»Nein, wir haben das Boot nicht gechartert«, beantwortete Charlie die zweite Frage vor der ersten.

»Gehört es Adam?«, fragte Carole weiter. Charlie hatte erwähnt, wie erfolgreich Adam war und dass er aus einer reichen Familie stammte. Charlie schüttelte den Kopf. Und dann holte er tief Luft.

»Nein. Es gehört mir.« Sie sah ihn an. Bleierne Stille legte sich über den Raum.

»Ihnen? Das haben Sie mir nie erzählt«, sagte Carole und wirkte überrascht.

»Ich hatte Angst, dass Sie es missbilligen. Als wir uns das erste Mal begegneten, war ich gerade erst zurück. Ich verbringe jeden Sommer drei Monate in Europa auf dem Boot und dann noch einige Wochen im Winter in der Karibik. Ich fühle mich auf der Yacht sehr wohl.«

»Das kann ich mir vorstellen«, sagte sie nachdenklich. »Wow, Charlie … das ist ein echter Hammer.«

Die Yacht war ein sichtbares Zeichen für Charlies enormen Reichtum und stand in scharfem Kontrast zu der Art und Weise, wie Carole arbeitete, wie sie zu leben versuchte und woran sie glaubte. Der Mittelpunkt ihres Lebens war das Kinderheim in Harlem und die Menschen darin – und keine Yacht, mit der sie durch die Karibik schipperte. Charlie wusste, dass Carole zu einigen Aspekten seines Lebens wesentlich andere Ansichten hatte. Und er wollte nicht, dass sie wegen seiner extravaganten Genüsse weniger von ihm hielt.

»Ich hoffe, das ist für Sie kein Vertrauensbruch«, sagte er leise. »Ich würde mich freuen, wenn ich Ihnen die Yacht irgendwann einmal zeigen dürfte. Sie heißt *Blue Moon*.« Obwohl er nicht sicher war, wie sie damit umgehen würde, fühlte er sich besser, nachdem es endlich ausgesprochen war. Carole wirkte allerdings ein bisschen schockiert.

»Wie lang ist sie?«, fragte sie aus reiner Neugier.

»Gut siebzig Meter.« Carole stieß einen leisen Pfiff aus und trank einen Schluck Wein.

»Du meine Güte … ich arbeite in Harlem, und Sie haben eine über siebzig Meter lange Yacht. Was für ein gewaltiger Unterschied. Andererseits«, fuhr sie fort, »haben Sie mir gerade erst fast eine Million Dollar für die Kinder zur Verfügung gestellt. Wenn Sie nicht so viel Geld hätten, könnten Sie uns auch nicht helfen. Vielleicht ist es also gar nicht so schlimm.«

»Das hoffe ich. Ich möchte nicht, dass sich etwas so Dummes wie ein Boot zwischen uns stellt.«

Sie sah ihn ernst an. »Das wird es nicht«, sagte sie langsam. »Zumindest hoffe ich das.« Er hatte sonst überhaupt

nichts Überhebliches an sich, und sie sah, wie viel ihm dieses Boot bedeutete.
»Drei Monate sind eine lange Zeit«, sagte Carole nachdenklich.
»Vielleicht begleiten Sie mich nächstes Jahr«, schlug Charlie hoffnungsvoll vor. »Dann müssen wir auch nicht so lange fortbleiben. Dieses Jahr hatte ich keinen dringenden Grund, nach Hause zurückzukehren, deshalb bin ich länger weggeblieben als sonst. Manchmal fürchte ich mich davor, wieder herzukommen. Ich fühle mich einsam. Aber mit Ihnen und den Kindern …« Während er das sagte, sah er sich im Apartment um und dann wieder zu Carole. »Auf dem Boot fühle ich mich zu Hause, vor allem, wenn Gray und Adam mich begleiten. Ich kann es kaum erwarten, dass Sie die beiden kennenlernen.« Allerdings waren er und Carole dazu noch nicht bereit, sie wollten ihrer Beziehung erst noch etwas Zeit geben. Er sah sie an, und dann legte er den Arm um sie. Das hatte er schon seit Tagen tun wollen. »Jetzt kennen Sie mein dunkelstes Geheimnis: Ich habe eine Yacht.«
»Schlimmer wird es nicht?«
»Nein. Ich bin nicht vorbestraft, war nie im Gefängnis, habe keine unehelichen Kinder und musste noch nie Konkurs beantragen. Ich putze jeden Abend meine Zähne, bevor ich ins Bett gehe, selbst wenn ich betrunken bin, was jedoch nicht allzu oft vorkommt. Ich fahre nie schwarz und ziehe immer ein Parkticket. Außerdem …« Er machte eine kurze Pause, und Carole lachte. Der Löwenschwanz ragte immer noch hinter ihm auf.
»Dieses Kostüm sieht so albern aus.«
»Und du siehst mit deinem grünen Gesicht einfach hin-

reißend aus, mein Schatz«, sagte Charlie und küsste sie. Danach war Carole außer Atem. Es war ein Abend voller Überraschungen, bisher allesamt angenehmen, wenn sie auch ein bisschen erschrocken war wegen der Yacht. Das Boot wirkte auf sie eher wie ein Ozeandampfer. »Ich wollte schon immer eine Frau mit grünem Gesicht und schwarzen Lippen küssen«, flüsterte Charlie. Dann küsste er sie wieder. Dieses Mal schlang sie die Arme um ihn. Charlie erweckte Gefühle in ihr zum Leben, die sie jahrelang unterdrückt hatte. Sie hatte ihr Herz und ihre Seele in die Arbeit gesteckt und alles andere vergessen. In Charlies Armen erinnerte sie sich daran, wie schön es war, geliebt zu werden.

»Danke«, flüsterte sie, als er sie an sich drückte. Carole hatte solche Angst davor gehabt, ihn zu küssen, ihm nahe zu sein und das Risiko einzugehen, sich zu verlieben. Er hatte sie sanft über die Schwelle in sein Leben getragen, und sie fühlte sich bei ihm sicher.

Charlie zeigte ihr das Apartment. Er führte sie überall herum, und Carole bewunderte seine Schätze. Die Fotos seiner Familie, Gemälde, die er in Europa gekauft hatte, einschließlich eines Degas, der über dem Bett hing. Nachdem sich Carole das Bild angesehen hatte, führte er sie wieder hinaus. Er fand es zu früh, um sich mit Carole in seinem Schlafzimmer aufzuhalten. Aber das Gemälde von Degas brachte Carole auf das Thema Ballett, und sie erzählte ihm, dass sie früher getanzt hatte.

»Bis zu meinem sechzehnten Lebensjahr war es mir sehr ernst damit, aber dann habe ich aufgehört«, sagte sie bedauernd. Das musste der Grund sein, weshalb sie sich so anmutig bewegte.

»Warum hast du aufgehört?«
Sie lächelte verlegen. »Ich wurde zu groß. Ich wäre dazu verdammt gewesen, in der letzten Reihe zu tanzen. Primaballerinen sind immer klein und zierlich, zumindest war das damals so.« Ihre Größe mochte für sie einige Nachteile mit sich bringen, aber Charlie störte sie nicht. In seinen Augen war alles an Carole genau richtig. Sie war elegant und weiblich, und außerdem überragte er sie noch ein gutes Stück, das war ihm wichtig.
»Hättest du Lust, irgendwann einmal ins Ballett zu gehen?« Caroles Augen leuchteten auf, als Charlie sie fragte. Es gab so vieles, das er gern mit ihr unternehmen wollte. Ihre wundervolle Zeit zu zweit hatte gerade erst angefangen.
Carole blieb fast bis Mitternacht, und Charlie küsste sie noch ein paar Mal. Am Ende saßen sie in der Küche und aßen eine Kleinigkeit. Sie bereiteten sich Sandwiches zu und plauderten beim Essen.
»Ich weiß, dass es sich vermutlich blöd anhört«, begann Carole den Versuch zu erklären, wie sie sich fühlte, »aber mein Leben lang habe ich den Luxus und die Arroganz der Reichen gehasst. Niemand wird als etwas Besonderes geboren, man muss es sich verdienen. Es reicht nicht, mit irgendjemandem verwandt zu sein. Ich wollte den armen Menschen helfen, die nie Glück im Leben hatten. Ich fühle mich schuldig, wenn ich etwas unternehme, das sich andere nicht leisten können. Davon abgesehen lässt das meine finanzielle Situation überhaupt nicht zu. Aber selbst wenn ich es könnte, würde ich es nicht tun. So bin ich nun einmal.« Das wusste Charlie bereits, deshalb war er nicht überrascht. Carole redete nie über ihre Familie,

sodass Charlie keine Ahnung hatte, ob diese vermögend war. Angesichts von Caroles Lebensstil und der Hingabe, mit der sie sich ihrer Arbeit widmete, vermutete er jedoch, dass dem nicht so war. Vermutlich war es eine gute Familie mit bescheidenen finanziellen Mitteln, die sich ganz schön hatte strecken müssen, um Carole nach Princeton zu schicken.

»Das verstehe ich«, sagte er ruhig, während sie zu Ende aßen. »Schockiert es dich, dass ich ein Boot habe?«

»Nein«, antwortete sie nachdenklich. »Aber ich würde mir nie so eine Yacht kaufen, selbst wenn ich es mir leisten könnte. Es ist jedoch dein gutes Recht, das Geld so auszugeben, wie du willst. Mit der Stiftung tust du viel Gutes für andere Menschen. Ich denke eben immer, ich müsste in bitterer Armut leben und anderen so viel wie möglich geben.«

»Manchmal muss man ein bisschen für sich selbst behalten und seine Zeit genießen.«

»Das mache ich. Aber lieber würde ich alles abgeben. Ich habe sogar ein schlechtes Gewissen, weil man mir im Heim ein Gehalt zahlt. Andere hätten das Geld nötiger.«

»Auch du musst essen«, erwiderte Charlie. Sein schlechtes Gewissen war diesbezüglich weitaus weniger ausgeprägt als Caroles. Schon früh hatte er ein riesiges Vermögen geerbt und war immer verantwortungsbewusst damit umgegangen. Er genoss seinen Luxus, die Gemälde, die Kunstobjekte, die er sammelte, und vor allem sein Boot. Er bat dafür bei niemandem um Entschuldigung, obwohl er es jetzt auf indirekte Weise bei Carole tat. Ihre Lebensphilosophien waren sehr unterschiedlich, Charlie hoffte jedoch, dass das kein Problem sein würde.

»Vielleicht sehe ich das etwas zu radikal«, sagte Carole. »Ich bilde mir immer ein, mit Entsagungen für meine Sünden zu büßen.«

»Welche Sünden?«, widersprach Charlie ernst. »Ich sehe eine wunderbare Frau, die sich für andere aufopfert. Vergiss dabei nur nicht, selbst ein bisschen das Leben zu genießen.«

»Mit dir genieße ich es, Charlie«, erwiderte sie leise. »Jedes Mal, wenn wir zusammen sind.«

»Mir geht es genauso.« Er lächelte und küsste sie erneut. Wie gern wäre er jetzt einen Schritt weitergegangen, wagte es jedoch nicht. Er wusste, wie viel Angst Carole davor hatte, verletzt zu werden. Und seine eigenen Ängste musste er ebenfalls beherrschen. Immerzu wartete er insgeheim darauf, einen Schönheitsfehler an ihr zu entdecken, der die Beziehung ins Wanken brachte. Der war bei Carole jedoch so offensichtlich wie eine im Wind flatternde Flagge. Sie stammte aus anderen Verhältnissen als er. Sie war Sozialpädagogin in Harlem, und seine Welt machte sie nervös. Sie war keine Frau der High Society, keine Debütantin, sondern begegnete seiner Welt mit Vorbehalten. Die große Frage war, ob sie ihre Bedenken überwinden und seine Art zu leben akzeptieren konnte. Wenn sie beide zusammenbleiben sollten, dann würde sie ihren Frieden damit schließen müssen. Das lag zwar mehr bei ihr als bei ihm, aber er ging davon aus, dass Carole es schaffen würde.

Charlie begleitete sie in einem Taxi nach Hause und küsste sie vor der Haustür. Sie lud ihn nicht ein, noch mit nach oben zu kommen, aber sie hatte schließlich vorher schon gesagt, dass ihr Apartment ein einziges Chaos sei. Charlie konnte sich gut vorstellen, was für eine Herausforderung es war, in einem einzigen Zimmer zu leben.

Bevor er ging, küsste er sie auf die Nasenspitze. »Ich rufe dich morgen an«, versprach er und stieg wieder in das Taxi ein. »Und ich werde mich um Ballettkarten kümmern, vielleicht für nächste Woche.« Carole winkte und dankte ihm, dann verschwand sie im Haus, während er mit dem Taxi davonfuhr.

Als Charlie zurück in sein Apartment kam, schien es ihm ohne Carole noch leerer zu sein als sonst. Er mochte es, wie sie seine Wohnung, sein Leben und sein Herz ausfüllte.

15

Charlies Sekretärin sagte ihm am nächsten Morgen, dass sie Ballettkarten für den kommenden Freitag besorgt hatte. Eine angeblich hervorragende Inszenierung von *Giselle* stand auf dem Programm. Charlie rief bei Carole an und hinterließ eine Nachricht. Dann öffnete er seine Post. Das neue Princeton-Verzeichnis der Ehemaligen war dabei. Aus Neugier suchte er nach Caroles Namen. Er wusste, in welchem Jahr sie ihren Abschluss gemacht hatte, und überflog die entsprechenden Seiten. Stirnrunzelnd stellte er fest, dass er ihren Namen nicht finden konnte.

Er überlegte noch einmal, ob es das richtige Jahr war, und ging die Namen dann erneut durch. Doch ihrer war nicht dabei. Sonderbar. Es musste ein Versehen sein. Carole würde sicher wollen, dass es korrigiert wurde. Charlie entschied, ihr die Mühe abzunehmen, und sagte seiner Sekretärin, sie solle in Princeton anrufen und die entsprechenden Leute informieren. Er nannte ihr Caroles vollen Namen, Carole Anne Parker, sowie ihr Abschlussjahr.

Später am Morgen arbeitete Charlie gerade konzentriert an einem Finanzbericht, als sich seine Sekretärin durch die Gegensprechanlage meldete. Mit den Gedanken woanders, ging Charlie ran. Er beschäftigte sich gerade mit komplizierten Investitionen, die die Stiftung für die Zukunft plante, und hörte anfangs nur mit einem Ohr hin.

»Ich habe im Ehemaligenbüro von Princeton angerufen, Mr Harrington. Dort sagte man mir jedoch, dass nie jemand mit dem Namen Carole Anne Parker dort studiert habe. Man hat es zweimal überprüft. Vielleicht handelt es sich um ein Missverständnis und es geht um eine andere Universität.«

»Das ist absurd. Geben Sie mir die Nummer. Ich werde selbst anrufen.« Charlie ärgerte sich über die Unfähigkeit seiner Sekretärin. Schließlich wusste er sogar, welchem Eating Club Carole angehört hatte. Natürlich war sie in Princeton gewesen.

Als er jedoch fünf Minuten später selbst anrief, bekam er die gleiche Antwort. Tatsächlich reagierte das Büro sogar reichlich verstimmt und beharrte darauf, dass ihnen derlei Fehler nicht unterliefen. Carole Anne Parker hatte nie einen Abschluss in Princeton gemacht. Das Büro hatte es sogar weitergehend überprüft, und man sagte Charlie, dass Carole niemals an dieser Universität gewesen sei. Als Charlie auflegte, lief ihm ein kalter Schauer über den Rücken. Obwohl er sich dabei unwohl fühlte, rief er kurz darauf die Columbia School of Social Work an – das Ergebnis war dasselbe. Auch dort war Carole nie gewesen. Offenbar hatte er ihren Schönheitsfehler gefunden. Die Frau, in die er sich gerade verliebte, war eine Betrügerin. Wie sehr sie sich auch für das Kinderheim engagierte, sie besaß keinen der angeblichen Abschlüsse, die sie in ihrem Lebenslauf nannte. Mit gefälschten Zeugnissen und faulen Empfehlungen hatte sie ihm eine knappe Million Dollar abgeluchst. Das war fast schon kriminell, abgesehen von dem Umstand, dass sie das Geld nicht für sich selbst wollte, sondern anderen damit half. Was sollte er jetzt

tun? Charlie brauchte Zeit, um diese Information zu verdauen.
Gegen Mittag rief Carole in seinem Büro an. Das hatte sie in den sechs Wochen, seit sie sich kannten, nie gemacht. Charlie nahm den Anruf jedoch nicht entgegen. Natürlich konnte er nicht einfach aus ihrem Leben verschwinden, und außerdem wollte er eine Erklärung, aber er musste das alles erst einmal verarbeiten. In zwei Tagen würde er mit ihr ins Ballett gehen. Er entschied, sie bis dahin nicht zu treffen.
Am späten Nachmittag rief er sie zurück und sagte, dass es ein Problem mit dem Kuratorium gebe und er sie bis Freitag nicht sehen könne. Da sie solche Situationen kannte, reagierte sie sehr verständnisvoll. Als Carole auflegte, fragte sie sich jedoch, warum Charlie so niedergeschlagen geklungen hatte. Sie konnte schließlich nicht ahnen, dass er sich betrogen fühlte, weil die Frau, die er so bewunderte, offenbar eine Lügnerin war.
Die zwei Tage bis zu ihrem Wiedersehen waren für Charlie eine Qual. Als er Carole am Freitag zum Ballett abholte, sah sie hinreißend aus. Sie trug ein schwarzes Cocktailkleid, hohe Schuhe und ein schlichtes schwarzes Pelzjäckchen. Carole hatte sogar hübsche Perlohrringe angelegt, und sagte Charlie, dass sie früher ihrer Mutter gehört hatten. Charlie glaubte ihr kein Wort. Mit ihren Lügen über Princeton und Columbia hatte sie alles verdorben. Er konnte ihr nicht länger trauen. Carole fand, dass er unglücklich und angespannt wirkte. Kurz bevor der Vorhang aufging, fragte sie ihn, ob alles in Ordnung sei. Er nickte nur. Im Taxi und beim Betreten des Lincoln Centers hatte er kaum ein Wort mit ihr gesprochen. Carole entging nicht,

wie schlecht er aussah. Sie nahm an, dass es seit ihrem letzten Treffen große Probleme in der Stiftung gegeben hatte. Während der Pause gingen sie in die Bar, etwas trinken. Bevor sie auf ihre Plätze zurückkehrten, entschuldigte sich Carole und wollte zur Toilette gehen. In dem Moment kam ein Paar auf sie zu. Charlie sah, wie Carole den Kopf wegdrehte, als wollte sie nicht erkannt werden. Sie erklärte rasch, es seien Freunde ihrer Eltern, die sie nicht ausstehen könne, und eilte davon. Charlie kannte die beiden ebenfalls und musste zugeben, dass er sie auch nicht mochte. Die beiden Neureichen waren äußerst unerträglich. Die Frau umarmte Charlie überschwenglich, plapperte endlos über die Aufführung und darüber, dass sie die Inszenierungen der letzten Saison allesamt besser fand. In einem fort ließ sie sich über die Stärken und Schwächen der Tänzer aus. Dann fixierte sie Charlie mit Adleraugen und machte eine Bemerkung, die er im ersten Moment gar nicht richtig verstand.
»Da haben Sie ja einen ziemlich großen Coup gelandet«, stichelte sie. Charlie hatte keine Ahnung, wovon die Frau redete, und hoffte, dass Carole bald zurückkäme. Obwohl er unter ihrer Lüge litt, war er immer noch lieber mit ihr zusammen, als in den Fängen dieser Klatschmäuler zu stecken. Die beiden klebten an ihm, weil sie wussten, wer er war. »Wie ich hörte, hatte sie einen Nervenzusammenbruch, als ihr Mann sie verließ. Ich weiß sowieso nicht, was sie mit ihm wollte, die Van Horns haben doch viel mehr Geld als er. Sie gehören schließlich zum Geldadel, und er war nicht mehr als ein Emporkömmling.« Charlie verstand nicht, warum sie von den Van Horns redete. Er kannte Arthur Van Horn, wenn auch nicht sonderlich

gut. Es war einer der konservativsten und langweiligsten Männer, die ihm je begegnet waren. Und es interessierte Charlie nicht im Geringsten, wie viel Geld seine Familie besaß.

»Die Van Horns?«, fragte er und verstand nicht, warum diese Frau ihm Klatsch über eine Van Horn erzählte, die offenbar von ihrem Mann verlassen worden war. Die Frau sah Charlie an, als sei er begriffsstutzig.

»Die Van Horns. Ich rede von der Tochter. Mit der haben Sie doch gerade hier zusammengestanden?« Plötzlich dämmerte es Charlie. Er war wie vom Blitz getroffen.

»Natürlich, Miss Van Horn. Entschuldigen Sie bitte. Ich war mit den Gedanken woanders.«

»Sind Sie beide zusammen?«, fragte die Frau dreist.

»Wir haben geschäftlich miteinander zu tun«, antwortete Charlie. »Meine Stiftung hat sich für ihr Kinderheim engagiert. Wie hieß noch gleich ihr Ehemann?«

»War es nicht Mosley? Oder Mosey? So etwas in der Art. Ein fürchterlicher Kerl. Nach ihr hat er ein Mädchen geheiratet, das noch jünger ist als Carole. Wirklich schade, dass es sie so mitgenommen hat.«

»Hieß er nicht Parker?« Charlie hatte die Fährte aufgenommen. Er wollte die Wahrheit erfahren, aus welcher Quelle auch immer. Selbst wenn er sie von dieser neureichen Klatschtante bekam.

»Aber nein. Das ist der Mädchenname ihrer Mutter. Sie kennen doch die Parker Bank in Boston, oder? Nicht ganz so vermögend wie die Van Horns, aber ansehnlich. Wie schön für Carole, dass sie einmal zwei Vermögen erben wird. Manche Menschen werden mit einem goldenen Löffel im Mund geboren«, sagte die Frau, und Charlie nickte. Er sah Carole zurückkommen. Auf ihren hohen Absätzen war sie in der Menge leicht zu erkennen. Er bedankte sich bei seiner Informantin und sagte dann, dass er sich nun gern wieder setzen würde. Die Frau verzog etwas das Gesicht und ging dann mit ihrem Mann zu ihren Plätzen zurück. Während der letzten zwei Tage hatte Charlie bei Carole so viele Lügen aufgedeckt, dass er jetzt gar nicht mehr wusste, was er glauben sollte.

Carole setzte sich neben ihn. »Tut mir leid, dass ich dich mit dieser schrecklichen Frau allein ließ. Aber sonst wären wir sie vermutlich nie mehr losgeworden. Ist dein eines Ohr jetzt taub von dem vielen Gerede?«

»Allerdings«, antwortete Charlie knapp.

»Das geht wohl jedem so, der sich mit ihr unterhält. Sie ist die größte Klatschtante von ganz New York. Immerzu redete sie nur davon, wer mit wem verheiratet oder verwandt ist und wer wie viel Geld geerbt hat. Weiß der Himmel, woher sie ihre Informationen bezieht. Ich kann sie jedenfalls nicht ausstehen.« Charlie nickte nur. Der Vorhang hob sich, und Charlie saß mit versteinerter Miene da. Caroles Schönheitsfehler bestand überhaupt nicht darin, dass sie aus einem anderen Milieu stammte als er und sich in seiner Welt unwohl fühlte. Sie war auch keine Betrügerin, wie er noch am Mittwoch gedacht hatte. Es war viel simpler: Carole war eine Lügnerin.

Als die Vorstellung zu Ende war, lächelte Carole ihn an. »Das war wunderschön. Danke, Charlie. Ich habe es sehr genossen.«

»Das freut mich«, antwortete er höflich. Charlie hatte versprochen, sie hinterher zum Essen auszuführen, aber danach war ihm jetzt nicht zumute. Was er ihr zu sagen hatte, wollte er nicht in der Öffentlichkeit ansprechen. Er schlug vor, dass sie zu ihm fuhren. Sie lächelte und bot an, für sie beide Rührei zuzubereiten. Charlie nickte und brachte während der Rückfahrt kaum ein Wort heraus.

Carole merkte, dass etwas nicht stimmte, konnte sich aber keinen Reim darauf machen. Aber sie musste nicht lange darauf warten, bis sie erfuhr, was ihm so zusetzte.

Charlie öffnete die Wohnungstür, schaltete das Licht ein und marschierte ins Wohnzimmer. Carole folgte ihm. Er machte sich nicht einmal die Mühe, sich zu setzen. Wütend starrte er sie an.

»Was zum Henker sollte dieses ganze Gerede, dass du keine elitären Universitäten magst und Leute mit Geld nicht ausstehen kannst? Warum hast du mich angelogen? Du bist nicht das einfache Mädchen, das sich aufopfert, um die Armen in Harlem zu retten. Du stammst aus derselben Gesellschaftsschicht wie ich, hast den gleichen Luxus genossen. Du bist keinen Deut ärmer als ich, Miss Van Horn, also erzähl mir nicht diesen Blödsinn, du würdest dich in meiner Welt unwohl fühlen.«

»Woher weißt du das alles? Es geht dich überhaupt nichts an, ob ich reich bin. Genau das ist der Punkt, Charlie. Ich möchte nicht bewundert und respektiert werden, weil ich einen reichen Großvater habe. Ich möchte um meiner selbst willen geliebt werden. Und mit dem Namen Van Horn geht das auf dieser Welt nun mal nicht. Deshalb trage ich den Mädchennamen meiner Mutter. Na und? Ich schulde weder dir noch sonst jemandem irgendwelche Erklärungen.« Nun war sie genauso wütend wie Charlie.

»Ich will nicht, dass du mich anlügst«, erwiderte Charlie.

»Wie soll ich dir jemals wieder trauen? Warum hast du mir nicht die Wahrheit gesagt, Carole?«
»Aus demselben Grund, aus dem du mir nicht von deiner Yacht erzählt hast: Du dachtest, das würde mich abschrecken. Vielleicht hattest du auch Angst, ich wäre hinter deinem Geld her. Das bin ich übrigens wirklich nicht, ich besitze selbst genug, besten Dank. Außerdem habe ich nicht gelogen. Ich habe die Welt, in der ich aufgewachsen bin, mein Leben lang gehasst. Dieser ganze Pomp und dieses Getue. Ich will nichts damit zu tun haben. Ich liebe meine Arbeit und diese Kinder. Mehr will ich nicht. Ich brauche kein schickes Auto und teure Schuhe. Das habe ich vier Jahre zuvor aufgegeben, und seither bin ich viel glücklicher. Und ich werde niemals in diese Welt zurückkehren, weder für dich noch für irgendjemanden sonst«, fauchte sie ihn zornig an.
»Aber du *stammst* aus dieser Welt, du gehörst dazu, ob es dir passt oder nicht. Ich habe mich schlecht gefühlt und mich dir gegenüber gerechtfertigt, nur weil ich nicht arm bin. Und du hast zugesehen, wie ich mich zum Idioten mache. Wann hattest du vor, es mir zu sagen? Oder wolltest du bis in alle Ewigkeit so tun, als seiest du eine Wohltäterin aus einfachen Verhältnissen? Und ich hätte immerzu dafür um Entschuldigung gebeten, wer ich bin und wie ich lebe? Wenn ich so darüber nachdenke, glaube ich auch nicht, dass du in einem winzigen Apartment wohnst. Vermutlich gehört dir das ganze Haus!« Charlie blitzte sie wütend an. Carole senkte den Kopf, dann sah sie ihn wieder an.
»Ja, das stimmt. Als ich das Waisenhaus eröffnete, wollte ich nach Harlem ziehen. Aber mein Vater ließ mich nicht.

Also zog ich in dieses Haus. Ich wusste nicht, wie ich dir das erklären soll.«

»Wenigstens einer in deiner Familie ist bei Verstand, wenn du es schon nicht bist. Harlem ist ein gefährliches Pflaster, und du bist nicht Mutter Teresa. Du warst schon immer ein reiches Mädchen, genauso wie ich viel zu früh ein reicher Junge war. Und jetzt bin ich ein reicher Mann. Und weißt du was? Wenn es die Leute stört, dann zur Hölle mit ihnen. Weil ich nun mal so bin. Vielleicht hörst du ja eines Tages auch damit auf, dafür um Entschuldigung zu bitten. Aber bis es so weit ist, kannst du nicht herumlaufen und alle anlügen. Das war dumm und hinterhältig. Du hast dafür gesorgt, dass ich mir vorkam wie ein Trottel. Ich habe sogar dieses verdammte Ehemaligenbüro in Princeton angerufen, um ihnen zu sagen, dass sie deinen Namen in der Liste vergessen haben. Als sie mir sagten, dass in deinem Jahrgang keine Miss *Parker* studiert hat, hielt ich dich für eine Betrügerin. Aber wie sich herausgestellt hat, bist du gar keine Hochstaplerin, sondern eine Lügnerin. In Beziehungen schulden Menschen einander Ehrlichkeit, wie auch immer die Wahrheit aussieht. Ja, ich habe ein Boot und jede Menge Geld. So wie du auch. Du bist eine Van Horn. Na und? Aber nachdem du mich belogen hast, kann ich dir nicht mehr trauen – und um dir die Wahrheit zu sagen, will ich auch nicht mehr mit dir zusammen sein. Bis du herausgefunden hast, wer du bist und wer du sein willst, haben wir uns nichts mehr zu sagen.« Charlie war so wütend, dass er zitterte. Carole bedauerte, dass er die Wahrheit auf diese Weise erfahren hatte, aber irgendwie fühlte sie sich erleichtert. Sie hatte es gehasst, ihn anzulügen. Den Leuten im Heim zu verschweigen, wer sie war, war das eine, ihn anzulügen jedoch etwas ganz anderes.

»Charlie! Ich wollte, dass du mich um meiner selbst willen liebst, und nicht wegen dem Namen meines Vaters.«

»Was hast du denn gedacht? Dass ich hinter deinem Geld her sein könnte? Das ist lächerlich, und das weißt du auch. Du hast aus unserer Beziehung eine Farce gemacht. Mich nach Strich und Faden zu belügen, war respektlos.«

»Ich habe lediglich in Bezug auf meinen Namen und meine Herkunft gelogen. Beides ist unwichtig. Ich bin immer noch dieselbe. Und ich entschuldige mich. Du hast recht, ich hätte dir nichts vormachen dürfen. Aber es ist nun einmal passiert. Vielleicht hatte ich einfach Angst. Und nachdem du mich schon als Carole Parker kennengelernt hattest, war es unheimlich schwer, dir zu erklären, wer ich wirklich bin. Ich habe schließlich niemanden umgebracht, verdammt noch mal, und ich habe auch nicht dein Geld gestohlen!«

»Du hast mein Vertrauen gestohlen, und das ist viel schlimmer.«

»Charlie, es tut mir leid.« Tränen liefen Carole über die Wangen. »Ich glaube, ich bin dabei, mich in dich zu verlieben.« Sie befürchtete, dass sie alles verdorben hatte.

»Ich glaube dir kein Wort«, spie er ihr entgegen. »Wenn du dich in mich verliebt hättest, dann hättest du mich nicht angelogen.«

»Ich habe einen Fehler gemacht. Aber Menschen machen Fehler. Ich hatte Angst, dass … Ich wollte doch nur, dass du *mich* liebst, und nicht meinen Namen.«

»Ich hatte gerade angefangen, es zu tun. Aber nur der Himmel weiß, wer du wirklich bist. Ich hatte mich in Carole Parker verliebt, ein einfaches Mädchen. Jetzt stellt

sich heraus, dass du etwas ganz anderes bist. Die Erbin eines riesigen Vermögens.«
»Ist das so schlimm? Bin ich dadurch jemand anders? Kannst du mir das nicht vergeben?«
»Du hast mich angelogen.« Charlie wandte sich von ihr ab und starrte durch das Fenster auf den Park. Lange blieb er so stehen und kehrte ihr den Rücken zu. Für einen Abend hatten sie sich genug gesagt, vielleicht sogar für immer.
»Möchtest du, dass ich gehe?«, fragte Carole mit erstickter Stimme.
Charlie reagierte erst nicht, dann nickte er. »Ja, das möchte ich. Es ist vorbei. Ich könnte dir nie wieder vertrauen. Du hast mich fast zwei Monate lang angelogen. Das ist eine sehr lange Zeit.«
»Es tut mir leid«, sagte Carole leise. Noch immer wandte Charlie ihr den Rücken zu. Er wollte ihr Gesicht nicht sehen. Es schmerzte ihn zu sehr.
Ohne ein weiteres Wort verließ Carole die Wohnung und zog die Tür hinter sich zu. Als sie in den Aufzug stieg, zitterte sie am ganzen Körper. Sie versuchte sich einzureden, dass das Ganze lächerlich sei. Sagte sich, dass er nur wütend auf sie war, weil sie reich war. Dabei besaß er viel mehr Geld als sie. In Wahrheit wusste sie jedoch, dass es nur darum ging, dass sie ihn angelogen hatte.
Sie fuhr mit dem Taxi nach Hause und hoffte, dass Charlie sie später anrufen würde. Er tat es nicht. Weder in dieser Nacht noch am nächsten Tag. Ständig hörte sie ihre Mailbox ab. Wochen später hatte er noch immer nicht angerufen. Da wurde ihr klar, dass er sich nie wieder melden würde. Er hatte ihr in jener Nacht die Wahrheit gesagt. Es

war vorbei, weil sie sein Vertrauen missbraucht hatte. Wie gut ihre Absichten auch gewesen sein mochten, sie hatte das Wichtigste zerstört, die Basis jeder Beziehung. Er wollte sie nicht mehr sehen, geschweige denn mit ihr reden oder mit ihr zusammen sein. Sie liebte ihn. Aber das änderte jetzt nichts mehr. Sie hatte Charlie für immer verloren.

16

Zwei Wochen vor Thanksgiving verbrachten Adam und Maggie einen ruhigen Abend bei ihm zu Hause. Aus heiterem Himmel sprach sie an, wie sie den Feiertag verbringen wollten. Bisher hatte Maggie nicht darüber nachgedacht, aber da sie beide so viel Zeit miteinander verbrachten, wollte sie es gern mit ihm feiern. Sie wusste jedoch nicht, ob er vielleicht zu seinen Kindern wollte. Bisher hatte sie die beiden nicht kennengelernt. Adam und sie waren sich einig, dass es noch zu früh war. Sie verbrachten beinahe jeden Abend zusammen, und Adam liebte es, Maggie um sich zu haben. Aber er betonte, dass ihre Beziehung noch immer eine Probefahrt war, eine vergnügliche Spritztour.

»Thanksgiving?« Er sah sie verständnislos an.

»Wirst du mit deinen Kindern zusammen sein?«

»Nein, Rachel nimmt sie mit zu ihren Schwiegereltern nach Ohio. Wir wechseln uns bei den Feiertagen ab. Dieses Jahr ist sie dran.«

Daraufhin lächelte Maggie ihn an. Sie ging davon aus, dass das eine gute Nachricht sei. Seit Jahren hatte sie kein Thanksgiving mehr mit jemandem gefeiert, der ihr wirklich etwas bedeutete. Nicht, seit sie ein kleines Kind gewesen war. Einmal hatte sie mit ihrer Mutter zusammen einen Truthahn zubereitet. Aber die war dann zu betrunken gewesen und war eingeschlafen, noch bevor das Essen fertig war. Am Ende hatte Maggie allein in der Küche gesessen. Aber ihre Mutter war wenigstens bei ihr gewesen, wenn sie auch im Zimmer nebenan den Rausch ausschlief.

»Denkst du, wir können zusammen feiern?«, fragte Maggie und kuschelte sich an ihn.

»Nein, das geht nicht«, antwortete Adam grimmig.

»Warum nicht?« Sie fühlte sich zurückgewiesen. Es lief so gut zwischen ihnen. Seine schroffe Antwort überraschte und verletzte sie.

»Weil ich zu meinen Eltern muss. Und dorthin kann ich dich nicht mitnehmen.« Allein bei dem Namen O'Malley würde seine Mutter einen Herzinfarkt bekommen. Davon abgesehen ging es seine Familie nichts an, mit wem er sich traf.

»Warum fährst du dahin? Ich dachte, es wäre so fürchterlich gewesen an Jom Kippur.« Was er sagte, ergab für sie keinen Sinn.

»Das war es auch. Aber das spielt keine Rolle. In meiner Familie ist die Einladung zu einem Feiertag wie ein Haftbefehl. Es geht nicht darum, einen schönen Abend miteinander zu verbringen, sondern um Tradition und Pflichterfüllung. Die Familie ist mir wichtig. Auch wenn mich meine in den Wahnsinn treibt. Außerdem bilde ich mir ein, es ihnen schuldig zu sein. Meine Eltern sind alt, sie werden sich nicht mehr ändern, also gehe ich hin und mache gute Miene zum bösen Spiel. Hast du niemanden, zu dem du gehen kannst?«, fragte er mit griesgrämiger Miene. Er hasste es, wieder Zeit mit seiner Familie verbringen zu müssen. Deshalb hatte er Feiertage noch nie leiden können. Seine Mutter schaffte es, ihm jeden einzelnen zu verderben. Sein einziges Glück war, dass seine Eltern Chanukka feierten und nicht Weihnachten. So konnte er Weihnachten wenigstens mit seinen Kindern verbringen. Das mochte Adam. »Wo wirst du Thanksgiving sein?«

»Allein in meinem Apartment. Die anderen fahren alle nach Hause.« Und Maggie hatte niemanden, zu dem sie gehen konnte.

»Hör auf, mir ein schlechtes Gewissen zu machen!« Er schrie fast. »Das tut meine Mutter schon zur Genüge. Maggie, es tut mir wirklich leid, dass du niemanden hast, mit dem du feiern kannst, aber ich kann nichts dagegen machen. Ich muss nach Hause.«

»Das verstehe ich nicht«, erwiderte sie traurig. »Deine Familie behandelt dich wie den letzten Dreck. Das hast du mir selbst gesagt. Warum fährst du also nach Hause?«

»Weil ich das Gefühl habe, es zu müssen«, antwortete Adam angespannt. Er wollte seine Entscheidungen nicht noch vor ihr rechtfertigen. Es war so schon hart genug. »Ich habe keine andere Wahl.«

»Doch, die hast du«, beharrte Maggie.

»Nein, die habe ich nicht. Und ich will nicht mit dir darüber diskutieren. Ich werde an diesem Abend zu Hause sein. Wir beide können stattdessen an dem Wochenende danach etwas unternehmen.«

»Darum geht es nicht.« Sie setzte ihn unter Druck, und das stank ihm gewaltig. Maggie begab sich auf gefährliches Terrain. »Wenn wir eine Beziehung miteinander haben«, drängte sie weiter, »möchte ich mit dir auch die Feiertage verbringen. Wir sind jetzt seit zwei Monaten zusammen.«

»Maggie, überspann den Bogen nicht«, warnte er sie. »Wir haben keine Beziehung. Wir gehen miteinander aus. Das ist etwas anderes.«
»Oh, ich bitte um Entschuldigung«, erwiderte sie sarkastisch.
»Du kanntest die Regeln von Anfang an. Du führst dein Leben und ich meins. Dazwischen treffen wir uns, wenn es bei uns beiden passt. Und an Thanksgiving passt es bei mir nicht. Ich wünschte, es wäre so. Das kannst du mir glauben. Aber ich kann nicht. Thanksgiving mit meinen Eltern zu verbringen, ist meine Pflicht. Auch wenn ich hinterher mit Migräne, Magenschmerzen und einer Riesenwut nach Hause gehe. Aber komme was wolle, sie erwarten, dass ich dort erscheine.«
»Das ist echt Scheiße!« Maggie zog einen Schmollmund.
»Ja«, stimmte Adam zu. »Für uns beide.«
»Und was war das für ein Mist von wegen ›Wir haben keine Beziehung‹? Und dieser Unsinn, dass wir uns ›dazwischen‹ treffen?«
»Aber genau das machen wir. Ganz zu schweigen davon, dass ich dich jedes Wochenende sehe – was für meine Verhältnisse ziemlich ungewöhnlich ist.«
»Macht es das dann nicht zu einer Beziehung?« Maggie drängte immer weiter und übersah sämtliche Alarmsignale, die von Adam ausgingen. Das war untypisch für Maggie, aber sie war sauer und wollte ihn und seine »Regeln« herausfordern.
»Eine Beziehung ist etwas für Leute, die irgendwann heiraten wollen. Ich will aber nicht heiraten. Das habe ich dir auch gesagt. Wir treffen uns lediglich, und das ist auch gut so.« Maggie erwiderte nichts mehr darauf.

Am nächsten Morgen fuhr sie zurück in ihre Wohnung, und Adam fühlte sich den ganzen Nachmittag schlecht wegen dem, was er gesagt hatte. Es war eine Beziehung. Es war auch für ihn zu einer geworden. Nur fiel es ihm ziemlich schwer, das zuzugeben. Aber genauso wenig wollte er ihre Gefühle verletzen. Und es ärgerte ihn, dass er Thanksgiving nicht mit ihr verbringen konnte. Alles daran ärgerte ihn. Er fühlte sich miserabel. Als er bei ihr anrief, war sie nicht da – oder sie ging nicht dran. Er hinterließ eine liebevolle Nachricht auf dem Anrufbeantworter. Maggie meldete sich jedoch nicht zurück und kam abends auch nicht zu ihm. Er rief noch einmal bei ihr an, jedoch wieder vergebens. Dann probierte er stündlich, sie zu erreichen, und dachte, sie würde Spielchen mit ihm spielen. Aber irgendwann ging eine ihrer Mitbewohnerinnen an den Apparat und versicherte ihm, dass Maggie nicht zu Hause sei. Mittlerweile war es bereits Mitternacht. Als er noch einmal Maggies Nummer wählte, sagte man ihm, sie schlafe bereits. Sie hatte ihn nicht zurückgerufen. Am nächsten Tag gegen Nachmittag begann er allmählich, vor Wut zu kochen. Schließlich entschied er, sie auf der Arbeit anzurufen. Das tat er so gut wie nie.

»Wo warst du letzte Nacht?«, fragte er, bemüht, ruhiger zu klingen, als er war.

»Ich dachte, wir treffen uns nur. Das ist doch die Variante, bei der keiner dem anderen Fragen stellt? Ich muss noch mal nachblättern, aber ich glaube, das waren die Regeln.«

»Hör zu, es tut mir leid. Es war dumm von mir. Ich hatte mich nur wegen meiner Familie so aufgeregt und fühle mich wirklich mies, weil ich dich an dem Tag allein lasse.«

»Du *bist* mies, weil du mich an dem Tag allein lässt«, korrigierte sie ihn.

»Maggie, sei nicht so streng mit mir. Bitte. Ich muss nach Long Island. Ehrlich! Mir bleibt keine andere Wahl.«

»Doch. Ich hätte Verständnis, wenn du mit deinen Kindern feiern würdest. Aber hör endlich auf, an den Feiertagen zu deinen Eltern zu fahren, nur damit sie dich bestrafen können.«

»Das ist meine Familie. Ich muss dorthin. Hör zu, komm heute Abend her, ich koche uns etwas, und wir machen uns einen netten Abend.«

»Ich habe noch was zu erledigen. Ich kann erst um neun.«

»Wieso erst so spät?«

»Hör auf, Fragen zu stellen. Ich komme, wenn ich kann.«

»Was hat das alles zu bedeuten?«

»Ich muss in die Bibliothek!«, fauchte Maggie wütend.

»Das ist die bescheuertste Entschuldigung, die ich je gehört habe. Aber bitte, wir sehen uns dann heute Abend. Komm, wann immer es dir passt.« Er legte auf. Am liebsten hätte er ihr gesagt, sie brauche erst gar nicht vorbeizukommen. Aber Adam wollte sie sehen, und er wollte wissen, was los war. Es passierte jede Woche mindestens zweimal, dass er nachts bei ihr anrief und sie nicht zu Hause war. Wenn sie sich mit einem anderen traf, dann wollte er das wissen. Sie war seit Jahren die erste Frau, der er treu war. Aber ihn quälte die Frage, ob sie ihn betrog.

Als Maggie am Abend endlich klingelte, war es schon fast zehn Uhr. Adam saß auf dem Sofa und genehmigte sich einen starken Drink, es war bereits sein zweiter. Alle fünf

Minuten hatte er auf die Uhr gesehen. Als Maggie hereinkam, sah sie ihn entschuldigend an.

»Tut mir leid. Es hat länger gedauert, als ich dachte. Ich habe mich beeilt, so sehr ich konnte.«

»Wo warst du? Und sag mir die Wahrheit.«

»Ich dachte, wir wollten einander keine Fragen stellen«, erwiderte sie und wirkte nervös.

»Erzähl mir keinen Mist!«, schrie er sie an. »Du triffst dich mit jemandem, stimmt's? Verdammt! Während der letzten elf Jahre hatte ich eine ganze Reihe von Frauen. Dann kamst du in mein Leben spaziert, und ich bin zum ersten Mal treu. Und was machst du? Du vögelst einen anderen.«

»Adam«, sagte Maggie ganz ruhig, setzte sich ihm gegenüber und sah ihm in die Augen. »Ich treffe mich mit keinem anderen. Das schwöre ich.«

»Wo bist du dann, wenn ich nachts bei dir anrufe? Du bist ständig bis Mitternacht unterwegs.« Seine Augen glühten, und ihm schlug das Herz bis zum Hals. Er hatte Kopfschmerzen, und die Frau, nach der er mittlerweile völlig verrückt war, trieb es mit einem anderen. Er wusste nicht, ob er weinen oder schreien sollte. Vermutlich war das ausgleichende Gerechtigkeit. Er bekam jetzt die Rechnung dafür, was er anderen Frauen angetan hatte. Aber es fühlte sich ganz und gar nicht gut an, wenn es einem selbst passierte. »Wo warst du heute Abend?«, fragte er noch einmal.

»Das habe ich dir doch gesagt«, antwortete Maggie ruhig. »Ich war in der Bibliothek.«

»Maggie, bitte … lüg mich nicht an. Hab wenigstens den Mumm, mir die Wahrheit zu sagen.« Als sie die Qual in seinen Augen sah, wurde ihr klar, dass sie keine andere Wahl hatte. Sie musste ihm die Wahrheit sagen. Sie hatte es eigentlich nicht vorgehabt. Aber wenn er dachte, sie würde sich mit einem anderen treffen, dann sollte er lieber die Wahrheit erfahren.

»Ich besuche Jurakurse an der Uni«, sagte sie leise, aber mit fester Stimme.

Adam starrte sie an. *»Was?«* Er musste sich verhört haben.

»Ich will meinen Abschluss in Jura machen. Aber vermutlich brauche ich etwa hundert Jahre dazu. Ich kann pro Semester immer nur zwei Kurse belegen. Mehr kann ich mir nicht leisten. Ich habe ein Teilstipendium.« Maggie atmete tief aus. Es war eine unendliche Erleichterung, es ihm zu erzählen. »Ich war heute Abend in der Bibliothek, weil ich eine Seminararbeit abgeben muss. Nächste Woche habe ich Halbjahresprüfung.«

Adam starrte sie ungläubig an, dann verzog sich sein Gesicht zu einem breiten Grinsen. »Nimmst du mich auf den Arm?«

»Ganz und gar nicht. Ich studiere jetzt schon seit zwei Jahren.«

»Weshalb hast du mir nichts gesagt?«

»Ich hatte Angst, dass du mich auslachst.«

»Warum in aller Welt machst du das?«

»Weil ich nicht für den Rest meines Lebens Kellnerin sein will. Und ich bin auch nicht auf der Suche nach einem Mann, der mich rettet. Ich möchte von niemandem abhängig sein, sondern für mich selbst sorgen können.« Maggies Worte ließen Adam die Tränen in die Augen steigen. Sämtliche Frauen, die er je getroffen hatte, suchten nur einen Kerl, dem sie das Geld aus der Tasche ziehen konnten. Aber Maggie arbeitete sich den Rücken krumm, sie kellnerte, besuchte Jurakurse und lernte nachts. Und sie hatte ihn nie auch nur um einen Penny gebeten. Außerdem erschien sie häufiger, als es ihm recht war, mit einer Einkaufstasche voller Lebensmittel oder einem kleinen Geschenk bei ihm. Sie war eine außergewöhnliche Frau.

»Komm her.« Adam stand auf und nahm Maggie in die Arme. »Du sollst wissen, dass ich dich für großartig halte. Du bist die wunderbarste Frau, die ich je kennengelernt habe. Es tut mir leid, dass ich so ein Mistkerl gewesen bin und dass wir Thanksgiving nicht zusammen sein können. Ich verspreche dir, dass wir am Tag vorher feiern und dass ich dich nie wieder fragen werde, wo du gewesen bist. Ich liebe dich.«

»Ich liebe dich auch«, flüsterte sie. Das hatte Adam noch nie zu ihr gesagt. »Was für Konsequenzen hat das für die Regeln?« Maggie löste sich ein wenig aus seinen Armen und sah ihm in die Augen.

»Welche Regeln?« Adam starrte sie verständnislos an.

»Du weißt schon, *deine* Regeln. Heißt das, dass wir uns immer noch nur treffen, oder haben wir jetzt eine Beziehung?«

»Das heißt, dass ich dich liebe, Maggie O'Malley. Zur Hölle mit den Regeln. Alles andere finden wir mit der Zeit heraus.« Sie sah ihn mit großen Augen an. »Und wenn ich das nächste Mal von irgendwelchen Regeln anfange, dann erinnere mich daran, dass ich bescheuert bin!«, rief Adam gut gelaunt und küsste Maggie leidenschaftlich. Als sie sich wieder voneinander gelöst hatten, fragte er: »Um was geht es bei deiner Seminararbeit eigentlich?«

»Deliktsrecht.«

»O Gott. Zeig mir morgen, was du bisher hast. Jetzt bin ich zu betrunken, um mich darauf zu konzentrieren.« In Wahrheit wollte er jetzt nichts mehr, als sie ins Bett zu tragen und sie zu lieben.

»Willst du mir wirklich helfen?«

»Natürlich. Wir werden dich in Rekordzeit durch dieses Studium bringen.«

»Das geht nicht«, widersprach sie mit ernster Stimme. »Ich muss auch Geld verdienen.« Das war keine Bitte um Hilfe, sondern eine simple Feststellung.

»Darüber reden wir ein anderes Mal.« Er hob sie auf beide Arme und trug sie ins Schlafzimmer.

»War das ernst gemeint, was du vorhin gesagt hast?«, fragte Maggie, als er sie auf das Bett legte. »Oder bist du wirklich betrunken?«

»Nein, Miss O'Malley. Ich bin nicht betrunken, und ich habe es so gemeint. Ich liebe dich. Manchmal bin ich einfach nur ein bisschen schwer von Begriff.« Sie lächelte zu ihm hoch, und er schaltete das Licht aus.

17

Als Gray Charlie in der Woche vor Thanksgiving im Büro anrief, fand er, dass dieser ungewöhnlich bedrückt klang.

»Was unternimmst du am Feiertag?«, fragte Gray.

»Nichts, um genau zu sein«, antwortete Charlie. Er hatte sich diese Frage selbst schon gestellt. Feiertage waren für ihn immer besonders hart. Zu diesen Anlässen versammeln die Menschen ihre Familie um sich. Menschen, die niemanden haben, spüren dann die Einsamkeit umso mehr.

»Sylvia und ich wollten dich fragen, ob du Lust hast, zum Dinner zu uns zu kommen. Sie bereitet den Truthahn zu, es wird also ein richtiges Essen geben.«

Charlie lachte. »Sehr gern.« Den Feiertag mit seinem Freund zu verbringen, war für ihn eine willkommene Alternative.

»Wenn du magst, kannst du Carole gern mitbringen.«

»Das wird nicht nötig sein. Trotzdem danke«, antwortete Charlie und klang plötzlich angespannt.

»Hat sie schon etwas anderes vor?« Gray konnte seinem Freund anhören, dass irgendetwas nicht stimmte.

»Vermutlich. Ich weiß es nicht.«

»Das klingt aber nicht gut.« Gray machte sich Sorgen um seinen Freund.

»Stimmt. Wir hatten zwei Wochen zuvor eine heftige

Auseinandersetzung. Unsere Beziehung gehört der Vergangenheit an. Es war nett, aber kurz.«

»Das tut mir leid. Ich nehme mal an, du hast einen Schönheitsfehler gefunden?« Was das anging, war sich Gray so gut wie sicher.

»Könnte man so sagen. Sie hat mich angelogen. Ich kann nicht mit einer Frau zusammen sein, der ich nicht vertraue.«

»Nein, das ist wirklich schwer.« Gray kannte Charlie gut genug, um zu wissen, dass dieser auf und davon war, sobald er einen Schönheitsfehler entdeckte. Das Risiko, dass Charlie verletzt wurde, war ihm dann zu groß. Gray sagte noch, Charlie solle um sechs Uhr am Abend zu ihnen kommen. Kurz darauf legten sie auf. An diesem Abend erzählte Gray Sylvia von der Trennung. Ihr tat es genauso leid, das zu hören.

»Das macht er jedes Mal so«, sagte Gray bedauernd. »Er sucht nach dem einen Makel, der ihm beweist, dass die Frau keine Heilige ist – und findet er ihn, lässt er sie fallen wie eine heiße Kartoffel. Er kann die Schwächen einer Frau einfach nicht akzeptieren und sie trotzdem lieben. Charlie gibt ihr gar keine Chance. Das macht er nie. Er hat fürchterliche Angst, dass er verletzt werden könnte. Sie braucht nur zu husten, und er gibt die Beziehung fast schon auf.«

»Dann nehme ich mal an, Carole hat besonders kräftig gehustet«, kommentierte Sylvia. Obwohl sie Charlie noch nicht oft gesehen hatte, meinte sie ihn durch Grays Erzählungen gut zu kennen. Für beide war der andere die einzige Familie, die sie hatten. Gray hatte Sylvia zwar gesagt, dass er irgendwo auf der Welt einen sehr viel jüngeren Bruder hatte, zu dem der Kontakt jedoch seit Jahren abgebrochen war.

»Der Bursche ist völlig unflexibel. Er rückt keinen Zentimeter von seinen Erwartungen ab.« Sie wussten beide aus eigener Erfahrung, dass man bei Beziehungen auch Kompromisse eingehen muss. »Er sagt, sie hätte gelogen. Verdammt, wer tut das nicht hin und wieder? So etwas kommt vor. Menschen machen manchmal verrückte Dinge – vor allem, wenn sie sich lieben.« Sylvia nickte und hätte gern gewusst, was genau passiert war.

»Weshalb hat sie gelogen?«

»Das hat er nicht gesagt. Vermutlich war es nicht einmal etwas Wichtiges. Charlie benutzt es nur als Ausrede. Es liefert ihm den Beweis, dass ihr grundsätzlich nicht zu trauen ist. So läuft es bei ihm immer. Es ist eine Schande. Er wird einsam und allein enden.« In Wahrheit, fügte Gray in Gedanken hinzu, war Charlie das vermutlich schon.

»Vielleicht will er genau das«, antwortete Sylvia nachdenklich.

»*Ich* will aber nicht mit ansehen, wie er sich das antut.« Gray lächelte sie traurig an. Er wünschte, dass sein Freund genauso glücklich wurde, wie er selbst es jetzt war. Mit ihm und Sylvia lief es großartig. Sie lachten manchmal darüber, dass sie bisher noch keine ernsthafte Auseinandersetzung gehabt hatten. Natürlich würde es irgendwann dazu kommen, aber noch war es nicht passiert. Sie hatten beide noch ihre rosafarbenen Brillen auf.

An Thanksgiving stand Charlie um Punkt sechs Uhr bei Sylvia vor der Tür. Er brachte zwei Flaschen ausgezeichneten Wein mit, einen Christal und einen Château

d'Yquem. Alle freuten sich auf den gemeinsamen Abend mit gutem Essen, köstlichem Wein und lieben Freunden.
»Meine Güte, Charlie, damit können wir eine Spirituosenhandlung eröffnen«, sagte Sylvia. »Was für edle Tropfen.«
»Ich dachte, wenn wir morgen schon alle einen Kater haben, dann wenigstens von einem guten Wein.« Er lächelte sie an.
Sylvia trug schwarze Samthosen und einen weißen Pullover. Ihr langes schwarzes Haar hatte sie zu einem Knoten hochgesteckt, und sie hatte Diamantohrstecker angelegt. Jedes Mal, wenn ihre und Grays Blicke sich trafen, lächelte sie ihn zärtlich an. Charlie hatte seinen Freund nie zuvor so glücklich gesehen und war gerührt. Die verrückten und neurotischen Frauen waren aus Grays Leben verschwunden, ebenso deren psychotische Ex-Freunde mit ihren Morddrohungen. Sylvia war niemand, der Gray wegen eines anderen verlassen und auf dem Weg nach draußen noch seine Bilder anzünden würde. Sie war genau die Art Frau, die ein Mann wie Gray brauchte. Und es war nicht zu übersehen, wie viel Gray ihr bedeutete. Charlie stellte erleichtert fest, dass sie seinen Freund wie ein unbezahlbares Juwel behandelte. Es wärmte ihm das Herz, aber gleichzeitig fühlte er sich dadurch ausgeschlossen. In der Gegenwart dieser Verliebten spürte er umso mehr, was in seinem Leben fehlte. Es war ein bittersüßes Gefühl für ihn. Mit Sylvias Hilfe hatte Gray ein köstliches Essen zubereitet. Der Tisch war mit edlem Leinen gedeckt, und Sylvia hatte ihn mit Blumen dekoriert. Gray führte jetzt ein schönes Leben.
Sie hatten den Truthahn schon zur Hälfte verspeist, als

das Thema Carole angeschnitten wurde. Charlie erwähnte sie mit keinem Wort, aber Gray hielt die Ungewissheit nicht länger aus.

»Was war eigentlich mit Carole?«, fragte er so beiläufig wie möglich. An dem Blick, den Sylvia ihm zuwarf, merkte Gray jedoch, dass er ganz und gar nicht so geklungen hatte. Sie war überzeugt, dass dieses Thema für Charlie schmerzhaft war, und hätte es besser gefunden, wenn Gray es nicht angesprochen hätte. Aber dafür war es jetzt zu spät. Da es einmal angesprochen war, konnte Gray seine Neugier nicht länger zurückhalten. Als Charlie nicht reagierte, hakte Gray nach. »Worüber hat sie gelogen?«

»Oh, nur über die Kleinigkeit, wer sie in Wahrheit ist. Sie hat mir nicht einmal ihren richtigen Namen genannt. Offenbar lebt sie inkognito und hielt es nicht für nötig, mir die Wahrheit zu sagen.«

»Versteckt sie sich vor einem Ex-Freund? Manche Frauen müssen das.« Gray versuchte, Entschuldigungen für Carole zu finden. Charlie war so begeistert von ihr gewesen, und Gray wollte nicht, dass die nächste Frau durch Charlies Raster fiel. Seinem Freund zuliebe würde er diese Romanze gern wiederbeleben. Aber der eisige Ton von Charlies Stimme verriet ihm, dass die Beziehung bereits klinisch tot war und Grays Bemühungen zu spät kamen.

»Nein«, antwortete Charlie gedehnt. »Sie versteckt sich vor sich selbst.«

»Das habe ich auch getan – und du ebenfalls. Manche Menschen machen es ihr Leben lang.«

»Das hatte sie vermutlich auch vor. Ich habe es nur durch Zufall erfahren. Anfangs dachte ich, ihre Zeugnisse wären gefälscht. Aber dann stellte sich heraus, dass es komplizierter ist. Sie verheimlicht jedem ihre Identität. Sie gibt sich als einfaches Mädchen aus, das die feine Gesellschaft verabscheut und nur Menschen respektiert, die im Schweiße ihres Angesichts leben und arbeiten. Dass sie diese Menschen unterstützt, ist ehrenwert, aber dass sie aus ähnlichen Verhältnissen stammt, ist eine glatte Lüge. Sie hat mir ein schlechtes Gewissen wegen allem gemacht, was ich bin und wofür ich stehe. Ich hatte sogar Angst davor, ihr von der Yacht zu erzählen.«

»Aha. Sie ist also nicht die, die sie zu sein vorgibt, sondern eine als Bettlerin verkleidete Prinzessin?« Für Gray klang das nicht nach einer Todsünde, aber für Charlie war es das offenbar.

»Wie sich herausstellte, ist sie eine Van Horn und gehört genauso zur ›feinen Gesellschaft‹ wie ich – wenn man es denn so nennen will. Ich habe es ihr nicht unter die Nase gerieben, aber soweit ich weiß, hatte ihr Großvater sogar eine größere Yacht als ich.«

»Eine Van Horn?« Gray wirkte überrascht.

»Ja.« Charlie sagte das, als hätte sie mit seinem besten Freund in der Lobby des Plaza-Hotels Sex gehabt und sich dabei auch noch von der Presse fotografieren lassen.

»Beeindruckend. Dass sie eine Van Horn ist, meine ich. Verdammt, Charlie, das sollte die Dinge für dich leichter machen. Weswegen bist du sauer? Carole hat einen Stammbaum, der vermutlich noch angesehener ist als deiner. Macht dir etwa das zu schaffen?«, fragte Gray scharfsinnig, während Sylvia zusammenzuckte. Gray sagte offen, was er dachte.

»Nein, natürlich bin ich nicht neidisch auf ihren Stammbaum«, antwortete Charlie verärgert. »Es hat mir nicht gefallen, dass sie mich angelogen hat. Sie hat mich zum Narren gehalten. Ich fing an, mich wegen meines Lebensstils zu schämen und dafür um Entschuldigung zu bitten. Und dann stellt sich heraus, dass sie genauso aufgewachsen ist wie ich. Ob es ihr passt oder nicht, sie stammt aus denselben Verhältnissen wie ich. Sie ist durch und durch verlogen. Alles war fauler Zauber«, stieß er wütend hervor, und Gray lachte.

»Nur zu, sag uns deine ehrliche Meinung«, zog er Charlie auf. »Schön, sie gibt also vor, ein Niemand zu sein. Na und? Bei ihrer Art von Arbeit wäre ihr wahrer Name wirklich keine Hilfe. Vielleicht wollte sie nicht wie die gute Fee wirken, die zu den Armen herabsteigt. Sie will eine von ihnen sein, damit sie leichter akzeptiert wird. Kannst du ihr das vorwerfen, Charlie?«

»Ja, kann ich. Wenn es unbedingt sein muss, dann soll sie von mir aus die Menschen belügen, mit denen sie zusammenarbeitet. Aber es war nicht in Ordnung, mich anzulügen. Sie hat mir erzählt, sie lebe in einem Einzimmer-Apartment. Verdammt noch mal, sie bewohnt einen zehn Millionen Dollar teuren Altbau an der Upper East Side.«

»Wirklich? Wie empörend«, erwiderte Gray bissig. »Ich bin entsetzt. Und was ist dein Apartment an der Fifth Avenue mit Blick auf den Park in etwa wert? Fünf Millionen? Oder auch zehn? Und was hast du noch gleich für die *Blue Moon* bezahlt? Fünfzig Millionen? Sechzig?«

»Darum geht es nicht.« Charlie funkelte Gray an. »Wenn sie mich schon in Bezug auf ihren Namen und ihre Herkunft anlügt, wer weiß, was sie noch alles erfunden hat.«

»Vielleicht nichts«, entgegnete Gray ganz offen. Für ihn klang es wie der sprichwörtliche Sturm im Wasserglas.

Auf Caroles Kosten. Charlie hatte das Glas über ihrem Kopf ausgeschüttet und war davongelaufen. Gray hatte nicht den Eindruck, dass das gerecht gewesen war. Und auch wenn Charlie es selbst nicht so sah, blieb er am Ende der Verlierer. Gray war das völlig klar. Während der letzten Monate hatte er einen ganz neuen Blick auf das Leben gewonnen. »Vielleicht wollte sie nur so sein wie alle anderen. Wolltest du immer Charles Sumner Harrington sein? Bestimmt nicht, darauf gehe ich jede Wette ein. Verdammt, Charlie, gib ihr eine Chance. Also gut, du kamst dir also blöd vor, als du herausgefunden hast, wer sie ist. Aber ist das wirklich so schlimm? Kannst du ihr nicht verzeihen? Wie perfekt bist du denn, um Himmels willen?«

»Ich belüge nicht den Menschen, in den ich mich gerade verliebe. Ich belüge nicht einmal meine Freunde. Dich habe ich zum Beispiel noch nie angelogen.«

»In Ordnung, deshalb stehen wir beide uns auch so nahe. Aber lass mich dir eines klipp und klar sagen: Ich werde Sylvia nicht verlassen, um dich zu heiraten.«

»Verdammt«, schimpfte Charlie lachend. »Das hatte ich aber gehofft.« Er warf Sylvia einen zerknirschten Blick zu. »Tut mir leid, Sylvia, aber ich habe ihn zuerst gesehen.«

»Ich teile ihn gern mit dir«, versicherte sie und entschied dann, jetzt doch ihre Meinung zu sagen. »Ich mische mich nur ungern ein, aber ich kann dich verstehen, Charlie. Mich würde eine Lüge genauso beunruhigen. Wie bei der Theorie von der Spitze des Eisbergs würde ich denken, dass sich dahinter noch mehr verbirgt. In Caroles Fall vermute ich jedoch, dass sie das Herz am rechten Fleck trägt. Menschen aus euren Verhältnissen können nie wissen, was andere wirklich von ihnen wollen. Gray hat vielleicht recht, vielleicht wollte sie, dass ihr euch unvorbelastet begegnet. Sie hätte dir sicher schon bald die Wahrheit gesagt. Es war reines Pech, dass du es selbst herausgefunden hast. Aber nach allem, was du erzählst, scheint sie eine einzigartige Frau zu sein, außerdem habt ihr beide sehr viel gemeinsam. Vielleicht solltest du ihr eine zweite Chance geben. Die brauchen wir alle manchmal. Und wenn dir etwas nicht passt, kannst du jederzeit wieder gehen. Es ist keine Verpflichtung auf Lebenszeit. In Beziehungen muss man Kompromisse eingehen. Keiner von uns ist perfekt, das ist nun einmal so. Letztlich muss man abwägen. Du findest an deinem Partner eine Menge Dinge, die du liebst, und ein paar, die dir nicht gefallen. Doch solange die Waage zur richtigen Seite ausschlägt, ist es das wert, sich mit den kleinen Unzulänglichkeiten zu arrangieren. Und bevor es zu eurer Auseinandersetzung kam, hatte ich den Eindruck, dass du vieles an ihr magst.« Sylvia schwieg, und Charlie sah sie nachdenklich an. Ihr entging nicht die tiefe Trauer, die in seinem Blick lag. Er musste großen Kummer mit sich herumtragen, über den er nie sprach. Als er den Kopf wegdrehte, standen Tränen in seinen Augen.

»Ich will nicht verletzt werden. Das Leben ist so schon hart genug.«

Sylvia streckte den Arm aus und berührte Charlies Hand. »Allein zu sein macht es noch härter. Ich weiß das«, sagte sie mit einem Kloß im Hals. Charlie sah sie wieder an und nickte. Aber Sylvia war nicht sicher, ob er ihr wirklich zustimmte.

»Vielleicht hast du ja recht«, sagte er traurig. »Ich war nur so wütend. Und als ich dann die Wahrheit herausfand, kam ich mir vor wie der letzte Trottel. Sie lehnt alles ab, was mit der Welt zusammenhängt, aus der sie stammt. Das ist doch nicht richtig, oder?«

»Vielleicht hatte sie keine leichte Kindheit«, mischte sich Gray ein. »Wir gehen zunächst immer davon aus, dass es andere Menschen gut gehabt haben müssen. Dabei wissen wir gar nicht, ob jemand herumgestoßen, vernachlässigt oder sogar missbraucht wurde. Wir alle haben unser Kreuz zu tragen. Das Schicksal lässt niemanden ungeschoren davonkommen. Vermutlich war ihre Kindheit alles andere als angenehm. Ich habe einiges über ihren Vater gelesen. Er ist ein mächtiger Mann, aber sympathisch fand ich ihn nicht. Also, vielleicht ist Carole eine notorische Lügnerin, die dir das Herz bricht. Aber was, wenn sie es nicht ist? Wenn sie ein anständiger Mensch ist, eine Frau, die einfach nur genug davon hat, die zu sein, die sie ist – die Tochter eines der reichsten Männer der Welt? Ich kann mir das nur schwer vorstellen, aber gerade du solltest wissen, dass es nicht immer schön ist, die Verantwortung für ein solches Erbe zu tragen. Und um dir die Wahrheit zu sagen: Ich bewundere all die wunderbaren Dinge, die du besitzt, und ich genieße immer unsere gemeinsame Zeit auf dem Boot. Aber bei genauerer Betrachtung bin ich nicht sicher, ob ich das alles jeden Tag haben möchte. Manchmal kommt es mir so vor, als würden dich all diese Besitztümer sehr einsam machen.« Gray war nie zuvor so ehrlich zu Charlie gewesen. Der war gerührt. Mehr als Gray ahnte.

»Du hast recht, reich zu sein macht einsam. Aber was mich angeht, hatte ich keine Wahl. Das Staffelholz wird an dich weitergereicht, manchmal zu früh, wie in meinem Fall, und dann musst du losrennen. Im Leben kannst du dich nicht weinend auf den Boden setzen und sagen, du willst nicht mitspielen. Du gibst einfach dein Bestes.«

»Für mich hört es sich so an, als würde Carole genau das versuchen. Vielleicht brauchte sie einfach eine Auszeit, eine Zeit, in der sie keine Van Horn war.«

Nachdenklich schob Charlie einige Brotkrümel auf der Tischdecke herum und ließ sich Grays und Sylvias Worte durch den Kopf gehen. Möglicherweise hatten sie recht.

»Diese Klatschtante in der Oper erwähnte, dass Carole nach der Trennung von ihrem Mann einen Nervenzusammenbruch hatte. Das hat Carole mir selbst schon erzählt. Ihr Ex-Mann muss ein gewalttätiger Psychopath sein. Ich bin ihm einmal begegnet und fand ihn alles andere als sympathisch. Er ist so eine Art Selfmade-Millionär, aber in meinen Augen ist er nichts als ein verdammter Mistkerl. Vermutlich hat er sie nur geheiratet, weil sie eine Van Horn ist.« Gray hatte etwas sehr Überzeugendes gesagt. Vielleicht brauchte Carole tatsächlich eine Auszeit von ihrem alten Leben. Vier Jahre verbrachte sie jetzt schon in einer völlig anderen Welt. Und in dieser, in den Straßen von Harlem, fühlte sie sich offenbar sicherer als bei ihren Eltern und ihrem Ex-Mann. Das war eine traurige Feststellung. Bestimmt hatte sie Charlie noch längst nicht alles erzählt, was ihr zugestoßen war, weil es ihr zu schwerfiel.

»Ich werde darüber nachdenken«, sagte Charlie, und dann atmeten alle drei auf, als das Gespräch zu unverfänglichen Themen wechselte. Über Charlies Gefühle für Carole zu sprechen, war keinem von ihnen leichtgefallen. Jeder von ihnen hatte seine Probleme, Narben und Ängste. Jeder

versuchte, die Sandbänke des Lebens zu umschiffen, ohne dabei auf Grund zu laufen und das Boot zu versenken.
Charlie blieb an diesem Abend bis zehn Uhr. Sie redeten über ihre Arbeit, lachten über gemeinsame Erlebnisse oder Anekdoten, und sie sprachen über die Stiftung. Carole wurde nicht wieder erwähnt. Als sich Charlie verabschiedete, war er ein bisschen wehmütig und drückte die beiden ganz fest. Es rührte ihn, sie so glücklich zu sehen. Allerdings führte es ihm seine eigene Einsamkeit mit aller Schärfe vor Augen. Nachdem er so lange allein war, konnte er sich nicht einmal mehr vorstellen, wie es wohl sein mochte, wenn zwei Menschen ihre Leben derart miteinander verflochten. Er würde es gern versuchen, spürte aber gleichzeitig, wie sehr er sich davor fürchtete. Was, wenn sie einander nun überdrüssig wurden oder sich betrogen? Wenn einer von ihnen starb oder krank wurde? Wenn sie einander nur enttäuschten und die Zeit oder der Alltag sie zermürbten? Wenn einem von ihnen etwas zustieß? Dieses Wagnis einzugehen kam ihm sehr riskant vor.
Und als er dann später im Bett lag und an die beiden dachte, da fuhr seine Hand wie von selbst zum Telefon. Seine Finger wählten die Nummer, bevor er sie davon abhalten konnte, und das Nächste, woran er sich erinnerte, war, dass er Caroles Stimme hörte. Es war so, als hätte ein anderer sie angerufen, aber jetzt blieb Charlie nichts übrig, als mit ihr zu sprechen.
»Carole?« Er klang fast genauso überrascht wie sie.
»Charlie, bist du das?«
»Ich ... ich ... ich wollte dir nur ein frohes Thanksgiving wünschen«, sagte er mit erstickter Stimme.
»Ich hätte nicht gedacht, dass ich je wieder von dir höre«,

antwortete sie leise. Ihre Trennung war fast vier Wochen her. »Geht es dir gut?«

»Ja, es geht mir gut.« Er lag mit geschlossenen Augen im Bett und kostete jede Sekunde aus, in der er ihre Stimme hörte. »Ich war heute Abend zum Essen bei Gray und Sylvia.« Irgendetwas von dem, was die beiden gesagt hatten, musste zu ihm durchgedrungen sein. Andernfalls hätte er Carole niemals angerufen. Zum ersten Mal in seinem Leben hatte er während seiner Flucht auf die Bremse getreten, war stehen geblieben, hatte sich umgesehen und langsam kehrtgemacht. Jetzt stand er vor der letzten Biegung. »Es war schön. Und wo warst du?«

Sie seufzte. Es tat so gut, mit ihm zu sprechen. Aus dem Bauch heraus entschied sie, Charlie endlich etwas über ihre Familie zu erzählen. »Bei meinen Eltern. Es war so wie immer. Alles drehte sich um die falschen Dinge. In meiner Familie ist nie jemand dankbar für das, was er hat. Sie sind ständig nur mit sich selbst beschäftigt, und damit, wie wunderbar sie alle sind. Es würde ihnen nie in den Sinn kommen, dass es anderen Menschen vielleicht weniger gut geht. Das wollen sie aber auch gar nicht wissen. Bei uns bedeutet Familie nicht Geborgenheit. Es geht nur darum, wie großartig es ist, dass wir die Van Horns sind. Das macht mich ganz krank. Nächstes Jahr werde ich Thanksgiving mit den Kindern im Heim feiern. Lieber esse ich Truthahnsandwiches mit Erdnussbutter und Marmelade, als mit meiner Familie Champagner zu trinken und Fasan serviert zu bekommen. Der bleibt mir jedes Mal fast im Hals stecken. Davon abgesehen mochte ich noch nie Fasan.« Charlie lächelte. Sylvia und Gray hatten recht. Möglicherweise lag er wirklich falsch. Eine Van

Horn zu sein machte tatsächlich einsam. Carole wollte so sein wie andere Menschen. Manchmal ging es ihm schließlich nicht anders.

»Ich habe eine bessere Idee«, sagte er mit sanfter Stimme.

»Und die wäre?« Carole hielt gespannt den Atem an. Sie hatte keine Ahnung, was er jetzt vorschlagen würde, aber sie liebte es einfach, seine Stimme zu hören. So wie sie alles an ihm liebte.

»Vielleicht feiern wir beide nächstes Jahr mit Gray und Sylvia zusammen. Der Truthahn war echt lecker.« Er lächelte beim Gedanken an den gemütlichen Abend mit den beiden. Zusammen mit Carole wäre es noch schöner gewesen.

»Das wäre wundervoll«, sagte Carole mit Tränen in den Augen und entschied, den Stier bei den Hörnern zu packen. Während der letzten vier Wochen hatte sie immer nur daran denken müssen, wie verletzt Charlie bei ihrem letzten Gespräch geklungen hatte. Ihre Motive für die Lügen mochten zwar gut gewesen sein, aber sie wusste, dass sie sich dennoch falsch verhalten hatte. Wenn sie mit Charlie zusammen sein wollte, musste sie ihm die Wahrheit sagen, auch wenn sie Angst davor hatte und er manches vielleicht nicht gern hören würde. Sie musste ihm dieses Vertrauen entgegenbringen, damit er sah, wer sie wirklich war – gleichgültig, wie hoch das Risiko und der Preis waren. »Es tut mir leid, dass ich dich angelogen habe«, sagte sie niedergeschlagen. »Das war dumm von mir.«

»Es ist in Ordnung. Auch ich habe mich wie ein Trottel verhalten. Wir alle machen das manchmal. Ich hätte keine Angst haben müssen, dir von der Yacht zu erzählen.« Letztlich hatte Charlie ihr das aus den gleichen Gründen verschwiegen wie sie ihm ihre Herkunft. Aber wem fällt es schon leicht, sich anderen gegenüber sofort so zu zeigen, wie er wirklich ist. Man gibt dabei viel von sich preis und bietet anderen eine gute Zielscheibe. Offenbar empfand Carole genauso.

»Ich würde dein Boot gern irgendwann einmal sehen«, sagte sie zaghaft. Sie wollte ihn keinesfalls drängen. Carole war so gerührt, dass er sich überhaupt überwunden hatte anzurufen, dass eine Träne aus ihrem Augenwinkel auf das Kopfkissen kullerte. Sie hatte gebetet, er möge sich melden, und scheinbar waren ihre Gebete dieses Mal erhört worden. Als sie es das letzte Mal versucht hatte, hatte es nicht geholfen. Damals war ihre Ehe gescheitert.

»Ich werde es dir zeigen«, versprach Charlie. Irgendwann einmal wollte er Zeit mit ihr auf der *Blue Moon* verbringen. Er konnte sich nichts Schöneres vorstellen. »Was hast du morgen vor?«

»Nichts. Ich dachte, ich schau mal im Heim vorbei. Das Büro ist zwar geschlossen, aber die Kinder sind natürlich da. An langen Wochenenden werden sie zappelig, und Feiertage sind für sie besonders schwer zu ertragen.«

»Für mich auch«, gestand Charlie. »Es sind die Tage im Jahr, an denen ich mich am einsamsten fühle.« An ihnen stiegen zu viele Erinnerungen in ihm hoch. Thanksgiving war unangenehm. Aber Weihnachten war noch schlimmer. »Wie wäre es morgen mit einem gemeinsamen Mittagessen?«

»Gern.« Carole strahlte vor Freude.

»Wenn du magst, können wir auch zusammen im Heim vorbeigehen. Ich ziehe bestimmt keine goldene Uhr an«, neckte er sie.

»Vielleicht solltest du dein Löwenkostüm tragen. Du hättest es dir verdient. Dieser Anruf war sehr mutig.« Charlie hörte die Bewunderung in ihrer Stimme.

»Danke.« Es war ihm nicht leichtgefallen, aber er war froh, dass er sich überwunden hatte. Ihm war klar, dass er sich dafür bei Gray und Sylvia bedanken konnte. Nur durch die beiden hatte er den Mut gefunden, Carole anzurufen. »Ich hole dich um zwölf ab.«

»Ich werde fertig sein … und Charlie … danke!«

»Gute Nacht«, sagte er zärtlich.

18

Die Fahrt nach Long Island zog sich endlos hin. Adam fuhr mit seinem Ferrari im Schneckentempo den Long Island Expressway entlang. Er hatte die Nacht nicht mit Maggie verbracht, weil er sich keine Kommentare anhören wollte, wenn er sich am nächsten Morgen auf den Weg zu seiner Familie machte – wie zutreffend die Bemerkungen auch sein mochten. Am Abend zuvor hatte er Maggie an ihrer Wohnung abgesetzt. Sie würde den Tag allein verbringen. Aber es gab Dinge im Leben, die konnte man weder ändern noch umgehen. Thanksgiving mit der Familie zu feiern war eine Pflicht, der sich Adam unmöglich entziehen konnte – wie unangenehm sie auch war. Natürlich hatte Maggie recht, aber selbst das änderte nichts. Obwohl es die Situation nur verschlimmerte, war er dankbar für den dichten Verkehr, in dem er nur langsam vorankam. Es war wie eine Gnadenfrist. Eine Reifenpanne wäre auch nicht schlecht.

Als er schließlich ankam, war er fast eine halbe Stunde zu spät. Er trat durch die Haustür, und seine Mutter starrte ihn wütend an. »Tut mir leid, Mom. Es war unglaublich viel Verkehr. Ich bin so schnell gefahren, wie ich konnte.«

»Du hättest früher losfahren sollen. Wenn du mit einer Frau verabredet gewesen wärst, hättest du das vermutlich auch getan.« Peng. Das war der erste Schuss. Aber nicht

der letzte, davon war Adam überzeugt. Es war sinnlos, etwas zu entgegnen, also schwieg er. Ein Punkt für sie. Adam hingegen machte nie einen einzigen.
Der Rest der Familie war bereits versammelt. Sein Vater hatte eine Erkältung. Adams Neffen und Nichten spielten draußen. Sein Schwager hatte einen neuen Job. Sein Bruder riss die üblichen Scherze über Adams Arbeit. Seine Schwester jammerte wegen irgendwelcher Bagatellen. Nie wurde über etwas geredet, was ihn interessierte. Seine Mutter sagte, sie habe gelesen, dass Vana Drogen nähme. Wie könne er nur solche Klienten annehmen? Was für eine Kanzlei sei das eigentlich? Ein Lieferservice für Süchtige und Prostituierte? Adams Magen krampfte sich auf die gewohnte Weise zusammen. Nicht schlimmer als sonst, aber unangenehm. Seine Mutter redete davon, dass sie langsam alt wurde und eines Tages nicht mehr da wäre, sie sollten ihre Anwesenheit also genießen, solange es noch ging. Seine Schwester starrte vor sich hin. Sein Bruder sagte, er habe gehört, dass beim Bau von Ferraris heutzutage nur noch gepfuscht wurde. Seine Mutter schwärmte von Rachel. Adams Vater schlief noch vor dem Essen in seinem Sessel ein. Das liege an dem Grippemittel, sagte seine Mutter. Dann machte sie eine spitze Bemerkung darüber, dass Adam es mit Rachel vermasselt habe. Wenn er sich mehr um sie gekümmert hätte, wäre sie nicht mit einem anderen auf und davon, der nicht einmal Jude war. Ob er sich eigentlich keine Sorgen mache, dass seine Kinder von einem Christen aufgezogen wurden? Aber schließlich würde er es auch nicht für nötig halten, an Jom Kippur in die Synagoge zu gehen. Nach allem, was sie getan hatten, um ihm eine anständige Erziehung angedeihen

zu lassen, würde er nicht einmal an Feiertagen zum Gottesdienst gehen. Stattdessen zöge er mit Frauen durch die Gegend, die aussähen wie Prostituierte. Vielleicht wolle er ja konvertieren. Während Adam zuhörte, schien die Zeit stillzustehen. Maggies Stimme klang ihm im Ohr. Er dachte daran, dass sie jetzt allein in ihrer Wohnung in New York saß. Mae kam ins Zimmer. Offenbar wollte sie Bescheid geben, dass angerichtet sei. Aber noch bevor sie etwas sagen konnte, stand Adam auf. Sein Gesicht war kalkweiß.

Seine Mutter starrte ihn an. »Was ist los?«, fragte sie. »Du siehst aus, als wärst du krank.«

»Ich glaube, das bin ich auch.«

»Vielleicht hast du ebenfalls die Grippe«, kommentierte sie kurz angebunden und wandte sich ab, um sich weiter mit Adams Bruder zu unterhalten. Adam stand wie angewurzelt da und betrachtete alle. Maggie hatte recht.

»Ich muss gehen!«, sagte er laut in den Raum hinein.

»Bist du verrückt? Wir haben noch nicht gegessen«, erwiderte sein Mutter und sah ihn fest an. Aber sah sie wirklich ihn oder nicht vielmehr den kleinen Jungen, der in ihr Leben eingedrungen war und ihre Bridge-Nachmittage gestört hatte? Sie sah nicht den Mann, zu dem er geworden war, mit all seinen Leistungen, Erfolgen, Schmerzen und Enttäuschungen. Keinen von ihnen kümmerte sein Leid. Nicht einmal als Rachel ihn verließ. Es war schließlich seine Schuld. Das war es immer. Und es würde sich nie ändern. Vielleicht ging er wirklich mit Frauen aus, die wie Prostituierte aussahen. Na und? Sie waren netter zu ihm, als jeder aus seiner Familie es je gewesen war. Diese Frauen schütteten nicht kübelweise Mist über ihm aus. Sie

wollten nur neue Brüste und Nasen von ihm und ein paarmal mit seiner Kreditkarte einkaufen gehen. Und Maggie wollte nicht einmal das. Sie wollte nur ihn.
Adams Vater wachte auf, blickte sich um und sah seinen Sohn mitten im Zimmer stehen. »Was ist los?«, fragte er. Niemand im Zimmer regte sich. Alle starrten Adam an. Der wandte sich seinem Vater zu.
»Ich gehe. Ich kann das hier einfach nicht mehr.«
»Setz dich hin«, befahl seine Mutter, so wie sie es zu einem Fünfjährigen sagen würde, der im falschen Moment aufgestanden war. Aber das hier war nicht der falsche Moment. Es war der richtige. Maggie hatte recht. Adam hätte nicht herkommen sollen. Er hätte schon vor Jahren damit aufhören müssen. Wenn diese Menschen ihn nicht respektierten, ihn nicht einmal wahrnahmen und dachten, er hätte all das verdient, was Rachel ihm angetan hatte, dann waren sie im Grunde nicht seine Familie. Adam hatte seine Kinder, mehr brauchte und wollte er nicht. In diesem Raum saßen nur Fremde. Sie wollten es so. Aber er hatte genug davon. Er war einundvierzig Jahre alt und endlich erwachsen geworden. Es war höchste Zeit gewesen.
»Es tut mir leid, Dad. Aber ich kann das hier nicht mehr«, wiederholte er ruhig.
»Was kannst du nicht mehr?« Sein Vater sah ihn verständnislos an. Die Grippemittel hatten ihm ein bisschen den Verstand verwirrt, aber nicht so sehr, wie es den Anschein hatte. Adam spürte, dass sein Vater genau wusste, was vor sich ging, aber nicht vorhatte, sich damit auseinanderzusetzen. Das hatte er nie gemacht. Es war leichter so. »Wo willst du denn hin?«

»Nach Hause«, sagte Adam und blickte durch den Raum, sah all die Menschen an, die ihn sich jahrelang hatten schlecht fühlen lassen. Sie hatten ihn nie in diese Familie aufgenommen. Und jetzt entschied er, es nicht mehr zu versuchen.

»Du bist krank«, sagte seine Mutter, während Mae unschlüssig im Türrahmen stand und nicht wusste, ob sie zu Tisch bitten sollte oder nicht. »Du solltest zum Arzt gehen. Du brauchst Medikamente. Und du brauchst eine Therapie. Du bist ein sehr kranker Mann, Adam.«

»Nur wenn ich herkomme, Mom. Jedes Mal, wenn ich wieder von hier fortfahre, liegt mir ein Stein im Magen. Aber ich will mich nicht mehr schlecht fühlen. Frohes Thanksgiving. Und noch einen schönen Tag.« Dann drehte er sich um und ging aus dem Zimmer. Er wartete nicht auf irgendwelche Kommentare oder weitere Beschimpfungen. Er hatte genug davon. Beim Hinausgehen trafen sich sein und Maes Blick, und sie zwinkerte ihm zu. Niemand versuchte ihn aufzuhalten, und niemand sagte etwas, als er durch die Haustür nach draußen ging. Seine Nichten und Neffen kannten ihn gar nicht. Seiner Familie war es gleichgültig. Und ihm jetzt auch. Warum sollte er sich etwas aus Menschen machen, denen er gleichgültig war? Er stellte sich vor, wie sie einander ansahen, wenn sie den Ferrari wegfahren hörten, und dann hinüber ins Esszimmer gingen. Niemand würde ihn erwähnen.

Auf dem Nachhauseweg trat Adam aufs Gaspedal. In dieser Richtung herrschte kaum Verkehr. Nach nur einer Stunde hatte er bereits den FDR Drive erreicht und lächelte vor sich hin. Zum ersten Mal in seinem Leben fühlte er sich frei. Wirklich frei. Vielleicht hatte seine Mutter nicht ganz unrecht gehabt, vielleicht war er verrückt. Aber er hatte sich nie zuvor besser gefühlt. Und seinem Magen ging es großartig. Adam hatte gewaltigen Appetit. Aber alles, was er jetzt wollte, war Maggie zu sehen.

Auf dem Weg zu ihrem Apartment hielt Adam an einem Supermarkt. Dort bekam er alles, was er brauchte: einen fertig zubereiteten gefüllten Truthahn, sämtliche Beilagen, Preiselbeergelee, Süßkartoffeln, Erbsen und Kürbiskuchen zum Dessert. Zehn Minuten später klingelte er bei Maggie an der Tür. Sie meldete sich mit zaghafter Stimme über die Gegensprechanlage, da sie niemanden erwartete. Als Adam sich ankündigte, ließ sie ihn sofort herein. Im Nachthemd öffnete sie ihm die Apartmenttür. Sie sah schlimm aus, mit zerzaustem Haar und verlaufener Wimperntusche im Gesicht. Adam wusste, dass sie geweint hatte. Ungläubig und verwirrt ließ sie ihn herein.

»Was ist passiert? Warum bist du nicht auf Long Island?«

»Zieh dich an. Wir fahren nach Hause.«

»Wohin?«, Maggie sah Adam an, als wäre er nicht bei Verstand. Er trug einen anthrazitfarbenen Anzug, ein weißes Hemd und eine Krawatte. Die Schuhe waren auf Hochglanz poliert. Sein Äußeres war makellos, aber seine Augen funkelten. »Bist du betrunken?«, fragte sie.

»Nein. Stocknüchtern. Zieh dich an. Wir fahren.«

»Wohin denn?«, beharrte Maggie, während sich Adam umschaute. Die Wohnung sah übler aus, als er sich vorgestellt hatte. Dass Maggie so lebte, hatte er nicht geahnt. Im Schlafzimmer standen zwei schmale, ungemachte Klappbetten, und im Wohnzimmer lagen auf zwei zerschlissenen Sofas Schlafsäcke. Der Lampenschirm der einzigen

Lichtquelle in diesem Zimmer war kaputt. Nichts passte zusammen. Der abgenutzte Teppich wirkte schmuddelig. Aus den Sofas, die vom Roten Kreuz stammten, schauten unten die Sprungfedern heraus. Eine Obstkiste diente als Beistelltisch. Für Adam war es unvorstellbar, hier zu leben. Im Bad lag schmutzige Wäsche, und in der Spüle türmte sich benutztes Geschirr. Im Hausflur hatte es nach Katzen und Urin gestunken. Sein Herz zog sich zusammen, als er Maggie in ihrem verwaschenen Flanellnachthemd dort stehen sah.

»Wie viel Miete zahlst du hierfür?«, fragte er freiheraus. Er hatte sich »für dieses Dreckloch« verkniffen, aber genau das war es.

»Mein Anteil ist einhundertsiebzig Dollar im Monat«, antwortete Maggie und wirkte verlegen. Sie hatte ihm die Wohnung nie gezeigt, und er hatte auch nicht darum gebeten. Jetzt hatte Adam deshalb ein schlechtes Gewissen. Diese Frau schlief fast jede Nacht in seinem Bett, er sagte ihr, dass er sie liebe, und wenn sie von ihm fortging, kehrte sie hierher zurück. Das war schlimmer als das Haus, das Aschenputtel für ihre Stiefmutter putzte. Es war ein Alptraum. Und wenn Maggie nicht hier war, dann ließ sie sich im Pier 92 in den Hintern kneifen. Schlagartig wurde ihm bewusst, wie Maggie lebte. »Mehr kann ich mir nicht leisten«, fügte sie entschuldigend hinzu, während Adam mit den Tränen kämpfte.

»Komm, Maggie«, sagte er zärtlich, nahm sie endlich in die Arme und küsste sie. »Gehen wir nach Hause.«

»Musst du denn nicht zu deinen Eltern?« Sie dachte, dass er auf dem Weg dorthin bei ihr angehalten hatte.

»Ich war bei ihnen – und bin gegangen. Ich bin zurückgekommen, weil ich mit dir zusammen sein will. Dort ertrage ich es nicht länger.« Als Maggie das hörte, lächelte sie ihn an. Sie war stolz auf ihn, und das wusste er. Wenigstens einer war es. Aber er selbst war es auch. Dank ihr. Maggie hatte ihm die Augen geöffnet und ihn daran erinnert, dass er eine Wahl hatte.

»Gehen wir in ein Restaurant?«, fragte sie und fuhr sich durch die Haare. Da sie ihn nicht vor dem späten Abend erwartet hatte, war sie nicht einmal gekämmt.

»Nein, ich serviere dir zu Hause ein Thanksgiving-Dinner. Mach dich fertig, und dann lass uns gehen.« Er ließ sich auf eines der Sofas fallen, das sofort bis zum Boden durchsackte. Alles wirkte so schmuddelig, dass er sich nur ungern setzte. Er hätte im Traum nicht gedacht, dass Menschen so lebten. Ganz davon zu schweigen, dass diese wundervolle Frau es tat.

Maggie brauchte zwanzig Minuten. Sie zog eine Jeans und einen Pullover an, Jeansjacke und Stiefel, wusch sich das Gesicht und kämmte ihr Haar. Sie sagte, sie würde bei Adam duschen und sich ordentlich anziehen. Sie hatte in seinem Apartment einige bessere Kleidungsstücke deponiert. Maggie ließ sie nicht gern bei sich, weil ihre Mitbewohnerinnen sich die Sachen dann ausliehen und nie zurückgaben.

Zusammen liefen sie die Treppe hinunter, und zwei Minuten später schossen sie mit dem Ferrari davon. Bei Adam angekommen, bereiteten sie gemeinsam das Essen vor, nachdem Maggie geduscht und sie sich geliebt hatten. Maggie deckte den Tisch, und Adam zerteilte den Truthahn. Sie feierten Thanksgiving in der Küche und trugen beide Bademäntel. Danach legten sie sich wieder ins Bett.

Adam hielt Maggie fest im Arm und dachte über all das nach, was an diesem Tag passiert war. Sie hatten einen weiten Weg hinter sich.

»Jetzt ist wohl der letzte Zweifel ausgeräumt, dass das hier eine Beziehung ist«, sagte er und drückte sie noch fester an sich.

»Wie kommst du darauf?« Maggie lächelte ihn an.

»Wir haben soeben einen Feiertag miteinander verbracht, oder etwa nicht? Vielleicht wird das von nun an zur Gewohnheit. Nächstes Jahr müssen wir uns allerdings anziehen. Dann werden meine Kinder hier sein. Und ich werde auf keinen Fall mit ihnen zu meiner Mutter fahren.« Noch stand Adam bevor, sich Gedanken über Chanukka zu machen, aber bis dahin waren es noch einige Wochen. Er wollte seine Kinder nicht von den Großeltern fernhalten, aber er war auch nicht länger bereit, sich völlig aufzuopfern. Diese Tage waren vorbei. Es bestand die geringe Chance, dass sein Abgang an diesem Tag seine Familie zur Besinnung gebracht hatte, aber das bezweifelte er. Adam wusste nur, dass er keine Magenprobleme hatte und glücklich war, Maggie bei sich zu haben. Und das war eine gewaltige Verbesserung.

Es war bereits Sonntagabend, als er Maggie das fragte, was ihm das ganze Wochenende über durch den Kopf gegangen war. Es kostete Adam einiges an Überwindung, aber nachdem er ihr Apartment gesehen hatte, brachte er es einfach nicht fertig, sie dorthin zurückkehren zu lassen. Sie räumten gerade gemeinsam die Spülmaschine ein, nachdem sie die Reste des Truthahns gegessen hatten. Es war köstlich gewesen, und Adam fand, dass es sein bisher schönstes Thanksgiving war – und ihres sicherlich auch.

Obwohl er sich also vor Angst fast in die Hosen machte, fragte er schließlich: »Was würdest du eigentlich davon halten, bei mir einzuziehen? Du weißt schon … nur vorübergehend … damit wir sehen, wie es läuft. Du bist sowieso die meiste Zeit hier. Ich könnte dir auch bei deinen Seminararbeiten helfen und …« Er verstummte. Maggie wandte sich ihm zu und sah ihn unsicher an. Sie war tief gerührt, aber es machte ihr auch Angst.

»Ich weiß nicht«, antwortete sie unsicher. »Ich möchte nicht von dir abhängig sein, Adam. Die Wohnung … das ist alles, was ich mir leisten kann. Wenn ich mich an diesen Luxus hier gewöhne und du mich eines Tages vor die Tür setzt, wird es mir unheimlich schwerfallen zurückzugehen.«

»Dann geh nicht zurück. Nie mehr. Bleib hier. Ich werde dich nicht vor die Tür setzen, Maggie. Ich liebe dich. Und fürs Erste genügt das, oder?«

»Genau das ist der Punkt, Adam. Und wenn es irgendwann einmal nicht mehr reicht? Ich kann es mir nicht leisten, zu der Miete hier die Hälfte beizutragen.«

Adam war gerührt und strahlte sie an, als er antwortete: »Das brauchst du auch nicht. Dieses Apartment gehört mir.« Maggie lächelte und küsste ihn.

»Ich liebe dich, und ich will keine Vorteile aus unserer Beziehung ziehen. Ich will nichts von dir – nur dich.«

»Das weiß ich. Und ich möchte, dass du hier einziehst. Ich vermisse dich, wenn du nicht da bist.« Er setzte seinen besten Hundeblick auf. »Ich bekomme Kopfweh, wenn du nicht bei mir bist.«

»Hör auf, mir ein schlechtes Gewissen zu machen.« Maggie stand da, sah ihn lange an und nickte dann. »In Ordnung … versuchen wir es. Aber mein Apartment behalte ich noch für eine Weile. Nur für den Fall. Wenn das mit uns nicht funktioniert oder wir uns auf die Nerven gehen, dann ziehe ich wieder aus.« Das war keine Drohung, sondern eine vernünftige Entscheidung, und Adam respektierte Maggie dafür um so mehr.

Sie blieb diese Nacht bei ihm und schmiegte sich im Bett an ihn. Als sie schon fast einschliefen, tippte sie Adam auf die Schulter, und er öffnete ein Auge. Anscheinend war es ihre Art, wichtige Dinge zu besprechen, wenn er gerade kurz vor dem Einschlafen war. Vielleicht hatten Frauen genau dann das Bedürfnis zu reden, wenn Männer schlafen wollten.

»Ja? Was denn?« Er hielt sich nur mühsam wach.

»Wozu macht es das jetzt?« Sie klang hellwach.

»Wie bitte?«

»Nun, wir leben zusammen und haben Thanksgiving gemeinsam gefeiert. Das macht es zu einer festen Beziehung, stimmt's? Oder würdest du es anders nennen, wenn man zusammen wohnt?«

»Ich sage dazu, dass wir in einem Bett schlafen, und genau das würde ich jetzt gern … und du solltest das auch. Ich liebe dich … wir reden morgen … nenn es Zusammenleben … das ist was Gutes …« Er war schon fast eingeschlafen.

»Ja, ich weiß«, sagte Maggie lächelnd. Sie war viel zu aufgeregt, als dass sie hätte schlafen können. Sie lag einfach nur da und betrachtete Adam, der selig schnarchte.

19

Pünktlich um zwölf Uhr holte Charlie Carole am Freitag zum Mittagessen ab. Er fuhr mit ihr ins La Goulue, ein elegantes Restaurant an der Madison Avenue. Die Küche war ausgezeichnet und das Publikum interessant. Charlie fühlte sich jetzt nicht mehr genötigt, mit Carole ausschließlich in einfache, bodenständige Restaurants zu gehen. Sie beide genossen den Abend, und das Essen war köstlich. Anschließend gingen sie auf der Madison Avenue spazieren und sahen sich die Auslagen in den Schaufenstern an.

Zum ersten Mal öffnete sich Carole ihm etwas mehr und erzählte, wie sie aufgewachsen war. Gray hatte recht: Blaues Blut und teure Villen waren kein Garant für eine glückliche Kindheit. Carole erzählte, wie kalt und distanziert ihre Eltern gewesen waren, emotional wie auch körperlich unerreichbar für sie. Carole wurde von einem Kindermädchen aufgezogen und sah ihre Eltern kaum. Ihre Mutter war ein menschlicher Eisblock. Carole hatte keine Geschwister, bei denen sie Trost fand, sondern wuchs als Einzelkind auf. Manchmal sah sie ihre Eltern, die fassungslos über den Lebensweg waren, den sie eingeschlagen hatte, wochenlang nicht. Carole verabscheute alles, was ihre Eltern repräsentierten: diese Scheinheiligkeit, die Besessenheit von materiellen Werten, die Gleichgültigkeit gegenüber den Gefühlen anderer Menschen, den Mangel an Respekt, den sie jedem entgegenbrachten, der nicht in ihre Welt hineingeboren war. Wenn man Carole zuhörte, wurde schnell klar, wie einsam sie als Kind gewesen sein musste. Schließlich war sie vor der Ignoranz der Eltern in die Arme eines brutalen Mannes geflüchtet. Wie Gray vermutet hatte, heiratete dieser sie vor allem wegen ihres Namens. Als Caroles Mann sie endlich verließ, wollte sie sich nicht nur von ihm scheiden lassen, sie wollte sich von allem trennen, das sie mit dieser anderen Welt verband – den Werten, die sie ihr Leben lang gehasst hatte.

»Aber das kannst du nicht, Carole«, sagte Charlie mit sanfter Stimme. Es hatte Zeiten gegeben, da wollte er dasselbe tun, allerdings nicht in dem Maße wie sie. »Du musst akzeptieren, wer du bist. Und deine Herkunft ist nun einmal ein Teil deiner Identität. Du leistest Wunderbares für die Kinder, mit denen du arbeitest. Um damit fortzufahren, brauchst du nicht einen Teil von dir abzutrennen. Du kannst zu beiden Welten gehören.«

»Meine Kindheit hat mir nie gefallen«, gestand Carole. »Schon als kleines Mädchen habe ich es gehasst. Andere wollten nur mit mir spielen, weil ich eine Van Horn war – oder gerade aus dem Grund eben nicht. Ich wusste nie, woran ich war, und es wurde mir irgendwann zu anstrengend, es herausfinden zu müssen.« Das konnte Charlie gut nachvollziehen. Während sie weitergingen, fiel ihm plötzlich etwas ein. Er zögerte erst, es auszusprechen, nachdem sie sich so lange nicht gesehen hatten. Andererseits kam es ihm so vor, als wären sie nie getrennt gewesen. Carole hatte sich bei ihm eingehakt, und es kam ihm vor, als gehöre sie zu seinem Leben.

»Vermutlich wirst du mich dafür in den nächsten See werfen«, begann er vorsichtig, als sie die nächste Straße überquerten und in Richtung Norden gingen. Es war kühl geworden, aber die Luft war frisch und klar. Carole trug eine Wollmütze, einen Kaschmirschal und Handschuhe. Charlie hatte den Mantelkragen hochgeschlagen. »Ich gehe jedes Jahr zu einer Veranstaltung, die du bestimmt fürchterlich findest. Aber ich fühle mich dazu verpflichtet, und dieses Jahr nehmen zwei Töchter von Freunden daran teil. Ich rede vom Debütantinnenball im Waldorf Astoria. Abgesehen von dem gesellschaftlichen Brimborium entpuppt es sich meist als nette Party. Würdest du mich begleiten, Carole?«, fragte er hoffnungsvoll, und sie lachte. Nach allem, was sie gerade erzählt hatte, musste Charlie fürchterliche Angst davor gehabt haben, sie zu einem Ball einzuladen, bei dem Mädchen wohlhabender Familien in die Gesellschaft eingeführt wurden. Es war eine veraltete, snobistische Tradition, die ihr bestens vertraut war.

»Ich gebe es ja nur ungern zu« – sie lachte reumütig –, »aber auch ich war dort einmal Debütantin. Meine Eltern gehen jedes Jahr hin. Ich war seit meinem Debüt nicht mehr im Astoria. Aber zusammen mit dir könnte es ein amüsanter Abend werden. Allein käme ich nie auf die Idee, mir das noch einmal anzutun.«

»Du kommst also mit?« Charlie grinste sie an. Er brannte darauf, Carole zu einer eleganten Veranstaltung mitzunehmen und sie allen in einem hübschen Kleid zu präsentieren. Er mochte es, sich hin und wieder herauszuputzen, und zu diesem Anlass trug man sogar Frack und Fliege.

»Ja, ich komme mit«, bestätigte sie und ging weiter. »Wann findet es statt?« Carole musste sich ein Kleid kaufen. Sie hatte seit Jahren kein Ballkleid mehr getragen. Sie könnte sich natürlich eins von ihrer Mutter leihen. Die hatte zwar dieselbe Größe wie sie, aber Carole mochte sie nicht fragen. Außerdem wollte sie für Charlie hübsch sein, und die Kleider ihrer Mutter waren Carole zu matronenhaft.

»Erst in einigen Wochen. Wenn ich wieder im Büro bin, sehe ich in meinem Kalender nach.« Carole nickte. Mit Charlie auf den Debütantinnenball zu gehen, war für sie ein großer Schritt zurück in ihr altes Leben. Sie wusste aber auch, dass er nur einen schönen Abend mit ihr verbringen wollte. Dafür musste sie nicht ihren ganzen Lebensstil ändern. Es war ein Vertrauensbeweis, eine Geste, zu der sie ihm zuliebe bereit war.

An der Ninety-first bogen sie nach Osten ab und näherten sich allmählich Caroles Haus. Mittlerweile waren sie beide durchgefroren. Es sah aus, als würde es bald zu schneien anfangen. Als sie vor der Haustür ankamen, lächelte Carole Charlie an. Da er nun wusste, dass es ihr Haus war, konnte sie ihn auch hereinbitten.

»Hast du Lust, mit hereinzukommen?«, schlug sie fast schüchtern vor und suchte nach dem Schlüssel.

»Ist das in Ordnung für dich?«, fragte Charlie vorsichtig, und sie nickte. Es wurde bereits dunkel. Sie hatten einiges an Zeit nachzuholen und hatten einander beim Essen gestanden, wie sehr sie sich vermisst hatten. Es hatte Charlie gefehlt, mit ihr zu reden, zu wissen, was sie gerade machte, und die kleinen und großen Ereignisse seines Lebens mit ihr zu teilen. Er hatte sich in dem Monat vor ihrer Trennung an Caroles kluge Ratschläge gewöhnt. Nach-

dem sie aus seinem Leben verschwunden war, hatte er ihre Abwesenheit schmerzlich gespürt.
Die beiden betraten einen eleganten Vorraum mit schwarzweißem Marmorboden. Im Erdgeschoss gab es zwei kleine Wohnzimmer, von denen eins in den hübschen Garten führte. Die Treppe hoch war ein riesiges Wohnzimmer mit gemütlichen Polstersesseln, einem Kamin und englischen Antiquitäten, die aus einem der Häuser von Caroles Eltern stammten. Das Haus wirkte elegant, aber auch gemütlich und warm, so wie Carole selbst – distinguiert, aber verspielt. Überall waren Gegenstände, die ihr etwas bedeuteten, wie zum Beispiel Bilder, die die Kinder im Heim gemalt hatten, oder ungewöhnliche Objekte, die sie von ihren Reisen mitgebracht hatte. Es war eine wundervolle Mischung aus Alt und Neu, teuren Dingen und solchen von innerem Wert. Es gab eine große, behagliche Küche sowie ein kleines offizielles Esszimmer mit dunkelroten Wänden und Gemälden mit Jagdszenen, die noch von ihrem Großvater stammten. Außerdem hatte sie ein großes, helles Schlafzimmer und ein Gästezimmer eingerichtet. Die oberste Etage nutzte sie als Büro. Carole führte Charlie durch das ganze Haus, und er war sichtlich beeindruckt. Schließlich gingen sie wieder hinunter in die Küche.
»Ich lade nie jemanden zu mir ein«, sagte sie traurig. »Natürlich hätte ich gern ab und zu Leute zum Abendessen hier, aber es geht einfach nicht.« Weil sie vorgab, arm zu sein, führte sie ein einsames Leben. Charlie wusste, wie sie sich fühlte. Ihm ging es genauso, wenn auch aus anderen Gründen. Caroles Eltern lebten zwar noch, aber sie waren ihr gefühlsmäßig völlig fremd – das waren sie im-

mer gewesen. Er war Waise. Über unterschiedliche Wege waren sie am selben Punkt angelangt.
Carole bereitete ihm in der gemütlichen Küche eine heiße Schokolade zu. Während es draußen bereits dunkel wurde, saßen sie am Küchentisch. Charlie erwähnte wieder, dass ihm wie immer vor den anstehenden Feiertagen graute. Carole fand es noch zu früh, ihn danach zu fragen, wie er sie verbringen würde. Er war ja gerade erst wieder in ihr Leben getreten. Charlie bot an, das Feuer im Kamin anzuzünden. Sobald es brannte, machten sie es sich auf dem Sofa im Wohnzimmer gemütlich und redeten stundenlang. Sie erzählten einander Geschichten aus ihrem Leben – ganz langsam, eine nach der anderen, als würden sie Teile eines Puzzles zusammenfügen. Ein Stückchen Himmel hier, ein Baum dort. Ein geliebtes Haustier, wie sehr Charlie seine Schwester geliebt hatte, wie sehr ihr Tod ihn mitgenommen hatte, wie einsam Carole als Kind gewesen war. Alles fügte sich nahtlos zusammen.
Es war bereits nach acht Uhr, als Carole ihm anbot, das Abendessen zuzubereiten. Höflich schlug er vor, sie zum Essen auszuführen. Aber es hatte gerade zu schneien angefangen, und sie fanden es drinnen gemütlicher. Am Ende standen sie gemeinsam in der Küche, kochten Nudeln und brieten Omelettes. Dazu gab es Baguette, Käse und Salat. Während des Essens lachten sie über lustige Anekdoten, die Carole aus ihrem Leben erzählte, und Charlie berichtete von seinen exotischen Reisen mit der Yacht. Als sie zurück ins Wohnzimmer gingen, nahm Charlie Carole in die Arme und küsste sie. Plötzlich musste er lachen.
»Worüber lachst du?«, fragte sie verunsichert.

»Ich dachte an Halloween und dein grünes Gesicht. Du sahst so lustig aus.« An dem Tag hatte er sie zum ersten Mal geküsst, und sie erinnerten sich beide gut daran. Kurz danach war es zu dem Streit gekommen.

»Nicht annähernd so lustig wie du mit diesem Löwenschwanz, der die ganze Zeit hinter dir aufragte. Die Kinder reden immer noch davon. Es hat ihnen wirklich gefallen. Sie sagten, du seiest echt cool gewesen, und Gabby hatte etwas, woran sie sich festhalten konnte, während sie dir die ganze Zeit folgte.« Sie beide waren an diesem Tag gar nicht im Heim gewesen, und als Carole sagte, sie wolle dafür am Tag darauf hingehen, bot Charlie an, sie zu begleiten. Die Kinder hatte er vermisst, besonders Gabby. Charlie wusste, dass Carole der Kleinen gesagt hatte, er sei verreist. Alles hatte ihm gefehlt, aber Carole am meisten. Er küsste sie noch einmal, und sie sah ihm in die Augen. »Sollen wir nach oben gehen?«, fragte sie leise, und er nickte. Schweigend folgte er ihr die Treppe nach oben in ihr Schlafzimmer. Dann blieb er vor ihr stehen und sah sie für eine Ewigkeit einfach nur an.

»Möchtest du es wirklich?« Er wollte sie auf keinen Fall drängen. Charlie konnte sich noch gut daran erinnern, wie zögerlich sie sich anfangs mit ihm verabredet hatte. Und das war erst zwei Monate zuvor gewesen. Aber seither war eine Menge geschehen, und die vierwöchige Trennung hatte Carole klar gemacht, dass sie Charlie liebte. Sie war bereit, das Risiko einzugehen.

Carole nickte, und sie legten sich auf ihr großes Bett. Sie kuschelte sich an ihn, und es fühlte sich an, als wären sie beide nicht zum ersten Mal hier. Als sie miteinander schliefen, war es tröstlich und lustvoll, leidenschaftlich und zärtlich. Es war genau jene Nähe, die sie beide so bitter nötig hatten. Während sie sich wie in einem schönen Traum in den Armen lagen, schneite es draußen, und die Welt sah aus wie auf einer Weihnachtskarte.

20

Gray und Sylvia verbrachten ein entspanntes Thanksgiving-Wochenende. Am Samstag ging Sylvia in die Galerie und erledigte ein paar Besorgungen. Gray fuhr zum Malen in sein Atelier. Den Sonntag verbrachten sie im Bett. Ringsum lag die restliche *New York Times* verstreut, während Gray Sylvia beim Kreuzworträtsel half. Schließlich liebten sie sich und schliefen dann Arm in Arm wieder ein.

Seit dem Thanksgiving-Dinner hatten sie nichts mehr von Charlie gehört. Sie hofften, dass er ihren Rat befolgte, waren jedoch unsicher, ob er es wirklich täte. Am Sonntagmorgen lagen zehn Zentimeter Schnee. Gegen Abend kochte Sylvia, und Gray las im Wohnzimmer. Während des Essens redeten sie über alles Mögliche, bis Gray plötzlich fragte, wann Sylvias Kinder nach Hause kämen. Bisher hatte er diesen Gedanken verdrängt, aber da nun Weihnachten mit großen Schritten näherrückte, wurde er auf einmal nervös. Gray befürchtete, dass die beiden mit der neuen Beziehung ihrer Mutter nicht einverstanden waren.

»Erst kurz vor Heiligabend. Gilbert hat etwas vom dreiundzwanzigsten gesagt, aber Emily legt sich nie fest. Sie steigt erst in der letzten Minute ins Flugzeug und kommt dann wie ein Hurrikan hereingestürmt. So war sie schon immer.«

»Genau davor habe ich Angst«, sagte Gray mit besorgter

Miene. »Ich weiß einfach nicht, ob wir das wirklich machen sollen.«

»Was? Mit meinen Kindern Weihnachten verbringen? Das ist nicht dein Ernst!« Sylvia sah ihn ungläubig an. Ihre Kinder waren für sie das Licht ihres Lebens. Nicht einmal für Gray würde sie darauf verzichten, die beiden zu sehen. »Was willst du damit sagen?«

»Ich will sagen« – Gray holte tief Luft –, »dass ich nicht weiß, ob ich schon so weit bin, die beiden kennenzulernen. Vielleicht sollte ich die Feiertage in meinem Atelier verbringen.« Sylvia besaß ein kleines Apartment eine Treppe tiefer, das sie sonst als Lager nutzte. Wenn die Kinder bei ihr waren, wurde es zum Gästezimmer umfunktioniert. Das hatte sie auch Gray bereits Wochen zuvor erklärt. Für Sylvia gab es absolut keinen Grund, weshalb er nicht bleiben sollte.

»Sie werden dich lieben, mein Schatz«, versicherte Sylvia zuversichtlich. Sie versuchte, seine Ängste zu zerstreuen.

»Ich komme mit Kindern nicht gut zurecht.«

»Es sind keine Kinder, sondern Erwachsene.«

»Das denkst du. Kinder bleiben Kinder, selbst wenn sie achtzig sind. Wenn die hundertjährige Mutter plötzlich einen Freund hat, ist der achtzigjährige Sohn sauer. Das ist ein Naturgesetz.«

»Unsinn. Sie haben Gordon nie Steine in den Weg gelegt, und damals waren sie noch jünger.« Gordon war Sylvias letzter Freund gewesen, der sich schließlich umgebracht hatte. »Vertrau mir. Es sind tolle Kinder, und du wirst sie lieben.«

»Und wenn nicht?«, fragte er traurig, und jetzt sah sie ihn besorgt an.

»Worauf willst du hinaus?« Sylvia spürte, dass Gray etwas verschwieg. Er war zwar nervös, wenn es um Kinder ging, aber nicht in dem Maße.
»Darauf, dass mich diese Stufe einer Beziehung ängstigt. Solange es nur uns beide gibt, ist alles bestens. Aber wenn die Kinder ein Teil unseres Lebens werden, bekomme ich Panik.«
»Gray, um Gottes willen, das ist doch verrückt. Die zwei werden nur ein paar Wochen hier sein.« Direkt nach den Weihnachtsfeiertagen wollte Sylvia mit den beiden zum Skifahren, und sie hatte gehofft, dass Gray mitkommen würde. Ihre Kinder wussten bereits, dass es in ihrem Leben wieder einen Mann gab, und hatten kein Problem damit. Gilbert und Emily wussten, wie einsam Sylvia nach Gordons Tod gewesen war.
»Vielleicht sollte ich für die Zeit, die sie hier sind, von der Bildfläche verschwinden«, beharrte Gray energisch und wurde mit jeder Minute resoluter. Sylvia begann innerlich zu kochen. Sie war schockiert und verletzt.
»Nur damit ich dich nicht falsch verstehe«, presste sie zwischen zusammengebissenen Zähnen hervor. »Du willst meine Kinder nicht kennenlernen und auch mich nicht sehen, bis sie wieder fort sind. Ist es das, was du meinst?«
»Ja. Natürlich kannst du mich jederzeit im Atelier besuchen.«
»Vergiss es!«, fauchte Sylvia und marschierte wütend im Zimmer auf und ab. »Ich will keine Beziehung mit einem Mann, der sich weigert, meine Kinder kennenzulernen. Es sind wunderbare Menschen, und ich liebe sie – genauso, wie ich dich auch liebe. Aber sie sind ein Teil von mir,

Gray. Solange du die beiden nicht kennst, weißt du nicht, wie ich wirklich bin.«

»Natürlich weiß ich das. Und ich liebe dich«, entgegnete er und sah dabei mehr als nur ein bisschen panisch aus. Er hatte nicht damit gerechnet, dass Sylvia so aufgebracht reagieren würde. »Aber ich lasse mich nicht in eine Situation drängen, mit der ich nicht umgehen kann. Mit dieser Art von Bindung komme ich nicht zurecht. Ich kann es einfach nicht. Dazu kenne ich mich gut genug. Ich wollte nie eigene Kinder, und ich will auch nicht die von anderen.«

»Dann solltest du dir eine Frau suchen, die keine Kinder hat.«

»Das mag sein.« Er starrte auf seine Füße.

»Wann hast du all das entschieden?« Sylvia war entsetzt über Grays Worte. Sie hatte nicht erwartet, dass er derart unvernünftig sein konnte.

»Als du mir gesagt hast, dass sie Weihnachten herkommen. Da habe ich mir überlegt, mich für ein paar Wochen würdevoll auszuklinken.«

»Und was ist nächsten Sommer? Begleitest du mich dann auch nicht nach Europa?« Sie verbrachte gern Zeit allein mit ihren Kindern. Aber die Gründe, warum sie das nach Grays Meinung machen sollte, fand sie lächerlich und kindisch. Er war nicht bereit, auch nur den geringsten Kompromiss einzugehen, und verweigerte sich so einem wichtigen Teil ihres Lebens. »Ich wollte, dass du mit uns zum Skifahren kommst«, sagte sie enttäuscht. Sie hatte ein wunderschönes Haus für sie alle in Vermont gemietet.

»Ich fahre nicht Ski«, erwiderte Gray stur.

»Ich auch nicht. Aber die beiden. Und wir verbringen jedes Mal eine schöne Zeit zusammen.«

»Das werdet ihr dieses Jahr auch. Nur eben ohne mich.«

»Du bist ein Arschloch!« Sylvia stürmte ins Schlafzimmer und schlug die Tür hinter sich zu. Als sie zwei Stunden später wieder herauskam, war Gray in sein Atelier gefahren, um dort die Nacht zu verbringen – das erste Mal seit drei Monaten. Es war eine schreckliche Situation. Als Sylvia Gray anrief, wollte er nicht reden und behauptete, er müsse arbeiten.

»Verdammter Mist«, schimpfte sie und marschierte im Zimmer auf und ab. Ihr fiel nichts ein, wie sie Gray überzeugen sollte. Sylvia wusste, was für eine schreckliche Kindheit er gehabt hatte und wie verrückt seine Familie war. Er hatte ihr schon früh erzählt, dass ein Familienleben nicht sein Ding sei. Aber dass er es derartig auf die Spitze trieb, überraschte sie doch. Er wollte ihre Kinder nicht einmal sehen. Er wollte nur Sylvia selbst. Wenn er darauf beharrte, würde das eine harte Bewährungsprobe für ihre Beziehung werden – die diese vielleicht nicht überstände. Sylvia war nicht sicher, ob sie Gray besser in Ruhe lassen und abwarten sollte oder ob sie ihm ein Ultimatum stellen sollte. So oder so, es bestand die Möglichkeit, ihn zu verlieren.

Zwei Wochen vor Weihnachten trafen sich die drei Musketiere, wie Sylvia sie jetzt immer nannte, zum Abendessen in einem chinesischen Restaurant. Sie hatten alle drei viel um die Ohren und standen unter Stress. Charlie sagte, er müsse noch eine Million Dinge für die Stiftung erledigen, bevor er sich auf die Yacht zurückziehen konnte. Adams Klienten spielten im Moment alle verrückt, am nächsten Wochenende musste er zum Titelkampf eines

seiner Schützlinge nach Las Vegas fliegen. Und Gray wirkte völlig niedergeschlagen.
»Wie läuft's denn so bei den Turteltauben?«, zog Charlie ihn auf, als sie gerade mit dem Essen anfangen wollten. Gray schüttelte den Kopf. »Was heißt das?«, hakte Charlie sofort nach.
»Es heißt, dass Sylvia und ich kaum miteinander reden. Seit Thanksgiving haben wir anstrengende Wochen hinter uns.«
»Was ist denn passiert?« Charlie sah ihn überrascht an. »Als ich bei euch war, schien alles in bester Ordnung zu sein.« Mehr als nur in Ordnung. Die beiden hatten wirklich glücklich gewirkt.
»Ich hab's nicht so mit Kindern.«
»Das weiß ich.« Charlie lächelte »Zweiundzwanzigjährige sind Adams Abteilung. Aber Sylvia ist eine wunderbare Frau und kein Kind mehr.«
»Nein, aber sie *hat* Kinder. Über Weihnachten kommen sie nach Hause, und ich will ihnen nicht begegnen. Ich kann es nicht. Es macht mich verrückt. Jedes Mal, wenn ich nur in die Nähe von Familien gerate, werde ich nervös und bekomme Depressionen. Ich liebe Sylvia, aber nicht ihre Kinder.«
»Das hört sich übel an. Und was sagt sie dazu?« Charlie wirkte besorgt.
»Sie ist sauer. Vermutlich auch gekränkt. Sie spricht es nicht aus, aber ich fürchte, wenn ich nicht einlenke, geht unsere Beziehung den Bach runter. Aber ich werde nicht einlenken. Ich muss meine Gefühle ernst nehmen, und ich kenne meine Grenzen. Schließlich bin ich in der Addams Family aufgewachsen, ich reagiere allergisch auf Kinder.«

»Sogar auf ihre?«, fragte Charlie nach.

»Sogar auf ihre«, bestätigte Gray. »Nach Weihnachten fahren sie nach Vermont«, sagte er, als würden sie mit einer Rakete zu einem anderen Planeten fliegen. »Zum Skifahren.« Seinem Tonfall nach zu urteilen, war für ihn eine Reise in die Wüste ohne Wasser verlockender.

»Es könnte ein schöner Urlaub werden.«

»Nein, das könnte es nicht. Wahrscheinlich sind die beiden längst nicht so nett, wie Sylvia sagt. Und selbst wenn sie es sind, ich habe meine eigenen Probleme. Ich möchte keine Beziehung mit ihrer Familie, sondern nur mit ihr.« Gray war jedoch auch klar, dass er Sylvia vielleicht nie mehr wiedersah, wenn er stur blieb. Dennoch sah er keine Alternative. Charlie tat es leid für die beiden. Er konnte sich vorstellen, wie viel es Sylvia bedeutete, dass Gray ihre Kinder kennenlernte. Sie war so stolz auf die beiden. Und sie liebte Gray.

»Ich wünsche dir, dass ihr wieder zueinanderfindet«, sagte Charlie nachdenklich. »Es wäre sonst schade um eure wunderbare Beziehung.« Charlie fand, dass Gray viel glücklicher wirkte, seit er mit Sylvia zusammen war. Und dann fügte Charlie hinzu: »Ich habe übrigens euren Rat beherzigt. Ich hoffe, du befolgst meinen und zeigst dich kompromissbereit. Du wirst es sonst irgendwann bereuen.«

»Das werde ich sicher«, sagte Gray zerknirscht. Er war sich der Konsequenzen seiner Entscheidung bewusst. Aber diesen Schritt auf Sylvia zuzugehen, machte ihm zu viel Angst.

»Ich habe auch Neuigkeiten«, erklärte Adam fast verlegen. Die beiden anderen sahen ihn gespannt an. »Erinnerst du dich an Maggie, die wir beim Vana-Konzert getroffen haben?«, wandte er sich an Charlie. Der nickte. »Sie ist gerade bei mir eingezogen.« Er wirkte gleichermaßen stolz wie beschämt, während seine Freunde ihn fassungslos anstarrten.

»Sie ist *was?*«, rief Charlie. Er konnte sich noch daran erinnern, wie sie in jener Nacht ausgesehen hatte und dass sie ihm leidtat. Sie schien ein nettes Mädchen zu sein, hatte jedoch ein bisschen verloren gewirkt. *»Du?* Mr Nicht-für-eine-Million-Dollar-gebe-ich-meine-Freiheit-auf? Wie ist das passiert?« Das hätte Charlie dieser Maggie gar nicht zugetraut, aber man konnte eben nie wissen. Wie auch immer sie es gemacht hatte, es war ihr gelungen, Adams Ansichten völlig auf den Kopf zu stellen.

»Sie besucht an der Abendschule Jurakurse, und ich dachte, ich könnte ihr so bei den Seminararbeiten helfen«, sagte Adam bemüht beiläufig, während die anderen schallend lachten, johlten und jubelten.

»Das kannst du deiner Großmutter erzählen.«

»Also gut … ich mag sie … sehr. Ich liebe sie … Ach, was weiß ich? Wir haben uns verabredet, und schon im nächsten Moment wollte ich sie nicht mehr aus den Augen lassen. Ich habe es ihr noch gar nicht erzählt, aber ich möchte sie dieses Wochenende mit nach Las Vegas nehmen. Sie ist noch nie dort gewesen.« Maggie war noch nie irgendwo gewesen, und Adam hatte vor, das schon bald zu ändern.

»Hast du ihr von der Yacht erzählt?«, fragte Charlie. Adam hatte vor, wie jedes Jahr die Weihnachtsfeiertage mit seinen Kindern zu verbringen. Am 26. Dezember wollte er dann nach St. Barts fliegen, um sich mit Charlie auf dem Boot zu treffen.

Adam schüttelte den Kopf und gab sich unbekümmert. »Ich wollte ihr nach dem Wochenende davon erzählen.« Er hoffte, dass Maggie dann noch so begeistert von Las Vegas war, dass sie wegen seines Urlaubs mit Charlie keinen Aufstand probte. »Ich kann schließlich nicht auf einen Schlag mein ganzes Leben umwerfen. Wir machen diese Reise seit zehn Jahren. Hast du denn Carole davon erzählt?«

»Nein, aber das werde ich noch. Ich mag keine Feiertage«, erklärte Charlie rigoros.

»Und ich keine Kinder«, sagte Gray genauso energisch.

»Komm doch einfach mit nach St. Barts, Gray!«, schlug Charlie vor. »Wenn du die Feiertage sowieso nicht mit Sylvia verbringst, bietet sich das doch an.«

»Die Karibik mag ich auch nicht«, erklärte Gray kleinlaut und musste dann über sich selbst lachen. »Du meine Güte, wir drei schleppen genug Probleme mit uns herum, dass sämtliche Packesel von hier bis Seattle nicht reichen würden, um sie uns abzunehmen.« Aber man gelangte schließlich nicht dorthin, wo die drei jetzt waren, ohne einen beschwerlichen Weg zurückzulegen.

»Und ich mag Heiraten nicht«, fügte Adam grinsend hinzu.

»Darüber lass uns nächstes Jahr noch einmal reden«, sagte Charlie amüsiert. »Du bist der letzte Mensch auf diesem Planeten, dem ich zugetraut hätte, mit einer Frau zusammenzuziehen. Was ist aus all den anderen geworden, die sonst dein Bett teilen?« Auf die Antwort war Charlie wirklich gespannt. Adam hatte nie weniger als vier Beziehungen gleichzeitig gehabt, in einer guten Woche konnten es auch fünf sein.

»Die habe ich alle aufgegeben.« Adam schaute verlegen drein. »Ich habe erlebt, wie sich die andere Seite fühlt. Ich dachte, Maggie würde mich betrügen. Dann stellte sich jedoch heraus, dass sie zur Abendschule geht. Und ich hatte schon befürchtet, dass ein anderer Kerl dahintersteckt. Plötzlich wurde mir klar, dass ich sie liebe. Ich mag es, mit ihr zusammenzuleben.«

»Ich übernachte nur bei Sylvia«, stellte Gray klar. »Ich lebe nach wie vor nicht mit ihr zusammen.« Er schien stolz darauf zu sein.

»Das bedeutet nur, dass deine Klamotten quer über die Stadt verteilt sind und du nie die passenden Schuhe dort hast, wo du sie brauchst«, sagte Adam. »Außerdem wirst du nie mit ihr zusammenleben, wenn du dich weigerst, ihre Kinder kennenzulernen. Das ist zumindest meine Meinung. Ich denke nämlich, dass es ihr verdammt wichtig ist. Für mich wäre es das auch. Ich würde einen Anfall bekommen, wenn sich Maggie weigerte, meine Kinder zu sehen.« Das konnte Gray nachvollziehen, trotzdem schüttelte er den Kopf.

»Haben deine Kinder Maggie schon kennengelernt?«, fragte Charlie neugierig.

»Noch nicht. Aber sie werden es. Wahrscheinlich noch vor den Feiertagen. Ich lasse mich übrigens nicht mehr von meiner Mutter herumschikanieren. An Thanksgiving bin ich wieder einmal nach Long Island gefahren. Dort saß ich dann und musste mir anhören, wie meine Mutter die gleichen faulen Äpfel wie sonst nach mir warf. Doch dann bin ich aufgestanden und noch vor dem Mittagessen nach Hause gefahren. Ich dachte immer, meine Mutter würde einen Herzinfarkt bekommen, wenn ich das täte.

Aber das hat sie nicht. Vielmehr ist sie seitdem sogar sehr höflich zu mir, wenn ich mit ihr telefoniere.«

»Was hat dein Vater gesagt?«, fragte Gray.

»Der hat in seinem Sessel geschlafen.«

Die übrige Zeit redeten die drei Freunde über alles Mögliche, Politik, Geschäfte, Arbeit und Kunst. Gray plante für April eine Ausstellung. Bisher waren schon drei der Bilder verkauft, die in der Galerie aushingen. Sylvia hatte ihm einen gewaltigen Gefallen getan, als sie ihm diese Tür öffnete, und dafür war er ihr unendlich dankbar. Trotzdem wollte er ihre Kinder nicht kennenlernen. Manche Dinge brachte er einfach nicht über sich. Adam und Charlie sprachen davon, wie sehr sie sich auf die zwei Wochen auf der *Blue Moon* freuten. Sie ermunterten Gray noch einmal, sie doch zu begleiten, aber er lehnte ab. Er sagte, er habe wegen der Ausstellung zu viel zu erledigen.

Wie üblich waren sie die Letzten, die das Restaurant verließen, und sie hatten einiges getrunken. Keiner von ihnen trank übermäßig, wenn er allein war, aber sobald sie zusammen waren …

Gray fuhr an diesem Abend wieder zurück in sein Apartment. Als Adam nach Hause kam, schlief Maggie bereits tief. Charlie freute sich auf dem Nachhauseweg auf die zwei Wochen, die er bald auf der Yacht verbringen würde. Vier Tage vor Weihnachten würde es losgehen. Es war für ihn die perfekte Möglichkeit, sich nicht von den Feiertagen die Stimmung verderben zu lassen.

21

Am nächsten Morgen erzählte Adam Maggie von dem Wochenende in Las Vegas. Sie war begeistert. Arbeiten musste sie an diesen Tagen ohnehin nicht, allerdings stand eine Seminararbeit an. Maggie sagte, sie würde die Bücher einfach mitnehmen und immer dann lernen, wenn Adam beschäftigt war. Maggie schlang die Arme um seinen Hals, sie konnte ihr Glück kaum fassen. Plötzlich wandte sie sich ihm mit panischem Blick zu.

»Was soll ich denn überhaupt anziehen?« Seit sie mit Adam zusammenlebte, konnte sie schließlich nichts mehr aus den Garderoben ihrer Mitbewohnerinnen ausleihen. Allerdings hätten die zu diesem Anlass ohnehin nichts Passendes besessen. Adam hatte sich darüber bereits Gedanken gemacht. Lächelnd drückte er ihr eine Kreditkarte in die Hand.

»Geh einkaufen«, bot er großzügig an. Maggie stand lange da und starrte ihn einfach nur an. Dann gab sie ihm die Kreditkarte zurück.

»Das kann ich nicht machen«, sagte sie traurig. »Ich mag arm sein, aber ich bin nicht käuflich.«

Maggie wusste, dass Adams frühere Freundinnen weniger Skrupel gehabt hatten, aber das war ihr gleichgültig. Eines Tages würde sie ihr eigenes Geld verdienen. Und bis dahin wirtschaftete sie mit dem, was sie im Pier 92 verdiente und als Trinkgeld zugesteckt bekam.

»Danke, mein Schatz, aber ich lasse mir etwas einfallen.«
Daran zweifelte Adam nicht einen Moment. Trotzdem zog sich ihm das Herz zusammen. Maggies Leben war so viel schwieriger als seines. Er würde sie gern mehr unterstützen, aber sie ließ ihn einfach nicht. Andererseits respektierte er ihre Entscheidung. Sie war von einem anderen Schlag als all die Frauen, die er bisher gekannt hatte – und genau das liebte er an ihr.
Am Freitagnachmittag brachen sie auf. Maggie hielt es vor Aufregung kaum aus. Immer wieder fiel sie Adam glücklich um den Hals. Er freute sich darauf, ihr alles zu zeigen und diesen Ausflug für sie zu einem ganz besonderen Erlebnis zu machen. Maggie nahm nie etwas als selbstverständlich von ihm an. Endlich konnte er sie einmal all ihre Entbehrungen vergessen lassen. An dem Wochenende danach wollte er mit ihr und seinen Kindern Chanukka feiern. Seiner Mutter hatte er bereits mitgeteilt, dass er nicht nach Long Island käme. Die Zeiten hatten sich endlich geändert.

Charlie holte Carole zum Debütantinnenball ab. Sie war bereits fertig angezogen und wartete auf ihn. Als er sie auf sich zukommen sah, verschlug es ihm den Atem. Sie trug ein pinkfarbenes Satinkleid und silberfarbene Sandaletten mit hohen Absätzen. Das Haar hatte sie zu einem eleganten French Twist hochgesteckt. Das Kleid hatte sie bei Bergdorf's gekauft, wo sie seit Jahren nicht mehr gewesen war, und sich dazu eine weiße Nerzjacke von ihrer Mutter geliehen. Carole trug lange weiße Glacéhandschuhe, ein silberfarbenes Abendtäschchen, Diamantohrstecker und ein Diamantarmband, das einst ihrer Großmutter gehört hatte.

Einen ewigen Moment lang stand Charlie einfach nur da und sah sie an. Er trug einen Frack und eine weiße Fliege. Zusammen waren sie ein atemberaubend aussehendes Paar. Carole wirkte wie eine Mischung aus Grace Kelly und Uma Thurman, mit einer Prise Michelle Pfeiffer. Und Charlie war irgendwo zwischen Gary Cooper und Cary Grant angesiedelt.

Als sie den Ballsaal des Waldorf Astoria betraten, drehten sich viele Köpfe nach ihnen um. Carole wirkte geradezu majestätisch. Sie war weit entfernt von der Frau in Jeans und Turnschuhen, der Charlie im Heim begegnet war, oder der mit dem grünen Gesicht an Halloween. Das Beste jedoch war, dass Charlie all diese Seiten an ihr liebte. Und jetzt genoss er es, sich mit ihr in der Öffentlichkeit zu präsentieren.

Sie gingen die Reihe der Debütantinnen entlang, und Carole erzählte ihm mit gedämpfter Stimme, wie sie sich damals bei ihrem eigenen Debüt gefühlt hatte. Sie sagte ihm, dass sie fürchterliche Angst gehabt habe. Aber am Ende hatte sie sich tatsächlich amüsiert.

»Ich wette darauf, dass du hinreißend warst«, sagte er mit bewunderndem Blick. »Aber heute bist du es umso mehr. Du siehst umwerfend aus«, flüsterte Charlie, während er Carole bei einem langsamen Walzer über die Tanzfläche drehte. Sie tanzten beide ausgezeichnet. In Augenblicken wie diesen zeigte sich eben doch, in welchen Verhältnissen sie aufgewachsen waren – einer Welt, in die Carole an diesem Abend zu einer Stippvisite zurückkehrte. Charlie war klar, dass er sie nicht oft zu solchen Veranstaltungen würde überreden können. Aber das störte ihn nicht. Im Grunde war er sie selbst ein wenig leid.

Kurz vor dem Dinner entdeckte Carole ihre Eltern. Carole zeigte sie Charlie, und sie gingen höflich zu ihnen an den Tisch. Die beiden saßen inmitten der New Yorker High Society. Als Carole sie einander vorstellte, stand ihr Vater auf und streckte Charlie die Hand hin. Sein Gesicht war wie aus Stein gemeißelt. Charlie war Mr Van Horn vor Jahren schon einmal begegnet, er bezweifelte jedoch, dass sich Caroles Vater daran erinnerte.

»Ich kannte Ihren Vater«, sagte Arthur Van Horn, ohne eine Miene zu verziehen. »Wir waren zusammen in Andover. Ich habe mit Bedauern gehört, was damals geschehen ist. Welch tragische Geschichte.« Das war nicht gerade Charlies Lieblingsthema, und Carole bemühte sich, es schnell wieder zu wechseln. Ihr Vater hatte eine Art, auf alles einen Schatten zu werfen. So war er nun einmal. Sie stellte Charlie auch ihrer Mutter vor, die eisig schweigend dasaß, ihm die Hand schüttelte, nickte und sich dann wieder abwandte. Das war es. Carole und Charlie tanzten noch ein wenig, bevor sie sich zurück an ihren Tisch setzten.

»Das war nicht gerade ermutigend«, gestand Charlie, und Carole lachte. Das Verhalten ihrer Eltern war typisch gewesen und hatte nichts mit Charlie zu tun.

»Für ihre Verhältnisse waren sie geradezu herzlich.« In Caroles Augen waren ihre Eltern überzeichnete Karikaturen der Oberschicht, zu der sie gehörten. »Ich kann mich nicht daran erinnern, dass mich meine Mutter je gedrückt oder geküsst hätte. Sie hat die Kinderstube, wie sie mein Zimmer nannte, immer betreten, als würde sie ein Tier im Zoo besuchen. Offenbar hatte sie Angst, angefallen zu werden, wenn sie länger geblieben wäre, also tat sie es nicht.« Carole hatte ihre Mutter nie mehr als fünf

Minuten gesehen. »Falls ich jemals Kinder habe, werde ich mit ihnen auf dem Fußboden herumtollen und sie drücken und küssen, bis sie vor Vergnügen quietschen.«

»Genau so war meine Mutter«, sagte Charlie. Sie hatte ihm immer gesagt, wie sehr sie ihn liebte. Ellen hatte Charlie genauso behandelt. Und sein Vater war sein engster Vertrauter und bester Freund gewesen. Sein Held. Charlie erinnerte sich an seinen Vater als einen glücklichen, lässig, aber elegant gekleideten Mann, der aussah wie Clark Gable und Yachten liebte. Wahrscheinlich hatte sich Charlie auch deshalb bald nach dem Tod seiner Eltern selbst ein Boot zugelegt. Er wollte eine Yacht besitzen, die seinem Vater gefallen hätte. Carole gegenüber erwähnte er, wie verrückt es doch sei, dass einen diese Dinge bis ins Erwachsenenalter hinein verfolgten.

»Vermutlich überwinden wir es nie, unseren Eltern gefallen zu wollen«, sagte er, als sie das Essen serviert bekamen.

Der Abend war wunderschön. Gerührt betrachteten sie die Debütantinnen mit ihren aufwendigen weißen Ballkleidern und den kleinen Blumenbouquets. Die Mädchen tanzten zuerst mit ihren Vätern. Früher wurden die Debütantinnen auf diesem Ball der Gesellschaft vorgestellt, damit sie einen Ehemann fanden. Nicht selten hörte man im Jahr darauf von der einen oder anderen Verlobung. Heutzutage genossen die Mädchen es einfach, einmal ganz im Mittelpunkt zu stehen. Hinterher zogen sie wieder ihre Miniröcke an und gingen mit ihren Freunden in die Disco.

»Eigentlich lehne ich das alles ab« – Carole machte eine ausholende Geste – »und auch das, wofür es steht. Aber in

Wahrheit hat es gar keine große Bedeutung mehr, und die Mädchen scheinen ihren Spaß zu haben. Warum sollte ich also partout dagegen sein?« Charlie war erleichtert, dass Carole ihre Meinung geändert hatte. Als sie hinterher in der Limousine, die Charlie extra für diesen Anlass gemietet hatte, zu ihr nach Hause fuhren, sah er Carole glücklich an. Es war ein schöner Abend gewesen, und sie hatten ihn beide genossen.

»Danke, dass du mich mitgenommen hast.« Carole lächelte ihn an. Charlie beugte sich zu ihr und küsste sie. Carole war in seinen Augen die schönste Frau, der er je begegnet war, und er war unglaublich stolz. Über ihre Eltern war er ein bisschen erschrocken. Er konnte sich kaum vorstellen, wie es sein mochte, bei solchen Menschen aufzuwachsen. Im Grunde erstaunte es ihn, dass Carole derart normal und gänzlich anders als ihre Eltern war. Sie war herzlich, freundlich und mitfühlend, sanft und umgänglich. Während sie durch Manhattan fuhren, lächelte sie ihn glücklich an.

»Ich kann es kaum erwarten, Weihnachten mit dir zu feiern«, sagte sie strahlend. »Ich liebe die Festtage. Ich hatte mir überlegt, morgen einen Baum zu kaufen. Dann können wir ihn gemeinsam schmücken.« Charlie sah sie an, als hätte er eine Ohrfeige bekommen, und plötzlich herrschte verlegene Stille. Er musste jetzt etwas sagen. Sonst war er ein Lügner. Er musste ihr die Wahrheit sagen, genauso wie er es schließlich von ihr erwartete.

Seine Stimme war leise und traurig, als er antwortete. »Ich werde nicht hier sein.«

»Morgen?«, fragte Carole überrascht, und Charlie wirkte noch bekümmerter.

»Nein. An Weihnachten«, sagte er vorsichtig. »Ich ertrage Feiertage nicht, keine einzige Sekunde lang. Und Weihnachten feiere ich nie. Ich verbringe diese Zeit jedes Jahr auf meinem Boot, ich werde drei Wochen lang fort sein.« Es folgte ein langes Schweigen, und Carole sah ihn ungläubig an.

»Wann fliegst du?«, fragte sie und sah aus, als hätte sie einen Schlag ins Gesicht bekommen. Charlie hasste es, sie zu enttäuschen. Aber es gab ein paar Dinge in seinem Leben, die er für niemanden aufgeben wollte. Und dieser Urlaub war eines davon.

»Nächste Woche.« Er klang traurig, aber entschlossen. »Ich treffe mich mit Adam in St. Barts. Es ist fast eine Tradition. Wir machen das jedes Jahr.« Als wäre das eine ausreichende Entschuldigung. Aber sie wussten beide, dass es das für Carole nicht war.

»Er feiert nicht mit seinen Kindern Weihnachten?«, fragte sie missbilligend. Das klang für sie ziemlich selbstsüchtig.

»Adam kommt erst am Tag nach Weihnachten. Ich fliege immer schon eine Woche vorher.«

»Warum fliegst du nicht mit Adam zusammen? Dann könnten wir Weihnachten zusammen sein.« Das schien Carole ein vernünftiger Kompromiss zu sein, aber Charlie schüttelte den Kopf.

»Ich möchte nicht über Weihnachten hierbleiben. Ich ertrage das einfach nicht. Ich muss hier weg, bevor alle sentimental werden, sonst werde ich es. Weihnachten ist etwas für Leute mit Kindern und Familie. Beides habe ich nicht.«

»Du hast mich«, erwiderte Carole traurig. Vielleicht war es noch zu früh, als dass sie einen derart großen Schritt von ihm erwarten konnte, aber schließlich liebten sie sich. Weihnachten war Carole wichtig. Es bedeutete ihr etwas. Für Charlie bedeutete es offenbar nichts – oder aber gerade sehr viel.

»Sobald ich zurück bin, unternehmen wir etwas Schönes«, versuchte er sie zu trösten. Aber Carole starrte nachdenklich aus dem Fenster.

»Dann kann ich nicht fort. Und darum geht es auch gar nicht.« Sie wandte sich ihm zu. »Ich wollte mit dir zusammen sein. Außerdem kann ich die Kinder nach Weihnachten nicht im Stich lassen, nur weil du auf keinen Fall die Feiertage mit mir verbringen willst.«

»Das hat nichts mit dir zu tun«, erklärte Charlie niedergeschlagen. »Dieses Fest wurde geschaffen, damit sich Menschen ausgeschlossen fühlen und enttäuscht werden. Die Kinder bekommen nie das, was sie sich gewünscht haben. Dann streiten sich die Erwachsenen, und die Kleinen beginnen zu weinen. Der Weihnachtsmann ist eine Lüge, die wir den Kindern auftischen. Und später enttäuschen wir sie wieder, indem wir ihnen sagen, dass es ihn gar nicht gibt. Ich hasse diesen ganzen Mist.«

»Vielleicht bringt die Liebe immer Enttäuschungen mit sich«, sagte Carole und sah ihm in die Augen.

»Ich hatte gehofft, dass du mich verstehst.« Charlie wandte den Kopf ab. In dem Moment hielten sie vor Caroles Haus.

»Und ich hatte gehofft, du würdest hier bei mir sein«, erwiderte sie. Die Vorstellung, Weihnachten allein oder mit ihren Eltern zu feiern, deprimierte sie. Carole hatte vorgehabt, die meiste Zeit im Heim zu verbringen und die übrige mit ihm. So viel zu ihren Plänen.

Charlie half ihr aus dem Wagen und begleitete sie zur Haustür. Mit seiner Offenheit hatte er einen Schatten auf den Abend geworfen. Jetzt traute sich Charlie nicht einmal mehr, Carole zu küssen.

»Ich rufe dich morgen an«, sagte er leise, während sie die Tür aufschloss. Er fragte nicht, ob er bleiben könne, und sie lud ihn auch nicht ein. Sie war zu betroffen wegen dem, was er gesagt hatte. Offenbar bedeutete ihm ihre Beziehung doch nicht so viel, wie sich Carole eingebildet hatte. Jedenfalls nicht, wenn er Weihnachten lieber mit Adam als mit ihr verbrachte. Und Silvester auch. Schließlich blieb er drei Wochen lang fort. Carole stand ein weiterer einsamer Silvesterabend bevor.

»Gute Nacht«, sagte sie leise, drehte sich noch einmal kurz zu ihm um und ging dann ins Haus. Vom Fenster aus sah sie die Limousine davonfahren.

Auf dem Weg zu seinem Apartment hallten Charlie Caroles Worte durch den Kopf: »Vielleicht bringt die Liebe immer Enttäuschungen mit sich.« Doch auch wenn sie damit recht hatte, dieses Mal waren sie beide enttäuscht. Charlie erwartete Verständnis für seine Gefühle, aber das brachte sie nicht auf. Stattdessen erwartete sie stur, dass er über seinen Schatten sprang und bei ihr blieb. Aber das brachte er nicht über sich. Nicht einmal für sie …

22

Das Wochenende in Las Vegas war traumhaft. Maggie genoss jeden Sekunde. Sie liebte die Shows, die vielen Lichter, die Kasinos, die unterschiedlichen Menschen und mochte sogar den Titelkampf. Adam hatte ihr doch ein Kleid und ein Pelzjacke gekauft. Sie trug beides, als sie sich den Kampf ansahen. An einem Spielautomaten gewann sie mit fünfzig Dollar Einsatz fünfhundert und freute sich darüber wie ein kleines Mädchen. Auf dem Rückflug nach New York sagte sie Adam, sie käme sich vor wie eine Prinzessin. Er lächelte.

»Schön, dass es dir gefallen hat.« Er verwöhnte sie nicht nur gern, sondern liebte es, mit ihr zusammen zu sein und sich mit ihr zu zeigen. In dem neuen Kleid und der Pelzjacke hatte sie umwerfend ausgesehen.

»Und ob es mir gefallen hat«, versicherte sie ihm.

Kurz vor der Landung kam Maggie auf Silvester zu sprechen und fragte, ob sie den Abend nicht auch in Las Vegas verbringen wollten.

»Ja, vielleicht irgendwann einmal«, antwortete Adam ausweichend.

»Wie wäre es mit diesem Jahr?«, fragte Maggie und sah ihn gespannt an. Sie wusste, dass Charlie oft dorthinflog. Außerdem war er durch seine Privatmaschine unabhängig. Für sie bedeutete das ein ganz neues Lebensgefühl. Sie kam sich vor wie ein Vogel mit riesigen Schwingen.

»Ich kann nicht«, antwortete Adam und sah aus dem Fenster. Er musste es ihr sagen. Früher oder später musste er es. Weshalb also nicht jetzt? »Ich fahre jedes Jahr über Silvester mit Charlie weg.«
»So eine Männersache, wie zur Jagd gehen oder angeln?« Maggie wirkte enttäuscht.
»Ja, so etwas in der Art.« Adam wollte es dabei bewenden lassen. Sie jedoch nicht.
»Wo fährst du hin?«
»Nach St. Barts, auf Charlies Yacht.«
Maggie starrte ihn fassungslos an. »In die *Karibik*? Auf einer *Yacht*? Willst du mich auf den Arm nehmen?«
»Nein, will ich nicht. Charlie kann Weihnachten nicht leiden. Er fliegt bereits eine Woche vor mir. Und ich komme nach, sobald ich mit den Kindern gefeiert habe. Das machen wir jedes Jahr so.«
»Und dann? Jedes Strandhäschen vögeln, das euch über den Weg läuft?«, rief Maggie aufgebracht.
»Früher schon. Aber das ist vorbei. Jetzt habe ich dich«, antwortete Adam ruhig. Er wollte nicht mit Maggie streiten. Aber er war auch nicht bereit, seine Pläne zu ändern. Seine Reisen mit Charlie bedeuteten ihm sehr viel.
»Und du fragst mich nicht, ob ich mitkommen möchte?«, fragte sie mit einer Miene, als würde sie jeden Moment den nächstbesten Gegenstand nach ihm werfen. Zu Adams Glück befand sich nichts Geeignetes in greifbarer Nähe.
»Maggie, das kann ich nicht. Wir fahren immer allein, das ist reine Männersache.«
»Zur Hölle damit! Ich weiß, was Kerle machen, wenn sie allein sind. Denselben Mist, den du angestellt hast, bis du mich getroffen hast.«

»So ist Charlie nicht. Er ist sehr anständig. Außerdem hat er eine Freundin.«
»Fährt sie mit?«, fragte Maggie misstrauisch.
Adam schüttelte den Kopf. »Nein, sie fährt nicht mit. Nur er und ich.«
»Für wie lange?«
»Zwei Wochen.« Als er ihr Gesicht sah, zuckte er zusammen.
»Zwei Wochen? Und du denkst, ich würde einfach hier herumsitzen, während du zwei Wochen lang Frauen aufreißt? Du hast sie ja nicht mehr alle!«
»Droh mir nicht!«, erwiderte Adam wütend. »Ich kann verstehen, dass du sauer bist, aber es ist nun mal, wie es ist. Ich werde Charlie nicht hängenlassen. Und ich kann ihn auch schlecht fragen, ob ich dich mitbringen darf. Das würde ihn in eine schwierige Situation bringen. Er erwartet, dass ich allein komme.«
»Na großartig, dann wünsche ich dir ein frohes neues Jahr – du kannst ihn ja um Mitternacht küssen. Vielleicht geht es in Wahrheit darum. Ist er schwul?«
»Wir sind Freunde, verdammt! Zweimal im Jahr verreisen wir zusammen. Entschuldige, dass es ausgerechnet über Neujahr ist, aber ich konnte schließlich nicht ahnen, dass du in mein Leben trittst.«
»Und nächstes Jahr wird es anders sein?«
»Vielleicht. Keine Ahnung. Ich mache keine Versprechen für etwas, das erst in einem Jahr sein wird. Warten wir einfach ab, wie sich alles entwickelt.« Adam bemühte sich, ruhiger zu klingen, als er war. Ihrem Gezeter zuzuhören, verursachte ihm Kopfschmerzen, und zwar gewaltige.
»Ich kann dir sagen, wohin es sich entwickelt: geradewegs

den Bach runter, wenn du glaubst, du könntest mich abschieben, um mit deinem Kumpel in die Karibik zu fahren. Wenn du deinen Urlaub nicht mit mir verbringen willst – na fein. Aber dann kannst du dir unsere Beziehung du weißt schon wohin schieben. Menschen, die in einer Beziehung leben, verbringen nämlich Urlaube und Feiertage zusammen, vor allem Silvester.«

»Danke für die Information.« Adam hielt sich mittlerweile den Kopf, aber Maggie ignorierte es. Sie war wütend auf Adam. »Hör zu, wir hatten gerade ein schönes Wochenende zusammen in Las Vegas, verderben wir uns das doch nicht. Ich liebe dich, ich möchte, dass du nächste Woche meine Kinder kennenlernst, und ich wünsche mir sehnlichst, dass das mit uns funktioniert. Aber ich muss für ein paar Wochen fort. Kannst du nicht einfach darüber hinwegsehen?«

»Wenn ich anfange, über Dinge hinwegzusehen, werde ich am Ende wieder übers Ohr gehauen. Und du musst nicht fahren. Du *willst* es. Was sagt Charlies Freundin eigentlich dazu?«

»Keine Ahnung«, antwortete Adam grimmig.

»Jede Wette, dass sie auch nicht gerade davon begeistert ist.«

Der Streit tobte die ganze Woche zwischen ihnen. Nur als Adams Kinder am folgenden Wochenende zu Besuch kamen, gelang es Maggie, das Thema einige Zeit zurückzustellen. Sie war begeistert von den beiden, und auch Amanda und Jacob hatten schon bald entschieden, dass Maggie einfach klasse war. Sie gingen zu viert Schlittschuh laufen, Adam und die Kinder erklärten Maggie alles über Chanukka, und Maggie unternahm mit Amanda einen

Einkaufsbummel, um ein Weihnachtsgeschenk für ihren Vater zu besorgen. Sie zeigte Amanda, wie man sich schminkte, buk zusammen mit Jacob Plätzchen und gab ihm Tipps im Hinblick auf Mädchen. Die Kinder verbrachten lieber Zeit mit Maggie, als sich im Schlafanzug und mit kalter Pizza in der Hand Cartoons anzusehen. Sie war jung genug, um albern mit den beiden herumzutollen, aber auch alt genug, um eine Respektsperson zu sein. Adam hatte mit Widerstand seitens der Kinder gerechnet, der blieb jedoch völlig aus. Als Amanda und Jacob wieder abreisten, waren die beiden und Maggie echte Freunde geworden. Doch kaum waren sie weg, nahm Maggie den Streit wieder auf. Der Waffenstillstand hatte nur das Wochenende lang gedauert.

Nach dem Debütantinnenball ging Charlie zweimal mit Carole am Abend essen. Die Atmosphäre war spürbar kühl zwischen ihnen. Beim ersten Treffen sprach Carole nicht über die Feiertage, aber beim zweiten Mal fragte sie Charlie doch, ob er seine Pläne geändert habe. Dieser schüttelte den Kopf.

»Das kann ich nicht, Carole.« Sie nickte und sagte nichts. Charlie hatte die Nacht bei ihr verbringen wollen, traute sich jedoch nicht, es anzusprechen. Also fuhr anschließend jeder zurück in seine eigene Wohnung. Charlie beschlich die Angst, dass ihre Beziehung diese Prüfung nicht überstehen könnte. Carole verstand einfach nicht, weshalb er nicht hier sein wollte – vor allem, da er die erste Woche ganz allein auf dem Boot sein würde. In ihren Augen gab es keinen Grund, warum er nicht zusammen mit Adam erst am 26. Dezember flog. Charlie hatte es aufgegeben, ihr das zu erklären. Er wollte es wieder versuchen, wenn er zurück war – vorausgesetzt, sie redete dann noch mit ihm.

Einen Tag vor Charlies Abreise rief Adam im Büro an. Charlie war in ziemlicher Hektik, weil er noch einiges organisieren musste. Und Adam erwiderte, dass auch bei ihm der Teufel los sei.

»Um diese Jahreszeit brechen immer meine sämtlichen Klienten zusammen. Wenn ihre Ehe bisher nur miserabel war, wollen sie sich jetzt scheiden lassen. Außerdem trinkt die Hälfte meiner Spitzensportler einen über den Durst und schlägt jemanden zusammen. Ich liebe die Weihnachtszeit«, stöhnte Adam genervt.

»Ich auch.« Charlie lachte. Trotz Caroles Reaktion freute er sich auf die Reise. »Ist sonst alles in Ordnung? Du kommst doch, oder?« Es konnte nicht schaden, noch einmal nachzuhören. Zu Charlies großer Überraschung folgte ein Schweigen. Es war als rhetorische Frage gemeint gewesen, aber offenbar dachte Adam wirklich darüber nach.

»Ich habe fürchterlichen Ärger mit Maggie«, gestand Adam. »Sie glaubt, dass wir durch die Karibik kreuzen und alles vögeln, was uns über den Weg läuft. Sie ist ziemlich aufgeregt.«

Charlie lachte über die Beschreibung, wurde jedoch schnell wieder ernst. »Carole hat es zwar nicht so derb ausgedrückt, aber sie ist ebenfalls sauer. Sie dachte, ich würde Weihnachten mit ihr zusammen feiern. Ich habe ihr gesagt, dass ich die Festtage nicht ausstehen kann, und hatte gehofft, sie würde das verstehen. Aber anscheinend kann sie nicht nachfühlen, wie unangenehm mir Weihnachten ist. Vielleicht ist das für sie ein Grund, die Beziehung zu beenden.« Charlie wollte sich jedoch nicht dazu zwingen lassen, zu Hause zu bleiben. Wenn Carole seine Gefühle nicht akzeptieren konnte, dann war es das. Sie sollte ihn so nehmen, wie er war, mit allen Ecken und Kanten. Und eine seiner Macken war nun einmal diese Weihnachtsphobie, unter der er seit dem Tod seiner Familie litt.

»Tut mir leid, das zu hören«, sagte Adam betrübt. »Ich fürchte, dass Maggie ähnlich denkt. Wirklich schade, dass die beiden das so ernst nehmen. Aber für manche Menschen haben Feiertage eine große Bedeutung.«

»Offenbar.« Charlie wollte drei Wochen lang fortbleiben – das war eine Menge Zeit, in der sich Caroles Ärger anstauen konnte. Vor allem, nachdem sie gerade erst wieder zueinandergefunden hatten. Sie brauchten nicht sofort die nächste Krise. Charlie war beinahe sicher, dass ihre Beziehung das nicht überstehen würde. Er hatte Angst, Carole zu verlieren. Aber nicht genug, um die Reise abzusagen. Seine Angst vor Weihnachten war größer.

»Obendrein haben meine Kinder Maggie letztes Wochenende kennengelernt und sind von ihr begeistert. Um die Wahrheit zu sagen, Charlie, mag ich Maggie nicht enttäuschen.«

»Was willst du damit sagen? Dass du nicht mitkommst?« Charlie war entsetzt.

»Ich weiß es nicht. Vielleicht haben sich die Zeiten ja geändert. Für uns beide. Für mich auf jeden Fall.« Adam war nicht sicher, wie eng die Beziehung zwischen Charlie und Carole mittlerweile war. Er vermutete, dass Charlie es selbst nicht wusste. Doch Maggie und Adam lebten bereits zusammen, und er war bis über beide Ohren in diese Frau verliebt.

»Lass mich darüber nachdenken«, erwiderte Charlie. »Ich rufe dich zurück.«

»Ruf mich auf dem Handy an. Ich bin den ganzen Nachmittag in Besprechungen. Außerdem muss ich einen meiner Klienten gegen Kaution aus dem Gefängnis holen.«

»Dann viel Vergnügen dabei. Ich melde mich«, sagte Charlie und legte auf.

Es war schon fast fünf Uhr am Nachmittag, als Charlie Adam zurückrief. Beide Männer klangen angespannt. Adam hatte einen schrecklichen Tag hinter sich. Er hatte sich sowohl mit seinem Klienten als auch mit der Presse herumschlagen müssen. Und Charlie versuchte verzweifelt, noch vor dem Jahresende die gewaltigen Papierstapel auf seinem Schreibtisch abzuarbeiten. Darüber hinaus machte er sich Sorgen wegen Carole. Er hatte gründlich über Adams Worte nachgedacht. Die Zeiten hatten sich tatsächlich geändert. Wenn Charlie mehr vom Leben haben wollte als bisher, musste auch er sich ändern. Er fühlte sich wie bei einem Sprung von einer haushohen Klippe. Hoffentlich landete er im Wasser und zerschellte nicht an den Felsen.

»Also gut«, sagte Charlie, als würde er vorschlagen, dass sie beide ohne Fallschirm aus einem Flugzeug springen sollten. »Wir machen es!«

»Wir machen was?«, fragte Adam irritiert. Er war noch immer im Gefängnis, und dort ging es recht laut zu. Er wimmelte gerade die letzten Vertreter der Presse ab, die Geräuschkulisse erinnerte an ein Vogelhaus im Zoo. »Du bringst Maggie einfach mit aufs Boot. Ich mag sie, du liebst

sie, und außerdem liebt sie dich. Wir werden einen schönen Urlaub haben. Verzichten wir auf unsere Männertour. Was soll's? Andernfalls geht womöglich deine Beziehung in die Brüche.« Dafür wollte Charlie nicht verantwortlich sein. Er spürte, dass Adam in dieser Situation mit dem Rücken zur Wand stand. »Wenn du möchtest, kannst du sie also gern mitbringen. Ich werde Carole auch einladen.«
»Charlie, du bist mein persönlicher Held!« Adam hatte seinen Freund nicht fragen wollen, sich aber insgeheim gewünscht, Maggie mitnehmen zu können. »Ich werde es ihr heute Abend sagen.«
Charlie atmete vernehmlich aus. »Vermutlich bin ich verrückt. Ich habe keine Ahnung, wo Carole und ich gerade stehen. Aber für sie breche ich mit unserer Tradition. Mir wäre es zwar lieber gewesen, wenn sie akzeptiert hätte, dass ich allein fahren möchte. Doch wenn sie das nun mal nicht kann, will ich sie deshalb auf keinen Fall verlieren.« Sie hatten beide viel in ihre Beziehungen investiert: Ehrlichkeit, Wahrheit, Mut, Liebe, Hoffnung – und Charlie war nicht bereit, das alles hinzuwerfen.
»Verdammter Mist.« Adam lachte. »Was passiert nur mit uns?«
»Darüber denke ich lieber nicht nach«, antwortete Charlie matt.
»Ich auch nicht. Es ist mir zwar alles nicht geheuer, aber irgendwie finde ich es klasse. Wann fliegst du?«
»Morgen früh.«
»Dann wünsche ich dir eine gute Reise. Wir sehen uns nach Weihnachten. Übrigens, wenn Carole möchte, nehme ich sie natürlich gern mit. Gib ihr meine Nummer und sag ihr, sie kann mich einfach anrufen.«

»Danke«, sagte Charlie.

»Nein. Ich danke *dir*.«

Dann legten sie beide auf. Charlie saß einen Moment lang da und starrte vor sich hin. Die Zeiten hatten sich tatsächlich geändert.

Um halb sechs verließ Charlie das Büro und fuhr mit dem Taxi zum Kinderheim. Als er dort eintraf, war Carole gerade dabei, ihren Schreibtisch aufzuräumen. Sie war überrascht, Charlie zu sehen, und fragte sich, was er hier wollte. In letzter Zeit stimmte so einiges nicht. Weihnachten. Silvester. Er würde drei Wochen lang fort sein. Das hatte Caroles Freude auf die Feiertage einen ordentlichen Dämpfer versetzt.

»Hi, Charlie. Was ist los?« Er sah müde aus.

»Ich bin hergekommen, um mich zu verabschieden«, sagte er und trat ein.

»Wann fliegst du?«

»Morgen.« Carole nickte. Was gab es dazu zu sagen? Wenn er zurückkam, würde es vorbei sein. Daran hatte sie keinen Zweifel. Wenn man eine Beziehung hatte, dann verbrachte man auch die Feiertage zusammen, ihr jedenfalls war das wichtig. Er sah es offenbar anders. Weihnachten hatte in seinem Leben keinen Platz – und sie vielleicht auch nicht. Carole brauchte jemanden, der Gefühle zuließ und sich nicht weigerte, etwas zu empfinden, weil er dann verletzt werden konnte. Das Leben war manchmal schmerzhaft, aber dennoch musste es gelebt werden.

»Dann wünsche ich dir eine gute Reise«, sagte sie und schob einen Ordner in die Schublade.

»Ich dir auch«, sagte er leise.

»Mir?« Sie verstand nicht, was er meinte. Und sie war zu müde, um Spielchen zu spielen.
»Ja, ich wünsche dir ebenfalls eine gute Reise.«
»Ich habe nicht vor wegzufahren.« Carole stand kerzengerade da und sah ihn an.
»Doch … oder zumindest hoffe ich es … « Charlie verhedderte sich in seinen eigenen Worten und wusste nicht weiter. Carole sah ihn schweigend an. »Ich meine … Ich würde mich freuen, wenn du mit Adam und Maggie am sechsundzwanzigsten nach St. Barts kommst. Wir würden den Urlaub gern mit euch zusammen dort verbringen, das haben wir uns heute überlegt.«
»Du möchtest wirklich, dass ich mitkomme?«, fragte sie ungläubig und lächelte ihn an.
»Ja.« Vielleicht sogar mehr, als ihm lieb war. »Ich würde mich sehr freuen. Was hältst du davon, Carole?« Er sah sie erwartungsvoll an. »Ich hoffe, du kannst dir freinehmen.«
»Ich werde es versuchen. Und ich hoffe, du weißt, dass ich mich nicht mit aller Gewalt selbst einladen wollte. Nichts liegt mir ferner. Mir war nur wichtig, dass du über Weihnachten hier bist.«
»Ich weiß. Aber das kann ich nicht – noch nicht. Vielleicht eines Tages. Aber falls du es einrichten kannst, haben wir zwei Wochen zusammen.« Das hörte sich großartig für sie an, und jetzt auch für ihn. Charlie war froh, dass Adam ihn angerufen hatte.
»Ich glaube nicht, dass ich länger als eine Woche fortbleiben kann. Aber …«
»Nimm dir nur so viel Zeit, wie du es mit deinem Gewissen vereinbaren kannst«, sagte Charlie und küsste sie.

Carole sah ihn mit Verlangen an und erwiderte den Kuss. Dann fuhren sie mit dem Taxi zu ihr, und Charlie blieb über Nacht.

Als Adam an diesem Abend nach Hause kam, ging er auf Maggie zu und hielt ihr eine Kreditkarte hin. Maggie brütete über ihren Jurabüchern und schaute nicht einmal hoch. Er legte die Karte neben ihre Unterlagen auf den Tisch.

»Was soll das?«, fragte Maggie und starrte weiter in die Bücher. Sie war noch immer wütend auf ihn. Für das Wochenende mit seinen Kindern hatte sie das nur kurz unterdrückt.

»Du musst einkaufen gehen«, sagte Adam, zog seine Krawatte aus und warf sie über den Stuhl.

»Weswegen? Ich benutze keine Kreditkarten. Das weißt du doch.« Sie warf ihm die Karte zu, und er fing sie auf.

»Dieses Mal wirst du es müssen.« Er legte sie wieder auf den Tisch.

»Wieso?«

»Weil du eine Menge Sachen brauchst. Du weißt schon: Badeanzüge, Pareos, Sandaletten, dieses ganze Frauenzeug.«

»Wofür?« Sie verstand noch immer nicht.

»Für die Reise.«

»Welche Reise? Wohin fahren wir?« Sie fragte sich, ob er mit ihr als Entschädigung noch einmal übers Wochenende nach Las Vegas wollte.

»Wir fliegen nach St. Barts«, antwortete Adam.

Maggie sah ihn mit großen Augen an. »Nein. *Du* fliegst – nicht wir. Schon vergessen?«

»Charlie hat heute angerufen und dich ebenfalls eingeladen«, sagte Adam liebevoll.
Maggie legte den Stift aus der Hand. »Ist das dein Ernst?«
»Allerdings. Und seiner auch. Ich habe ihm gesagt, dass ich dich nicht verärgern will, und er will es sich auch nicht mit Carole verderben. Er will sie ebenfalls einladen.«
»O mein Gott!« Maggie küsste Adam und tanzte jubelnd durchs Zimmer. Dann fiel sie ihm um den Hals, und Adam lachte.
»Ist wieder alles in Ordnung?«
»Soll das ein Scherz sein? Ich werde mit dir auf einer Yacht in der Karibik kreuzen. Das ist mehr als in Ordnung!« Dann wandte sie sich ihm mit dankbarem Blick zu. »Adam, ich liebe dich. Das hätte ich auch getan, wenn du allein geflogen wärst, aber ich war so verletzt.«
»Ich weiß«, sagte er und küsste sie erneut.
»Ich liebe dich wirklich«, sagte sie noch einmal und drückte ihn ganz fest. »Ich hoffe, das weißt du.«
»Ja, Baby … und ich liebe dich auch.« Und dann küsste er sie ein weiteres Mal.

23

Der Streit zwischen Gray und Sylvia dauerte unvermindert an. Mittlerweile war es kurz vor Weihnachten, und Gray verbrachte nahezu jede Nacht in seinem Atelier. Sylvia bat ihn aber auch nicht, bei ihr zu bleiben. Dafür war sie zu wütend. Sie verstand sein Problem zwar in einem gewissen Maße, aber in ihren Augen trieb er es zu weit. Er bemühte sich nicht einmal. In zwei Tagen würde Gilbert eintreffen, einen Tag später Emily – und Gray beharrte stur auf seinem Standpunkt. Er wollte die beiden nicht sehen.

»Wenn es dir so schwerfällt, solltest du zu einem Therapeuten gehen!«, hatte Sylvia Gray während ihrer letzten Auseinandersetzung angeschrien. Sie stritten fast jeden Tag. »Wozu liest du all die verdammten Selbsthilfebücher, wenn du nicht bereit bist, dir selbst zu helfen?«

»Ich *helfe* mir selbst. Ich respektiere meine Grenzen, und das solltest du auch tun«, erwiderte Gray grimmig. »Ich weiß, wann es mir zu viel wird. Und beim Thema Familien wird es mir eindeutig zu viel.«

»Du kennst meine nicht einmal.«

»Und ich will es auch nicht!«, brüllte er und stürmte hinaus.

Grays Einstellung deprimierte Sylvia. Seit fast einem Monat dauerte dieser Streit schon an, und allmählich forderte er seinen Tribut von ihrer Beziehung. Die Freude daran, sich gegenseitig zu entdecken, war gänzlich verschwunden. Und als Gilbert eintraf, hatte Sylvia Gray seit zwei Tagen nicht mehr gesehen. Gilbert erkundigte sich nach ihm, aber während Sylvia versuchte, ihrem Sohn die Situation zu erklären, hörte sich für sie alles noch widersinniger an. Wie sie Gray selbst gesagt hatte, sollten Menschen in ihrem Alter eigentlich vernünftiger sein. Aber offenbar war er das nicht. Jedenfalls unternahm er keinerlei Bemühungen, seine Probleme zu lösen. Stattdessen suhlte er sich in seinem Leid wie ein Ferkel im Schlamm. Das einzig Gute daran war, dass Gray wie besessen malte. Er hatte seit Wochen keine Pause eingelegt und mittlerweile zwei Bilder fertiggestellt. Das war für seine Verhältnisse sehr schnell. Sein Galerist war begeistert über die großartigen Arbeiten. Gray hatte schon immer gesagt, dass er am besten malte, wenn er deprimiert war. Das stellte er gerade erneut unter Beweis. Ohne Sylvia fühlte er sich miserabel. Er konnte kaum schlafen. Also malte er. Tag und Nacht.

Gray arbeitete gerade konzentriert, als es klingelte. Er dachte, dass es Sylvia sei, und drückte auf den Türöffner. Gray machte die Wohungstür auf, ging zurück an die Staffelei und wappnete sich für das nächste Gefecht. Sie würde ihn bitten, ihre Kinder kennenzulernen. Er würde ablehnen. Und dann würde sie in die Luft gehen – und er auch. Das Ganze hatte sich zu einem Teufelskreis entwickelt, beide weigerten sich, auch nur einen Zentimeter nachzugeben.

Als er hörte, dass jemand eintrat, wandte Gray den Kopf in der Erwartung, Sylvia zu sehen. Stattdessen erblickte er jedoch einen bleichen jungen Mann. »Entschuldigung, aber die Tür war auf … Ich wollte nicht stören. Sie sind Gray Hawk, nicht wahr?«

»Ja, der bin ich«, antwortete Gray überrascht. Wer auch immer dieser junge Mann war, er sah krank aus. Kurze, dünne Haare, eingefallene Augen, ein ausgemergeltes Gesicht mit aschfahler Haut. Gray hatte nicht die leiseste Ahnung, wer das sein konnte. »Wer sind Sie?«

Der Mann zögerte und stand einfach nur reglos da. »Ich bin Boy«, antwortete er schließlich leise, als fehle ihm die Kraft, mehr zu sagen.

»Boy?« Gray sah ihn verständnislos an. Aber dann traf es ihn wie der Schlag. »Boy? Ach du liebe Güte!« Gray hatte manchmal an ihn gedacht, obwohl sie sich eine Ewigkeit nicht gesehen hatten. Dieser Mann war der kleine Navajo-Junge, den seine Eltern vor fünfundzwanzig Jahren adoptiert hatten. Langsam ging Gray auf ihn zu. Boy war wie ein Geist aus der Vergangenheit. Einer Vergangenheit, die die Wurzel seines Streits mit Sylvia war. Einen Moment lang fragte sich Gray, ob er vielleicht halluzinierte. Aber dann schloss Gray seinen Bruder in die Arme und hielt ihn einfach fest. Sie weinten beide. Ihre Tränen flossen wegen allem, was passiert war, was hätte sein können und allem, was sie miteinander verband. »Was machst du hier?«, stieß Gray schließlich mit erstickter Stimme hervor.

»Ich wollte dich sehen«, antwortete Boy. »Ich bin krank.«

»Was hast du?«, fragte Gray. Seinen Bruder zu sehen, ließ alte Erinnerungen wieder aufleben.

»Ich habe Aids. Ich werde sterben.« Gray fragte nicht, wie sich Boy angesteckt hatte. Das ging ihn nichts an.

»Das tut mir leid«, sagte er betroffen. Das Mitgefühl für seinen Bruder übermannte ihn. »Lebst du hier? In New York? Wie hast du mich gefunden?«
»Ich habe nach dir gesucht. Du stehst im Telefonbuch. Ich lebe in Los Angeles.« Boy verschwendete keine Zeit damit, Gray etwas aus seinem Leben zu erzählen. »Ich wollte dich nur sehen … noch einmal. Deshalb bin ich hergekommen. Morgen fliege ich zurück.«
»An Weihnachten?« Das schien Gray ein trauriger Zeitpunkt zum Reisen zu sein.
»Ich bin in Behandlung. Länger als einen Tag kann ich nicht bleiben. Ich weiß, dass es sich verrückt anhören muss, aber ich wollte mich von dir verabschieden.« Die wahre Tragik bestand darin, dass sie einander nie richtig begrüßt hatten. Als Gray seinen Bruder das erste Mal gesehen hatte, war der noch ein Kind. Und nach der Beerdigung ihrer Eltern waren sie einander nie wieder begegnet, und Gray hatte es auch nicht gewollt. Er versuchte sein Leben lang, die Tür zur Vergangenheit verschlossen zu halten. Doch jetzt hatte dieser junge Mann diese Tür wieder aufgestoßen.
»Kommst du zurecht? Brauchst du irgendetwas?« Gray dachte an Geld. Aber Boy schüttelte den Kopf.
»Nein, danke.«
»Hast du Hunger?« Gray verspürte das Bedürfnis, etwas für seinen Bruder zu tun. Er schlug vor, essen zu gehen.
»Das wäre nett. Ich wohne in einem Hotel ganz in der Nähe. Vielleicht können wir irgendwo ein Sandwich essen?«
Gray holte seinen Mantel, und ein paar Minuten später waren sie draußen und gingen zu einem nahe gelegenen

Imbiss. Gray kaufte Boy ein Pastrami-Sandwich und eine Cola. Mehr wollte Boy nicht. Sich selbst bestellte Gray einen Bagel und einen Kaffee. Während sie aßen, begannen sie zögernd über die Vergangenheit zu sprechen. Boy hatte eine andere Kindheit erlebt als Gray. Ihre Eltern waren damals bereits älter gewesen und nicht mehr so viel durch die Gegend gezogen, trotzdem glaubte Gray, dass sie genauso verrückt wie früher gewesen sein mussten. Nach ihrem Tod war Boy erst ins Reservat zurückgekehrt, dann nach Albuquerque gezogen und schließlich nach Los Angeles. Er erzählte offen, dass er bereits mit sechzehn Jahren seinen Körper verkauft hatte. Boys Leben schien ein einziger Alptraum gewesen zu sein. Und nichts, was ihre Eltern ihm beigebracht hatten, trug dazu bei, es zu verbessern. Im Grunde war es bereits eine gewaltige Leistung, dass Boy noch lebte. Als Gray ihn ansah, überwältigten ihn die Erinnerungen. Sie kannten einander kaum, aber sie hielten sich an den Händen und weinten umeinander. Boy küsste Grays Fingerspitzen und sah ihm in die Augen.

»Ich weiß nicht warum, aber ich musste dich einfach sehen. Vielleicht wollte ich den einzigen Menschen auf dieser Welt treffen, der sich nach meinem Tod noch an mich erinnern wird.«

»Ich habe dich nie vergessen, obwohl du damals noch ein Kind warst.« Gray hatte immer versucht, dafür zu sorgen, dass Boy nicht mehr als ein Name für ihn blieb. Doch jetzt erinnerte er sich, dass dieser Name ein Gesicht, eine Seele und ein Herz hatte – dass er ein weiterer Mensch war, den er verlieren und um den er weinen würde. Dieser Mann war dreitausend Meilen weit gereist, um ihm Lebewohl zu sagen. »Ich werde mich an dich erinnern«, versprach Gray leise, und Boys Antlitz grub sich in sein Gedächtnis ein. Gray wusste plötzlich, dass er Boy eines Tages malen würde, und sagte es ihm.

»Das würde mir gefallen«, antwortete sein Bruder. »Dann werden die Menschen mich immer vor Augen haben. Ich habe keine Angst vor dem Tod«, fügte er hinzu. »Ich sehne mich nicht danach, aber ich habe mich damit abgefunden. Glaubst du an eine unsterbliche Seele?«

»Ich weiß nicht, woran ich glaube«, gestand Gray. »Vielleicht an nichts. Oder an Gott. Ich weiß es nicht.«

»Ich glaube an ein Leben nach dem Tod und daran, dass wir uns alle wiedersehen.«

»Hoffentlich nicht.« Gray wischte sich lächelnd die Tränen aus den Augen. »Es gibt eine Menge Leute, denen ich nie wieder begegnen will, so wie unseren Eltern.«

»Bist du glücklich?«, fragte Boy plötzlich. Alles an Boy kam Gray so irreal vor. Als würde er nur träumen. Er wusste nicht, was er auf die Frage antworten sollte. Gray war glücklich, bis vor kurzem zumindest. Aber im letzten Monat hatte er sich miserabel gefühlt. Wegen des Streits mit Sylvia. Er erzählte Boy davon.

»Warum hast du Angst, ihre Kinder kennenzulernen?«

»Wenn sie mich nun nicht leiden können? Oder ich sie nicht? Dann wird Sylvia mich hassen. Oder wenn wir uns sogar sehr mögen und die Beziehung dann auseinandergeht? Dann werde ich ihre Kinder nie wiedersehen, oder nur noch die Kinder, aber Sylvia nicht mehr. Das ist alles so kompliziert, diese ganzen Probleme bewältige ich nicht.«

»Aber was hast du jetzt schon alles gewonnen? Wie wäre

denn dein Leben ohne Sylvia? Wenn du ihre Kinder nicht sehen willst, wirst du Sylvia verlieren. Sie liebt die beiden. Und es klingt so, als würde sie dich auch lieben.«

»Ich liebe sie ja auch. Aber nicht ihre Kinder, und das will ich auch nicht.«

»Liebst du mich?«, fragte Boy.

Gray musste plötzlich an die Geschichte des kleinen Prinzen denken, der am Ende stirbt. Und ohne nachzudenken sagte er: »Ja, das tue ich. Bis heute Abend hätte ich es nicht sagen können. Ich kannte dich nicht. Ich wollte dich nicht kennen«, gab er zu. »Ich hatte zu viel Angst davor. Aber jetzt kann ich es dir eindeutig sagen: Ich liebe dich.«

All die Jahre hatte Gray seinen Bruder nicht gesehen, geschweige denn sehen wollen. Die Angst, seine Familie zu akzeptieren und etwas für sie zu empfinden, war zu groß gewesen. Gray hatte nur erlebt, dass Familie verletzt und enttäuscht. Aber Boy verletzte ihn nicht, im Gegenteil: Er war hergekommen, um Gray zu sehen. Es war eine Geste ehrlicher Zuneigung. Es war ein Geschenk der Liebe, das ihm niemand aus seiner Familie jemals gemacht hatte.

»Warum liebst du mich? Weil ich sterbe?« Boys schwermütiger Blick bohrte sich förmlich in Grays, Seele.

»Nein, weil du meine Familie bist«, sagte Gray mit erstickter Stimme, während ihm unaufhörlich die Tränen über die Wangen liefen. Die Tore zu seinem Herzen standen weit offen. »Du bist alles, was mir geblieben ist.« Es tat gut, das auszusprechen. Die beiden Männer hielten sich noch immer an den Händen.

»Ich werde bald nicht mehr da sein«, erklärte Boy ganz sachlich. »Und dann wird sie alles in deinem Leben sein. Sie und ihre Kinder.« Kinder, dachte Gray. Auch wenn seine Eltern sehr verschroben gewesen waren und als Eltern mit Sicherheit inkompetent, sie hatten wenigstens versucht, aus ihren begrenzten Fähigkeiten das Beste zu machen. Selbst Grays Bilder und das Leid, das ihn dazu inspirierte, waren irgendwie mit diesen zwei Menschen verflochten. Seine Eltern hatten eine Menge bewirkt. Mehr als Gray sich je eingestanden hatte. Das wurde ihm jetzt klar. Vielleicht hatte er sich die ganze Zeit etwas vorgemacht. Verletzte er Sylvia tatsächlich, nur weil er Angst hatte, selbst verletzt zu werden?

»Ich liebe dich, Boy«, flüsterte Gray. Es war ihm gleichgültig, ob andere ihn jetzt sehen konnten und was sie vielleicht dachten. Plötzlich hatte er keine Angst mehr vor dem, was ihn so lange erschreckt hatte. Boy war die Familie, vor der Gray jahrelang davongelaufen war.

»Ich liebe dich auch«, sagte Boy. Als sie schließlich aufstanden, wirkte Boy erschöpft und fror. Er zitterte, und Gray gab ihm seinen Mantel. Es war sein bester. Auf dem Weg aus der Wohnung hatte er den erstbesten ergriffen, der ihm in die Finger gekommen war. Aber als Geste für seinen sterbenden Bruder, den er nie wirklich gekannt hatte, schien es ihm passend. Gray wünschte, er hätte Boy viel früher selbst aufgesucht. Aber es war ihm nie in den Sinn gekommen. Er war vor seiner Familie immer davongelaufen. Doch jetzt wurde Gray klar, dass er vor so vielem davongelaufen war – vor allem, was ihn verletzen konnte.

»Warum bleibst du nicht über Nacht bei mir?«, bot Gray an. »Ich werde auf dem Sofa schlafen.«

»Ich kann auch ins Hotel zurückgehen«, versicherte Boy, aber das wollte Gray nicht. Also holten sie gemeinsam

Boys Sachen aus dem Hotel und kehrten dann in Grays Apartment zurück. Boy sagte, dass er am nächsten Morgen um neun Uhr fahren müsse, um rechtzeitig am Flughafen zu sein.

»Ich werde dich wecken«, versprach Gray. Er brachte Boy ins Bett, deckte ihn zu und küsste ihn auf die Stirn. Es fühlte sich für ihn fast so an, als wäre Boy sein Sohn. Boy sah ihn dankbar an und war eingeschlafen, noch bevor Gray aus dem Zimmer war.

Gray malte die ganze Nacht. Er fertigte Dutzende von Skizzen an, damit er sich später an jedes Detail von Boys Gesicht erinnerte. Er wollte die Grundlage für das Bild schaffen, das er von seinem Bruder malen würde. Es kam ihm vor wie ein Wettlauf gegen den Tod, keine Minute legte er sich hin. Um acht Uhr weckte er Boy und bereitete ihm zum Frühstück Rührei zu. Boy aß etwa die Hälfte davon, trank ein wenig Saft und sagte dann, dass er fahren müsse. Er wollte ein Taxi nehmen, und Gray sagte, dass er ihn begleiten würde. Boy lächelte nur, dann brachen sie auf.

Nachdem Boy am Flughafen eingecheckt hatte, standen er und Gray dicht beieinander. Dann wurde der Flug aufgerufen. Einen Moment lang wirkte Boy panisch. Gray zog ihn in die Arme und hielt ihn fest an sich gedrückt. Sie weinten. Ihre Tränen galten nicht nur dem Kommenden, sondern auch all den verpassten Gelegenheiten. All dem, was sie in einer einzigen Nacht nachzuholen versucht hatten.

»Es wird alles gut«, versicherte Gray. Aber sie wussten beide, dass das nicht stimmte. »Ich liebe dich, kleiner Bruder. Ruf mich an.«

»Das werde ich machen.« Doch Gray hatte das Gefühl,

dass dies das letzte Mal war, dass sie miteinander sprachen, sich berührten und ansahen. Und nachdem Gray sich seinem Bruder derart geöffnet hatte, zerriss ihm der Gedanke, dass Boy bald sterben würde, fast das Herz. Aber es war ein reinigender Schmerz.

»Ich liebe dich!«, rief Gray, als Boy das Flugzeug bestieg. Er schrie es wieder und wieder, damit sein Bruder es auch hörte. Boy drehte sich noch einmal um und lächelte. Er winkte Gray zu, dann verschwand er in der Gangway des Flugzeugs. Der kleine Prinz war von ihm gegangen, und Gray sah ihm weinend nach.

Noch lange irrte Gray ziellos im Flughafengebäude umher. Er konnte an nichts anderes mehr denken als an Boy und das, was er gesagt hatte. Wenn es Boy nun nie gegeben oder wenn Gray ihn niemals wiedergesehen hätte? Wenn Boy nicht diese lange Reise angetreten hätte, um ihn zu sehen? Fast kam es Gray so vor, als wäre Boy vom Schicksal gesandt worden, um ihm eine Botschaft zu überbringen.

Es war bereits Mittag, als Gray Sylvia auf dem Handy anrief. Er hatte seit zwei Tagen nicht mit ihr gesprochen.

»Ich bin am Flughafen«, sagte er matt.

»Ich auch«, antwortete sie überrascht und fügte hinzu, dass sie am International Terminal sei, um Emily abzuholen. Es war Heiligabend. »Ist alles in Ordnung?« Nein, dachte Gray. Oder vielleicht doch? Zum ersten Mal in seinem Leben fühlte sich Gray mit sich im Reinen. »Warum bist du am Flughafen?« Sylvia hatte plötzlich Angst, dass er fortwollte. Zwischen ihnen brach alles auseinander.

»Mein Bruder ist gerade abgeflogen.«

»Dein Bruder? Du hast keinen Bruder.« Doch dann fiel

ihr ein, dass Gray einmal von einem weiteren Adoptivkind seiner Eltern gesprochen hatte. Trotzdem konnte sie sich keinen Reim darauf machen.
»Boy war hier. Ich werde dir alles erzählen. Warte einfach am Terminal. Ich komme zu dir.« Er legte auf.
Wenige Minuten später sah Sylvia Gray auf sich zukommen. Er war in einem fürchterlichen Zustand. Er trug einen alten Pulli und Jeans, dazu eine Jacke, die er schon Jahre zuvor hätte ausrangieren müssen. Den guten Mantel hatte Boy mitgenommen. Gray hatte darauf bestanden. Sylvia dachte noch darüber nach, was sie von seinem Aufzug halten sollte, als Gray die Arme um sie schlang und sagte, wie sehr er sie liebe. Sie weinten beide. Als Emily durch den Zoll kam, standen sie noch immer so da. Sobald Emily ihre Mutter erblickte, breitete sich in ihrem Gesicht ein Lächeln aus. Sylvia stellte die beiden einander vor. Gray wirkte nervös und schüttelte Emily zaghaft die Hand. Er fragte, wie der Flug gewesen sei, und nahm ihre Reisetasche. Auf dem Weg durch das Flughafengebäude hatte Gray den Arm um Sylvias Schultern gelegt, und Mutter und Tochter hielten einander an den Händen. Sie fuhren in Sylvia Wohnung. Dort lernte Gray Gilbert kennen. Sylvia bereitete für sie alle einen Imbiss zu. Später half Gray ihr beim Kochen des Abendessens. Als sie schließlich im Bett lagen, erzählte er ihr von Boy. Sie redeten stundenlang. Am nächsten Morgen gab es die weihnachtliche Bescherung. Gray hatte kein Geschenk für Sylvia, aber das war ihr gleichgültig. Ihre Kinder fanden Gray exzentrisch, aber nett. Und zu seiner größten Überraschung mochte er die beiden. Boy hatte recht gehabt.
Noch an diesem Abend erhielt Gray die traurige Nach-

richt, dass Boy gestorben war. Boys Freund sagte, er würde ihm dessen Tagebuch und noch einige andere Dinge schicken. Am nächsten Morgen fuhr Sylvia mit den Kindern nach Vermont. Gray begleitete sie. Eines späten Nachmittags ging er in der Dämmerung hinaus und spazierte durch den Schnee. Als er stehen blieb und die Berge betrachtete, spürte er, dass Boy bei ihm war. Er konnte seine Stimme noch hören und sah sein Gesicht noch vor sich. Nachdenklich ging Gray zurück zum Haus, wo Sylvia auf ihn wartete. Sie stand auf der Veranda und lächelte ihn an. Am Abend, als es bereits dunkel war, standen sie wieder gemeinsam dort draußen und blickten hoch zu den Sternen. Gray dachte an Boy und an den kleinen Prinzen.

»Er ist irgendwo da oben«, sagte er traurig. Sie nickte. Dann legten sie die Arme umeinander und gingen ins Haus zurück.

24

Carole, Maggie und Adam flogen gemeinsam in Adams Privatmaschine nach St. Barts. Es war das erste Mal, dass Maggie und Adam Carole begegneten. Anfangs war es eine seltsame Situation, aber als sie in St. Barts landeten, waren Maggie und Carole bereits gute Freundinnen. Sie waren so verschieden, wie zwei Menschen es nur sein können, aber genau deshalb interessierten sie sich derart füreinander. Während Adam schlief, erzählte Carole vom Heim und den Kindern, die dort hinkamen. Maggie sprach über ihre Kindheit, ihr Abendstudium, ihren Job und darüber, wie glücklich sie mit Adam war. Carole war schnell von Maggie angetan – von ihrer Ehrlichkeit, ihrer Aufrichtigkeit und ihrem Elan. Es war unmöglich, sie nicht zu mögen, und Maggie ging es mit Carole genauso. Sie tuschelten schon verschwörerisch darüber, wie wütend sie gewesen waren, als Charlie und Adam sie über die Feiertage einfach allein lassen wollten – und beichteten einander, wie froh sie waren, dass die beiden es doch nicht getan hatten.

»Ich war *richtig* sauer«, gestand Maggie flüsternd, und Carole lachte.

»Ich auch. Obwohl ich eigentlich eher verletzt war.« Dann sprachen sie darüber, dass Charlie seine Familie verloren hatte und wie nah sich die drei Männer standen. Maggie freute sich, Carole endlich kennengelernt zu haben. Anschließend erzählte sie vom Weihnachtsfest mit Adams Kindern. Es war wunderschön gewesen. Im Januar wollten sie für ein langes Wochenende gemeinsam zum Skifahren. Als Adam kurz vor der Landung aufwachte, hatten sich die beiden Frauen sehr ins Herz geschlossen.

»Was habt ihr beide ausgeheckt?«, fragte er gähnend.

»Nichts«, erwiderte Maggie mit schuldbewusstem Grinsen und sagte dann, sie hoffe, dass sie nicht seekrank würde. Sie war noch nie auf einem Schiff gewesen. Carole hingegen schon. Sehr oft sogar, zumeist auf Segelbooten. Maggie war erstaunt, wie bodenständig Carole war. Adam hatte ihr verraten, aus welcher Familie sie stammte. Maggie war deshalb umso beeindruckter, wie warmherzig, umgänglich und »normal« Carole war. Dieses Mal hatte Charlie es richtig angestellt. Adam hoffte nur, dass sein Freund nicht wieder Angst bekam. Es war schön, zur Abwechslung einmal zu viert zu sein. Das war für sie alle eine neue Erfahrung.

Kurz vor dem Abflug hatte Gray Adam angerufen. Er war unterwegs nach Vermont und sagte, dass er Sylvias Kinder kennengelernt habe. Er schwärmte Adam vor, dass alles in bester Ordnung sei. Der wunderte sich, wie es dazu gekommen war, aber Gray sagte nur, dass er ihm nach seiner Rückkehr alles in Ruhe erzählen würde.

Charlie erwartete die drei zusammen mit dem Kapitän und zwei Crew-Mitgliedern am Flughafen. Er war bereits leicht gebräunt, wirkte glücklich und entspannt. Und er konnte seine überschwengliche Freude kaum verbergen, als er Carole sah. Sie fuhren zum Hafen, und Maggie konnte kaum glauben, wie groß das Boot war. Sie lief von einem Ende zum anderen, sah sich alles an, unterhielt sich mit den Crew-Mitgliedern, stellte Fragen. Und als sie ihre Kabine sah, sagte sie, sie fühle sich schon wieder wie eine Prinzessin. Dann fügte sie noch hinzu, dass dieser Urlaub wie Flitterwochen sei, woraufhin Adam ihr einen finsteren Blick zuwarf.

»Entspann dich«, neckte sie ihn. »Ich bin nicht scharf aufs Heiraten. Aber ich würde am liebsten für immer auf diesem Boot bleiben. Vielleicht sollte ich Charlie heiraten«, witzelte sie.

»Er ist zu alt für dich«, entgegnete Adam und zog sie zu sich aufs Bett. Erst Stunden später gingen sie zurück an Deck. Charlie und Carole hatten es sich auf Liegestühlen gemütlich gemacht. Carole sah perfekt aus. Sie trug eine weiße Jeans, ein Baumwolltop und darüber eine leichte Bluse. Sie hatte sogar Segelschuhe an, wie Maggie beeindruckt feststellte. Sie selbst hatte jede Menge ausgefallene Kleidung dabei sowie Bikinis und einige Shorts. Carole versicherte Maggie, dass sie toll aussähe. In ihren Augen war Maggie so unglaublich hübsch und hatte eine so tolle Figur, dass sie sogar in einem Kartoffelsack noch den Präsidenten beeindruckt hätte. Ihr Modegeschmack unterschied sich zwar gravierend von Caroles, machte sie aber auf seine Art exotisch und sexy. In den vergangenen Monaten mit Adam war ihr Stil außerdem wesentlich dezenter geworden. Die Kleidung, die sie sich für die Reise gekauft hatte, war nicht teuer gewesen, aber sie hatte sie selbst bezahlt.

Vor dem Abendessen gingen alle auf ihre Kabinen, um sich umzuziehen. Vorher waren sie noch kurz schwimmen gewesen. Zurück an Deck tranken alle einen Aperitif. Adam einen Tequila, Charlie einen Martini, und die beiden Frauen entschieden sich für Wein. Am nächsten Tag würden sie nach St. Kitts auslaufen. Charlie hatte den beiden Damen jedoch versprochen, dass sie vorher noch Gelegenheit bekämen, im Hafen ein wenig einzukaufen. Nach dem Abendessen fuhren sie an Land und gingen tanzen. Erschöpft und glücklich kehrten alle an Bord zurück und schliefen am nächsten Tag lange.

Sie frühstückten gemeinsam. Anschließend gingen Adam und Charlie windsurfen, und die beiden Frauen machten einen Einkaufsbummel. Maggie gab nicht viel Geld aus. Carole kaufte sich bei Hermès Pareos, die sie auf der Reise tragen wollte, und bot Maggie an, sie ihr gern zu leihen. Als das Boot später aus dem Hafen auslief, hatten alle vier das Gefühl, sich bereits ewig zu kennen. Das einzige Ereignis, das auf diese Fröhlichkeit einen kleinen Schatten warf, war, dass Maggie auf der Fahrt nach St. Kitts seekrank wurde. An Deck war es für sie noch am erträglichsten. Als sie schließlich im Hafen von St. Kitts ankerten, war Maggie noch immer ein bisschen blass um die Nase. Bis zum Abendessen ging es ihr jedoch wieder besser. Nach dem Dinner sahen sie sich zu viert den Sonnenuntergang an. Sie verbrachten wunderschöne Tage auf dem Boot und bedauerten, dass die Zeit so schnell vorbeiging. Aber so war es immer. Im Handumdrehen war der letzte Tag angebrochen. Den letzten Abend verbrachten sie an Bord. Charlie neckte Maggie wegen ihrer Seekrankheit. Während der vergangenen beiden Tage war es allerdings längst nicht mehr so schlimm gewesen wie am Anfang. Adam hatte Maggie sogar das Windsurfen beigebracht.

Carole hatte sich nur eine Woche freinehmen können, und Adam musste ebenfalls zurück. Seine Klienten beschwerten sich bereits. Auf Maggie wartete ihr Job im Pier 92. Nur Charlie blieb noch an Bord. Während der letzten beiden Tage war er merkwürdig ruhig gewesen. Es war Carole nicht entgangen, aber sie sprach ihn erst am letzten Abend darauf an, nachdem Adam und Maggie bereits schlafen gegangen waren.

»Ist alles in Ordnung?«, fragte sie leise. Sie saßen in Liegestühlen an Deck, und Charlie rauchte eine Zigarre. Das Boot lag an diesem Tag nicht im Hafen, sondern draußen vor Anker. Charlie war das lieber. Er zog die Ruhe auf dem offenen Wasser dem Trubel am Kai vor. Carole fand es ebenfalls schöner.

»Es geht mir gut«, antwortete er und sah hinaus aufs Meer. Hier war Charlie der Herr über sein eigenes kleines Reich. Carole konnte jetzt verstehen, weshalb er so gern auf dem Boot war. Alles an Bord der *Blue Moon* war perfekt, von den Kabinen über das Essen bis hin zur Crew. An dieses Leben konnte man sich gewöhnen. Es schien meilenweit entfernt vom Alltag mit all seinen Problemen zu sein.

»Ich hatte einen wundervollen Urlaub«, sagte sie. Es war die entspannendste Woche seit Jahren gewesen, außerdem liebte sie es, mit Charlie zusammen zu sein. Mehr noch, als sie erwartet hatte. Er war für sie die perfekte Gesellschaft, der perfekte Liebhaber und Freund. Durch den Zigarrenrauch warf er ihr einen sonderbaren Blick zu, der sie sofort wieder beunruhigte. Charlie sah aus, als würde er etwas ausbrüten.

»Es freut mich, dass dir das Boot gefällt«, sagte er mit nachdenklicher Miene.

»Wem würde es nicht gefallen?«

»Die arme Maggie ist zum Beispiel seekrank geworden.«

»Am Ende wurde es aber besser«, verteidigte Carole ihre neue Freundin sofort. Sie freute sich bereits darauf, Maggie wiederzusehen. Maggie hatte gesagt, sie würde gern einmal im Heim vorbeikommen, um zu sehen, wie dort gearbeitet wurde. Irgendwann wollte sie als Kinder- und Jugendanwältin tätig sein. Aber das lag noch in ferner Zukunft.
»Du bist bestimmt eine gute Seglerin«, sagte Charlie.
»Als Kind bin ich gern gesegelt«, sagte Carole mit sehnsüchtigem Blick und bedauerte es, Charlie am nächsten Tag verlassen zu müssen. Es war schön gewesen, sich mit ihm eine Kabine zu teilen, morgens gemeinsam aufzuwachen und sich nachts an ihn zu kuscheln. Das würde sie vermissen, wenn sie wieder zu Hause war. Für sie war das einer der größten Vorzüge des Ehelebens gewesen. Sie schlief nicht gern allein und hatte es deshalb umso mehr genossen, wieder ständig jemanden an ihrer Seite zu haben. Charlie schien es ebenfalls genossen zu haben und sich nicht dadurch beeinträchtigt zu fühlen, seine Kabine plötzlich teilen zu müssen. »Wann wirst du zurückkommen?«, fragte Carole und lächelte ihn an. Sie ging davon aus, dass er noch eine Woche bleiben würde.
»Ich weiß es nicht«, antwortete Charlie ausweichend. Irgendetwas machte ihm zu schaffen. Er richtete den Blick wieder auf Carole. Er hatte viel über sie beide nachgedacht. Carole war in vielerlei Hinsicht perfekt, sie kam aus einer angesehenen Familie, war intelligent und umgänglich, kam mit seinen Freunden zurecht und brachte ihn zum Lachen. Und der Sex mit ihr war wunderbar. Es gab nichts, was ihm an ihr nicht gefiel – und gerade deshalb wäre er vor Angst am liebsten ans andere Ende der Welt geflohen. Offenbar gab es diesmal keinen Schönheitsfehler. Es hatte immer

einen gegeben – eine Entschuldigung, um vor der Beziehung fortzulaufen. Doch dieses Mal war das anders. Jetzt hatte er Angst, dass er Carole am Ende womöglich heiraten wollte. Und dann würden alle verletzt werden. So war es immer. Charlie hatte eine Frau gefunden, der er nicht wehtun wollte und von der auch er nicht verletzt werden wollte. Aber wie kann man das vermeiden, wenn man einander so nahekommt? Er war ratlos.

»Irgendetwas bedrückt dich«, sagte Carole mit sanfter Stimme. Sie war jetzt sicher, dass etwas nicht in Ordnung war.

Charlie zögerte erst, aber dann nickte er. Carole gegenüber war er immer ehrlich.

»Ich habe viel über uns nachgedacht.« Die Art, wie er das sagte, klang wie das Glockengeläut zu einer Beerdigung. Und als Carole sein Gesicht sah, bekam sie endgültig Angst. Charlie wirkte gequält.

»Inwiefern?«

Er lächelte sie durch den Zigarrenrauch hindurch an. »Ich frage mich immerzu, was zwei Menschen mit einer derartigen Beziehungsphobie wie wir hier eigentlich machen. Einer von uns wird den anderen irgendwann verletzen.«

»Nicht, wenn wir mit den Wunden und Narben des anderen achtsam umgehen.« Das tat sie bereits. Sie wusste jetzt, was Charlie zusetzte. Manchmal brauchte er einfach Raum für sich. Er war sein Leben lang allein gewesen. Wenn sie gespürt hatte, dass er seine Ruhe haben wollte, dann war sie aus der Kabine gegangen oder hatte ihn an Deck für sich gelassen. Carole war bemüht, verständnisvoll mit seinen Bedürfnissen umzugehen.

»Und wenn ich dich irgendwann heiraten möchte?«, fragte Charlie ganz offen. Er war nicht sicher, ob es dazu kommen würde. Vielleicht war es bereits zu spät dafür. Er war mittlerweile siebenundvierzig und unsicher, ob er sich jetzt noch auf eine solche Veränderung einstellen konnte. Sein Leben lang hatte er nach der perfekten Frau gesucht. Nachdem er sie offenbar gefunden hatte, fragte er sich jetzt, ob er der richtige Mann für sie war. Möglicherweise nicht. Zu der Erkenntnis kam er immer mehr.

»Ich war schon einmal verheiratet«, erinnerte sie ihn mit ruhiger Stimme. »Es war nicht gerade schön.« Sie lächelte traurig.

»Du solltest irgendwann Kinder bekommen.«

»Vielleicht. Vielleicht aber auch nicht. Ich habe die Kinder, mit denen ich arbeite. Manchmal denke ich, das ist genug. Nach meiner Scheidung habe ich mir geschworen, nie wieder zu heiraten. Ich dränge nicht auf eine Ehe, Charlie. Ich bin glücklich, so wie die Dinge sind.«

»Das solltest du nicht sein. Du verdienst mehr.« Er hatte ein schlechtes Gewissen. Charlie war nicht sicher, ob er der Mann war, der ihre Bedürfnisse erfüllen konnte. Wenn das nicht der Fall war, dann sollte er Carole gehen lassen. Darüber hatte er viel nachgedacht. Die große Flucht. Auf die eine oder andere Weise lief es immer darauf hinaus.

»Warum lässt du mich nicht selbst entscheiden, was ich verdiene? Wenn ich ein Problem habe, werde ich es dir schon sagen. Und noch habe ich keins.«

»Und was dann? Wenn wir uns früher oder später gegenseitig das Herz brechen? Es ist gefährlich, die Dinge einfach so laufen zu lassen.«

»Was willst du damit sagen, Charlie?« Seine Worte machten ihr Angst. Von Tag zu Tag empfand sie mehr für ihn, vor allem nach dieser gemeinsamen Woche. Aber nun war sie verunsichert. Charlie klang, als wäre er kurz davor, sie zu verlassen.

»Ich weiß es selbst nicht.« Er drückte die Zigarre im Aschenbecher aus. »Keine Ahnung«, sagte er sanft. »Gehen wir schlafen.« Sobald sie im Bett lagen, liebten sie sich, und danach schliefen sie ein, ohne ein weiteres Wort über das Thema zu verlieren.

Der nächste Morgen kam viel zu schnell. Als Carole um sechs Uhr aufstand, schlief Charlie noch. Sie duschte und war bereits angezogen, da wachte er auf. Er blieb im Bett liegen und betrachtete sie lange. Auf dem Weg an Deck befürchtete Carole für eine Schrecksekunde, dass sie ihn gerade zum letzten Mal sah. Sie hatte während der letzten Woche nichts falsch gemacht, war weder zu unaufmerksam gewesen, noch hatte sie geklammert. Aber der schuldbewusste und bedauernde Ausdruck in seinen Augen war unverkennbar ein unheilvolles Zeichen.

Charlie stand auf, um alle zu verabschieden. Er zog Shorts und ein T-Shirt an und sah von Deck aus zu, wie das Beiboot zu Wasser gelassen wurde, das die drei in den Hafen bringen sollte. Nachdem sie abgereist wären, würde Charlie noch an diesem Tag nach Anguilla fahren. Bevor Carole ins Beiboot stieg, küsste er sie und sah ihr fest in die Augen. Carole hatte das Gefühl, dass er mehr zu ihr sagte als nur auf Wiedersehen. Sie hatte ihn nicht mit der Frage bedrängt, wann er nach Hause käme. Ihr Instinkt hatte ihr gesagt, dass sie das besser unterlassen sollte.

Charlie klopfte Adam auf die Schulter und drückte ihn. Dann küsste er Maggie auf beide Wangen. Sie entschuldigte sich noch einmal dafür, dass sie seekrank geworden

war. Die drei bedankten sich ein letztes Mal bei Charlie und stiegen ein.
Als das Beiboot losfuhr, drehte sich Carole zu ihm um. Während sie ihn an Deck stehen und winken sah, überkam sie erneut die schreckliche Angst, dass sie Charlie nie wiedersehen würde. Als sie den Hafen erreichten, setzte sie eine dunkle Sonnenbrille auf. Die anderen sollten nicht sehen, dass sie weinte.

25

Nach ihrer Rückkehr folgten die Ereignisse in Adams und Maggies Leben Schlag auf Schlag. Adam hatte drei neue Klienten, seine Kinder sagten, sie wollten ihn häufiger sehen – vor allem, nachdem sie Maggie kennengelernt hatten –, und sein Vater erlitt einen Herzinfarkt. Sein Vater wurde zwar nach einer Woche wieder aus dem Krankenhaus entlassen, aber dafür rief Adams Mutter jeden Tag mindestens zehnmal an. Weshalb er nicht öfter zu Besuch käme? Ob ihm sein Vater völlig gleichgültig sei? Sein Bruder wäre schließlich jeden Tag da. Frustriert wies Adam darauf hin, dass der auch nur vier Straßen von seinen Eltern entfernt wohnte.

Bei Maggie ging es genauso hektisch zu. Sie übte für die Semesterprüfung, musste noch zwei Referate fertigstellen und arbeitete fast jeden Tag im Pier 92. Adam sagte ihr, dass sie unbedingt einen besseren Job brauche. Aber sie bekam dort viel Trinkgeld. Während der ersten zwei Wochen nach ihrer Rückkehr litt sie unter einer heftigen Erkältung und konnte sowieso nicht aus dem Bett. Als Maggie das erste Mal wieder arbeiten ging, war sie die Erkältung zwar noch nicht los, aber sie konnte unmöglich länger zu Hause bleiben, man würde sie sonst womöglich feuern. Maggie war gerade arbeiten, als Adam eines Nachmittags die Tür aufschloss und einen Zettel der Putzfrau vorfand, der besagte, dass sie fristlos kündige. Die Wohnung war in einem fürchterlichen Zustand. Da Adam wusste, wie erschöpft Maggie momentan war, wenn sie nach Hause kam, brachte er den Müll raus und räumte die Küche auf. Den Mülleimer im Badezimmer leerte er in einen großen Plastiksack. Als er ihn gerade zuknoten wollte, fiel ihm etwas ins Auge. Es war ein weißes Stäbchen mit einem leuchtend blauen Punkt. Er wusste sofort, was es war, auch wenn es schon eine Weile her war, dass er das letzte Mal eins gesehen hatte. Genau genommen eine Ewigkeit. Adam fischte das Stäbchen vorsichtig heraus und starrte ungläubig darauf. Er musste sich hinsetzen und ließ sich einfach auf den Toilettendeckel fallen. Dann warf er das Stäbchen zurück in den Beutel und knotete ihn fest zu. Seine Miene war finster. Als Maggie nach Hause kam, sah er aus wie ein Vulkan kurz vor dem Ausbruch. Sie sagte, sie fühle sich sehr schlecht und wolle sich hinlegen.

»Darauf könnte ich wetten«, murmelte Adam. Er hatte die ganze Wohnung geputzt und war gerade dabei zu saugen.

»Was machst du denn da?«, fragte Maggie vom Bett aus, während Adam durch die Wohnung sauste.

»Die Putzfrau hat gekündigt.«

»Warte. Ich werde das machen.«

»Tatsächlich? Und wann?«, fauchte er wütend.

»Später. Ich bin gerade erst von der Arbeit gekommen. Um Himmels willen, Adam, warum läufst du herum wie ein wild gewordener Stier?«

»Ich putze die Wohnung!«, stieß er zwischen zusammengepressten Zähnen hervor.

»Warum lässt du mich das nicht machen?«

Und dann wandte er sich ihr mit wütender Miene zu. »Weil ich jemanden umbringen könnte, wenn ich mich nicht abreagiere, und ich will nicht, dass du es bist.«
»Wieso bist du so sauer?« Sie hatte einen fürchterlichen Tag im Pier 92 hinter sich und fühlte sich elend. »Was habe ich angestellt? Ich habe der Putzfrau nicht gesagt, dass sie kündigen soll.«
»Wann hattest du vor, mir zu sagen, dass du schwanger bist? Warum behältst du diese entzückende kleine Neuigkeit für dich? Maggie, ich habe deinen Schwangerschaftstest im Mülleimer gefunden, und er war *positiv!*« Adam war außer sich vor Wut. »Wann ist es passiert?«
»Ich glaube, an Jom Kippur«, antwortete sie leise.
»Na großartig.« Er warf den Staubsauger auf den Boden. »An Jom Kippur. Meine Mutter hatte recht. Ich hätte in die Synagoge gehen sollen, und ich hätte dich niemals anrufen sollen.« Er warf sich in einen Sessel neben dem Bett, und Maggie begann zu weinen.
»Das ist gemein.«
»Noch gemeiner ist, schwanger zu sein und mir nichts davon zu sagen. Wann wolltest du denn mit mir darüber reden?«
»Ich habe es erst heute Morgen herausgefunden. Es war nicht meine Absicht, dass du es so erfährst. Ich wollte es dir heute Abend sagen.«
Er sah sie an, und plötzlich wurde ihm klar, was sie gerade gesagt hatte. »Jom Kippur? Willst du mich auf den Arm nehmen? Jom Kippur war im September. Jetzt haben wir Januar. Meinst du vielleicht Chanukka?« Sie war keine Jüdin und verwechselte offenbar die Feiertage.
»Nein, Jom Kippur. Es muss an dem Wochenende pas-

siert sein, als ich das erste Mal bei dir war. Danach haben wir immer aufgepasst.«

»Wunderbar. Und dir ist nicht aufgefallen, dass du drei Monate lang keine Periode hattest?«

»Ich dachte, das läge an dem Stress. Ich hatte sie nie regelmäßig. Einmal ist sie sechs Monate lang ausgeblieben.«

»Warst du schon einmal schwanger?«

»Nein. Ich war noch nie schwanger.« Maggie war am Boden zerstört.

»Na großartig. Wir brauchen so ein Problem nicht, Maggie. Und wenn du abtreibst, wirst du sechs Monate lang neben der Spur sein.« Adam hatte all das bereits durchgestanden, zu viele Male. Er wollte es weder mit ihr noch mit irgendjemandem sonst erneut erleben. Plötzlich sah er sie mit misstrauischer Miene an. »Wolltest du mich etwa dazu bringen, dich zu heiraten? Das wird nicht funktionieren.«

Sie sprang vom Bett auf und starrte ihn wütend an. »Ich will dich zu gar nichts bringen! Ich habe dich nie gebeten, mich zu heiraten, und ich werde es auch jetzt nicht tun. Ich bin schwanger. Und dazu hast du genauso deinen Teil beigetragen wie ich!«

»Wie zur Hölle ist dir drei Monate lang nicht aufgefallen, dass du schwanger bist?« Adam konnte es nicht glauben. »Du kannst jetzt nicht einmal mehr abtreiben. Jedenfalls nicht so einfach.«

»Dann werde ich mich eben mit der Situation abfinden. Außerdem habe ich nicht versucht, dich zur Ehe zu zwingen.«

»Gut! Weil ich dich nämlich nicht heiraten werde!«, brüllte er sie an. Maggie stürmte ins Badezimmer und schlug die Tür hinter sich zu.

Als sie nach zwei Stunden wieder herauskam, lag Adam im Bett und starrte auf den Fernseher. Er sagte kein Wort. Sie hatten beide nicht zu Abend gegessen. Maggie hatte sich im Bad unter Tränen übergeben.

»Warst du deshalb auf dem Boot seekrank?«, fragte Adam, ohne Maggie anzusehen.

»Vielleicht. Das ist mir auch schon durch den Kopf gegangen. Und weil mir danach noch ständig übel war, habe ich den Test gemacht.«

»Wenigstens hast du nicht noch sechs Monate gewartet. Ich möchte, dass du dich von einem Arzt untersuchen lässt«, sagte Adam und sah sie endlich an. Maggie hatte vom Weinen gerötete Augen und war ganz blass um die Nase. »Gehst du zu einer bestimmten Praxis?«

»Ein Mädchen auf der Arbeit hat mir eine genannt.« Sie zog die Nase hoch.

»Ich möchte nicht, dass dich irgendein Quacksalber untersucht. Am besten gehst du zu meinem Hausarzt.«

»Und was dann?«, fragte Maggie. Sie klang ängstlich.

»Wir werden sehen, was er sagt.«

»Und wenn es zu spät ist für eine Abtreibung?«

»Darüber reden wir dann. Vielleicht muss ich dich heimlich verschwinden lassen.« Adam hatte sich ein wenig beruhigt und machte natürlich nur einen Witz, aber Maggie begann sofort wieder zu weinen. »Komm schon, Maggie … bitte … das war doch nicht ernst gemeint. Ich bin einfach nur so durcheinander.«

»Das bin ich auch«, antwortete sie schluchzend. »Es ist auch mein Kind.« Adam stöhnte und ließ sich nach hinten aufs Bett fallen.

»Es ist kein Kind, Maggie. Bitte. Es ist eine Schwangerschaft. Mehr ist es bisher nicht.« Er wollte nicht einmal von einem Fötus sprechen, geschweige denn von einem Kind.

»Was soll jetzt aus uns werden?« Maggie schneuzte sich in ein Papiertaschentuch.

»Keine Ahnung. Schlaf ein bisschen. Wir reden morgen früh.« Er schaltete den Fernseher und seine Nachttischlampe aus. Es war noch nicht sehr spät, aber Adam wollte schlafen, um nicht mehr über das Thema nachdenken zu müssen. Diese Schwangerschaft war das Letzte, was er brauchte. So etwas passierte seinen Klienten, aber nicht ihm.

»Adam?«, fragte Maggie leise, als er gerade die Augen schloss.

»Was denn?«

»Hasst du mich jetzt?«

»Natürlich nicht. Ich liebe dich. Ich bin nur durcheinander.«

»Es tut mir leid. Möchtest du, dass ich gehe?« Adam öffnete die Augen und sah Maggie an. Auf einmal hatte er Mitleid mit ihr. Gleichgültig, was in den nächsten Tagen geschähe, für Maggie würde es nicht leicht werden. Er wusste, dass es Ärzte gab, die so spät noch abtrieben, aber es war ein wesentlich größerer Eingriff als in den ersten Wochen.

»Nein, ich möchte nicht, dass du gehst. Ich will nur, dass wir uns so schnell wie möglich darum kümmern.« Sie nickte.

»Glaubst du wirklich, dass es mir sechs Monate lang schlecht gehen wird?« Sie klang beunruhigt. Ihr machte das alles noch mehr Angst als ihm. Für ihn mochten es

Unannehmlichkeiten sein, aber ihr Körper bereitete sich gerade auf die Geburt eines Kindes vor, mit einem Mal gehörte er nicht mehr nur ihr selbst.

»Ich hoffe nicht«, beantwortete er ihre Frage. »Schlaf jetzt.«

Sie wälzte sich die ganze Nacht von einer Seite auf die andere, und als Adam am Morgen aufwachte, hörte er, dass sie sich auf der Toilette übergab. Er ging in sein Badezimmer, um zu duschen und sich zu rasieren, ließ aber die Tür offen, damit er mitbekam, wenn etwas passierte. Als Maggie nach einiger Zeit in den Raum wankte, war sie bleich im Gesicht. »Alles in Ordnung?«, fragte Adam.

»Ja. Es geht mir prächtig.«

Nachdem er sich angezogen hatte, kochte er für sie Tee und bereitete ihr Toast zu. Er küsste sie zum Abschied und sagte, er würde sie vom Büro aus anrufen. Auf dem Weg zur Arbeit traf es ihn plötzlich wie ein Schlag: Sie war katholisch. Wenn sie sich nun weigerte abzutreiben? Das wäre eine Katastrophe. Was sollte er seinen Kindern sagen? Oder seinen Eltern? Allein den Gedanken konnte er kaum ertragen. Sobald er im Büro war, setzte er sich ans Telefon. Am Mittag rief er Maggie auf der Arbeit an und nannte ihr die Namen von zwei Ärzten. Er sagte ihr, sie solle so schnell wie möglich mit einem von beiden einen Termin vereinbaren. Sie rief den ersten an, nannte Adams Namen, wie er es ihr gesagt hatte, und bekam einen Termin für den folgenden Nachmittag. Adam bot an, sie zu begleiten, aber sie sagte, sie würde das allein schaffen. Wenigstens versuchte sie vernünftig mit der Situation umzugehen. Dennoch wechselten sie auch an diesem Abend kaum ein Wort miteinander. Sie standen beide unter zu großer Anspannung.

Als Adam am nächsten Abend nach Hause kam, war Maggie bereits da. Es war ihr freier Tag, und sie räumte gerade die Wohnung auf.
»Und, wie war's?«
»Gut.« Sie sah ihn nicht an.
»Was heißt gut? Was hat der Arzt gesagt?«
»Er hat gesagt, dass es für eine Abtreibung zwar sehr spät sei, aber noch immer möglich.«
»Wann lässt du es machen?« Adam klang erleichtert.
Es folgte eine lange Pause. Dann hob Maggie den Kopf und sah ihn mit ihren großen Augen an. »Gar nicht.«
Adam brauchte einen Moment, bis die Information in seinem Gehirn ankam. Ungläubig starrte er sie an.
»Sag das noch mal.«
»Ich werde nicht abtreiben«, sagte sie vorsichtig, aber er konnte ihrem Gesicht ansehen, dass sie entschlossen war.
»Was willst du stattdessen machen? Es zur Adoption freigeben?« Das war um einiges komplizierter. Aber wenn es nicht anders ging, war er auch dazu bereit. Schließlich war sie katholisch.
»Ich werde das Kind bekommen. Und ich werde es behalten. Ich liebe dich. Und ich liebe unser Kind. Ich habe es beim Ultraschall gesehen. Es bewegt sich die ganze Zeit in mir. Ich bin etwa in der 16. Schwangerschaftswoche, und ich werde es nicht weggeben.«
»O mein Gott«, sagte Adam und ließ sich auf den nächstbesten Stuhl fallen. »Das ist verrückt. Ich werde dich nicht heiraten. Das weißt du doch, oder? Ich werde nie wieder heiraten, weder dich noch sonst jemanden, mit oder ohne Kind.«
»Dich würde ich sowieso nicht heiraten«, entgegnete

Maggie und setzte sich kerzengerade hin. »Ich brauche dich nicht und kann für mich selbst sorgen.« Das hatte sie bisher auch immer getan. Sie hatte fürchterliche Angst, aber das würde sie ihm gegenüber nicht zugeben. Den ganzen Nachmittag lang hatte sie gegrübelt, wie sie das alles bezahlen sollte. Sie war entschlossen, nichts von Adam anzunehmen. Sie musste das ganz allein überstehen. Selbst wenn sie ihren Job und das Studium aufgeben und von der Sozialhilfe leben musste.

»Was werden meine Kinder sagen?«, fragte Adam mit Panik in der Stimme. »Wie sollen wir ihnen das erklären?«

»Keine Ahnung. Daran hättest du an Jom Kippur denken sollen.«

»Gütiger Gott, an dem Tag habe ich an nichts anderes gedacht als daran, wie sehr ich meine Mutter hasse. Ich hatte ganz bestimmt kein Baby im Kopf.«

»Vielleicht sollte alles so passieren«, sagte Maggie und bemühte sich, abgeklärt zu klingen.

Aber Adam wollte nichts davon hören. »Unsinn. Wir haben nur nicht aufgepasst.«

»Das mag sein. Aber ich liebe dich. Und auch wenn du mich auf der Stelle verlässt, werde ich dieses Kind bekommen.« Sie beharrte auf ihrem Standpunkt und wich keinen Zentimeter davon ab. Der Ultraschall hatte sie völlig davon überzeugt: Sie würde ihr gemeinsames Kind nicht töten.

»Ich will kein Kind, Maggie.« Adam versuchte, vernünftig zu klingen.

»Ich bin mir auch nicht sicher, ob ich eins wollte. Aber bald werde ich nun mal eins bekommen.« Sie klang ruhig, aber traurig. Es war für sie beide ein gewaltiger Schritt, aber anscheinend wusste Adam nicht, ob er ihn mit Maggie zusammen gehen wollte.

»Dieses Wochenende muss ich nach Las Vegas«, sagte er. »Wir reden darüber, wenn ich wieder zurück bin. Atmen wir bis dahin tief durch und denken noch einmal darüber nach. Vielleicht änderst du deine Meinung ja.«

»Das werde ich nicht.« Maggie verhielt sich bereits wie eine Löwenmutter, die ihr Junges verteidigt.

»Sei nicht so stur.«

»Sei du nicht so gemein.« Sie sah ihn traurig an.

»Ich bin nicht gemein. Ich bemühe mich wirklich, verständnisvoll zu sein, aber du machst es mir nicht gerade leicht. Es ist nicht gerecht, ein Kind zu bekommen, das niemand haben will. Ich bin einfach nicht bereit, noch einmal Vater zu werden, Maggie. Ich möchte weder heiraten noch ein Kind. Ich bin zu alt dafür.«

»Eher würdest du es töten!« Sie brach in Tränen aus, und Adam hätte am liebsten selbst geweint.

»Ich bin nicht gemein!«, brüllte er ihr hinterher, als sie ins Badezimmer lief – nicht nur, um sich wieder zu übergeben, sondern auch, um vor ihm zu fliehen.

Der Rest der Woche verlief nicht besser. Beide mieden das Thema, aber es schwebte über ihnen wie eine Bombe, die jeden Moment explodieren konnte. Adam war froh, als er am Donnerstag nach Las Vegas fliegen konnte. Er musste einfach raus. Er blieb bis einschließlich Sonntagnacht. Als Maggie am Montag von der Arbeit nach Hause kam, wartete Adam auf sie. Mit resigniertem Blick saß er in einem Sessel.

»Wie war dein Wochenende?«, fragte sie, ging jedoch nicht zu ihm, um ihn zur Begrüßung zu küssen. Das ganze

Wochenende hatte sie die Frage gequält, ob Adam in Las Vegas vielleicht fremdgehen würde, weil er sauer auf sie war. Sie hatte die Wohnung nicht verlassen und sich jeden Abend in den Schlaf geweint, weil sie befürchtete, dass er sie jetzt hasste. Vermutlich würde er sich von ihr trennen. Sie wäre allein mit dem Kind und würde ihn nie wiedersehen.

»Ganz in Ordnung. Ich habe viel nachgedacht.« Ihr blieb fast das Herz stehen: Sie erwartete, dass Adam ihr sagte, sie solle ausziehen.

»Ich denke, wir sollten heiraten. Du kannst nächste Woche mit mir nach Las Vegas kommen. Ich muss sowieso wieder hin. Wir werden in aller Stille heiraten, und das war's dann.«

Sie starrte ihn ungläubig an. »Was meinst du mit ›das war's dann‹? Dann soll ich verschwinden, und du hast wenigstens kein uneheliches Kind?« Sie hatte sich Hunderte von schrecklichen Szenarien vorgestellt, aber dieser Egoismus übertraf alle.

»Nein. Dann sind wir verheiratet, bekommen das Kind und leben unser Leben. Zusammen. Mit dem Kind. In Ordnung? Bist du jetzt glücklich?« Adam hingegen sah nicht glücklich aus, aber er versuchte, das Richtige zu tun. »Davon abgesehen liebe ich dich.«

»Davon abgesehen liebe ich dich auch – aber ich werde dich nicht heiraten«, antwortete Maggie ruhig und entschieden.

»Wie bitte? Aber warum?« Jetzt verstand Adam gar nichts mehr. »Ich dachte, das wäre es, was du wolltest.«

»Das habe ich nie gesagt. Ich sagte lediglich, dass ich das Kind bekommen werde. Es war nie die Rede davon, dass

ich heiraten will«, erklärte Maggie resolut, während er sie ungläubig anstarrte.
»Du willst nicht heiraten?«
»Nein.«
»Aber was ist mit dem Kind? Warum willst du nicht heiraten?«
»Weil ich dich nicht zur Ehe zwingen will, Adam. Und ich will auch nicht ›in aller Stille‹ heiraten. Wenn ich heirate, möchte ich mich darauf freuen und es genießen. Und vor allem möchte ich jemanden heiraten, der mich auch heiraten will, und niemanden, der glaubt, es zu müssen. Vielen Dank also für den Antrag, aber meine Antwort lautet nein.«
»Bitte sag mir, dass du mich gerade auf den Arm nimmst«, erwiderte Adam matt und ließ den Kopf in beide Hände fallen.
»Ich will weder Geld von dir noch werde ich dich heiraten, Adam. Das meine ich ernst.«
»Willst du mich verlassen?« Adam sah sie entsetzt an.
»Natürlich nicht. Ich liebe dich. Warum sollte ich dich verlassen?«
»Du hast gesagt, ich sei gemein.«
»Du bist gemein, wenn du unser Kind töten willst. Aber nicht, wenn du mich bittest, dich zu heiraten. Nur will ich es einfach nicht, genauso wenig wie du.«
»Doch, ich will es!«, rief er. »Ich liebe dich. Ich will dich heiraten! Sagst du jetzt ja?« Adam wirkte völlig verzweifelt, und Maggie wurde von Minute zu Minute ruhiger. Sie hatte sich entschieden. Das konnte er ihr ansehen. »Du bist die sturste Frau, die mir je begegnet ist.« Sie lächelte ihn an, und er lachte. »Das war kein Kompliment. Ach,

Maggie.« Er ging zu ihr, nahm sie in die Arme und küsste sie zum ersten Mal seit einer Woche. »Ich liebe dich, bitte heirate mich. Lass uns heiraten, dieses Kind bekommen und versuchen, alles richtig zu machen.«

»Wenn wir alles richtig gemacht hätten, hätten wir erst geheiratet und ich wäre dann schwanger geworden. Aber du wolltest mich nie heiraten. Weshalb willst du es jetzt?«

»Weil du ein Kind bekommst!« Adam schlug die Hände über dem Kopf zusammen.

»Finde dich damit ab. Ich werde dich nicht heiraten.«

»Verdammt noch mal«, zischte Adam, ging sich einen Tequila einschenken und trank das Glas in einem Zug leer.

»Du kannst nicht trinken. Wir sind schwanger«, sagte Maggie steif.

Adam warf ihr einen finsteren Blick zu. »Sehr lustig. In den nächsten Monaten werde ich wahrscheinlich zum Alkoholiker.«

»Das wirst du nicht«, entgegnete Maggie zärtlich. »Alles wird gut werden, Adam. Wir bekommen das hin. Und du musst mich nicht heiraten. Niemals.«

»Aber wenn ich dich eines Tages heiraten will?«, fragte er besorgt.

»Dann werden wir heiraten. Aber jetzt willst du es nicht. Das weiß ich. Und das Kind würde es eines Tages auch wissen.«

»*Ich* werde es ihm nicht sagen.«

»Es könnte uns aber herausrutschen.« Das wollte Maggie ihrem Kind ersparen. Und sie wollte Adam nicht ausnutzen, schon gar nicht, wenn er bereit war, diesen Weg mit ihr gemeinsam zu gehen.

»Warum bist du so verdammt anständig? Jede andere Frau, mit der ich zusammen war, wollte, dass ich ihre Rechnungen bezahle, sie heirate, ihr einen Job besorge und eine Million anderer Dinge für sie mache. Und du willst überhaupt nichts Derartiges.«

»Richtig. Ich will nur dich und dein Kind. Unser Kind«, sagte sie stolz.

»Konnte man schon sehen, was es ist?«, fragte Adam. Plötzlich war er neugierig. Dieses Kind war zwar nicht geplant, aber da sie es nun einmal bekommen würden, wäre es doch nett zu wissen, ob es ein Junge oder ein Mädchen war.

»In zwei Wochen habe ich den Termin für den nächsten Ultraschall. Dann kann man es vermutlich sehen.«

»Kann ich mitkommen?«

»Möchtest du das?«

»Vielleicht. Wir werden sehen.« Adam hatte das ganze Wochenende damit verbracht, sich zu einer Heirat durchzuringen. Jetzt war er beinahe enttäuscht.

»Was wirst du deiner Mutter sagen?«, fragte Maggie beim Abendessen. Adam schüttelte ratlos den Kopf.

»Das weiß ich noch nicht. Zumindest hat sie jetzt etwas, über das sie sich wirklich aufregen kann. Am besten erzähle ich ihr, dass ich dich bei unserem ersten Treffen geschwängert habe und dass du katholisch bist. Dann wird sie niemals zulassen, dass dich noch irgendwann irgendwer heiratet.«

»Wie charmant.« Maggie lächelte ihn an.

Adam beugte sich über den Tisch, küsste sie und lächelte ebenfalls. »Maggie O'Malley, du bist verrückt, dass du mein Kind bekommen und mich nicht heiraten willst.

Aber ich liebe dich. Also was soll's. Warte nur, bis ich das Charlie und Gray erzählt habe.«
Sie lachten beide und redeten darüber, wie seltsam das Leben manchmal war. Ihres zumindest ganz bestimmt. Aber als sie an diesem Abend das Geschirr wegräumten und ins Bett gingen, waren sie beide überglücklich. Es war nicht das, was sie gewollt oder geplant hatten, aber sie würden das Beste daraus machen.

26

Als Charlie Carole nicht anrief, nachdem sie sich auf dem Boot voneinander verabschiedet hatten, schickte sie ein Fax, in dem sie sich bei ihm bedankte. Nach allem, was er am letzten Abend zu ihr gesagt hatte, brachte sie es nicht über sich, mit ihm zu telefonieren. Sie wusste nicht, wozu er sich entscheiden würde, allerdings war sie fest davon überzeugt, dass er Raum für sich brauchte. Nun konnte sie nicht mehr machen, als ihm so viel Zeit wie nötig zu geben. Aber mit jedem Tag wuchs ihre Angst. Es dauerte zwei ganze Wochen, bis Charlie sie endlich anrief. Als das Telefon klingelte, saß Carole in ihrem Büro. Charlie sagte, dass er gerade zurück sei. Er klang sonderbar, fragte sie jedoch, ob sie sich am nächsten Tag zum Mittagessen treffen könnten.

»Gern«, sagte Carole betont heiter. Allerdings machte sie sich nichts vor. Charlie hörte sich nicht glücklich an, sondern kühl und geschäftsmäßig. Nachdem sie aufgelegt hatten, überlegte Carole, ob sie wieder absagen sollte. Sie wusste schließlich, was passieren würde. Er hatte sie nicht zu einem gemütlichen Abendessen eingeladen oder gesagt, dass er sie noch an diesem Tag sehen wolle. Nur zum Lunch wollte er mit ihr gehen. So schlicht und unromantisch wie möglich. Das konnte nur eins bedeuten. Er würde ihr auf höfliche Weise mitteilen, dass es aus sei. Der Fingerzeig war so deutlich, als hätte es jemand in großen

Lettern an die Wand geschrieben. Und Carole konnte nichts tun, als zu warten.

Am nächsten Morgen machte sie sich nicht einmal die Mühe, sich zu schminken. Wozu auch? Ihm wäre es sowieso gleichgültig. Wenn er sie liebte, hätte er während der letzten beiden Wochen vom Boot aus angerufen oder sich für den Abend zuvor mit ihr verabredet. Beides hatte er nicht getan. Vielleicht liebte er sie sogar, wollte aber nicht mit ihr zusammen sein. Ihr blieb nichts anderes übrig, als dieses Treffen über sich ergehen zu lassen. Als Charlie am Mittag im Center eintraf, war Carole ein Nervenbündel.

»Hi«, sagte er und blieb verlegen in der Tür ihres Büros stehen. »Wie ist es dir ergangen? Du siehst toll aus.« In Wahrheit sah *er* toll aus. Er war tief gebräunt und trug einen grauen Anzug. Nachdem Carole die ganze Nacht wach gelegen und gegrübelt hatte, musste sie wie ein Häufchen Elend wirken. Zumindest fühlte sie sich so.

»Wo möchtest du essen gehen?« Carole wollte es hinter sich bringen und bedauerte, ihm nicht abgesagt zu haben. Offenbar glaubte er, es ihr persönlich sagen zu müssen. Das war nicht nötig. Er hätte ihr genauso gut am Telefon den Laufpass geben können. »Möchtest du überhaupt etwas essen?«, fragte sie und sah ihn mutlos an. »Oder sollen wir hier reden?« Aber Charlie wusste ebenso wie sie, dass sie dann ständig unterbrochen würden. Kinder kämen herein, Berater und Freiwillige. Caroles Büro war nun einmal für alle die zentrale Anlaufstelle.

»Gehen wir besser.« Charlie war furchtbar höflich und wirkte sehr angespannt. Sie nahm ihren Mantel und folgte ihm aus dem Gebäude. »Mo's oder Sally's?«, fragte er sie.

Es war ihr gleichgültig. Sie würde sowieso keinen Bissen hinunterbekommen.
»Was dir lieber ist.« Charlie entschied sich für Mo's, das war näher. Schweigend gingen sie den Block entlang. Als sie eintraten, winkte Mo ihnen zu, und Carole bemühte sich zu lächeln. Ihre Füße waren wie Blei, ihre Miene wie versteinert, und in ihrem Magen musste ein Ziegelstein liegen. Sie hielt es kaum noch aus. Sie wollte schnell zurück in ihr Büro, fort von ihm und weinen.
Sie setzten sich an einen Tisch in der Ecke und bestellten beide Salat. Charlie schien ebenfalls keinen großen Hunger zu haben. »Wie war deine übrige Reise?«, fragte sie höflich. Die nächste halbe Stunde verbrachten beide damit, schweigend in ihrem Salat herumzustochern, der Carole vorkam wie ihre Henkersmahlzeit.
»Es tut mir leid, dass ich dich an unserem letzten Abend derart durcheinandergebracht habe«, begann Charlie. Sie nickte und wartete, was als Nächstes käme. Gern hätte sie ihm gesagt, er solle sich beeilen, aber stattdessen starrte sie ins Leere und tat so, als würde sie ihm aufmerksam zuhören. Eigentlich wollte sie gar nicht wissen, was er zu sagen hatte. Sie würde einfach nur hier sitzen, bis es vorbei war. »Es gibt viele Gründe, weshalb das mit uns klappen könnte. Und viele Gründe, die dagegen sprechen.« Wieder nickte Carole, hätte aber am liebsten laut geschrien. »Wir stammen aus ähnlichen Verhältnissen und haben viele gemeinsame Interessen. Wir haben uns der Arbeit bei Wohltätigkeitsorganisationen verschrieben. Allerdings magst du meinen Lebensstil nicht. Ein schlichterer wäre dir lieber.« Er lächelte sie an. »Obwohl dein Haus nicht schlichter ist als meins. Ich glaube, dir gefällt mein

Boot, und du bist eine geschickte Seglerin. Wir sind beide nicht auf das Geld des anderen aus. Waren beide in Princeton.« Er fuhr mit dieser Aufzählung fort, bis Carole es nicht mehr aushielt. Sie wollte, dass er sie endlich aus diesem Elend erlöste. Das Ganze dauerte bereits viel zu lange.

Carole sah ihm in die Augen. »Sag es einfach, Charlie. Ich kann es ertragen. Ich bin eine erwachsene Frau, die sogar schon einmal geschieden ist. Bring es hinter dich.«

Er sah sie entsetzt an. »Was glaubst du denn, was ich dir sagen will?«

»Dass es aus ist. Ich hab's verstanden. Du musst es nicht hübsch verpacken. Du hättest mich nicht einmal zum Mittagessen einladen müssen. In Wahrheit wäre es mir sogar lieber, wir wären im Büro geblieben. Ein Anruf oder eine E-Mail hätten genügt. Die letzten Wochen waren deutlich genug. Wenn du mir also den Laufpass geben willst, dann mach es endlich.« Es war eine große Erleichterung, ihre Gedanken auszusprechen. Charlie starrte sie mit einem sonderbaren Blick an, als wisse er nicht, was er darauf entgegnen sollte. Vermutlich, weil sie bereits alles gesagt hatte.

»Ist es denn für dich vorbei?«, fragte er. Plötzlich wirkte er unglücklich.

Carole zögerte, entschied dann aber, ihm die Wahrheit zu sagen. Sie hatte jetzt nichts mehr zu verlieren. »Nein, für mich ist es nicht vorbei«, antwortete sie. »Ich liebe dich und bin gern mit dir zusammen. Du bist ein wunderbarer Mensch. Ich liebe es, Zeit mit dir zu verbringen, und schätze unsere Gespräche. Die Woche auf dem Boot habe ich genossen. Ich mag deine Freunde und sogar den Geruch deiner Zigarren. Ich schlafe gern mit dir. Aber das sind *meine* Gefühle und offenbar nicht deine. Daran ist nichts zu ändern. Ich werde nicht versuchen, dich zu etwas zu überreden, das du nicht willst.«

Charlie sah sie lange schweigend an. Dann lächelte er. »Das hast du gedacht? Dass ich heute hergekommen bin, um unsere Beziehung zu beenden?«

»Ja. Was soll ich denn sonst denken? Bevor ich von Bord gegangen bin, hast du mir erzählt, wie besorgt du wegen uns bist. Danach habe ich zwei Wochen lang nichts von dir gehört. Als du mich gestern angerufen und zum Mittagessen eingeladen hast, klangst du wie ein Scharfrichter. Sprich es einfach aus, Charlie. Wenn du es wirklich willst, sprich es einfach aus.« Carole hatte nicht einmal mehr Angst davor. Sie würde damit umgehen können, schließlich hatte sie schon Schlimmeres überstanden. Das redete sie sich bereits den ganzen Tag lang ein.

»Genau zu dem Schluss bin ich auf dem Boot auch gekommen. Wenn du es wirklich willst, sprich es einfach aus. Verschwende keine Zeit mehr. Warte nicht darauf, dass eine Katastrophe über uns hereinbricht. Zur Hölle mit irgendwelchen Schönheitsfehlern und der Angst, verlassen oder verletzt zu werden. Sag es ihr einfach. Und wenn es Scherben gibt, dann sammeln wir sie auf. Gemeinsam … Carole, willst du mich heiraten?« Charlie sah sie fest an, und Carole bekam vor Überraschung den Mund nicht zu.

»Wie bitte?«, fragte sie fassungslos.

»Willst du mich heiraten?« Er lächelte sie an, und Carole traten die Tränen in die Augen.

»Das fragst du mich hier? Bei Mo's? Warum?«

»Weil ich dich liebe. Und letztlich kommt es nur darauf an. Alles andere ist Dekoration.«

»Ich meine, warum hast du dich nicht gestern Abend mit mir verabredet oder lädst mich heute zum Dinner ein? Wie kannst du mich so etwas nur hier bei Mo's fragen?« Sie lachte durch die Tränen hindurch und legte ihre Hände in seine.

»Gestern hatte ich einen Termin mit meinen Anwälten wegen der Stiftung. Es ging um den Abschluss des Finanzjahres. Ich musste dorthin. Und bis heute Abend konnte ich nicht mehr warten. Also, was sagst du?«

Lächelnd sah Carole ihn an. Ein wenig verrückt war er schon. Süß. Aber eben auch verrückt. Sie hatte solche Angst gehabt, dass er ihre Beziehung beenden wollte – und stattdessen machte er ihr einen Heiratsantrag. Sie beugte sich über den Tisch und küsste ihn. »Wegen dir habe ich fast ein Magengeschwür bekommen. Und ja, ich will dich heiraten. Sehr gern sogar. Jetzt stellt sich nur die Frage, wann?« Carole machte sofort Nägel mit Köpfen, und strahlte dabei von einem Ohr zum anderen.

»Was hältst du von Mitte Juni? Dann könnten wir die Flitterwochen auf dem Boot verbringen. Aber eigentlich ist das völlig gleichgültig. Wir heiraten, wann immer du willst. Ich hatte solche Angst, dass du nein sagen würdest.«

»Natürlich nicht! Juni finde ich schön.« Carole konnte es noch immer nicht glauben. Vielleicht träumte sie das alles nur.

»Viel Zeit für die Planung bleibt dir dann allerdings nicht«, sagte Charlie entschuldigend. Aber nachdem er den Schritt nun endlich gewagt hatte, wollte er nicht länger als unbedingt nötig warten.

»Das schaffe ich schon«, erwiderte Carole, während Charlie die Rechnung bezahlte. Anschließend gingen sie langsam die Straße hinunter zum Kinderheim. Carole hatte im Leben nicht damit gerechnet, dass sich alles in diese Richtung entwickeln würde.

Vor der Tür blieben sie stehen, und Charlie küsste sie. »Ich liebe dich«, flüsterte er ihr zu. Menschen gingen lächelnd vorbei. Auch Tygue kam gerade von seiner Mittagspause zurück und neckte die beiden.

»Schöner Tag heute, nicht wahr?«, sagte er und schloss die Tür auf.

»Ein sehr schöner Tag«, erwiderte Carole und strahlte Tygue an. Dann küsste sie ihren zukünftigen Ehemann, bevor er zurück in die Stadt fuhr. Charlie hatte seine Ängste endlich überwunden.

27

Adam und Maggie entschieden, seinen Kindern erst von der Schwangerschaft zu erzählen, wenn sie sie das nächste Mal sahen – und bis dahin dauerte es noch einige Monate. Außerdem würde Adam es seiner Mutter nicht sagen, bevor es seine Kinder wussten. Die beiden hatten es verdient, als Erste davon zu erfahren. Leicht würde es Adam nicht fallen, und er war sicher, dass Rachel eine Menge zu dem Thema zu sagen hatte.

Obwohl Adam viel Arbeit mit seinen Klienten hatte, schaffte er es, Maggie zwei Wochen später zum Ultraschall zu begleiten. Das Kind war völlig gesund – ein Junge. Adam und Maggie weinten beide, als sie sahen, wie sich der Kleine in Maggies Bauch bewegte. Mittlerweile war sie fast im fünften Monat schwanger.

Eine Woche danach musste Adam wieder nach Las Vegas. Er fragte Maggie, ob sie ihn begleiten wolle. Da sie dann ihre zwei freien Tage hatte, passte es gut. Adam war neuerdings erstaunlich gut gelaunt und schien sich beinahe auf das Baby zu freuen. Maggie schlief viel und litt immer noch unter der Schwangerschaftsübelkeit. Sie versuchte jedoch, nicht darüber zu klagen. An dem Abend, als sie nach Las Vegas flogen, ging es ihr etwas besser. Eine bekannte Sängerin, die zu Adams Klienten zählte, trat dort in einem Musical auf.

Sie flogen mit seiner Privatmaschine und nahmen ein

Zimmer im Bellagio. Maggie freute sich, als Adam ihr erzählte, dass ihm das Hotel die Präsidentensuite reserviert habe. Es gab ein separates Ess- sowie ein Besprechungszimmer und das größte Bett, das Maggie je gesehen hatte. Im Wohnzimmer stand ein Flügel. Das Musical begann erst um Mitternacht. Bevor sie zum Dinner nach unten fuhren, sagte Adam, er müsse kurz etwas erledigen. Er verschwand im Besprechungszimmer und schloss die Türen hinter sich. Kurz darauf trafen zwei Männer in Anzügen ein. Adam hatte Maggie gebeten, die beiden zu ihm zu schicken. Als sie die Tür zum Besprechungszimmer öffnete, sah Maggie auf dem Tisch einen riesigen Strauß roter Rosen stehen und daneben eine Flasche Champagner in einem Sektkühler. Adam lächelte sie an.

»Komm herein, Maggie.« Er winkte sie zusammen mit den beiden Männern herein, die ebenfalls lächelten.

»Was ist los?« Irgendetwas Merkwürdiges geschah hier, Maggie konnte sich keinen Reim darauf machen. Außer ihr schienen jedoch alle Bescheid zu wissen. Maggie sah sich misstrauisch um. Sie hatte sich zum Abendessen hübsch gemacht und trug ein rosafarbenes Kleid sowie High Heels. Adam hatte sie gebeten, etwas Nettes anzuziehen. Mittlerweile spannte ihre Kleidung ein wenig, aber noch zeigte sich kein Babybauch. Maggie war insgesamt etwas rundlicher geworden, vor allem die Brüste waren fülliger.

»Wir heiraten, das ist los«, sagte Adam grinsend. »Ich frage dich nicht, sondern teile es dir lediglich mit. Und falls du Schwierigkeiten machen solltest, Mary Margaret O'Malley, dann lasse ich dich erst wieder aus diesem Zimmer heraus, wenn du ja gesagt hast.«

»Willst du mich auf den Arm nehmen?«, fragte Maggie und musste lächeln.

»Noch nie in meinem Leben war ich so ernst«, erwiderte Adam und stellte sich mit stolzer Miene neben sie. »Du wirst dieses Kind nicht ohne mich als Ehemann bekommen. Das hier sind Richter Rosenstein und sein Assistent Walter. Sie werden uns trauen. Walter ist unser Trauzeuge.«

»Wir heiraten?« Maggie sah ihn mit Tränen in den Augen an.

»Ja, genau. Wir heiraten.«

»Weiß das deine Mutter?«

»Sie wird es morgen erfahren. Aber erst werde ich es den Kindern erzählen.« Adam hatte offenbar an alles gedacht. Maggie hatte ihn immer heiraten wollen – nur nicht, wenn er glaubte, es zu müssen. Jetzt hatte er die Initiative ergriffen, und Maggie erkannte, dass er die Hochzeit wirklich wollte.

Der Richter führte die Zeremonie durch. Als Maggie ihr Eheversprechen gab, kamen ihr die Tränen. Adam steckte ihr einen schmalen Goldring an, den er am Vortag bei Tiffany gekauft hatte. Walter unterschrieb als Trauzeuge die Heiratsurkunde. Um acht Uhr war es vollbracht. Sie standen allein im Zimmer, und Adam küsste seine Frau.

»Ich liebe dich, Mrs Weiss«, sagte er, und lächelte sie an. »Früher oder später hätte ich dich sowieso geheiratet, auch wenn du nicht schwanger geworden wärst. Das hat alles nur ein wenig beschleunigt.«

»Wirklich?«

»Ja«, antwortete Adam mit fester Stimme. Maggie war immer noch wie in Trance.

Sie aßen im Picasso's zu Abend und gingen dann in die Mitternachtsshow. Wieder und wieder betrachtete Maggie den Ring an ihrem Finger. Es war ein wunderschönes Gefühl, ihn sich anzusehen.

Später auf ihrem Zimmer liebten sie sich. Adam war bereits kurz vor dem Einschlafen, als Maggie ihm auf die Schulter tippte. Er regte sich, war aber zu müde, um klar denken zu können.

»Hm …«, grummelte er. »Ich liebe dich.«

»Ich liebe dich auch. Mir ist nur gerade etwas eingefallen.«

»Nicht jetzt … bitte …«

»Ich sollte zum jüdischen Glauben übertreten.« Maggie war hellwach, ganz im Gegenteil zu Adam, der aber immerhin ein Nicken zustande brachte.

»Reden wir morgen darüber … Gute Nacht …« Und dann war er bereits eingeschlafen. Maggie lag neben ihm, schaute verträumt an die Decke und dachte über alles nach, was an diesem Tag passiert war. Es war der schönste ihres Lebens.

28

Als Adam am nächsten Tag seine Mutter anrief, konnte man ihren Aufschrei von Long Island bis zur Brooklyn Bridge hören.

»*O'Malley*? Eine *Katholikin*? Willst du uns im Grab sehen? Dein Vater wird wieder einen Herzanfall bekommen!« Sie zog alle Register.

»Maggie hat vor zu konvertieren«, erwiderte Adam ruhig. Seine Mutter unterbrach ihr Geschrei für den Bruchteil einer Sekunde und warf ihm dann vor, eine Schande für die ganze Familie zu sein.

»Bist du zu ihr gefahren, als du Thanksgiving einfach fortgefahren bist?« Über die Frage musste Adam lachen. Er würde es nicht mehr zulassen, dass seine Mutter ihm Kopfschmerzen bereitete. Jetzt hatte er Maggie, seine Geliebte, Verbündete und beste Freundin.

»Wenn du es genau wissen willst – ja. Es war die beste Entscheidung meines Lebens.«

»Du bist verrückt! Bei all den netten jüdischen Frauen auf der Welt musst du eine Katholikin heiraten. Vermutlich sollte ich dankbar sein, dass du nicht eine dieser Sängerinnen geheiratet hast, für die du arbeitest. Es hätte wahrlich noch schlimmer kommen können.« Wegen dieser Bemerkung und ihrer Respektlosigkeit gegenüber Maggie entschied Adam, seiner Mutter etwas zu sagen, das für sie noch schlimmer war.

»Ach, Mom, bevor ich es vergesse: Im Juni bekommen wir ein Baby.«
»Du liebe Güte!« Dieses Mal war ihr Schrei bis nach Nebraska zu hören.
»Ich dachte, du würdest die guten Neuigkeiten gern wissen wollen. Ich rufe dich bald wieder an.«
»Ich wage nicht einmal, das deinem Vater zu erzählen, Adam. Sein Herz würde es nicht überstehen.«
»Das bezweifle ich«, erwiderte Adam gelassen. »Aber wenn du es ihm erzählst, dann vergiss nicht, ihn vorher zu wecken. Bis bald, Mom.« Dann legte er auf.
»Was hat sie gesagt?«, fragte Maggie mit besorgter Miene, als Adam zurück ins Wohnzimmer kam. Sie waren gerade erst wieder zu Hause in New York eingetroffen. Adam hatte zuerst die Kinder angerufen. Sie hatten sich gefreut und gesagt, wie sehr sie Maggie mochten.
»Sie war begeistert.« Adam grinste triumphierend. »Ich habe ihr erzählt, du würdest konvertieren.«
»Gut.«

Eine Woche später trafen sich die drei Paare zum Abendessen im Le Cirque. Charlie hatte alle dorthin eingeladen und angedeutet, dass er wichtige Neuigkeiten habe.
Alle trafen pünktlich ein. Man hatte ihnen einen hervorragenden Tisch reserviert. Die drei Frauen hatten sich besonders schön gemacht, und alle sechs waren bester Laune. Sie bestellten etwas zu trinken und plauderten einige Minuten. Schließlich gab Charlie bekannt, dass Carole und er verlobt seien und im Juni heiraten würden. Alle freuten sich für die beiden. Adam zwinkerte Maggie verschwörerisch zu.

»Ihr beide brütet doch was aus«, sagte Charlie, dem das nicht entgangen war.

»Wir haben bereits geheiratet«, sagte Adam und strahlte seine Frau an. »Und im Juni bekommen wir ein Baby.« Ein leises Raunen ging durch die Gruppe.

»Man hat uns die Schau gestohlen«, sagte Charlie lachend. Er freute sich für die beiden. Carole und Maggie tauschten sich sofort über den genauen Geburtstermin aus. Die Hochzeit war für zwei Wochen vorher geplant. Maggie sagte, sie wäre dann zwar sehr rund, aber sie würde alle Kräfte mobilisieren, um zu kommen.

»Was ist mit dem Urlaub auf dem Boot?«, fragte Gray besorgt. Alle lachten.

»Den werden wir diesmal wohl nicht mehr nur zu dritt verbringen«, antwortete Charlie und blickte in die Runde. Die anderen nickten. Es würde anders sein als früher, wenn die Damen von nun an dabei waren. Anders, aber dennoch gut.

»Können wir das Baby mitbringen?«, fragte Maggie zögernd.

»Natürlich«, versicherte Charlie sofort.

»Ach, und übrigens«, sagte Gray und lächelte glücklich. »Ich bin letzte Woche bei Sylvia eingezogen. Wir leben jetzt offiziell zusammen. Ich habe einen Schrank, einen Schlüssel, mein Name steht neben der Klingel, und ich nehme sogar Anrufe entgegen.«

»Ich erinnere mich an diese Regeln.« Maggie lachte. »Ich habe irgendwann einmal davon gelesen. Aber verbringt ihr auch die Feiertage zusammen? Sonst ist es nämlich noch keine Beziehung«, fügte sie mit einem kurzen Seitenblick auf Adam hinzu, der daraufhin zusammenzuckte.

»Das haben wir soeben getan«, beantwortete Gray ihre Frage. Er erzählte, dass er mit Sylvia und ihren Kindern in Vermont gewesen war und mit ihnen zusammen Weihnachten gefeiert hatte. Er war ein wenig nervös gewesen, aber letztlich hatte es ihm ausgezeichnet gefallen. Letzte Woche waren Emily und Gilbert zurück nach Europa geflogen. Gray hatte versprochen, dass sie zu viert eine Woche in Italien verbringen würden, bevor er und Sylvia an Bord der *Blue Moon* gingen. Er hatte damals bereits geahnt, dass beim nächsten Mal auch die Frauen mit von der Partie wären.

Gray arbeitete momentan intensiv an dem Porträt von Boy und bereitete sich auf seine Ausstellung im April vor. Er wollte, dass das Gemälde von Boy im Zentrum der Ausstellung stand. Allerdings war es unverkäuflich. Er wollte es als Familienporträt in Sylvias Loft hängen. Dank Boy hatten sie im letzten Moment zueinandergefunden, und Gray betrachtete ihn mehr denn je als seinen Bruder.

»Und was ist mit euch beiden?«, zog Adam Gray und Sylvia auf, da bei allen anderen die Hochzeitglocken läuteten. »Wann werdet ihr beide euch das Jawort geben?«

»Niemals!«, riefen die beiden wie aus einem Munde, und wieder mussten alle lachen.

»Ihr solltet nächsten Sommer in Portofino heiraten, wo ihr euch kennengelernt habt«, schlug Charlie vor.

»Wir sind zu alt zum Heiraten«, widersprach Sylvia energisch. Sie war gerade erst fünfzig geworden, drei Tage nach Grays einundfünfzigstem Geburtstag.

»Das denke ich auch«, sagte Adam, dann grinste er und sah Maggie liebevoll an. Zum Glück ging es ihr endlich besser, und die Übelkeit war verschwunden.

»Kein Wunder, dass du auf dem Boot seekrank geworden bist«, sagte Charlie.

»Ja, vermutlich war das der Grund«, gestand Maggie schüchtern. »Ich wusste es damals nur noch nicht.«

Dann redeten sie über alles Mögliche, prosteten einander zu und verbrachten einen vergnüglichen Abend.

Als sie später das Restaurant verließen, hatte sich jeder den Termin von Caroles und Charlies Hochzeit notiert, kannte Maggies errechneten Geburtstermin und plante für den August einen Urlaub auf der Yacht. Sie hatten alle sechs eine wunderbare Zeit vor sich.

29

Nach langer Diskussion fügte sich Carole den Wünschen ihrer Eltern, und die Trauung fand in St. James statt. Es wurde ein elegantes, rauschendes Fest. Charlie trug einen Frack und eine weiße Fliege, Carole ein schlichtes, wunderschönes Kleid in einem zarten Malventon. Maiglöckchen schmückten ihr Haar. Der Brautstrauß bestand aus weißen Orchideen und Rosen. Als Carole am Arm ihres Vaters zum Altar schritt, sah sie aus wie eine Königin. Sie hatte Sylvia und Maggie gebeten, ihre Trauzeuginnen zu sein. Gray und Adam standen an Charlies Seite. Sylvia sah hinreißend aus in ihrem fliederfarbenen Kleid, das sie und Carole gemeinsam bei Barney's ausgesucht hatten. In der Hand trug sie einen Strauß mit Flieder und weißen Rosen. Für Maggie ein passendes Kleid zu finden, war eine größere Herausforderung gewesen. Schließlich hatten sie sich für ein Abendkleid entschieden, das farblich zwischen dem Fliederton von Sylvia und dem Malvenpastell von Carole lag. Es war lavendelfarben, und Maggie trug dazu einen Strauß lavendelfarbener Rosen. Am Tag der Hochzeit saß das Kleid jedoch so eng, dass Maggie kaum atmen konnte. Aber sie sah dennoch bezaubernd aus.

Nach der Zeremonie nahmen zweihundert Gäste am Empfang im New Yorker Yachtclub teil, von denen ein Großteil von Caroles Eltern eingeladen worden war. Die ganze Hochzeit war recht traditionell, abgesehen von der Schar Kinder aus dem Heim, die mit Tygue und einigen Freiwilligen hergekommen waren. Gabby und Zorro waren natürlich auch dabei. Außerdem hatte Carole eine Gruppe Gospelsänger aus Harlem engagiert. Die Tanzkapelle spielte bis in die Nacht, und sogar Caroles Eltern schienen sich zu amüsieren. Nachdem Charlie mit seiner Frau den Tanz eröffnet hatte, tanzte er mit Mrs Van Horn und Carole mit ihrem Vater. Carole sagte die ganze Zeit, wie wunderschön der Tag sei, und das sah man ihr auch an. Sie tanzte auch mit Adam, Gray, Tygue und einigen ihrer alten Freunde, die meiste Zeit jedoch mit Charlie. Die Gäste waren sich einig, dass sie selten ein so glückliches Paar wie die beiden gesehen hatten.

Die Musik war so gut, dass sogar die Van Horns das Tanzbein schwangen. Sylvia und Gray legten einen Tango hin, der alle vor Neid erblassen ließ. Und Maggie war überhaupt nicht zu bändigen. Sobald sich Adam umdrehte, tanzte sie bereits mit einem anderen – natürlich nur auf Armlänge Abstand. Aus Eifersucht tanzte er schließlich die ganze Zeit selbst mit ihr. Maggie war den ganzen Abend auf den Beinen. Als sie sich schließlich hinsetzte, beklagte sie sich bei Adam, dass ihr ganzer Körper wehtue: ein Stechen in den Füßen, Schmerzen im Rücken und ab und zu ein Ziehen im Bauch.

»Ich habe dir doch gesagt, dass du es nicht übertreiben sollst«, schimpfte Adam.

»Es geht mir gut.« Maggie grinste ihn an. »Das Baby kommt doch erst in zwei Wochen.«

»Wenn du weiter so tanzt, solltest du dich darauf lieber nicht verlassen. Aber es ist mir schleierhaft, wie eine Frau,

die kurz vor der Geburt steht, so sexy aussehen kann«, fügte er lächelnd hinzu. Die beiden gehörten zu den Letzten, die sich verabschiedeten.
Als Carole den Brautstrauß geworfen hatte, war er direkt in Sylvias Arme geflogen, die ihn mit einem Ausruf der Überraschung auffing. Das frisch vermählte Ehepaar verbrachte die Nacht in Caroles Haus. Am nächsten Morgen wollten sie nach Monte Carlo fliegen und an Bord der *Blue Moon* gehen. Von dort fuhren sie zu einer dreiwöchigen Hochzeitsreise nach Venedig. Carole machte es nervös, so lange vom Heim fortzubleiben, aber Tygue hatte sich bereit erklärt, sie während ihrer Abwesenheit zu vertreten.

Nachdem das Brautpaar abgefahren war, half Adam Maggie in die gemietete Limousine. Mittlerweile war es für sie unmöglich, in den Ferrari einzusteigen – geschweige denn, wieder herauszukommen.
Während sie später mit dem Aufzug in sein Apartment fuhren, jammerte Maggie noch über diverse Schmerzen, gähnte dann aber herzhaft und schlief zum vielleicht ersten Mal vor Adam ein. Sie hatte sich völlig verausgabt, und Adam trug sie vorsichtig ins Bett. Als er sich neben sie legte, betrachtete er lange diesen kleinen Berg, in dem gerade sein Kind heranwuchs. Er küsste Maggie auf die Wange und auf den Bauch und schaltete dann das Licht aus. Adam träumte von der Hochzeit seines Freundes und schlief tief und fest, als ihn Maggie gegen vier Uhr anstieß.
»Mhm … was denn …« murmelte er.
»Das Baby kommt!«, sagte Maggie ängstlich. Sie war von

den immer stärker werdenden Schmerzen im Unterleib aufgewacht. Aber Adams Augenlider waren schon wieder zugefallen. Wie viele andere auch hatte er auf der Hochzeit dem Wein tüchtig zugesprochen. »Adam ... Liebling ... wach auf.« Maggie versuchte, sich im Bett aufzurichten, aber die Wehen waren zu heftig. Mit einer Hand hielt sie sich den Bauch, und mit der anderen rüttelte sie Adam an der Schulter.

»Pscht ... schlaf weiter«, brummte er nur, und drehte ihr den Rücken zu. Aber Maggie konnte kaum atmen. Plötzlich ging alles so schnell, sie hatte fürchterliche Angst.

Es war bereits halb acht, als sie Adam endlich aufwecken konnte. Mittlerweile vermochte sie nur noch zu hecheln, wenn eine Wehe kam. Nichts half gegen den Schmerz, er war einfach zu stark. Ein letztes Mal nahm Maggie alle Kraft zusammen, trommelte mit den Fäusten auf Adam herum und schrie panisch seinen Namen.

»Was ist los?« Adam hob erschrocken den Kopf und ließ ihn genauso schnell wieder zurück auf das Kissen fallen. »Oh verdammt ... mein Schädel.« Und dann sah er Maggie an. Ihr Gesicht war schmerzverzerrt. Mit einem Mal war Adam hellwach. »Geht es dir gut?«

»Nein ...« Sie begann zu weinen und konnte kaum noch sprechen. »Das Baby kommt, Adam, und ich habe Angst.« Kaum hatte sie den Satz beendet, da setzte die nächste Wehe ein. Sie folgten jetzt sehr schnell aufeinander, der Schmerz ebbte kaum mehr ab.

»Gib mir eine Minute. Keine Angst. Es ist alles in Ordnung.« Adam war klar, dass er sofort aus dem Bett springen und zum Telefon stürzen sollte, aber sein Kopf war schwer wie Blei.

»Ist es nicht … Das Baby kommt … jetzt!«
»Jetzt?« Adam schoss hoch und sah Maggie an.
»Jetzt!« Sie weinte.
»Das kann nicht sein. Der Termin ist erst in zwei Wochen … Verdammt, Maggie, ich habe dir doch gesagt, du sollst nicht so wild tanzen.« Aber sie hörte ihn gar nicht mehr.
»Der Notruf!«, schrie sie zwischen zwei Wehen. Adam eilte zum Telefon. Er wählte, ließ Maggie aber keine Sekunde aus den Augen. Sie begann zu pressen. Nachdem er dem Mann am anderen Ende der Leitung hektisch die Situation erklärt hatte, gab dieser ihm Anweisungen, was er machen sollte: Die Wohnungstür öffnen, bei Maggie bleiben und ihr sagen, sie solle hecheln und möglichst nicht pressen. Der Notarzt sei bereits unterwegs. Während Adam aufgeregt die Tür öffnete, schrie Maggie ihn zwischen den einzelnen Wehen an, die jetzt ohne Pause aufeinanderfolgten.
Keuchend kam Adam zurück ins Schlafzimmer. »Maggie, komm schon, Liebling … bitte … hecheln, nicht pressen!«
»Ich presse nicht, das Baby tut es«, zischte sie schnaufend und stieß dann einen markerschütternden Schrei aus. »Adam, es kommt …« Adam hielt ihre Beine und sah, wie sein Sohn geboren wurde. Das Baby hatte sich selbst auf die Welt gebracht. Adam kniete vor seiner Frau und hielt den Kleinen vorsichtig in den Händen, während Maggie atemlos auf dem Bett lag. Als sie den Jungen ansahen, weinten sie beide. In dem Moment stürzten die Sanitäter ins Zimmer.
»Gute Arbeit!«, lobte der Notarzt, während er sich Mag-

gie zuwandte. Ein Sanitäter kümmerte sich währenddessen um das Neugeborene, wickelte es in eine Decke und legte den Kleinen dann Maggie auf den Bauch. Adam betrachtete die beiden staunend und konnte gar nicht mehr aufhören zu weinen. Maggie lächelte erschöpft, während man sie versorgte. Die Nabelschnur wurde durchtrennt, und das Baby sah Adam an, als wären sie beide sich schon irgendwo einmal begegnet.

»Hat der junge Mann schon einen Namen?«, fragte der Sanitäter.

»Charles Gray Weiss«, antwortete Adam und sah seine Frau bewundernd an.

»Du warst großartig«, flüsterte er ihr zu.

»Ich hatte solche Angst«, sagte sie leise.

»Und ich war so betrunken.« Adam lachte. »Warum hast du mich nicht früher geweckt?«

»Ich hab's versucht!« Glücklich lächelnd hielt Maggie ihr Kind im Arm.

»Wenn du mir das nächste Mal etwas sagen willst, werde ich aufwachen – das verspreche ich.«

Unten wartete der Krankenwagen. Bevor sie losfuhren, rief Adam schnell Carole und Charlie an. Er weckte die beiden und erzählte ihnen, dass sein Sohn auf die Welt gekommen war. Die beiden freuten sich gewaltig. Sie mussten sowieso bald aufstehen, um ihren Flug nach Monaco nicht zu verpassen.

Vom Krankenhaus aus rief Adam erst Jacob und Amanda, dann Gray und Sylvia an. Am Abend erlaubte der Arzt Maggie und dem Kind bereits, wieder nach Hause zu gehen. Beiden ging es hervorragend, und Maggie wollte bei Adam sein.

Als Adam an diesem Abend einschlief, stand die Wiege mit dem Kleinen neben ihm. Maggie klopfte Adam auf die Schulter, und er schreckte sofort hoch.

»Was ist? Alles in Ordnung?« Er war hellwach. Offenbar war er wild entschlossen, sein Versprechen zu halten.

»Es geht mir gut. Ich wollte dir nur sagen, dass ich dich liebe.«

»Ich liebe dich auch«, sagte er, sank zurück in die Kissen und zog Maggie an sich. »Ich liebe dich sehr, Maggie Weiss.« Und mit einem Lächeln auf den Lippen schliefen beide ein.

30

Wie geplant gingen am 1. August alle an Bord der *Blue Moon*. Maggie und Adam brachten das Baby und ein Kindermädchen mit. Mittlerweile war der Kleine zwei Monate alt. Er hatte große, strahlende Augen, blondes Haar wie Maggie und einen stämmigen kleinen Körper. Die Freunde verbrachten in Monte Carlo einen Abend im Casino und fuhren dann weiter nach St. Tropez. Als sie davon genug hatten, stieß die Yacht mit Kurs auf Portofino in See. Die Frauen kauften ein, während sich die Männer an Bord ausruhten. Am Abend spazierten sie alle gemeinsam über die Piazza und aßen Eis. Sie gingen sogar zum Tanzen in die Discothek.

Am Morgen nach ihrer Ankunft in Portofino schlenderten Sylvia und Gray hinauf zur Kirche von San Giorgio, und am Abend aßen sie alle in dem Restaurant, in dem sich die beiden kennengelernt hatten. Gray und Sylvia waren gerade von dem gemeinsamen Urlaub mit den Kindern zurückgekehrt. Dieses Mal wirkte Gray weitaus entspannter. Mit Emily hatte er über Maltechniken gesprochen, und aus Gilbert und ihm waren richtig gute Freunde geworden. Charlie gegenüber gestand Gray, dass Sylvia recht gehabt hatte, ihre Kinder waren wirklich großartig. Die anderen toasteten den beiden an diesem Abend zu. Sylvia und Gray kannten sich auf den Tag genau ein Jahr.

»Ich finde, ihr beide solltet heiraten«, sagte Adam, als gerade die nächste Flasche Wein geöffnet wurde. Sylvia und Gray lebten seit sieben Monaten offiziell zusammen. Sie sagten jedoch, das sei zu kurz. Immerhin würden sie sich erst seit einem Jahr kennen. Die anderen johlten nur, als sie das hörten. Charlie und Carole waren acht Monate zusammen gewesen, als sie heirateten, Adam und Maggie sogar nur vier. Und alles war in bester Ordnung. Alle vier waren nie zuvor glücklicher gewesen.

»Wir müssen nicht heiraten«, beharrte Sylvia. Gray lachte und sagte, sie würde sich anhören wie er damals, als er Angst hatte, ihre Kinder kennenzulernen.

»Ich möchte etwas so Wunderbares nicht verderben«, sagte sie leise.

»Das wirst du nicht«, versicherte Charlie. »Und Gray wird bestimmt ein wunderbarer Ehemann.«

»Wir sollten frühestens in einem Jahr über so etwas nachdenken«, antwortete Sylvia unbekümmert.

»Fein«, sagte Adam. »Nächstes Jahr um dieselbe Zeit werden wir wieder hier sein. Lassen wir uns überraschen, was das Leben dann für euch bereithält.« Die anderen prosteten Gray und Sylvia noch einmal zu.

31

Es war unglaublich heiß an diesem Tag, und der Himmel strahlend blau. Wenn man ganz still war, konnte man das Summen der Insekten und das verschlafene Zwitschern der Vögel hören. Als die fröhliche Gruppe den Berg hinaufstieg, stand nicht ein Wölkchen am Himmel. Obwohl es erst zehn Uhr am Morgen war, war es fast zu heiß, um sich lange in der Sonne aufzuhalten.
Eine der Frauen trug einen weißen Rock mit Lochstickerei, eine langärmelige weiße Bluse und rote Sandaletten. In den Händen hielt sie einen großen Strauß roter Rosen, auf dem Kopf hatte sie einen breiten Strohhut, und an ihrem Arm klapperten Türkisarmreife. Neben ihr ging ein Mann in weißen Hosen und blauem Hemd. Sein Haar war weiß. Hinter ihnen folgten zwei Paare, von denen beide Frauen hochschwanger waren.
Zu sechst betraten sie die Kirche von San Giorgio in Portofino. Der Priester erwartete sie bereits. Für sie war es die zweite Ehe, sie hatte jedoch nie zuvor kirchlich geheiratet, und er heiratete zum ersten Mal.
Als der Priester ihnen das Ehegelübde abnahm, standen Braut und Bräutigam mit ernster Miene vor dem Altar. Die beiden anderen Paare schauten gerührt zu. Als der Priester den Bräutigam aufforderte, die Braut zu küssen, kamen diesem die Tränen.
Dann drehten sich Sylvia und Gray zu ihren Freunden

um. Maggie und Carole waren beide schwanger. Charlie und Adam wirkten sehr stolz, nicht nur auf ihre Frauen, sondern auch darauf, dass ihr Freund endlich diesen Schritt gewagt hatte. Sie blieben noch eine Weile in der Kirche, unterhielten sich und zündeten Kerzen an. Dann spazierten sie langsam wieder den Hügel hinunter und blieben auf der Piazza stehen. Gray und Sylvia hielten einander an den Händen.

Das Hochzeitsessen fand in dem Restaurant statt, in dem sie sich auf den Tag genau zwei Jahre zuvor kennengelernt hatten. Es war für sie alle ein langer Weg bis hierher gewesen. Aber am Ende hatten sie alle sechs ihr Glück gefunden.

»Auf Sylvia und Gray. Mögen sie immer glücklich sein!« Charlie toastete den beiden zu und sah dann seine Frau an. Ihr erstes Kind würde im Dezember auf die Welt kommen, der Geburtstermin von Maggies und Adams zweitem Kind war für Oktober ausgerechnet.

Die vergangenen beiden Jahre waren für sie alle ereignisreich, aber schön gewesen. Hochzeiten wurden gefeiert, ein Kind wurde geboren, und auch beruflich entwickelten sich alle weiter. Maggie arbeitete auf ihren Juraabschluss hin, und Caroles Kinderheim war gewachsen – ebenso wie die Herzen dieser sechs Menschen. Sie alle hatten den Ballast abgeworfen, den sie lange mit sich herumgetragen hatten, und waren dadurch offen geworden für die Liebe.

Am Nachmittag gingen die Freunde zurück an Bord. Dort aßen sie auch zu Abend. Sylvia und Gray genossen es, ihre Flitterwochen mit den anderen gemeinsam zu verbringen. Und als das Boot Portofino verließ und andere Häfen ansteuerte, waren aus den drei Junggesellen glückliche Ehemänner geworden.

